FLORIANO SERRA

MARCADO PELO PASSADO

Coordenadora editorial: Tânia Lins
Coordenador de comunicação: Marcio Lipari
Capa e projeto gráfico: Equipe Vida & Consciência
Preparação: Equipe Vida & Consciência
Revisão: Equipe Vida & Consciência

1ª edição — 1ª impressão
2.000 exemplares — julho 2022
Tiragem total: 2.000 exemplares

CIP-BRASIL — CATALOGAÇÃO NA PUBLICAÇÃO
(SINDICATO NACIONAL DOS EDITORES DE LIVROS, RJ)

S496m
Serra, Floriano
Marcado pelo passado / Floriano Serra. - 1. ed. - São Paulo : Vida & Consciência, 2022.
320 p. ; 23 cm.

ISBN 978-65-88599-49-5

1. Romance espírita. I. Título.

22-77897 CDD: 808.8037
CDU: 82-97:133.9

Este livro adota as regras do novo acordo ortográfico (2009).

Vida & Consciência Editora e Distribuidora Ltda.
Rua das Oiticicas, 75 – Parque Jabaquara – São Paulo – SP – Brasil
CEP 04346-090
editora@vidaeconsciencia.com.br
www.vidaeconsciencia.com.br

"A coisa mais bela que o homem pode experimentar é o mistério. É essa emoção fundamental que está na raiz de toda ciência e toda arte."

Albert Einstein
Físico teórico alemão (1879–1955)

PALAVRAS DO AUTOR

"Você não tem uma alma; você é uma alma. Você tem um corpo."

Essa bela e significativa frase é do professor, poeta e romancista irlandês Clive Staples Lewis (1898–1963), também conhecido pela série de sete livros de ficção e fantasia *As Crônicas de Nárnia*, depois transformada em filmes de sucesso.

Muita gente se assusta ou ironiza quando falamos em alma, o que é uma tolice, porque mesmo aqueles que não acreditam em alma possuem uma, e é graças a ela que eles têm vida. Não há ser humano sem alma. Ponto. Simples assim.

No entanto, admito que é preciso ser espiritualista para compreender e aceitar isso. E, quando digo "ser espiritualista", não me refiro especificamente a nenhuma religião, doutrina ou crença. Convém deixar isso claro, porque ainda existem pessoas que confundem espiritualismo com, por exemplo, Espiritismo.

Essas são expressões parecidas, mas com significados diferentes.

O Espiritismo é uma doutrina religiosa e filosófica, que surgiu em 1857, quando foi codificada pelo influente autor, tradutor e pedagogo francês Hippolyte Léon Denizard Rivail (1804–1869), que usava o pseudônimo Allan Kardec. Naquele ano, ele criou o termo Espiritismo e o definiu como "*a doutrina fundada sobre a existência, as manifestações e o ensino dos espíritos*".

Já o termo espiritualismo refere-se à postura ou ao pensamento daquele que vê transcendência espiritual em todas as ações humanas e em todas as manifestações da natureza, recusando a explicação materialista e casuística dos fatos, podendo estar ou não ligado a alguma prática religiosa. O fato é que o espiritualismo vê além do convencional, porque enxerga o mundo e as pessoas com a alma e o coração e reconhece aspectos e características que escapam da visão puramente mecanicista.

Este romance, embora possa ser desfrutado por qualquer público leitor, dirige-se especialmente aos espíritas e espiritualistas. E, nesse caso, é interessante que assim seja, porque, sob a ótica deles, o que esta obra propõe é uma consideração e interpretação mais críveis, elevadas e refinadas.

Tomemos como exemplo o vinho que, nesta história, tem um papel essencial e forte e, de uma forma ou de outra, está presente em toda a trama.

Para a maioria das pessoas, o vinho é apenas uma bebida saborosa, refinada e elegante, que não pode faltar nas grandes festas, comemorações e nos eventos. Mas muitos acham até que consumi-lo não passa de modismo ou mesmo pedantismo.

Essa visão me causa um certo desconforto, pois não é justa nem correta para com algo que acompanha a história da humanidade há séculos.

Saibam todos que o vinho não é invenção do nosso tempo: há registros arqueológicos que afirmam que ele já era saboreado há 5.000 anos a.C.

Foram encontradas vinhas cultivadas que datam da Idade da Pedra, fato que é interpretado como os primeiros indícios da viticultura, a cultura de vinhas — os pés de uvas.

Gênesis, o primeiro livro da Bíblia, conta que Noé plantou um vinhedo depois do dilúvio. O *Talmude*, livro sagrado dos judeus, também se refere ao vinho ao citar a festividade chamada *mishteh*. Aliás, o *Evangelho de João*[1] narra a transformação da água em vinho durante as Bodas de Canaã, que é considerado o primeiro milagre público de Jesus.

A famosa *Odisseia*[2], de Homero, que teria vivido por volta do século VIII a.C., assim como sua narrativa da Guerra de Troia[3], cita a produção e o consumo de vinho na época. *As Bacantes*, peça escrita pelo dramaturgo grego Eurípedes (ano 405 a.C.), relaciona o deus Baco ao vinho.

Por último, lembremos o *Eclesiastes*[4]: "Portanto, vá, coma com prazer a sua comida e beba o seu vinho de coração alegre, pois Deus já se agradou do que você faz".

Esses são apenas alguns dados para que aqueles que não conhecem o vinho possam colocá-lo no pedestal que merece.

Justamente por tudo isso, Giuliano, o protagonista deste romance, não pode ser visto como contraditório, pois é avesso a qualquer tipo de droga, mas é adepto e produtor de vinho — que, pelo exposto acima, obviamente não é uma droga. Não podemos esquecer que essa bebida esteve na Santa Ceia e está na celebração das missas. E a vinha, da qual ela se origina, e conforme diz uma personagem desta história, citando as Escrituras, "é um símbolo de um campo de trabalho espiritual. Essa expressão (vinha) também se refere ao reino de Deus na Terra e simboliza plenitude

---

1 João 2:1-11.

2 *Odisseia* é um dos principais poemas épicos da Grécia Antiga atribuídos a Homero.

3 A Guerra de Troia, luta entre gregos e troianos, foi narrada por Homero na sua obra *Ilíada*.

4 *Eclesiastes* 9:7-10 NVI.

e vida em abundância, e é símbolo também de alegria e da presença das dádivas divinas".

Neste romance, a vinha e o vinho servem de pano de fundo para que Giuliano inicie sua descoberta da espiritualidade e do Espiritismo e dê início ao cumprimento da sua missão na atual encarnação.

Como sempre acontece nos meus romances, o amor está presente. Às vezes, não tão sereno, nem leal e justo como deveria ser, mas intenso e inabalável quando verdadeiro.

Por fim, para maior e melhor proveito desta obra, recomendo ao leitor que, durante a leitura, se abstenha de questionar os fenômenos descritos ao longo dela.

Quando percorremos o caminho da espiritualidade, nem tudo pode, deve ou precisa ser compreendido ou explicado. É curioso observar que, em geral, as pessoas não buscam lógica nem explicação para as fantásticas ações dos super-heróis que voam e são imortais, nem para as assombrações e os monstros dos filmes de horror — e tudo isso se trata de ficção.

Então, por que a fenomenologia do mundo espiritual, que é real, deve ser questionada ou desacreditada? O chamado "sobrenatural" nada mais é do que uma expressão usada para definir aquilo que a limitação e o conhecimento humanos, quando dependentes da racionalidade e do materialismo exagerados, ainda estão longe de explicar e mesmo aceitar.

Ler um romance é fazer uma viagem pelo mundo da imaginação e da fantasia.

Espero que esta viagem seja agradável, emocionante e alegre e que deixe para quem olhar estas páginas com carinho algumas mensagens para reflexão.

Floriano Serra

SUMÁRIO

APRESENTAÇÃO

Certamente, o leitor nunca ouviu falar de Mandril — não o primata que pode ser encontrado nas florestas tropicais do sul de Camarões, do Gabão, da Guiné Equatorial e do Congo, mas o facínora que viveu no início do século XX, na cidade de Atibaia, no interior de São Paulo.

A vida do inescrupuloso Mandril teve sua força e sua crueldade associadas ao ópio, mas, para um melhor entendimento do leitor quanto a essa questão, é preciso conhecer um pouco da história e da influência dessa droga. Afinal, é difícil imaginar como e por que tantas pessoas arruinaram suas vidas por causa dela.

O ópio é extraído de uma planta chamada papoula, de origem asiática, mas, atualmente, o seu maior produtor no mundo é o Afeganistão, segundo a Organização Mundial da Saúde (OMS).

Tirado inicialmente em forma leitosa e espessa, o látex da papoula passa por um processo de desidratação e é depois transformado em pó.

De poderosa ação analgésica e hipnótica, o ópio provoca euforia seguida de relaxamento e sono cheio de sonhos agradáveis. Parece bem, mas, à medida que o organismo do usuário se habitua à droga, serão necessárias doses cada vez maiores para que os efeitos anestésicos e prazerosos continuem — e daí surge o vício, que leva à dependência química e decadência física e intelectual. É uma viagem sem volta, pois a interrupção brusca do seu uso pode levar o viciado à morte em meio a horríveis sofrimentos.

Apesar de todos os males que pode causar, o uso do ópio é coisa antiga. Pesquisas arqueológicas encontraram sementes da papoula, demonstrando que ele já era conhecido na Era Neolítica. O povo sumério já cultivava a então chamada "planta da alegria", desde o ano 5000 a.C.

Ao longo desse tempo, o ópio foi consumido, ora como poderoso analgésico contra dores crônicas, ora como relaxante e fonte de prazer e desfrute.

Essa substância ganhou acirrada discussão a partir do início do século XIX: enquanto alguns médicos alertavam para os perigos do seu uso, outros a consideravam uma droga excitante, aumentando o vigor físico e clareando a mente. Nesse período, foi descoberta a morfina, o primeiro alcaloide extraído do ópio. Seu uso foi imediatamente difundido, apesar dos muitos alertas dos médicos quanto aos riscos do seu consumo indiscriminado.

Somente a partir de 1860, admitiu-se oficialmente que o ópio causava terríveis e fatais efeitos no usuário, mas muitos, no entanto, preferiam focar apenas nos seus efeitos prazerosos, ainda que de pouca duração.

Do ópio surgiu a morfina que, por sua vez, deu origem à heroína, reconhecida como o alcaloide que mais rapidamente causa vício e dependência.

Agora, o leitor pode perceber que todo esse caminho de destruição moral, física e mental foi construído pelo ópio, largamente vendido e usado tanto no Oriente como no Ocidente. Afinal, seu uso era permitido sob a alegação de que se tratava de um recurso que aliviava dores e sofrimentos.

A partir do século XX, a droga, até então fumada, passou a ser administrada também por outras vias, como oral, nasal, sublingual, subcutânea e muscular. Contudo, qualquer que seja o meio utilizado, a decadência ou até a morte estará à espera do usuário. Felizmente, o Brasil nunca fez parte do grupo de grandes consumidores do ópio, certamente pelas enormes dificuldades alfandegárias para a importação das suas matérias-primas e da pressão, cada vez maior, das autoridades médicas.

Depois dessa introdução, o leitor já pode entender o enorme poder adquirido por Mandril, quando foi discretamente divulgado entre a comunidade de alcoólatras e viciados de Atibaia e região que ele fornecia ópio, na forma de pó, por preços bastante convidativos e de forma sigilosa.

Um dos aspectos mais terríveis do vício anônimo e oculto é que ele não permite ser combatido nem remediado e, assim, ele prossegue com sua destruição silenciosa, arruinando lares, empregos e ceifando a saúde e a vida.

CAPÍTULO 1

Atibaia, município de São Paulo.
Em algum mês do ano de 1901.

Como das vezes anteriores, o salão térreo da mansão do Mandril estava lotado, mas as pessoas falavam baixinho. O que se ouvia era um grande murmúrio, como o zumbido de um enxame.

O grupo era constituído de gente simples — funcionários e trabalhadores anônimos.

À frente, onde o chefe deveria sentar-se, havia uma enorme poltrona, quase um trono, e uma mesinha ao lado. Rente à parede direita, havia também um piano e, apoiado nele, um violoncelo.

Aquela mansão era a moradia e o quartel-general de Mandril, o maior fornecedor de ópio daquela região. Havia anos, ele mantinha esse monopólio e não permitia a presença de concorrentes naquela que considerava sua zona de ação. Os que tentavam essa proeza eram sumária e misteriosamente eliminados. Simplesmente desapareciam e, se algum corpo era encontrado, estava sempre irreconhecível.

Mas era raro surgirem competidores. O ópio ainda era muito pouco divulgado no Brasil, e sua compra era bastante difícil. As raras farmácias que o tinham em seu estoque exigiam receita médica, e isso dificultava o acesso da população mais simples.

Mandril tinha secretos fornecedores asiáticos e, somente graças a eles, podia manter seu negócio atuante e altamente lucrativo.

Independente da quantidade de interessados, o acesso à mansão era rigorosamente controlado e vigiado por muitos homens armados até os dentes. Não era pedido documento a ninguém, mas todos tinham que deixar registrados seus nomes e endereços.

A entrada era feita individualmente, para que cada pessoa pudesse ser minuciosamente revistada, pois não era permitido o acesso portando armas.

Era exigida absoluta discrição: tudo que se passava ali dentro era e deveria continuar sendo mantido em absoluto sigilo, sob pena de severas punições para quem deixasse vazar alguma informação.

Diante do alto e robusto portão de ferro da mansão, depois de revistados, todos recebiam máscaras do tipo usado no carnaval de Veneza, de forma que o anonimato dos participantes fosse garantido.

Por causa das máscaras, havia um clima surrealista naquela fila de interessados, parecendo uma verdadeira procissão ritualística.

Eram usuários viciados, já dependentes da droga, mas também muitos ali buscavam, pela primeira vez, apenas recursos para animar festas, farras e orgias, sem a menor noção do perigo que corriam. Buscavam uma espécie de animação extremamente danosa à saúde.

A reunião só começou quando todos haviam entrado. Naquele tipo de negócio sujo, quanto mais gente presente, mais lucro haveria para o fornecedor — daí a superlotação.

Os novatos queriam conhecer e experimentar os prometidos prazeres que o ópio proporcionava, enquanto os veteranos ansiavam por repetir a dose de sonhos e o esquecimento dos problemas.

Ao pé de uma escadaria, um sujeito alto, forte e barbudo, com grossas sobrancelhas e cara de poucos amigos, anunciou em voz alta:

— Façam todos silêncio. O chefe Mandril vai falar.

Nunca se soube se aquele nome era real ou apenas um apelido escolhido de propósito, pois o mandril, um primata da espécie dos macacos do Velho Mundo, é um dos animais mais ferozes e perigosos do planeta.

Mandril apareceu descendo lentamente os degraus de mármore da escada em espiral.

Nem ele nem os seguranças usavam máscaras e não demonstravam qualquer preocupação em serem vistos ou reconhecidos. Sabiam que ninguém ali ousaria denunciá-los pela venda da droga e pelos outros eventos que costumavam acontecer após as negociações.

Mandril tinha uma fisionomia horrível, que expressava sua crueldade e seu cinismo. Olhos injetados de sangue, sorriso de desdém, dentes pontiagudos parecendo de lobo, rosto vermelho e longa cabeleira negra. Era uma imagem absolutamente sinistra.

Devagar, ele caminhou para um lado do salão e, sem olhar para a plateia, sentou-se na poltrona. Só após alguns instantes, ele contemplou os presentes, mal acomodados, aglomerados, alguns sentados no chão; os mais afortunados estavam em cadeiras, sofás e poltronas espalhados pelo enorme espaço.

O burburinho sumiu. Fez-se absoluto silêncio para que o homem fosse ouvido. Sua voz era potente, alta e rouca:

— Bem-vindos, mais uma vez, em busca do prazer. Aqueles que já provaram do meu produto sabem que é o melhor e o mais puro da América Latina, além de ser o mais barato. Os tempos mudaram, e agora ele não é encontrado facilmente no Brasil e, se pensam em adquiri-lo nas farmácias, como antigamente, esqueçam: só com indicação médica, e isso não é fácil de conseguir. Aliás, já soube que algumas autoridades estão tentando tornar ilegais a venda e o uso do ópio. Portanto, aproveitem essa oportunidade antes que seja tarde. Eu sou um dos poucos que conseguem fornecer o ópio no Brasil, e o único nesta cidade e região. Por isso, só é vendido aqui e mediante dinheiro vivo, pois é assim que meus fornecedores asiáticos também querem receber.

Houve um murmúrio, certamente por parte daqueles que estavam sem dinheiro naquele momento. Mandril percebeu e completou:

— Para aqueles que estão aqui pela primeira vez e não trouxeram dinheiro, dou um voto de confiança e 24 horas para trazerem o pagamento. Os demais pagam agora.

O homem ajeitou-se na enorme poltrona antes de continuar:

— Todos aqui já me conhecem e sabem das minhas regras. — Ele fez uma pausa, olhou ferozmente para todos e continuou: — Para quem não pagar no prazo, para quem me denunciar e para quem espalhar boatos a meu respeito, sem nenhuma exceção, seja quem for, o castigo será implacável. Se tiverem esposas e filhas, elas entram como parte do pagamento da dívida ou da traição. Alguma dúvida?

É preciso lembrar também que, além de traficante, mandante e executor de mortes e torturas, Mandril era um predador sexual. Comprazia-se em violentar mulheres. Inclusive, tinha consciência de que muitos daqueles pobres coitados presentes não teriam condições de pagar pela compra, mas ele fornecia o pó mesmo assim, para depois ter a "justificativa" para sequestrar e estuprar suas esposas, irmãs e filhas — o que, para aquela mente doentia, era mais importante que o próprio lucro financeiro. Portanto, tratava-se de um criminoso e devasso da pior espécie.

Como o medo não permitia que alguém se manifestasse, ele continuou:

— Meus homens vão distribuir as encomendas. Podem pagar a eles, são de minha inteira confiança. Os iniciantes, se não trouxeram dinheiro, deixem o nome e endereço e voltem daqui a 24 horas com o pagamento.

Uma moça, em trajes sumários e portando uma pequena bandeja, levou-lhe um copo com alguma bebida. Depois de um longo gole, Mandril continuou:

— Como das vezes anteriores, depois de atendidos, saiam um a um, devagar e com intervalo de três minutos. Atenção, enquanto estiverem saindo, não conversem entre si e só tirem as máscaras depois que passarem pelo portão de saída, colocando-as na caixa que estará lá. Agora, quem tiver algo a dizer, levante a mão e venha até mim, em silêncio.

Houve um instante de silêncio. Então, um dos presentes levantou a mão e se aproximou de Mandril. O cliente falou baixinho:

— A droga da semana passada estava péssima, parecia misturada com farinha. Desse jeito, não dá para continuar comprando de você.

Mandril encarou-o fixamente com raiva, os olhos faiscando. Estava claro que não gostara nem um pouco da insinuação de que sua droga não era pura. Chamou o auxiliar barbudo que o anunciara e disse-lhe também em voz baixa:

— Este cliente tem uma queixa. Leve-o para cima e dê-lhe uma dose especial.

Meio hesitante, o reclamante deixou-se levar pelo brutamontes degraus acima, já arrependido de ter feito aquela reclamação.

Os presentes acompanharam a movimentação, mas não ouviram nem compreenderam o que se passara ali na frente deles. Porém, não se sentiram confortáveis ao ouvir sons de pancadas e gemidos vindos do andar de cima, algo como um corpo se debatendo e sendo espancado. Ninguém falou nada, mas todos imaginavam o que teria acontecido com o reclamante.

Essa era a lei de Mandril, que continuou:

— Quero aproveitar esta ocasião para lembrar a todos que alguém só desrespeita, insulta ou trai Mandril uma vez na vida. Não tem segunda chance. Alguma dúvida?

A resposta foi um silêncio absoluto. Aquela atitude de aparente submissão dos clientes era explicada não apenas pelo medo que tinham do bandido, cuja fama de crueldade era por demais conhecida, mas também pelo fato de que, através dele, era fácil e simples adquirir a droga não encontrada em outro lugar na região.

Mandril esperou pacientemente que seus capangas distribuíssem a droga em pequenos pacotes e recebessem o dinheiro ou um papel com o nome e endereço daqueles desprovidos dos valores.

— Agora, os que já são meus clientes e já conseguiram o que queriam podem sair em silêncio, obedecendo à fila e ao intervalo de tempo de que lhes falei. Que fiquem no salão só os iniciantes, aqueles que estão aqui pela primeira vez.

Mandril esperou mais um pouco. Quando só estavam os novatos, ele anunciou:

— Agora, vocês, meus novos clientes, vão ter a honra de receber uma cortesia de Mandril. Não sou tão mau quanto espalham por aí. Vocês receberão uma dose extra e gratuita do meu produto para ser usada agora. Verão que a vida ficará cor-de-rosa e desaparecerá qualquer dor ou mal-estar. Quem for inteligente e tiver bom gosto, ficará cliente por muitos anos e terá minha amizade eterna.

Ouviu-se um murmúrio de satisfação.

— E não é só: vocês todos também curtirão a beleza e o corpo das minhas garotas, que se encarregarão de entregar a cortesia. Tratem todas elas muito bem, porque são minhas parceiras fiéis. E, atenção, deixarei o salão praticamente às escuras para que vocês possam tirar as máscaras e não serem reconhecidos. Para que vocês tenham tempo de repor as máscaras antes de sair, avisarei quando a festa acabar e antes de reacender as luzes. Divirtam-se.

Quando as luzes se apagaram, belas mulheres, em trajes sumários, entraram no salão, cada uma levando um pires com uma porção da droga e um canudinho, distribuindo-os aos presentes.

Elas aguardaram pacientemente que todos eles cheirassem o pó.

Sem que os convidados percebessem, o pianista e o violoncelista entraram no salão e tomaram seus lugares junto aos instrumentos musicais. Então, ecoou por todo o local uma música dolente, insinuante, que fez com que as mulheres começassem a dançar sensualmente por entre os homens.

Começava ali mais uma orgia de indução dos novatos ao vício por meio do “brinde” e das mulheres. Essa era a estratégia preferida de Mandril para arrebanhar novos usuários.

Sentado na poltrona, como um rei no trono, ele assistia a tudo, com uma expressão bem maquiavélica. Ali estavam suas novas e imprudentes vítimas.

Depois de algum tempo de danças, beijos e abraços, um dos presentes, certamente excitado pela droga, exagerou nas carícias, o que fez a garota gritar.

Rapidamente, Mandril olhou irado na direção da moça e chamou-a com um gesto de mão. Ela se aproximou e falou-lhe algo, em voz baixa. Imediatamente, o chefe chamou o mesmo auxiliar de antes e deu-lhe alguma orientação, também em voz baixa.

O brutamontes foi até o homem que importunara a mulher e o obrigou a acompanhá-lo escada acima. O coitado tentava resistir, gritando:

— Me desculpem, foi sem querer. Perdão, eu não queria ofender a moça.

Pedidos inúteis.

Logo depois, se não fosse pela música em alto volume, todos teriam ouvido gritos, gemidos e pancadas iguais aos da vez anterior, quando o usuário reclamante foi levado ao mesmo local.

Depois de beijar Mandril, obviamente agradecida pela intervenção, a garota voltou para os braços da turba enlouquecida, que, por isso mesmo, nada percebera de anormal.

Em seguida, Mandril levantou-se e foi para seus aposentos, em um cômodo especial no andar de cima.

Lá, estavam à sua disposição, amordaçadas e algemadas de forma estratégica, três bonitas mulheres. Duas delas eram esposas de usuários com dívidas, e a outra, bem mais jovem, era filha de um deles.

O fora da lei tirou-lhes as mordaças, porque os gritos e apelos delas jamais seriam ouvidos com o volume da música naquela altura.

Ele iria fazer sua orgia particular.

CAPÍTULO 2

Mandril sabia que era um homem muito visado, não tanto pela polícia, que tinha elementos que eram clientes dele, mas por pais e maridos das vítimas em busca de vingança pelas suas maldades.

Por essa razão, ele não se descuidava da sua segurança, estava sempre cercado pelos seus homens de confiança e quase nunca saía de sua mansão. Com muitos inimigos, ele sabia que não podia cometer erros. Mas um dia cometeu um, que lhe foi fatal.

Muitas vezes, o suposto poder de inatacável dá a alguns facínoras a crença de que são inatingíveis e, assim, com o tempo, tendem a relaxar a guarda. Foi o que aconteceu certa noite.

Mandril estava em uma taberna do município acompanhado de cinco seguranças, que, sentados à mesa em círculo, protegiam o chefe, cercando-o com uma parede humana.

Ao chegarem, deram ordens para que todos os clientes se retirassem. Sabendo da fama de Mandril e seus homens, todos obedeceram sem reclamar. Mesmo os donos não se importavam com aquela invasão, porque Mandril sempre cobria todas as despesas daqueles que haviam se retirado.

Naquela noite, havia uma balconista muito atraente, começando no emprego. Tinha um corpo escultural ressaltado por uma vistosa saia, assim como um apertado espartilho que proporcionava um decote generoso, deixando ver grande parte dos opulentos seios.

Mandril sentiu-se logo atraído pela moça e, pela troca de olhares, percebeu que havia a possibilidade de se aproximar mais dela. Quem sabe poderia ter um fim de noite quente.

Vaidoso e sedutor, ele falou para seus homens:

— Fiquem observando como se conquista uma garota rapidamente. — E levantou-se para ir até o balcão.

Um dos capangas advertiu-o:

— Chefe, não é melhor chamar a moça para a nossa mesa do que ir lá?

— De jeito nenhum, vai ser uma conversa íntima, não tem graça vocês ficarem ouvindo, mas permaneçam de olho na porta. Não deixem ninguém entrar.

Ele se aproximou do balcão e começou o papo com a moça que, pela expressão, parecia estar gostando.

Na vida, há oportunidades de corrigir alguns erros; outros, contudo, são fatais. Foi esse o caso.

Enquanto Mandril conversava entusiasmado com a jovem, um homem, vindo da cozinha, rapidamente se aproximou por trás da atendente e, empunhando uma pistola, disparou seis tiros à queima-roupa em Mandril, que tombou pesadamente no chão da taberna.

Os homens que faziam a segurança dele levantaram-se depressa e correram para o balcão, de armas em punho. Três deles perseguiram e pegaram o atirador, enquanto os outros dois prestavam, inutilmente, socorro a Mandril, que já estava morto.

O atirador admitiu que fizera aquilo para limpar a honra de sua esposa e filha, que foram estupradas pelo facínora como vingança por uma dívida não quitada no prazo. Ali mesmo, o sujeito foi sumariamente torturado e morto por aqueles que deveriam ter protegido o patrão. Antes que a polícia chegasse, eles se retiraram apressados, carregando o cadáver do ex-chefe.

Poucos dias após o enterro de Mandril, começou a disputa por sua herança, que não era pouca. Como os interessados logo puderam perceber, esse seria um assunto muito complicado de resolver, pois nada havia sido documentado.

Apesar de ele ter engravidado muitas mulheres, esses filhos não foram reconhecidos, então, a procura por informações sobre os registros de paternidade só aconteceu depois da sua morte. Sabia-se da imensa fortuna em questão e que Mandril não tinha esposa ou filhos registrados, nem parentes conhecidos. Assim, iniciou-se uma verdadeira batalha inglória dessas mulheres, que pleiteavam participação na divisão dos bens, inclusive a mansão. Os advogados perdiam noites pesquisando, procurando meios de defender suas clientes.

Mas nada podia ser feito, pois, à época, não era possível comprovar a paternidade com o suposto pai já falecido.

Mesmo assim, alguns advogados entraram com recursos, o que acabou por provocar o bloqueio dos bens deixados por Mandril.

No final, dinheiro e joias foram confiscados pelas autoridades, e o imóvel, com a morosidade da justiça, foi esquecido.

Com o passar dos anos, e sem cuidados e manutenção, a mansão, aquele luxuoso palco de crimes, festas e orgias suntuosas, foi se degradando, atacada pelas intempéries e pela vegetação nociva, além da ação de vândalos e animais.

Assim, o outrora sofisticado palácio de um dos mais cruéis e poderosos marginais da época foi se transformando em uma monstruosa construção abandonada, suja e invadida por ratos, cobras, aranhas e vagabundos, que ali passavam as noites. Um final compatível com a personalidade e a vida de quem ali morara.

E, assim, o tempo se encarregou de enterrar no passado a existência daquele temível bandido.

CAPÍTULO 3

São Paulo, região central da capital.
Inverno de 2001.

Sons estridentes de buzinas de carros e ônibus, freadas bruscas, apitos dos guardas de trânsito, gritos dos vendedores ambulantes anunciando seus produtos, vozerio geral, música festiva em alto volume nas lojas procurando chamar a atenção dos passantes...

Uma loucura de movimentação, apesar do frio daquele inverno particularmente rigoroso.

Giuliano detestava ir ao centro da cidade de São Paulo por tudo aquilo. Achava-o barulhento, confuso, tumultuado e, sobretudo, perigoso, sob risco constante de assaltos, como era do conhecimento de toda a população.

Naquela manhã, uma quarta-feira agitada, muito a contragosto, ele tivera que se aventurar naquela região para visitar um cliente que estava com os pagamentos atrasados e não atendia aos diversos contatos feitos por meio de telefone e e-mails. Como o valor devido era alto, Giuliano decidiu cobrá-lo pessoalmente, até porque percebera que seu pai, Giácomo, o fundador e dono da Vinícola Turim, estava muito aborrecido com o fato. Para ele, compromissos, principalmente aqueles envolvendo dinheiro, tinham de ser rigorosamente cumpridos, era uma questão de honra.

Além disso, estava decepcionado. No seu entendimento, quem negocia com vinhos de alta qualidade e em larga escala sabe que, historicamente, os clientes são comerciantes sérios, responsáveis e confiáveis. A inadimplência era algo muito raro no seu negócio. Mas acontecera, e era preciso tomar uma providência.

Em um primeiro momento, Giuliano chegara a pensar em intimidar o devedor com sua elevada estatura e seu corpo de atleta — graças aos intensivos treinos na academia três vezes por semana, desde adolescente. Depois, concluíra que a diplomacia talvez fosse mais aconselhável para sensibilizar o devedor. Acreditava que a rispidez e a violência não eram os caminhos mais indicados para a solução de problemas; pelo contrário, os agravavam e criavam outros.

Para um bom observador, seria fácil perceber que Giuliano era de ascendência italiana, e não apenas por causa do nome. Sua vasta cabeleira negra, sua tez morena, seu gesto habitual de unir os dedos da mão quando queria reforçar uma opinião e algumas expressões típicas dos naturais daquele país denunciavam sua origem.

Conforme decidira, mantivera a calma durante toda a conversa, mas, no final, a diplomacia de nada adiantara.

De resto, a visita fora muito desagradável para Giuliano, que tivera que ouvir mais mentiras e desculpas esfarrapadas embasadas por evidente irresponsabilidade do cliente. Aquele comprador teria que ser excluído da lista de clientes, depois que ele recebesse uma intimação jurídica forçando-o a pagar.

Irritado e frustrado, Giuliano saiu do escritório do homem rapidamente, assim que deu por encerradas as tentativas — todas infrutíferas — de receber o pagamento.

No caminho de volta para pegar o carro no estacionamento, cansado, irritado e com frio, o rapaz entrou em um modesto bar para tomar um cafezinho bem quente para esquentar um pouco o corpo — embora o fizesse intranquilo, porque não confiava na higiene dos lugares naquela parte da cidade. Mas, mesmo assim, decidiu arriscar, porque seu corpo estava gelado.

Giuliano entrou, aproximou-se do balcão e, esforçando-se em parecer simpático, fez o pedido ao jovem de gorro branco que o atendeu. Rapidamente, o garçom colocou uma xícara com a bebida sobre um pires, e Giuliano olhou-a com desconfiança, achou-a mal lavada e, sem que o rapaz percebesse, limpou suas bordas com um guardanapo de papel.

Sua disposição era de que tão logo se sentisse reanimado, voltaria depressa para o estacionamento. Quanto antes saísse dali, tanto melhor.

Cada vez mais se convencia de que o centro da cidade de São Paulo não era um lugar que lhe fizesse bem.

— Com licença, moço.

Ah, essa não! Era só o que lhe faltava: uma pedinte. Não estava em um bom momento para fazer caridade. O fracasso na negociação com o cliente devedor deixara-o mal-humorado.

Voltou-se contrariado, com má vontade, e surpreendeu-se ao ver quem lhe dirigira a palavra.

Era uma simpática idosa, relativamente bem-vestida e de feições finas, com os cabelos brancos puxados para trás e um xale preto de lã sobre os ombros cobrindo a parte de cima de um vestido azul-escuro enfeitado por bolinhas brancas. Aparentava ter mais de 80 anos e não tinha o visual habitual de uma pedinte. Olhava-o de uma maneira absolutamente estranha, de forma penetrante e observadora, como se o estivesse admirando.

Sem esconder seu incômodo, Giuliano encarou-a de forma respeitosa, mas inexpressiva.

Ela continuou, calmamente:

— Fique tranquilo, moço, não sou pedinte, não quero nada de você. E também não estou vendendo nada.

Diante disso, Giuliano não soube o que dizer, apenas achou que não devia ficar mudo por uma questão de educação e respeito.

— Posso ajudá-la em algo, senhora?

Ela se aproximou mais e falou baixinho, como se fosse contar um segredo:

— Tenho a impressão de que sou eu que posso ajudá-lo.

Ele sorriu, evitando parecer irônico.

— Como assim?

— Quero dar-lhe uma informação que sei que vai interessar muito, tenho certeza disso.

Giuliano logo achou que se trataria de algum golpe novo, desses que surgem a cada dia nas grandes metrópoles, ameaçando os incautos.

— Desculpe, agradeço, mas creio que a senhora está me confundindo com outra pessoa. — E o rapaz fez menção de voltar-lhe as costas, mas ela insistiu:

— Estou certa de que não o estou confundindo com outra pessoa. Você não é Giuliano, o filho de Giácomo?

Surpreso, Giuliano voltou-se rapidamente para a mulher.

— Desculpe, posso saber quem é a senhora? Como sabe meu nome e o do meu pai?

Ela balançou a cabeça.

— Ora, moço, isso agora não interessa. Qualquer dia desses, você ficará sabendo. O que importa é que sei que você gostaria de saber algo que eu sei.

Ele sorriu, achando aquilo muita pretensão dela, mas procurou não ser desrespeitoso.

— O que a senhora sabe que eu não sei?

Ela praticamente sussurrou:

— Onde seu irmão Enzo se encontra.

Dessa vez, Giuliano levou um choque e quase se engasgou com o pouco de café que ainda havia na xícara.

Enzo, seu irmão mais novo, saíra de casa havia cerca de um ano, aos 23 anos de idade. Uma noite, discutira rudemente com o pai, dizendo, dentre outras coisas, que se sentia rejeitado, desrespeitado e que não era levado a sério na própria casa. Na verdade, Enzo tinha alguns pensamentos revolucionários demais para o conservadorismo daquela família de cultura italiana, e isso culminou em um violento bate-boca com o pai.

Naquele momento, Giuliano, na época com 25 anos, foi quem acalmara os ânimos dos dois homens, mas o conflito não terminou por aí.

Irritado, seu irmão saíra bruscamente, batendo a porta com força.

Depois dessa noite, Enzo levou uma semana sem entrar em contato com a família. Uma manhã, o rapaz ligou para Giuliano e disse-lhe que não voltaria mais para casa, pois não se sentia amado, e que iria morar na Europa.

— Na Europa? Você ficou louco, meu irmão? Vai viver de quê?

— Isso é problema meu — o rapaz respondeu e não deu mais detalhes a respeito.

Desde então, Giuliano não soube mais de Enzo, apesar de todos os esforços para localizá-lo, inclusive com o auxílio de investigadores. Ele simplesmente desaparecera.

Por isso, a informação daquela senhora, se verdadeira, era importante, mas, mesmo assim, Giuliano perguntou com certa descrença:

— Muito bem, minha senhora, onde meu irmão está?

Ela virou o rosto para um lado e mostrou um leve sorriso.

— Aqui pertinho.

Giuliano sorriu, decepcionado.

— Desculpe, senhora, mas não pode ser. Ele está na Europa.

Ela sorriu, balançando a cabeça.

— Não seja ingênuo, meu jovem, ele não foi para a Europa, continua em São Paulo. Estou afirmando que ele está aqui perto.

No íntimo, Giuliano torcia para que aquilo fosse verdade.

— Aqui, no centro da cidade?

— Isso mesmo.

Giuliano olhou para os lados, ainda desconfiado.

— Exatamente onde, senhora?

Agora, foi ela quem olhou para os lados, antes de responder:

— Você já ouviu falar da Cracolândia?

Para quem não sabe, em São Paulo, Cracolândia é o nome dado à área central da cidade onde se concentram e praticamente moram muitos usuários e dependentes de *crack* — uma das drogas mais destrutivas para o ser humano. Fica nas imediações de grandes e conhecidas avenidas, como Duque de Caxias, Ipiranga, Rio Branco, Cásper Líbero e da Praça Princesa Isabel, onde se desenvolveram intenso uso e tráfico de drogas.

A Cracolândia, reunindo dezenas de viciados, tornara-se uma região perigosa, sem higiene e, por isso mesmo, rejeitada pela sociedade.

Giuliano sorriu novamente, dessa vez com uma ironia assumida, porque Cracolândia e Enzo nada tinham em comum.

— Quem já não ouviu falar dessa calamidade urbana, minha senhora? Mas o que isso tem a ver com meu irmão? Quando ele saiu de casa, nós o procuramos por toda a São Paulo e não conseguimos encontrá-lo.

Ela mostrou-se triste.

— Os antigos já diziam que os melhores lugares para quem quer se esconder são aqueles mais óbvios, mais expostos; foi o que seu irmão fez e, por isso, não o viram, apesar de ele estar tão perto.

— E a senhora quer me convencer de que o viu na Cracolândia?

— Sei que você não vai gostar de saber, mas, infelizmente, seu irmão está naquelas proximidades. Talvez não exatamente na Cracolândia, mas muito perto dela.

Exaltado, Giuliano levantou-se rápido do banquinho e aproximou-se mais da mulher.

— Muito bem, vou acreditar na senhora. Em que lugar da Cracolândia o Enzo está? Dê-me um ponto de referência, que irei buscá-lo.

— É difícil saber com precisão. Talvez numa rua próxima daqui ou debaixo de algum viaduto. Ele se movimenta muito, creio que para não ser localizado pela família, pela polícia ou por qualquer outra pessoa que ele não gostaria de ver. Tudo isso é uma pena para ele e sua família. Apesar do que ele anda fazendo, sei que, no fundo, Enzo é um bom rapaz.

A ironia no rosto de Giuliano transformara-se em choque.

— Apesar do que ele anda fazendo? O que a senhora quer dizer com isso?

A mulher olhou novamente para o lado antes de revelar:

— Bem, certamente você não sabe, mas ele está vivendo como um morador em situação de rua e, provavelmente, já é usuário de drogas.

Giuliano oscilava entre a irritação e o medo de que aquela senhora pudesse estar dizendo a verdade.

— Meu irmão está usando drogas?

— Provavelmente, não tenho certeza, mas quem mora na rua está sujeito a vivenciar situações nada recomendáveis. Mas, se receber ajuda logo, acho que ainda poderá se recuperar, pois se está usando, começou faz muito pouco tempo. Deve estar apenas experimentando, sabe como são os jovens.

Giuliano ficou sério, olhando por alguns segundos para a velha senhora. Agora, não sabia se devia rir diante de tamanho absurdo ou simplesmente dar as costas para ela.

O rapaz hesitou, porque a mulher não parecia sofrer de algum transtorno mental, pois falava corretamente e fluentemente, e de forma calma e objetiva.

— Como a senhora sabe tanto sobre meu irmão?

— Eu conheço muita gente, moço, e sei de muita coisa, mas não tenho certeza de que você está acreditando em mim.

Na dúvida, ele resolveu conferir aquela informação e decidiu consultar sua irmã caçula, Giovana.

— A senhora pode aguardar só um instante? Preciso dar um telefonema.

— Claro, meu jovem. — E sorriu, imaginando que ele iria buscar alguma informação ou orientação para decidir se deveria confiar nela. — Não se apresse, tempo é o que não me falta.

Com cuidado, sabendo das notícias de roubo naquela região, Giuliano olhou para os lados e retirou o celular do bolso da calça. Deu as costas para a mulher, foi para um canto do balcão e ligou para sua irmã caçula.

Durante todo o tempo que durara o diálogo com aquela senhora, Giuliano percebeu que o atendente que o servira olhava-o com muita curiosidade.

Sua irmã o atendeu prontamente.

Seus pais tiveram três filhos, um a cada dois anos: primeiro ele; depois Enzo; e, por último, Giovana, agora com 22 anos.

— Oi, Gi, tudo bem? Sou eu.

— Oi, mano, tudo certo. Não o vi hoje por aqui, no escritório.

— Precisei vir ao centro fazer uma cobrança, mas já estou voltando.

Ela riu e brincou:

— Está no centro da cidade? Logo você, que "adora" ir aí...

— Pois é, tinha que ser eu.

— Fale.

— Gi, vou lhe fazer uma pergunta que pode parecer ridícula: por acaso, você tem tido notícias do Enzo e se esqueceu de me contar? Acho isso difícil, porque nos vemos quase todos os dias, e esse assunto nos interessa a todos. Enfim, perguntar não ofende: faz ideia de onde ele está?

Ela ficou surpresa.

— Ué, por que essa curiosidade agora?

— Depois te explico. Tem notícias dele?

— Olha, mano, depois que ele viajou há um ano, nunca mais deu notícias. Pelo que disse naquela época, deve estar em algum país da Europa, e nem me pergunte em qual.

— Você acha que existe alguma possibilidade de ele estar aqui no Brasil, quero dizer, de não ter viajado para nenhum lugar e ainda estar em São Paulo?

— Quem sabe? Se você se lembra, nosso irmão era meio imprevisível, meio doidinho. Mas quero saber por que você está me perguntando isso agora, depois de quase um ano do sumiço dele.

Giuliano hesitou em responder:

— É que tive uma informação de que ele estaria em São Paulo.

A irmã riu.

— Aqui em São Paulo? Na capital?

— Isso mesmo.

— Uau! E essa informação é de fonte confiável?

— É justamente isso que estou tentando descobrir.

— Olha, Giu, do Enzo não duvido nada. Pode ter dito que iria para a Europa para aborrecer nosso pai ou apenas para não ser incomodado pela família. Não sei, mas de qualquer forma, acho difícil que esteja por aqui há tanto tempo sem dar notícias. Você lembra que, naquela época, nosso pai até acionou a polícia para ver se o achava? Por isso, já teria sido encontrado ou nós mesmos já o teríamos visto passeando por aí.

— É, mas em quase um ano isso nunca aconteceu.

— Bom, pode ser que ele esteja muito bem escondido.

Giuliano fez uma rápida pausa.

— Ele nem sabe da morte de nossa mãe.

— Pois é, nem gosto de pensar nisso.

— Bom, deixa pra lá. E nosso pai, como está?

Giácomo, o pai deles, mergulhara em uma forte depressão depois que a esposa, Bianca, faleceu de câncer aos 78 anos, pouco tempo depois que Enzo sumira. Agora, em plena velhice, viúvo, ele não tinha mais o ânimo de antes. Logo consolou-se no álcool e até com algumas drogas consideradas "leves", fazendo com que se tornassem cada vez mais raros seus momentos de saúde e lucidez.

— Hoje, ele acordou um pouco melhor. Inclusive foi trabalhar.

Giuliano reagiu aborrecido.

— Ah, meu Deus, não gosto disso. Papai não pode se estressar. Ele precisa descansar e fazer um bom tratamento.

— Também acho, mas você sabe como ele é teimoso e turrão. E, agora, então, viúvo... Ficou até bravo comigo, porque tentei impedi-lo de trabalhar.

O velho Giácomo fora um extraordinário profissional ao longo de sua vida, persistente e comunicativo, sempre batendo metas onde quer que trabalhasse.

Italiano tradicional, Giácomo, depois da morte de seus pais na Itália, veio para o Brasil, com sua esposa, ainda jovem. Pensando no futuro, tratou de deixar tudo acertado para receber a herança que o pai lhe deixara, e só então veio para o Brasil.

Instalaram-se em terras gaúchas, e lá ele conseguiu trabalhar em algumas das inúmeras vinícolas existentes nas cidades do Rio Grande do Sul, principalmente em Bento Gonçalves.

Com o tempo, ele tomou gosto pela coisa e aprendeu tudo que podia sobre aquele negócio.

Alguns anos depois, decidido a ter sua própria vinícola, e, sempre acompanhado pela esposa, Giácomo mudou-se para São Paulo e se instalou na cidade de São Roque, famosa pelos seus vinhos.

Com a experiência adquirida em Bento Gonçalves, logo se empregou em vinícolas da região.

Usando o que restava da pequena herança que seu pai lhe deixara e à custa de muita economia, muito esforço e trabalho, Giácomo conseguiu comprar alguns poucos hectares de terra naquela cidade e começou a colocar seu sonho em prática.

Depois de mais alguns anos, já com uma pequena vinícola funcionando modestamente, foi adquirindo mais alqueires e ampliando devagarinho seu negócio.

Somente quando, anos depois, já estava com duas vinícolas produtivas funcionando, uma em São Roque — a primeira e principal — e outra em Jundiaí, é que, concordando com a esposa, decidiu ter filhos.

E assim vieram os três filhos, que cresceram acompanhando de perto a intensa labuta do pai, plantando uvas e fabricando vinhos. Mas, desde adolescentes, nenhum deles interessou-se pelo trabalho operacional nas vinhas. Preferiram estudar para, no futuro, administrar o negócio, que apresentava resultados financeiros cada vez mais animadores.

Com o passar do tempo, as vinícolas Turim — assim batizadas em homenagem à cidade de origem dos pais de Giácomo — prosperaram, apresentando ótimos lucros. Numa estratégia muito inteligente, Giácomo fez da unidade de São Roque, até pela grande dimensão do seu terreno, exclusiva para plantação, cultivo e colheita das uvas e posterior produção do vinho. A unidade de Jundiaí, de dimensões menores, recebia as uvas, que eram transformadas em suco, passas e geleia.

Foi o sucesso delas que garantiu a boa educação dos filhos e a manutenção da confortável vida deles.

Giuliano cursou Economia e atendia às questões financeiras da empresa. Giovana formou-se em Administração e cuidava da parte organizacional. Apenas Enzo recusou-se a seguir uma carreira que poderia ser útil ao negócio da família, e, apesar de preferir Artes Cênicas, cursou Letras, contra a vontade Giácomo.

Em parte, por causa disso, Enzo desentendia-se frequentemente com o pai, até que, depois da discussão definitiva, abandonou a família, preferindo viver sozinho, sabe-se lá onde, nem como, pois não tinha emprego, apenas uma mesada; Giuliano e Giovana, como diretores da Turim, recebiam em conta-corrente bancária o pró-labore.

Se seu irmão voltasse, Giuliano acreditava que o afastamento ocorrido seria benéfico para fazê-lo valorizar um bom emprego e integrar-se às atividades da família.

Além de voltar a ter seu irmão por perto, foi também por isso que Giuliano se interessou pela conversa daquela mulher desconhecida.

O rapaz desligou o celular e voltou-se para pedir mais informações à velha senhora, mas ela simplesmente sumira.

Ansioso, Giuliano procurou em volta, foi até a entrada do bar, olhou para os lados, mas nem sinal da mulher. Certamente, ela se cansara de esperar, enquanto ele falava ao telefone.

Voltou e perguntou ao balconista:

— Escuta, amigo, por acaso você viu se a senhora que estava aqui ao meu lado, ainda há pouco, já saiu ou foi ao toalete ou coisa assim?

O jovem pareceu espantado.

— Uma senhora ao seu lado?

— Sim, você viu para onde ela foi?

O rapaz olhou para o espaço do salão e balançou a cabeça:

— Desculpe, senhor, não sei dizer. Tem muita gente aqui a essa hora, e não consigo observar a todos.

Giuliano não escondeu sua frustração.

— Entendo, obrigado mesmo assim. — Pagou o cafezinho e saiu.

O balconista acompanhou-o com o olhar, pensando: "Mas que sujeito esquisito... Não havia ninguém conversando com ele, estava falando sozinho... Pensei até que era maluco. Coitado".

CAPÍTULO 4

No trajeto de volta, Giuliano olhava atentamente para os lados, na esperança de encontrar a velha senhora, mas isso não aconteceu, para sua frustração.

No íntimo, estava se punindo: como pudera distrair-se no celular a ponto de perdê-la de vista?

Numa dessas olhadas, esbarrou em um homem, que vinha no sentido contrário. Quando se preparava para se desculpar, reconheceu seu amigo Polaco, que fazia parte da turma fraterna de Giuliano.

Essa turma era constituída por quatro amigos que, quinzenalmente, aos sábados, encontravam-se à noite no salão de eventos da Turim para bate-papo e diversão, ou seja, vinho, música e garotas — no caso, as respectivas namoradas ou esposas.

Polaco fora apresentado ao grupo por Enzo, com quem fizera grande amizade na faculdade. Ele tinha esse apelido, usado pelos íntimos, por ser absolutamente branco, desbotado e ruivo, quase albino. Não parecia brasileiro, mas sim alguém natural de países nórdicos, como Noruega, Suécia, Dinamarca ou Finlândia. Ele próprio não sabia explicar por que nascera assim. Era um ótimo sujeito. Alegre, sensível, comunicativo e muito leal.

No momento, trabalhava como corretor de imóveis, o que não o agradava nem um pouco, mas foi o que conseguira em um mercado de trabalho em crise.

Depois do abraço com tapas calorosos nas costas, começaram um diálogo descontraído:

— E aí, Giu? Que surpresa encontrá-lo no centro da cidade! Sei que não gosta daqui. Mudou de opinião?

— Nada disso, Polaco, continuo não gostando, mas tive que vir fazer uma cobrança. Já estou indo embora, quer carona?

— Agradeço, cara, mas também estou de carro e acabei de chegar. Tenho alguns negócios a tratar aqui. A gente se vê no sábado?

— Com certeza, espero você lá.

— Soube que seu pai não anda bem de saúde, é verdade?

— Infelizmente, é. Ele anda meio baqueado, mas Giovana está cuidando bem dele. Mesmo contra nossa vontade, não para de se movimentar. Já foi até trabalhar hoje.

— Ele vai ficar bom. Seu velho é duro na queda.

— Pois é, mas o tempo é implacável. Ele deveria se aposentar e curtir mais a vida, depois do tanto que já trabalhou.

— O pessoal da velha geração é assim mesmo, não para nunca. Até porque, se parar, morre.

Nesse momento, Giuliano lembrou-se de que Polaco fora muito amigo do seu irmão.

— Deixa eu te confessar uma coisa: ultimamente tenho pensado muito no Enzo. Fico torcendo para que alguém me traga uma notícia dele.

O amigo olhou para os lados, talvez para disfarçar a tristeza.

— Eu também, cara. Tenho uma baita saudade dele. Teu irmão era um cara muito legal.

— Eu sei. Acho que se ele tivesse que entrar em contato com alguém, seria com você, que foram grandes amigos.

— Infelizmente, nunca mais soube dele. Aliás, é engraçado você me perguntar isso logo agora.

Giuliano ficou intrigado.

— Por que engraçado?

— Ainda há pouco, passei por um cara que parecia bastante o Enzo, e, então, me lembrei dele. Aí você aparece e me pergunta sobre ele. Baita coincidência, né?

O coração de Giuliano bateu mais forte ao se lembrar do que a velha senhora lhe dissera no bar, e ele perguntou exaltado, apertando o braço do amigo com força:

— Onde estava esse cara parecido com o Enzo, Polaco?

— Ei, calma, velho, não se precipite, não era o Enzo. O sujeito estava maltrapilho e tinha a barba por fazer. E, além disso, estava embaixo de um viaduto, parecendo um morador em situação de rua. Imagine se seu irmão estaria numa situação dessas!

Mas Giuliano insistiu:

— Onde é esse viaduto, Polaco?

— Bom, se você insiste... — virou-se e apontou. — Siga em frente e ande três quarteirões. Depois, vire à esquerda e você logo avistará o viaduto. Mas não se anime, não era o Enzo, eu o conheço bem, não me enganaria.

— Valeu, amigo. Vou só dar uma conferida, por desencargo de consciência. Nunca se sabe, né?

Apertaram-se as mãos, e Giuliano saiu andando apressado, para espanto de Polaco, que, com um olhar intrigado, o acompanhou afastar-se.

CAPÍTULO 5

Andando a passos largos, Giuliano rapidamente chegou à esquina indicada pelo amigo. Olhou à sua esquerda e logo viu: lá estava o viaduto por onde muitos carros passavam diariamente, a toda hora.

Ele sabia que o bom senso não o deixava acreditar que seu irmão pudesse estar ali, mas alguma coisa em seu coração dizia-lhe que, mesmo sendo improvável, não era impossível.

Afinal, seria um ótimo esconderijo. Ninguém jamais pensaria em procurá-lo debaixo de um viaduto, no meio de moradores em situação de rua.

Um pouco tenso, Giuliano parou diante do viaduto.

De fato, no largo vão havia vários moradores em situação de rua, em pequenos grupos — alguns com família, a julgar pela presença de mulheres e crianças em volta. Era um lamentável quadro que comprovava a desigualdade social no Estado e a falta de uma assistência das autoridades para aqueles desfavorecidos pela sorte.

Giuliano apurou a vista, mas nenhum daqueles homens tinha qualquer semelhança com seu irmão, mesmo considerando os trajes em frangalhos, a barba e o bigode por fazer. Obviamente, ele conhecia bem Enzo, bem mais do que Polaco.

Já que fora até ali, não custava nada verificar melhor. Por desencargo de consciência, aproximou-se e caminhou lentamente pela esburacada calçada paralela ao vão do viaduto. Aquelas pessoas, vestindo farrapos, comendo algo em embalagens de papelão, estavam todas precisando de um bom banho, uma boa refeição, roupas decentes e assistência médica, mas pareciam ser invisíveis aos olhos das autoridades.

Já quase no fim do viaduto, a atenção de Giuliano voltou-se para um jovem, sozinho, sentado no chão e recostado numa caçamba de lixo.

Tão malvestido quanto os outros, com a barba por fazer, o rapaz parecia cochilar. Se fosse mesmo Enzo, tão acostumado ao conforto de um lar, como suportava aquele frio, desagasalhado como estava?

Giuliano dirigiu-se para o vão do viaduto, de forma a passar perto daquele homem sem, contudo, incomodá-lo.

Seu coração continuava batendo forte. Será que aquele indivíduo era mesmo seu irmão, que todos acreditavam que estivesse em algum país da Europa? Se fosse, o esconderijo, de tão óbvio, era realmente bom.

Sua dúvida dissipou-se quando percebeu uma pilha de três ou quatro livros ao lado do rapaz, perto de uma já surrada mochila. Na capa do primeiro volume da pilha conseguiu ler o nome do autor depois de aproximar-se mais: William Butler Yeats.

Santo Deus, ou era muita coincidência ou ali estava o irmão sumido de Giuliano! Aquele autor, poeta, dramaturgo e místico irlandês do século XX era o preferido de Enzo em seus estudos de Literatura. Inclusive, seu TCC — trabalho de conclusão de curso — fora justamente sobre a vida daquele artista romântico, exuberante e fantasioso — estilo bem ao gosto e ao jeito de ser do rapaz.

Naquele momento, Giuliano não pôde deixar de fazer uma viagem ao mundo das recordações. Lembrou-se do seu irmão, aos 11 ou 12 anos, de pé sobre uma das camas, como se ela fosse um palco, declamando poemas para Giovana e ele, que assistiam a tudo sentados no chão do quarto. E, no final, ao ouvir os aplausos dos irmãos, Enzo, feliz, curvava-se orgulhoso no tradicional gesto de agradecimento dos artistas.

Emocionado por essas lembranças, Giuliano distraiu-se. Ao dar um passo para chegar mais perto, pisou em alguns pedregulhos, provocando um ruído e despertando o jovem, que levantou o rosto e o olhou calmamente, sem demonstrar qualquer emoção, limitando-se a puxar mais um pequeno e surrado cobertor vermelho com listras pretas quadriculadas sobre os ombros e em volta do pescoço.

Aqueles olhos verdes e graúdos não deixavam dúvida: era mesmo Enzo. Dos três, ele era o único dos irmãos que fugia das características físicas do pai, pois puxara à mãe: tinha a pele muito clara, de corpo franzino, cabelos quase loiros e brilhantes olhos verdes.

Giuliano estava pasmo: aquele jovem era Enzo, sim. Mas, o que ele fazia ali, meu Deus? Certamente estava passando frio e fome, com a saúde debilitada e vestido quase com farrapos — e isso sem nenhuma necessidade! Tudo por causa de um desentendimento familiar, algo comum em tantas casas. Custava a Giuliano crer que, depois da discussão com o pai, certamente por rebeldia ou orgulho, para não dar o braço a torcer, seu irmão saíra batendo a porta e não voltara mais para casa, nem dera mais notícias, havia quase um ano.

Quanto tempo perdido com ausências! Ausência de abraços, conversas, risos, carinho e mesmo de moderadas discussões, que fazem parte do dia a dia de qualquer família.

Ali, debaixo do viaduto, que tremia com o movimento do intenso trânsito acima, durante algum tempo, os dois homens ficaram se olhando em silêncio, sem sorrisos, sem expressão facial.

Giuliano não sabia o que dizer. Talvez esperasse uma recepção mais amistosa do irmão, um sorriso, mas tudo o que via no rosto dele era apatia, quase indiferença. Procurando uma explicação, Giuliano chegou a pensar que Enzo talvez estivesse sob o efeito de alguma droga, o que explicaria o descaso.

Devagar, sentou-se ao lado do irmão, no chão, e ficou olhando para os transeuntes, pensando no que deveria dizer ou fazer. Era seu irmão, mas a ausência de quase um ano nas circunstâncias em que se dera interrompera a intimidade que antes havia entre eles. No passado, mais do que irmãos, haviam sido parceiros e até cúmplices em algumas aventuras e travessuras.

Foi Enzo quem falou primeiro, com voz lenta e impessoal. Estava rouco, parecendo resfriado — o que não era de se estranhar, exposto àquele frio e mal agasalhado.

— O que você está fazendo aqui?

Devagar, Giuliano olhou para ele e devolveu:

— Essa pergunta é minha: o que *você* está fazendo aqui?

O jovem não respondeu de imediato. Continuou calado por um instante, olhou para um lado e disse sem encarar Giuliano:

— Digamos que estou procurando paz.

Giuliano foi direto:

— E, depois desse tempo todo, já a encontrou?

O outro encolheu os ombros.

— Depende do que você entende como paz.

Giuliano falou devagar, em voz baixa, para não provocar o irmão:

— Enzo, não vim aqui filosofar.

O jovem sorriu com ironia.

— Bom, agora que você já sabe o que não veio fazer, me diga o que veio fazer.

— Levá-lo de volta para casa, para que possa se tratar e retomar sua verdadeira vida.

O rapaz olhou para o outro lado.

— Perdeu seu tempo.

— Todos nós perdemos tempo com sua ausência, irmão.

Ficaram um instante em silêncio. Depois, Enzo quis saber:

— Como me achou, se nem a polícia conseguiu, mesmo com os cartazes colados nos postes? Aliás, poderiam ter escolhido melhor a foto. Naquela, estou muito feio.

— Não seja irônico, Enzo. Estávamos sofrendo por sua causa.

— Você não respondeu à minha pergunta. Como me achou?

Mentalmente, Giuliano agradeceu à idosa que o procurara no bar, mas manteve-a em segredo — até porque sabia que seu irmão não acreditaria naquela história.

— Tive uma informante, que pediu para não ser identificado.

— Uma dedo-duro você quer dizer.

— Ou talvez uma pessoa que gosta muito de você.

Enzo mostrou um riso triste.

— Ah, está tirando uma da minha cara? Alguém que gosta muito de mim? Só rindo.

— Não é tão difícil assim, mano. Papai, por exemplo, sente muito a sua falta.

— O que não quer dizer que gosta muito de mim. Pode ser apenas remorso pela grosseria dele.

— Isso não é verdade, ele ama você.

Enzo deu um muxoxo.

— Não acredito. Minha mãe talvez sinta algo por mim.

Giuliano pensou um pouco se deveria contar a verdade para o irmão e concluiu que sim.

— Agora, com certeza, não sente mais. Ela está morta.

Lentamente, Enzo olhou para o irmão, parecendo não ter entendido o que ele dissera.

— Quê?

— Ela morreu três meses depois que você saiu de casa.

— Você está falando a verdade ou quer apenas me punir?

— Você me conhece, Enzo. Eu jamais mentiria sobre um assunto desses.

O rapaz ficou olhando fixamente para o irmão e, lentamente, seus olhos começaram a ficar vermelhos e úmidos. Então, puxando o cachecol contra o pescoço, ele levantou-se e afastou-se alguns passos, ficando de costas para o irmão.

Pela maneira como os ombros de Enzo sacudiam, Giuliano percebeu que seu irmão estava chorando. Também se levantou, aproximou-se dele e colocou uma das mãos sobre o ombro do rapaz.

— Nossa mãe o amava muito, Enzo. Perguntava sempre por você. Todo dia esperava que você entrasse de repente pela porta do quarto dela.

Ao ouvir isso, o choro de Enzo ficou mais forte. Seu irmão ficou calado, compreendendo e respeitando a dor dele, mas manteve a mão sobre o ombro do jovem.

Depois que se acalmou, Enzo voltou lentamente para o lugar onde estivera sentado, enxugando os olhos com as mãos. Giuliano seguiu-o e sentou-se também ao seu lado.

Ficaram em silêncio, até que Enzo falou com voz rouca, e não só por causa do resfriado:

— Minha mãe era quem me segurava lá. Se eu tinha alguma razão para voltar para casa, agora não tenho mais nenhuma.

Giuliano tentou outra estratégia para convencer o irmão.

— Tem, sim, Enzo. Estamos precisando de você na vinícola. Sozinhos, Giovana e eu não estamos dando conta do crescimento da empresa. Sabemos que você é esforçado e poderia nos ajudar, principalmente na parte de vendas, que você já conhece.

Havia ironia na voz de Enzo quando respondeu:

— Vocês, os executivos perfeitos, precisando de mim?

— Não somos perfeitos e estamos, sim, precisando de você. As duas vinícolas vão indo muito bem, mas poderiam ir muito melhor se pudéssemos contar com você.

— Isso não pode ser verdade. Quando me formei em Letras, meu pai disse que eu não iria prestar para nada.

— Papai estava errado, e agora ele sabe disso. Ele também não é perfeito e, além disso...

Giuliano hesitou, mas Enzo percebeu e fixou o olhar no irmão.

— O que mais?

O rapaz pensou um pouco antes de revelar.

— Nosso pai não está bem de saúde.

Enzo ficou um instante em silêncio e depois perguntou sem olhar para o irmão:

— Não que isso me diga respeito, mas estou curioso para saber: o que ele tem?

— Depois que nossa mãe morreu, ele entrou em uma forte depressão. Depois de algum tempo, parece que os remédios deixaram de fazer efeito, pelo menos foi o que ele disse. Então, para compensar, veio a bebida exagerada — e não é vinho, é bebida forte, tipo uísque, conhaque, vodca, coisas assim. E, agora, como o álcool parece não fazer mais o efeito que ele espera, desconfio que esteja experimentando alguma droga. Com tudo isso, perdeu peso, enfraqueceu e continua deprimido. Ele realmente não está nada bem. Parece ter perdido a vontade de viver.

Enzo balançou a cabeça, franziu os lábios e olhou friamente para Giuliano.

— Sabe o que eu acho, de verdade? Isso é chantagem emocional sua para eu voltar para casa.

— Não, Enzo, você está enganado. Isso é uma chance de você ver nosso pai ainda com vida.

Enzo ficou olhando para o irmão. Depois, disse sério:

— Não acredito em você.

Giuliano sentiu um pouco de raiva.

— Escute aqui, Enzo, não nego que eu quero que você volte para casa. A Giovana também quer, e, naturalmente, nosso pai e os funcionários. Mas, assim como a decisão de sair de casa e vir morar na rua foi sua, voltar ou não para casa também deve ser. Não tenho mais nada a lhe dizer, nem posso fazer nada para ajudá-lo, se você não quiser ajuda. Nossa conversa acaba aqui.

E levantou-se.

Enzo percebeu que seu irmão iria embora, mas não se levantou nem olhou para ele.

— Valeu sua tentativa, mano, mas não deu certo. Toque sua vida e me deixe em paz.

Giuliano mostrou um leve sorriso irônico, olhando para aquele ambiente frio, fedorento e sujo.

— Paz? Onde está ela?

Sem dizer mais nada, deu as costas e se afastou, sem olhar para trás.

Quando teve certeza de que estava fora das vistas de Enzo, Giuliano encostou-se a um poste e deixou que as lágrimas e os soluços saíssem livremente. Era um quadro patético e humilhante demais ver seu irmão naquele estado.

Alguns transeuntes olhavam com estranheza para aquele rapaz bem-vestido, que chorava copiosamente, amparado a um poste duro e frio.

CAPÍTULO 6

A Casa Turim era o escritório central das vinícolas e, ao mesmo tempo, uma grande loja onde os vinhos eram comercializados.

Estava instalada no bairro da Mooca, zona leste da capital, em um amplo espaço que, no passado, foi um enorme galpão de importadores que ali armazenavam seus inúmeros produtos vindos do exterior.

No começo, Giácomo investira pesado naquele espaço, porque tinha um sonho e sabia que poderia transformá-lo em realidade com trabalho, sorte e fé.

Com o que lucrara ao longo do tempo, adquiriu o imóvel e transformou o antigo galpão em um amplo e organizado prédio de três andares, que reunia escritório, ponto de vendas e residência da família.

Os vinhos ficavam expostos em um grande salão, no térreo, onde simpáticas vendedoras atendiam aos clientes. O fundo do salão fora fechado com uma parede, e, atrás da qual, havia o escritório, de onde Giovana e Giuliano gerenciavam toda a parte comercial e administrativo-financeira da empresa. A Enzo cabia o setor de vendas, que, provisoriamente, fora assumido pelo irmão.

A porta que dava acesso ao escritório só podia ser aberta por meio de uma senha. Qualquer um dos funcionários que não a tivesse ou a esquecesse teria de pedir, por um interfone conectado a uma secretária, que a porta fosse aberta pelo lado de dentro.

Conforme o projeto de engenheiros e arquitetos, com a estrutura física devidamente reforçada, mais dois andares foram erguidos acima, tão amplos quanto o espaço do térreo.

O primeiro andar constituía-se de um amplo salão decorado com certo requinte, pois era um espaço destinado a comemorações e reuniões com clientes, degustação e outros eventos. E o segundo andar, com confortáveis aposentos, abrigava a família.

O controle de acesso aos andares superiores era facultado por um corredor no lado de fora do prédio, cuja porta ficava à esquerda da loja. A entrada só era permitida após a identificação do visitante por meio de um interfone. De dentro da casa, um botão era acionado para que, se fosse o caso, a porta fosse aberta para o corredor e, logo adiante, ao elevador. Desnecessário dizer que havia discretas câmeras de segurança ao longo desse trajeto, inclusive dentro do elevador, para que todos pudessem ser identificados antes de serem autorizados a subir.

Giácomo, sempre muito preocupado com a segurança de sua família, negociara com a fabricante do elevador a instalação de um item especial que, do interior da residência, permitia-lhe, apenas por meio de uma pequena alavanca na cozinha, parar o elevador em qualquer ponto do percurso. Se algum visitante indesejável ludibriasse as câmeras, ficaria preso no elevador até a chegada da polícia.

Tudo isso poderia até ser considerado paranoia ou exagero do velho, mas ele tinha suas razões e seus temores para essas cautelas. Algumas poucas vezes comentara com seus filhos a respeito de assaltos que seu finado pai e ele próprio haviam sido vítimas na Itália, com riscos e perdas consideráveis.

Assustava-o a hipótese de perder tudo o que conseguira construir ao longo de sua vida com tantos sacrifícios.

Era dessa maneira que ele, a esposa — quando estava viva — e os três filhos moravam no segundo andar, juntamente com os antigos empregados: Francesco, o motorista; Albertina, sua companheira e cozinheira da casa; e Gina, a filha deles, responsável pela faxina. Fora uma sorte extraordinária de Giácomo ter encontrado essa pequena família também descendente de imigrantes italianos.

O espaço da moradia era bem amplo. Além do quarto do casal, havia três outros para cada filho e, nos fundos, mais dois menores, onde se acomodavam os três empregados.

Outrora muito alegre, atualmente a casa ressentia-se de um enorme vazio emocional provocado por duas ausências: a de Enzo, que decidira seguir a vida fora de casa, e o falecimento de Bianca. Ambas as perdas deixaram o até então forte e lutador Giácomo terrivelmente abalado e em profunda depressão.

Para espanto de Giuliano, Giovana não se surpreendeu tanto quanto ele esperava quando lhe disse que encontrara Enzo vivendo debaixo de um viaduto e que ele se recusara a voltar para casa, preferindo continuar como morador em situação de rua.

— Giu, ao encontrar Enzo, você realizou uma grande proeza, o que nem a polícia conseguiu. Parabéns! Mas, quanto a ele não querer voltar para casa, isso não me surpreende nem um pouco, é bem o jeito rebelde dele. Na verdade, eu acho que nosso irmão ainda não cresceu, continua uma criança birrenta e teimosa, vivendo de fantasias, como um poeta sonhador e inconsequente.

"Essa maneira de pensar da minha irmã é surpreendente!", pensou Giuliano, ao perceber que ela não se abalou nada ao receber aquelas notícias.

Não era a primeira vez que ele ficava admirado com a serenidade dela, habitualmente a mais calma dos três, apesar de ser a caçula.

Giovana era uma bela morena, bem ao estilo das italianas tradicionais: lábios carnudos e seios fartos combinando com o restante do corpo opulento. Giuliano tinha um grande carinho por ela e fora seu amigo e confidente depois de um frustrado e decepcionante episódio amoroso que ela sofrera, logo que entrara na faculdade. Haviam prometido nunca mais tocar naquele assunto, mas ele sabia que sua irmã nunca se recuperara do que se tornara um trauma.

Giuliano achava a irmã muito linda, principalmente quando ela sorria descontraidamente, mas agora a conversa era séria.

— Não consigo entender nem aceitar isso, Gi. Ele poderia desfrutar de uma família que o quer perto, uma boa posição na vinícola como diretor, boas roupas, assistência médica, alimentação, amigos e, no entanto, prefere ficar na rua, como indigente, passando frio e fome, prejudicando a saúde, mendigando comida. Não, definitivamente não entendo.

— Não o leve tão a sério, Giu. Sei que você é bastante racional e ponderado, mas faça um esforço para compreender a cabeça dele. Como artista e poeta, como ele se classifica, Enzo deve estar achando tudo isso uma grande aventura, uma experiência fascinante, um laboratório, como dizem os artistas. E, além disso, ele se sente quebrando tabus e desafiando a sociedade. É um rebelde sem causa. Um dia, vai escrever um livro contando tudo com o maior orgulho.

— Pois eu acho que, na idade dele, isso não passa de imaturidade, minha irmã!

— Em outras palavras, foi o que acabei de dizer. Enzo ainda não cresceu, apesar dos 24 anos, do nível universitário e da sua ampla cultura literária.

Giuliano levantou-se, impaciente. Não concordava com a posição quase condescendente da irmã.

— Enfim, quero que você saiba que, agora que o encontrei, não vou desistir de trazê-lo de volta e de fazê-lo crescer logo.

Ela olhou para o irmão com admiração.

— Boa sorte, vou torcer para que você consiga. Se precisar de ajuda, pode contar comigo.

Giuliano deu um beijo na testa da irmã e subiu para o primeiro andar. No próximo sábado, à noite, haveria reunião ali com sua turma de amigos, e ele queria deixar o ambiente já preparado. Lá, encontrou Gina limpando o local.

O rapaz admirava muito aquela moça. Ela era eficiente, discreta e ágil. Também era muito bonita nos seus 22 anos, mas se comportava como se tivesse mais idade. Quase nunca saía para passear e, pelo que se sabia, não tinha namorado.

— Oi, Gina, nem preciso pedir, e você já veio arrumar o salão.

— Quero deixar tudo pronto para sua reunião, patrão.

Ele fingiu ralhar:

— Pare com essa história de patrão, Gina, somos da mesma família.

— É apenas respeito, seu Giuliano.

— E também não quero isso de seu Giuliano. Sou apenas Giu, como todos me chamam nesta casa.

— Está bem, seu Giu.

Ele não teve outra saída senão explodir numa gostosa gargalhada.

— Ah, você não tem jeito, Gina.

Ela sorriu timidamente, feliz diante da reação dele.

— Voltarei amanhã, quando a reunião acabar, para deixar tudo em ordem para o dia seguinte. Seu Giácomo não gosta de ver este salão desarrumado.

— Não precisa, Gina, a gente se vira e deixa tudo limpinho. Não perca seu sono por causa disso. Nem sabemos a que horas a reunião terminará.

— Não tem importância, seu Giu, eu durmo tarde mesmo e gosto de fazer isso.

Ele deu de ombros.

— Está bem. Jovem como é, sei que você aguenta o tranco.

Gina saiu do salão e se dirigiu ao quarto que fora de Enzo.

Aquela conversa sobre Enzo despertou em Giovana uma imensa saudade dele. Seu irmão era mesmo rebelde, porque sonhava com uma vida mais livre, mais descompromissada e, assim, não mostrava disposição para entrar no negócio dos vinhos. No fundo, tinha alma de artista, de poeta, e nisso não era compreendido nem pelo seu pai nem mesmo pelo irmão.

Certamente, ela não concordava que a fuga de casa tivesse sido a solução certa para os conflitos, mas essas atitudes impulsivas eram típicas dele, e isso ela compreendia, embora não gostasse nem as justificasse.

Saudosa, entrou no quarto que era ocupado por Enzo. Quando ele ainda morava lá, aquele aposento estava quase sempre desarrumado. Seu irmão não era exatamente um exemplo de organização.

Mas, agora, a cada semana, Giovana pedia a Gina, a arrumadeira, que fizesse uma pequena faxina ali. Quando seu irmão voltasse, encontraria seu quarto em ordem.

Se voltasse.

A primeira coisa que Giovana viu, quando entrou no aposento, foram os livros, um monte deles. Uns lotavam uma pequena estante e havia alguns outros que estavam dispostos sobre a mesa de cabeceira e sobre uma cadeira. Gina não tocava neles com frequência, com receio de que houvesse algum critério de ordenação para mantê-los assim, e ela não queria desarrumá-los. Apenas tirava-lhes o pó, com cuidado, mas os recolocava da maneira que estavam.

Havia muitos tratados sobre literatura, romances clássicos, mas, principalmente, livros de poesias.

A moça aproximou-se e percebeu que se destacavam aqueles de autoria de William Butler Yeats, um poeta romântico e fantasioso como seu irmão, ainda que ele não fosse poeta na acepção do termo.

Giovana pegou um deles, folheou algumas páginas e o colocou no lugar onde estava.

Olhou para a cama cuidadosamente arrumada e limpa, abriu e fechou o guarda-roupa, verificou o estado do banheiro e achou tudo em ordem. Gina era muito competente. Se Enzo decidisse voltar para casa, de surpresa, encontraria seu quarto em condições de uso imediato.

Giovana assustou-se, quando Gina entrou no quarto.

— Oh, me desculpe, dona Giovana, não sabia que estava aqui. Vim fazer a faxina.

— Não se preocupe, Gina, eu estava só matando a saudade do meu irmão, olhando as coisas dele.

— Também sinto muita falta dele. O senhor Enzo estava sempre alegre, brincando com a gente, declamando poesias.

— Ele era maluquinho, mas enchia esta casa de amor, até o dia em que discutiu com papai.

— Desculpe dar minha opinião, dona Giovana, mas seu irmão não deveria ter ido embora por causa disso. Todas as famílias discutem. Eu mesma, de vez em quando, bato boca com meus pais, mas logo isso passa.

— Concordo com você, Gina, mas o Enzo é muito impulsivo.

A empregada ficou um pouco pensativa:

— Será que ele volta, dona Giovana?

— Espero que sim, Gina, nós o amamos muito.

— Que Deus a ouça.

— Bom, vou deixá-la fazer seu trabalho.

Giovana saiu e fechou a porta, sem esconder sua emoção ao lembrar-se do irmão.

CAPÍTULO 7

Na manhã seguinte, Giuliano teve uma ideia para aquela noite com os amigos; ele proporia algo diferente.

De hábito, os participantes sentavam-se em círculo, no espaçoso salão, sobre enormes, largas e confortáveis almofadas. Ao fundo, ficava o bar composto de um elegante balcão com superfície de mármore escuro.

Nesses encontros, não havia garçons ou qualquer outra pessoa além do grupo de amigos. A cada instante, de forma alternada, um deles se levantava e ia até o bar encher as taças com vinho para servir aos demais.

Havia algumas "regras" ali: a primeira determinava que o grupo só poderia beber vinho ou suco da Turim, nenhuma outra bebida — e isso tinha uma óbvia razão de ser: ali era a sede da fabricante.

A segunda regra proibia o uso de qualquer droga naquele salão, mesmo cigarro. Esse era um item do qual Giuliano não abria mão, tal sua ojeriza a qualquer tipo de entorpecente.

A terceira não era bem uma regra, mas uma questão de bom senso e educação: nada de gargalhadas escandalosas, gritos ou músicas e cantorias em alto volume. Afinal, no andar de cima, morava a família de Giuliano, e alguns de seus membros já se preparavam parar dormir ou repousar naquele horário. Dependendo dos assuntos discutidos, alguns desses encontros se estendiam até de madrugada.

É bom que se diga que essas diretrizes foram democraticamente formuladas pelo próprio grupo, em consenso. Assim, não havia problemas quanto à observação delas.

O grupo era composto por quatro casais jovens — nenhum deles tinha mais de 30 anos e todos trabalhavam e estudavam, alguns já haviam concluído a faculdade.

Um ponto em comum entre os homens: todos haviam estudado no *campus* da Universidade de São Paulo (USP), e, embora tivessem concluído cursos diferentes, conheceram-se lá, e a amizade continuou.

Polaco namorava Tina, tão loira quanto ele; Edu, o mais jovem, estava com a atriz Sofia; e Dico, o único casado da turma, tinha Pietra, uma simpática filha de russos, como esposa. Ele tocava violão muito bem, e ela, quando tinha o instrumento disponível, mostrava que era uma talentosa virtuose no violino.

Giuliano estava acompanhado por Melissa, uma garota muito bonita, o que talvez explicasse sua tendência exibicionista, tanto que se vestia de maneira a chamar a atenção para suas formas exuberantes. Formara-se em Design de Interiores, mas nunca escondeu seu real desejo de ser modelo. Os dois formavam um casal bonito, mas sem quase nenhuma liga afetiva, além da companhia agradável para ambas as partes. Na verdade, não havia envolvimento amoroso entre eles, só sexo, e ambos pareciam contentar-se com a condição de acompanhantes.

Giuliano a conhecera durante uma balada em que ambos haviam bebido bastante vinho e depois passaram a noite juntos. Mantiveram o relacionamento mais por atração física do que por qualquer outra afinidade que pudessem ter.

O excessivo ciúme dela era uma frequente causa de conflitos na relação, que já não era muito forte por parte de Giuliano.

O curioso é que, de uma forma ou de outra, o vinho servira de cupido para a formação daqueles casais, fosse em encontros em noites de degustação, visitas às vinícolas, palestras ou eventos, tudo girando em torno da bebida. Foi assim que se conheceram.

Naquela noite, antes de descer para o salão, Giuliano foi até o quarto que era ocupado por Enzo, da mesma forma que Giovana fizera no dia anterior.

Ao entrar no aposento, seu olhar ficou triste, quando viu aquele espaço agora vazio.

Pegou o livro de Yeats que estava sobre a mesa de cabeceira — provavelmente o último que Enzo lera antes de sair de casa — e decidiu levá-lo para a reunião. Sensibilizado por ter encontrado o irmão, resolveu que faria uma homenagem a ele, lendo um poema do seu autor favorito.

Dificilmente os casais se atrasavam, por isso, quando Giuliano adentrou o salão, às 21 horas, todos já haviam chegado e estavam saboreando os vinhos e petiscos disponíveis.

Abraçaram-se carinhosamente e, como sempre, Melissa permaneceu ao lado de Giuliano, segurando-o pelo braço de forma insinuante e possessiva.

Em seguida, cada casal escolheu uma almofada, jogando-se nela bem à vontade. Nada ali era formal, mas havia uma certa "agenda".

Num primeiro momento, era servida uma rodada de vinho — na verdade, mais de uma — para "aquecer" o grupo.

De início, como sempre, cada um deles era convidado a dizer como estava se sentindo naquela quinzena e por que. Era um momento para desabafos e compartilhamento de acontecimentos relevantes, sentimentos, emoções e estado de espírito.

Em seguida, Dico apresentava duas ou três músicas com seu violão, cantadas por ele, que quase sempre era acompanhado pelo coro dos demais. E, claro, durante todo esse tempo, as rodadas de vinho se sucediam.

A parte seguinte da reunião era aberta a qualquer assunto. Geralmente, falavam sobre projetos, ideias, descobertas, qualquer tema considerado interessante, ou a respeito de algo que gostariam de ouvir a opinião dos demais. Não era comum falarem de política ou esporte, temas considerados polêmicos e que, por isso mesmo, tendiam a gerar discussões desnecessárias e incompatíveis com os objetivos do encontro. Mesmo quando falavam sobre futebol, era mais a título de gozação ou pilhéria, ninguém levava esse assunto realmente a sério.

Naquela noite, o encontro transcorria como das vezes anteriores, mas, ao final, Giuliano pediu a palavra. Todos silenciaram, porque isso não era comum. Na verdade, de todos os amigos, ele era o que menos se manifestava; daí a surpresa.

Melissa, que estivera todo o tempo recostada nele, olhou-o com surpresa e segurou seu braço com as mãos.

Quando Giuliano começou a falar, sua voz estava algo arrastada, porque bebera além do que era habitual nos encontros.

— Meus amigos, como vocês sabem, há quase um ano, meu irmão Enzo saiu de casa, e hoje estou com uma imensa saudade dele. — Giuliano decidira não contar que o havia encontrado, porque temia uma "caçada" geral, e isso poderia fazer com que seu irmão, incomodado, sumisse para outros lugares. Por isso, continuou: — Então, nesta noite, decidi fazer uma homenagem a ele. — Com movimentos lentos, pegou o livro que estava ao seu lado, aquele que encontrara no quarto do irmão. — Como vocês devem saber, Enzo, formado em Letras, era apaixonado pela poesia, pelos poetas, e por um deles em particular: um poeta e dramaturgo irlandês do século XX chamado William Butler Yeats. Vou ler alguma coisa dele, e esta é minha homenagem a Enzo.

Todos se acomodaram melhor para prestar atenção naquele novo momento.

Giuliano abriu o livro de forma aleatória, e seu semblante alegrou-se.

— Ah, que coincidência! Abri justamente em um dos seus poemas preferidos: *The Song of Wandering Aengus,* cuja tradução é "A Canção do Delirante Aengus". Bem a propósito, pois meu irmão era dado a delírios. — O que deveria ser uma piada, soou como algo melancólico. Ele fungou, pigarreou e começou:

"Eu fui para uma floresta de nogueiras,
Porque minha mente estava inquieta.
Eu colhi e limpei algumas nozes,
E apanhei uma cereja, curvando o seu fino ramo".

Aquele texto, poético, fantasioso e cheio de metáforas, tinha muito a ver com Enzo. Por isso, emocionado, Giuliano não conseguiu continuar logo a leitura, pois seus olhos ficaram embaçados pelas lágrimas. Seus amigos, também emocionados, permaneceram em silêncio, aguardando que ele se recompusesse.

Giuliano fazia força para continuar, mas as lágrimas não deixavam, e o pesado silêncio se manteve.

Foi quando, para seu alívio, ouviu uma voz feminina que continuou a declamar o poema, a partir de onde ele parara:

"E, quando as claras mariposas estavam voando,
Parecendo pequenas estrelas, flutuando erráticas,
Eu lancei framboesas, como gotas, em um riacho.
E capturei uma pequena truta prateada".

Surpreso, Giuliano olhou em volta, tentando identificar de quem era aquela voz. Não era de Melissa, pois ela estivera todo o tempo ao seu lado.

As demais garotas estavam quietas, olhando-o um tanto surpresas. Simplesmente não havia como saber quem fora a declamadora, a menos que se apresentasse ou seu parceiro a denunciasse.

De qualquer forma, aquela inesperada ajuda deu-lhe tempo suficiente para se recuperar e continuar a leitura:

"Quando eu a coloquei no chão
E fui soprar para reativar as chamas,
Alguma coisa moveu-se e eu pude ouvir,
E, alguém me chamou pelo meu nome".

Novamente, com a voz embargada, teve que parar. E, novamente, aquela voz auxiliadora veio em seu socorro, prosseguindo com o poema:

"Apareceu-me uma jovem, brilhando suavemente
Com flores de maçãs nos cabelos.
Ela me chamou pelo meu nome e correu
E desapareceu no ar, como um brilho mais forte".

Depois de uma pequena pausa durante a qual o silêncio permanecia absoluto, Giuliano continuou a leitura, entusiasmado por ter encontrado uma parceira que, como tudo indicava, sabia o texto de cor:

"Talvez eu esteja cansado de vagar em meus caminhos
Por tantas terras cheias de cavernas e colinas,
Eu vou encontrar o lugar para onde ela se foi,
E beijar seus lábios e segurar suas mãos".

Desta vez, Giuliano parou de propósito e, como ele esperava, a voz concluiu o poema:

"Caminharemos entre coloridas folhagens,
E ficaremos juntos até o tempo do fim do tempo, colhendo
As prateadas maçãs da lua,
As douradas maçãs do sol".

Feliz e ainda emocionado, Giuliano fechou o livro e dirigiu-se aos amigos:

— Gente, que agradável surpresa: temos aqui uma talentosa declamadora de primeira. Quero saber quem é e depois dar-lhe um carinhoso abraço.

Nenhuma das moças se manifestou.

Giuliano pediu mais uma vez:

— De quem foi a linda voz que me salvou ao continuar o poema?

Novo silêncio.

— E ainda é tímida? Ora, vamos, foi uma declamação maravilhosa! Sei que não foi Melissa, porque esteve do meu lado. Portanto, qual de vocês, queridas, é a artista? Qualquer uma das três, que tenha sido minha parceira, já é minha musa desde já.

Mas novamente nenhuma das jovens se apresentou.

Giuliano balançou a cabeça, levemente contrariado.

— Eu não acredito que a dona desse notável talento e saber poético, pois não é todo mundo que conhece a obra de Yeats, esteja nos negando o prazer de admirá-la. Por favor, garotas, estou pedindo.

Tina, a namorada de Polaco, chamou-o, levantando a mão:

— Giuliano!

Ele se virou para ela, surpreso e sorrindo:

— Foi você, Tina? Não acredito!

— Não, Giuliano, desculpe, não fui eu. Na verdade... — ela hesitou, olhando para os amigos, visivelmente embaraçada. — Bem, é que...

— Diga, querida, não se acanhe. Não foi você?

— Não fui eu, mas, é que... — tornou a hesitar.

Polaco ajudou a namorada:

— Giuliano, na verdade, o que Tina está querendo dizer, e não está conseguindo, é que nenhum de nós neste salão ouviu coisa alguma além da sua voz. E, portanto, nenhuma das garotas aqui declamou o poema.

Giuliano se surpreendeu:

— Oi? Como é que é?

Dico completou:

— Isso mesmo, Giu. Você começou a ler esse lindo poema, mas interrompeu a leitura três vezes por causa da emoção, e nós aguardamos que você se recuperasse, respeitando seu sentimento. Mas, veja bem, aguardamos em absoluto silêncio, todos nós, respeitosamente. Ninguém falou nada.

Giuliano estava embaraçado e sorriu meio sem jeito.

— Vocês estão tirando uma da minha cara? Todas as vezes em que parei, uma voz feminina continuou. Tem alguém brincando aqui, e não sou eu.

O silêncio foi absoluto. Ninguém sabia o que dizer, pois não queriam contrariar o amigo. Parecia-lhes que alguma coisa estava muito errada com ele.

Melissa falou baixinho para Giuliano, pegando sua mão:

— Querido, eles estão certos. Não houve nenhuma voz feminina aqui declamando, só ouvimos a sua. Você parou algumas vezes, e nós aguardamos em silêncio.

Giuliano olhou para ela, entre surpreso e algo irritado, e, em seguida, dirigiu-se ao grupo:

— Galera, se isso é alguma pegadinha, não é o momento oportuno. Eu estava fazendo uma homenagem séria ao meu irmão.

Dico falou cautelosamente:

— Giuliano, todos aqui o amam e são seus amigos. Entendemos e adoramos sua homenagem a Enzo, de quem também gostávamos muito. Portanto, nenhum de nós seria tão inoportuno e inconveniente para brincar numa hora dessas com uma coisa tão séria.

Giuliano pigarreou e falou sério, voltando a sentar-se, sempre com o livro na mão:

— Pessoal, calma, sem estresse. Deixem-me recapitular o que houve. Comecei a ler o poema predileto do meu irmão e, depois de algumas linhas, a emoção me fez parar. Então, uma voz feminina continuou a declamação.

Polaco se manifestou:

— Esse é o ponto, Giu, é aí que está a questão. Você recapitulou tudo certinho, até o momento em que parou a primeira vez. Ninguém continuou nada, todos aqui ficamos em silêncio, cara. Por que você não acredita nisso?

Giuliano levantou-se rapidamente, preocupado.

— Se você está falando a verdade, Polaco, então, tem alguma garota estranha aqui, escondida em algum lugar deste salão. Entrou sem ser convidada e sem ser notada, e eu não sei como conseguiu isso.

Melissa tentou acalmá-lo:

— Calma, querido, não tem ninguém escondido aqui. Com tantas medidas de segurança, é impossível algum intruso ter acesso à casa sem ser visto.

Giuliano estava impaciente.

— Como não tem ninguém, gente? Uma mulher me ajudou a declamar. Se não foi nenhuma de vocês, só pode ter sido alguma penetra escondida.

Polaco retrucou com calma e cautela. Ele era o amigo com mais tempo de proximidade com a família, por isso tomava sempre a iniciativa de falar, mesmo discordando:

— Não há penetra alguma, amigo. Simplesmente, não houve nenhuma voz declamando, além da sua.

Giuliano perdeu a calma:

— Parem com isso, não estou alucinando.

Polaco aproximou-se dele.

— Ninguém está alucinando, Giuliano, apenas, vez ou outra, a gente bebe além da conta e acontece de ver ou ouvir coisas inexistentes. Isso pode ocorrer com qualquer um de nós.

Giuliano soltou um riso nervoso.

— Que bobagem é essa, Polaco? Alguém aqui já me viu embriagado? E também não estou drogado. Se estou dizendo que ouvi uma voz de mulher, é porque ouvi, caramba. E foram três vezes! Sempre que parei, ela completou o poema! Não estou imaginando coisas! Por que eu inventaria isso?

Melissa tentou acalmar os ânimos dele.

— Querido, não se irrite, isso não tem importância alguma, já passou.

— Como não tem importância, Melissa? Há oito pessoas nesta sala, e só eu ouvi a garota declamando? Como não tem importância?

Na falta de argumentos, respostas ou explicações, todos permaneceram calados por um instante. Até que Edu se manifestou:

— Bom, pessoal, eu proponho o seguinte: já é tarde, já bebemos muito, nos divertimos bastante e acho melhor irmos dormir.

Duas ou três vozes concordaram.

Antes de sair, todos fizeram questão de abraçar Giuliano e agradecer por mais uma acolhida. Ele correspondeu a todos, mas parecia confuso e esgotado.

Quando ficaram a sós, Melissa aproximou-se, abraçou-o por trás e carinhosamente fez o convite:

— Giu, você parece muito cansado e estressado. Vamos tomar um banho juntinhos e nos deitar. Vou lhe fazer uma massagem, que vai deixá-lo como novo. — E abriu inteiramente a blusa, mostrando o exíguo sutiã. Era uma imagem sedutora, mas Giuliano não se deixou envolver. Ele se voltou e segurou delicadamente o rosto dela com as duas mãos.

— Melissa, não me leve a mal, você é linda, e adoro sua companhia, mas hoje prefiro ficar sozinho. Esse episódio do poema mexeu demais comigo e não fiquei legal. Tenho certeza de que não seria uma boa companhia.

Ela continuou insinuante, esfregando os seios nele:

— Pois isso é mais uma razão para eu ficar e dar-lhe uma massagem especial, bem especial.

Giuliano estava cada vez mais constrangido.

— Desculpe, Mel, eu realmente preciso ficar só para refletir um pouco.

— Amor, não leve tão a sério o que aconteceu. Já passou e foi apenas um... — Ela escolheu bem a palavra para não irritá-lo ainda mais — ...Um equívoco, apenas isso.

— Pode ser, mas não é só isso, tenho outros assuntos a resolver. Inclusive, preciso decidir o que vou fazer a respeito do Enzo.

Ela não desistia, mantendo a blusa tentadoramente aberta.

— Não entendo por que você insiste nessa busca pelo seu irmão. Ele já é bem grandinho e, quando achar que é hora, voltará para casa.

— Eu sei, mas não é tão simples assim. Pelo meu pai, sinto que devo insistir em encontrá-lo. E eu também sinto falta dele.

Ela afastou-se e mostrou-se amuada.

— Bom, você é quem sabe.

— Isso mesmo. Preciso pensar a respeito, e é melhor fazer isso sozinho.

Ela estava quase irritada.

— Não acredito! Você quer mesmo que eu vá embora? Está me dispensando?

Ele tentava amenizar:

— Desculpe, Melissa, mas estou muito cansado e, como já lhe disse, não seria uma boa companhia.

Ela o olhou séria, suspirou, abotoou apressadamente a blusa, pegou sua bolsa e o casaco e encaminhou-se para a porta.

Ele ainda tentou suavizar o clima:

— Você quer que eu a leve? Já é muito tarde.

— Não precisa. Mal participei da reunião, porque estava ansiosa para quando ficássemos a sós, mas vejo que não valeu a pena o sacrifício.

— Desculpe, Mel.

— Fique bem.

E a moça saiu pisando forte e batendo a porta, visivelmente contrariada.

CAPÍTULO 8

Giuliano ficou olhando para a porta por um instante. Depois, voltou-se para o espaço onde, havia pouco, o grupo estivera reunido.

Com cuidado, bem devagar, fez uma pesquisa por todo o salão, em busca da declamadora misteriosa, uma suposta penetra, que ele acreditava ainda estar por ali, escondida, pois não vira ninguém estranho sair.

Depois de algum tempo, frustrado por nada ter encontrado, voltou a sentar-se na almofada onde estivera durante a reunião.

Ficou olhando para o teto, como que procurando ali alguma resposta. Só poderia ter sido uma brincadeira de mau gosto de alguma das garotas, que, depois, ficara receosa de se apresentar. Não havia outra explicação. Ou havia?

De repente, teve uma ideia: iria ler outro poema de Yeats e faria novas interrupções. Quem sabe assim a declamadora misteriosa não se controlaria e apareceria novamente?

Giuliano voltou a pegar o livro que deixara sobre o pufe, abriu numa página ao acaso, encontrou *When You Are Old* (Quando Ficares Velha) e começou a ler:

"Quando já fores velha e grisalha, e com sono,
Pega este livro: junto ao fogo, a cabecear,
Lê com calma; e com os olhos de profundas sombras
Sonha, sonha com o teu antigo e suave olhar".

Então, propositalmente, interrompeu a leitura.

E, como ele esperava, a voz de mulher continuou o poema:

"Muitos amaram-te horas de alegria e graça,
Com amor sincero ou falso amaram-te a beleza;
Só um, amando-te a alma peregrina em ti,
De teu rosto a mudar amou cada tristeza".

Giuliano, levantando-se satisfeito e sentindo-se triunfante, pensou: "Aí está ela! Te peguei, mocinha!". E foi caminhando cautelosamente, continuando a ler, na direção de onde supunha ter vindo a voz.

"E curvando-te junto à grade incandescente,
Murmura com amargura como o amor fugiu...".

O rapaz interrompeu a leitura. E a voz continuou:

"E caminhou montanha acima, a subir sempre,
E o rosto em multidão de estrelas encobriu".

Giuliano fechou o livro com vigor e falou para o invisível espaço à sua frente:

— OK, garota, você perdeu, te achei. Pode aparecer.

Mas a voz suave veio de trás dele:

— Estou aqui, meu querido.

Ele voltou-se rápido, decidido a ralhar com a penetra, mas desistiu diante da surpresa: era a mesma senhora idosa que lhe aparecera no bar, no centro da cidade, e que lhe dissera onde encontrar Enzo.

Ele perguntou intrigado:

— Ei, o que está acontecendo aqui?

Ela respondeu sorrindo, com uma voz meiga e amistosa:

— O que você acha, Giuliano?

— Eu já conheço a senhora!

— Claro que já me conhece. Você estava em um bar da cidade tomando um cafezinho quando nos vimos pela primeira vez.

— Como a senhora entrou aqui?

— Isso é o que menos importa agora, meu querido.

— Mas eu gostaria de saber quem lhe deixou entrar. Isso é uma falha grave da segurança.

— Não procure culpados, querido, ninguém precisou me deixar entrar, eu apenas entrei.

— Não consigo entender isso. O que a senhora quer? O que veio fazer aqui?

— Calma, Giuliano. Nem vai me agradecer por tê-lo ajudado a encontrar seu irmão? Nem por ter completado a declamação dos poemas de Yeats?

Giuliano sentou-se e pôs as mãos na cabeça.

— Santo Deus, isso não pode estar acontecendo, estou ficando louco.

— Não diga isso, Giuliano, isso não é loucura nenhuma. Eu posso explicar tudo direitinho.

Ele olhou-a meio bravo.

— Vai explicar também porque nenhum dos meus amigos ouviu-a declamando, apenas eu? Todos pensaram que eu estava alucinando.

— Pois acredite que todos eles estavam errados, você não alucinou coisa nenhuma.

— Que tal começar me dizendo quem é a senhora, de onde me conhece e como entrou aqui sem ser vista?

— Querido, uma pergunta por vez. Antes, devo preveni-lo de que você ouvirá de mim algumas coisas nas quais não vai acreditar. Pelo menos, por enquanto.

— Não quero parecer rude, mas que tal experimentar e deixar que eu decida?

— Está bem, mas depois não diga que não avisei. — Calmamente, a senhora caminhou até uma almofada diante dele e sentou-se. — Vamos lá. Sou sua avó Monalisa, mãe do seu pai, Giácomo.

Giuliano olhou a mulher com ironia, dando uma risada nervosa.

— Desculpe, pensei que fôssemos conversar a sério.

— Estou falando sério.

— Então a senhora bebeu.

A reação dela foi inesperada: cobrindo a boca com as mãos, deu uma gostosa gargalhada, mas sem perder a elegância. Depois, respondeu com calma:

— Não bebo, querido, apesar de meu pai gostar muito de vinho e do meu filho, que é seu pai, ter fundado uma vinícola. Acredite, nunca bebi.

Giuliano estava descrente e foi sincero:

— Perdoe minha franqueza, mas preciso dizer que, quando a conheci naquele bar, tive uma impressão melhor da senhora. Mas, depois do que acaba de me dizer sobre ser minha avó, sinceramente...

Ela não parecia aborrecida por não ser levada a sério.

— Agora está me achando maluca.

— Não quis dizer isso, mas, ora, minha senhora, brincadeira tem hora. Deveria ter escolhido ser outra pessoa. Minha avó Monalisa já morreu há muitos anos.

— Claro, eu sei que morri faz tempo. Uma pena, aliás. Eu gostava da vida que levava, cuidando do seu pai, lá em Turim.

Giuliano olhou para os lados, avaliando a possibilidade de ter que fugir correndo, pois começava a achar que aquela mulher poderia ser uma louca foragida e fosse atacá-lo a qualquer momento. Achou melhor não contrariá-la, como os psiquiatras recomendam quando a pessoa com quem você estiver conversando parecer ter perdido o juízo.

— Está bem, vamos aceitar a brincadeira. Se a senhora já morreu, como é que está aqui, falando comigo?

— Bom, isso pode ser fácil ou difícil de explicar, depende de você. Sabe o que é Espiritismo?

Ele balançou a cabeça.

— Não, senhora, nunca ouvi falar.

— Então, vai ser mais difícil lhe explicar minha presença do que eu imaginava.

— Como perguntei da outra vez, que tal tentar?

— Está bem, então, vamos lá. Eu sou um espírito, o espírito da sua avó Monalisa.

Giuliano ficou intrigado. Nunca ouvira falar dessas coisas.

— Um espírito?

— Isso mesmo, um espírito. — Ela levou a mão aos lábios, rindo. — Puxa vida, quase ia cometendo uma gafe. Ia dizer "isso mesmo, um espírito em carne e osso" como vocês, vivos, costumam dizer. Mas agora eu não tenho carne nem osso, veja só! — E riu novamente. — O que vê é o que chamamos de perispírito, normalmente invisível. Mas, em certos casos, ele pode passar por uma espécie de modificação e se tornar visível, como agora.

Giuliano levantou-se, foi até o bar e serviu-se de uma taça de vinho generosamente cheia. Começava a achar que dormira depois da reunião e estava sonhando. Acordaria a qualquer momento e toda aquela conversa seria apenas uma lembrança.

Então, voltou a sentar-se e brincou:

— Se eu entendi bem, é como se a senhora fosse um fantasma, é isso?

Ela negou, balançando a cabeça bem devagar.

— Não, senhor. Fantasmas não existem, mas os espíritos, sim. O que geralmente as pessoas chamam de fantasma é um espírito vagando por aí.

— E por que a senhora veio vagar logo aqui na minha casa?

— Por um bom motivo, rapaz, mas lembre-se de que esta casa é como se fosse minha também, afinal, pertence ao meu filho, seu pai.

— É verdade, me desculpe. Mas, o que isso tem a ver com Espiritismo, o termo ao qual a senhora se referiu?

— Vou tentar simplificar ao máximo. Está disposto a me ouvir?

Agora, ele queria saber como aquela história iria terminar.

— Claro, fique à vontade.

— Espiritismo é uma doutrina que afirma que o espírito de uma pessoa é imortal. A pessoa morre fisicamente, mas o espírito sobrevive e vai para outra dimensão, para, depois, voltar à Terra em outro corpo.

— Mas, pelo que me lembro de algumas fotos suas que vi, parece que a senhora está com o mesmo corpo que tinha antes de morrer.

— Claro, porque ainda não voltei, não chegou a hora. Estou só aparecendo para você, e nós, espíritos, costumamos aparecer com a mesma aparência de quando vivos, para sermos reconhecidos.

Fosse por efeito do vinho ou da sua ferrenha racionalidade, Giuliano se mostrou irônico.

— Sei. Então o espírito da pessoa fica nessa de ir e vir?

— De certa forma, sim, mas não é tão simples como você deve estar imaginando, algo como um *tour*. Eu recomendo a você que, depois de hoje, procure se informar a respeito do assunto. Vai lhe ser muito útil e vai lhe fazer bem, acredite. Sei que depois você me agradecerá.

— Farei isso ou pelo menos vou tentar fazer isso. Mas, eu continuo querendo saber por que, no meio de oito pessoas, só eu ouvi a senhora declamando.

— Na certa, você nunca conheceu um médium.

— Nem sei o que é isso.

— Pois deveria saber, porque você é um.

Ele olhou para ela, quase brincalhão.

— Eu sou um... um médium?

— É, e não sabe. Aliás, todas as pessoas são, em maior ou menor grau, mas não há dúvida de que você é um deles.

Ele continuava não levando aquela conversa muito a sério.

— Nesse caso, preciso saber o que isso significa.

— Médium é a pessoa que tem a capacidade de ver e ouvir os espíritos e até conversar com eles. São conhecidos como médiuns videntes ou audientes, conforme a capacidade que possuam. Você tem ambas.

Mesmo sem acreditar no assunto, Giuliano decidiu alimentar a conversa para descobrir até onde iria aquela história, que, para ele, começava a ficar divertida. De qualquer forma, também não podia esquecer que fora graças àquela senhora que encontrara Enzo.

— Já que a senhora parece que entende do assunto, me diga: todos os médiuns têm essa capacidade de ver e ouvir os mortos?

— Não, nem todos, mas alguns podem desenvolvê-la. Como eu já disse, você é um deles, por isso me vê e me ouve. Seus amigos não são. Por isso, não conseguiram me ouvir. Entendeu, agora?

Ele sorriu.

— Entender, entendi, mas, me desculpe, só não estou acreditando nisso tudo.

Novamente, ela não se importou com a descrença dele, mantendo a serenidade.

— Bom, independente de você acreditar ou não, é assim que é.

— Tudo bem, mas eu não pedi a ninguém para ser médium. Não quero passar a vida vendo e ouvindo gente morta.

Ela voltou a rir, levando as mãos aos lábios.

— Essas coisas, a gente não pede, querido. É algo que alguns já trazem mais fortemente ao nascer.

Giuliano ficou pensativo, olhando para aquela simpática idosa sentada à sua frente. Como poderia ser um espírito se parecia uma pessoa? Mas se fosse uma pessoa, como poderia ter entrado na casa sem ser vista? Aquilo era absolutamente fora de qualquer lógica e, portanto, deveria haver uma explicação que fizesse algum sentido.

Como agora a mulher parecia inofensiva, e como não tinha alternativa, o rapaz decidiu entrar no jogo dela — se é que era um jogo.

— Bom, supondo que tudo isso seja verdade, o que a senhora veio fazer aqui?

— Que bom que você perguntou, achei que não estava me levando a sério. Minha vinda aqui é uma continuação do nosso encontro no bar. Então, preste bem atenção ao que vou dizer.

— Estou prestando.

Agora, a senhora estava séria.

— Eu vim lhe dizer que você precisa ajudar seu irmão. Se ele não receber ajuda logo, vai começar a se drogar com mais frequência, e já sabemos como essas coisas costumam acabar.

— A senhora estava certa sobre o que me disse no bar. Enzo não foi para a Europa. Eu já o encontrei, mas ele não quer sair da rua, não quer voltar para casa. Portanto, não sei se poderei ajudá-lo.

— Pode e deve. Preste bem atenção nisso: trazê-lo de volta para casa é sua missão. E você não tem muito tempo para essa tarefa, se ainda quiser rever seu irmão com vida.

— O que a senhora quer dizer com essa história de missão? O que é uma missão?

Nesse momento, Gina entrou no salão trazendo itens de limpeza. A moça ficou desconcertada.

— Oh, me desculpem, eu não sabia que ainda havia gente aqui. Perdão se interrompi a conversa de vocês.

Giuliano respirou aliviado. Então, Gina também estava vendo Monalisa! Isso significava que ele não estava louco, nem delirando.

— Não se preocupe, Gina, foi uma visita de última hora, e você não atrapalhou nada.

— Eu volto depois. Me desculpem mais uma vez.

Antes que ela saísse, Monalisa perguntou:

— Qual é seu trabalho nesta casa, mocinha?

— Eu faço a limpeza, senhora.

— Você estuda?

A moça sorriu meio sem graça.

— Fiz o Ensino Médio. Agora estou vendo se consigo arrumar um tempo para continuar.

— Deve continuar, você me parece muito inteligente. Fale com seu patrão.

Giuliano interveio:

— Depois me procure para falarmos sobre isso, Gina.

— Está bem, obrigada. Com licença. — Ela se curvou e saiu.

Monalisa sorriu.

— Ora, veja só, quem você tem dentro de casa! Uma médium que me vê e me ouve! Esplêndido! Você precisa prestar mais atenção nessa moça.

— Estou tão surpreso quanto a senhora. Não fazia a menor ideia de que Gina pudesse ter essas... essas capacidades.

— Pois tem. E se você achava que estava alucinando, então, agora são dois alucinados... — E sorriu. — Não me leve a mal, mas essa moça pode ser mais bem aproveitada, há muita gente precisando da ajuda de uma médium como ela.

— Confesso-lhe que realmente não sei o que pensar.

A porta de entrada do salão foi subitamente aberta, e Melissa entrou, interrompendo a conversa.

Giuliano pensou de imediato como iria explicar a presença daquela senhora na sala, àquela hora.

Mas não foi preciso explicar nada, pois Monalisa simplesmente desaparecera.

Melissa entrou e aproximou-se do rapaz com uma expressão desconfiada.

— Com quem você estava conversando, Giuliano? Pensei que queria ficar sozinho, mas ouvi sua voz e parecia conversar com alguém.

Ele pensou rápido:

— Não estava conversando com ninguém. Não vê que estou sozinho?

— Pois é isso que está me preocupando: na reunião, ouviu vozes, que ninguém mais ouviu, e agora está falando sozinho.

Ele pensou logo numa explicação:

— Não há nada de estranho nisso: eu estava tentando decorar outro poema de Yeats para a próxima reunião.

Melissa pareceu não acreditar muito. Tanto que vagou pelo salão, lenta e disfarçadamente, procurando por mais alguém. Depois, voltou para perto de Giuliano, que a questionou:

— Por que você voltou e a esta hora? Já deveria estar dormindo.

— Quando saí, você não estava bem. Fiquei preocupada e vim ver como estava.

— Obrigado, mas, como pode ver, não havia motivo para preocupação. Acho até que se arriscou vindo aqui sozinha a esta hora da noite.

Melissa pareceu não se importar com a observação dele.

— Você está melhor?

Ela o abraçou, demonstrando evidente interesse em continuar a noite ali, mas se decepcionou com a resposta dele.

— Pelo contrário, não foi uma boa ideia tentar decorar o poema de Yeats. Eu me lembrei de Enzo, e você sabe que isso mexe comigo.

— Pois não devia mexer, ele já é adulto e deveria saber tomar conta de si, sozinho.

— Deveria, mas não sabe.

Giuliano sabia que Melissa não gostava do irmão dele, e isso o incomodava um pouco.

Ela insistiu:

— E o que você pretende fazer?

— Vou continuar procurando-o.

— E, enquanto isso, nós dois...

A reação dele não foi nada simpática.

— O que tem nós dois?

Ela percebeu que não era uma boa hora para esse tipo de conversa e achou melhor não insistir.

— Nada, nada. Vou embora, não quero importuná-lo. — Melissa pegou a bolsa e saiu aborrecida.

Giuliano serviu-se de mais vinho e sentou-se novamente na almofada. Precisava refletir, não sobre Melissa, mas sobre aquela mulher (ou espírito?) que se dizia sua avó.

Não se lembrava de alguma vez na vida ter se sentido tão confuso.

CAPÍTULO 9

Na manhã seguinte, Giuliano encontrou o pai e Giovana no desjejum. Olhando discretamente para Giácomo, o rapaz o achou muito abatido, mais magro e com a barba por fazer, o que contrariava seu antigo jeitão vaidoso.

O velho comentou:

— Ontem à noite, nem vi a hora que você subiu, Giuliano. Parece que a reunião foi boa mesmo.

Giuliano decidiu que não era conveniente comentar o aparecimento do suposto espírito de Monalisa. Aquilo poderia provocar um desnecessário debate familiar sobre fé, crendices e religiosidade.

— Foi muito boa, pai. Como sempre, o pessoal se divertiu bastante. E o senhor, como está?

Foi Giovana que respondeu:

— Ainda de ressaca, Giuliano. Tenho notado que de nada adianta nosso vinho ser excelente, ele agora prefere outras bebidas, não é, pai?

O velho deu um muxoxo.

— Que exagero, filha.

Ela contestou com alguma rispidez:

— Exagero? Eu vi a hora que o senhor chegou da fábrica e as condições em que estava. — Virou-se para o irmão. — Tropeçando, Giuliano, tropeçando. Você precisava ter visto.

Giácomo tentou justificar-se.

— Por uma boa razão, filha. É que tivemos um grupo de visitantes importantes, futuros compradores e distribuidores.

Giuliano interveio:

— Pai, o senhor sabe que não lhe faz bem ficar tomando tanto essas bebidas fortes. O senhor sempre foi moderado com o álcool e não trocava nosso vinho por nada, mas, agora...

Sem olhar para os filhos, ele retrucou:

— Não sei se vocês conseguem imaginar isso, mas o prazer que o álcool me dá é uma das poucas alegrias que ainda tenho.

Giovana irritou-se e foi dura:

— Desculpe dizer isso, pai, mas beber não vai trazer a mamãe de volta.

O velho passou a mão calejada por entre os cabelos grisalhos.

— Eu sei, filha, mas pelo menos me faz não pensar nela.

— Só até passar o efeito da bebida, papai. Depois, o senhor volta a se lembrar dela, volta a beber e tudo recomeça. Enquanto isso, a saúde está indo embora.

Ficaram em silêncio, até que Giácomo, afastando a xícara de sua frente, falou:

— Eu quero que vocês saibam de uma coisa: sempre tive três objetivos na vida. Primeiro, foi me casar com a mãe de vocês. Depois, foi ter minha própria vinícola e, por último, foi deixar minha família com recursos suficientes para continuar vivendo bem, sem depender de mim nem de ninguém. Agora que cumpri esses objetivos, vocês querem que eu faça o que, além de buscar um pouco de prazer? Daqui para frente, cabe a vocês tocarem nosso negócio e continuar fazendo-o crescer e prosperar. Eu só vou à empresa para levar futuros clientes ou para curtir minhas realizações, que me deixam muito orgulhoso.

Implacável, Giovana retrucou com firmeza:

— Nós queremos mais do que um negócio próspero, pai.

— O quê, por exemplo, filha?

— Queremos o senhor vivo e com saúde.

O velho balançou a cabeça.

— Ora, minha filha, pra quê?

Ela indignou-se:

— Mas que pergunta sem sentido, pai. Para amá-lo, ora.

Ele ficou olhando para a filha por um momento.

— E você só me amará enquanto eu for vivo? Depois que eu morrer, acabará seu amor por mim?

— Não foi isso o que eu quis dizer, pai.

— Você ainda ama sua mãe, mesmo ela estando morta?

— Claro que sim, mas...

— Isso quer dizer que ficar vivo só para ser amado por vocês não é um bom motivo para me cuidar, embora o amor de vocês seja muito valioso para mim. Quando eu me for, descansarei, mas ainda terei o amor de vocês.

Giuliano procurou encerrar aquela conversa pesada, mudando de assunto.

— Bom, eu insisto em querer saber: de verdade, pai, como está sua saúde?

Ele deu outro muxoxo.

— Ora, filho, na minha idade, ela já deu o que tinha que dar. Por isso, troquei o remédio pela bebida, que me deixa muito mais feliz, sem grandes efeitos colaterais. — Nova pausa na mesa. — E, por falar em felicidade, o Lozzano pagou a dívida?

— Que nada, pediu mais prazo. É um safado. Acho que agora só uma medida judicial poderá fazê-lo pagar.

— Também acho, acabou minha paciência. Fale com o doutor Manfredini. Diga-lhe para entrar com a cobrança judicial e que não é para fazer qualquer concessão, nenhum abatimento, nem desconto. E tem que cobrar juros pelo atraso. Aquele caloteiro vai ter que nos pagar tudo direitinho.

— Com certeza, pai. Vou falar com o Manfredini ainda nesta semana.

Depois de nova pausa, o velho saiu-se com uma pergunta inesperada:

— Vocês têm alguma notícia do Enzo?

Giovana mostrou-se algo irritada.

— Por que agora está todo mundo preocupado com o Enzo? Espero que não tenham se esquecido de que ele nos deixou por livre e espontânea vontade.

— Porque ele é meu filho e irmão de vocês. Bastam esses motivos para eu estar preocupado com ele. E, além disso, precisamos dele nas vinícolas.

A filha continuava irritada.

— Para fazer o quê, pai? Ler poesias enquanto os outros trabalham?

Giácomo amaciou a voz, tentando acalmar Giovana.

— Não seja tão implacável com Enzo, filha. Eu já fui muito duro com ele, e vejam no que deu.

— Duro? Já se esqueceu das grosserias que ele disse ao senhor naquela discussão?

— Ora, eu também disse a ele coisas que não devia.

— Mas o senhor é o pai dele, tem esse direito.

— Você está enganada. O fato de ser pai não dá a ninguém o direito de insultar ou desrespeitar um filho. Naquela noite, eu também perdi a cabeça e não deixo de me punir todos os dias por isso.

Giuliano, que até então se mantivera calado, de cabeça baixa, ouvindo aquele diálogo, quis saber:

— Esse remorso faz parte dos motivos para o senhor beber da maneira que está bebendo, pai?

Giácomo confirmou com um gesto de cabeça.

— Faz, sim. E, antes que você me diga, sei que beber também não vai trazer Enzo de volta. Isso só vai acontecer quando ele quiser.

A filha continuava incomodada:

— Então está bem, vamos aguardar a boa vontade dele. Enquanto isso, o senhor continua se embriagando e estragando sua saúde.

Ao se lembrar de algo importante, Giuliano aproveitou o breve silêncio que se fez e falou:

— Pai, mudando de assunto, eu queria saber se o senhor tem fotos da minha avó.

Giácomo se surpreendeu com aquela pergunta inesperada do filho.

— Fotos da minha mãe? Fotos da Monalisa?

— Ela mesma.

O velho sorriu, meio desconcertado.

— Por que isso agora, filho? Ela já se foi há tanto tempo...

Giuliano pensou rápido numa mentira. Não poderia contar a ninguém que vira um espírito, que se dizia sua avó, e até conversara com ele.

— É que tive um sonho e nele aparecia uma senhora dizendo que era minha avó. Eu queria apenas comparar a fisionomia dessa mulher do sonho com uma foto da vovó, pois não me lembro das feições dela.

— Interessante esse sonho, pois você nem chegou a conhecer minha mãe, por isso não pode lembrar mesmo. Mas tenho fotos dela, sim. No meu quarto, dentro da primeira gaveta da cômoda, tenho um álbum cheio de fotos da família. Ali, certamente, encontrará muitas de sua avó, a maioria já desbotada pelo tempo.

— Tantas fotos, assim, pai?

— Antigamente, eu fotografava tudo, era uma mania. Aniversários, batizados, casamentos, visitas, viagens. Tudo. Era minha distração. Hoje, a visão gasta já não me permite esse prazer.

— Posso pegar o álbum? Gostaria de dar uma espiada nele. Prometo que devolvo.

— Pode pegar. Faz tempo que não o vejo. Talvez nem me fizesse bem rever aquelas fotos. — Giácomo levantou-se. — Bom, vou trabalhar, mesmo sendo domingo.

Giovana reclamou:

— Pra quê, papai? O senhor já trabalhou demais na vida. Por que não fica em casa, descansando?

— Filha, se você me quer vivo por muito mais tempo, me deixe trabalhar. Ficar em casa sem fazer nada, para mim, seria suicídio, não iria durar muito mais. — Giuliano piscou para a irmã, querendo dizer "Deixa pra lá. Não o irrite." — E, além disso, não vou me cansar. Francesco vai me levar até Jundiaí, e eu vou dormindo no caminho. E, chegando lá, vou apenas ver se as coisas estão indo bem e depois dar um bom passeio por entre as vinhas. Olhar para aquelas uvas me revigora.

Os dois irmãos entreolharam-se. Nada poderiam fazer para impedir o velho de sair.

CAPÍTULO 10

No fundo, Giovana não era tão dura quanto parecia quando dialogava com o pai e os irmãos.

Anos antes, já fora uma jovem doce e tranquila, mas algo dramático ocorrera na sua vida amorosa que transformou seu perfil, tornando-a severa e descrente nos homens.

Tudo aconteceu quando estava no primeiro ano da faculdade de administração, no horário noturno.

Desde o começo das aulas, mostrou-se uma aluna disciplinada e quieta, levando muito a sério todas as matérias.

Então, inesperadamente, algum cupido desocupado e sem escrúpulos atingiu-a com uma flechada certeira.

Nem a própria Giovana saberia dizer por que se sentira atraída pelo atendente da lanchonete da faculdade.

Ela era uma jovem tímida e retraída, por isso não recebia muita atenção dos rapazes, enquanto Nico — esse era o nome do rapaz — tratava-a com uma atenção toda especial, fazendo-a sentir-se muito importante e única. E, além disso, ele era muito bonito, tinha um belo sorriso, lábios grossos e flamejantes olhos azuis.

Uma noite, quando o rapaz serviu algo no balcão para Giovana, em um intervalo das aulas, suas mãos se tocaram por acaso, e ela sentiu um arrepio gostoso lhe percorrer o corpo com aquele toque.

O que ela admirava muito em Nico era o fato de ele sempre perguntar-lhe como fora a aula, se o trajeto até a faculdade tinha sido tranquilo, como estava sua saúde, coisas que mostravam interesse e respeito para com ela — pelo menos era assim que Giovana sentia. Talvez tivesse sido o conjunto de tudo isso que a fez sentir-se irresistivelmente atraída por aquele moço estranho e encantador, muito popular.

No meio do semestre, Giovana percebeu-se doidamente apaixonada pelo cara. Pegou-se várias vezes pensando nele durante as aulas, estava se tornando distraída, porque Nico ocupava todas as suas atenções e fantasias românticas.

Experiente, ele percebeu o efeito que seus toques faziam nela e, por isso, os encontros "casuais" das mãos tornaram-se mais frequentes, e ela já esperava por isso. Em cada toque, seu corpo vibrava por inteiro, de forma muito envolvente.

Numa noite em que ela permanecera mais tempo na lanchonete, ele sentou-se à sua mesinha redonda e, exibindo para ela aquele sorriso irresistível de sedutor crônico, perguntou:

— Giovana, não é?

Ela fingiu surpreender-se:

— Oi?

— Seu nome é Giovana, não é?

A moça fez uma expressão de ingênua.

— Como sabe?

— Já ouvi seus colegas de classe a chamarem. Aliás, eles também a chamam de Gi, não é?

Ela estava vermelha de emoção diante da proximidade dele. A moça praticamente podia sentir o calor da pele de Nico e quase não conseguia falar. Respondeu num fio de voz:

— É.

Sem o menor acanhamento, o rapaz disse olhando-a fixamente:

— Gi, é o seguinte: quero namorar você.

Giovana tremeu: nunca ninguém fora tão direto assim. Ela só soube dizer:

— Oi?

— Você entendeu. Quero você como minha namorada. Sou solteiro, livre, desimpedido e estou apaixonado por você.

— Verdade?

— Totalmente apaixonado. Aceita ser minha namorada?

Olhando fixamente para ele, ela estava paralisada, com a respiração ofegante. Sem ao menos pensar direito, ouviu-se respondendo:

— Tá, aceito.

Já não havia alunos nas proximidades. Apenas a robusta senhora, que trabalhava na cozinha preparando os lanches, observava a cena. O rapaz ergueu o corpo sobre a mesinha e beijou-a levemente nos lábios.

— Sei que vamos nos entender. Escrevi o número do meu telefone neste papel, me ligue quando puder. Estarei esperando.

Levantou-se e voltou para dentro da lanchonete.

Giovana ficou ali, sentada, sem entender direito o que acontecera, mas seus lábios ardiam, e ela passou a mão de leve sobre eles. Aquele fora seu primeiro beijo nos lábios!

Quando foi pagar a conta, Nico não estava no balcão, apenas Carmem, a cozinheira:

— Posso pagar para você, Carmem?

— Pode, minha filha, Nico foi ao banheiro.

Quando Carmem voltou com o troco, aproximou o corpo do balcão para ficar mais perto de Giovana e disse-lhe baixinho:

— Não se ofenda com o que vou lhe dizer, mas tenho o dobro da sua idade e uma filha como você — olhou para trás e continuou: — Cuidado com o Nico, ele não presta. Não se deixe envolver por ele.

Giovana não gostou do que ouviu e perguntou franzindo a testa:

— Por que você está me dizendo isso, Carmem?

— Porque percebi que ele está dando em cima de você. Ele faz isso com todas as novatas aqui, uma de cada vez.

Giovana não acreditou ou não quis acreditar.

— É mesmo? Pois ele me parece um cara legal.

— Só parece, minha filha, só parece. Tome cuidado.

Giovana se afastou brava com a cozinheira. Devia ser pura fofoca ou inveja. Talvez ele tivesse o salário maior do que o dela.

Saiu pensando: "Por acaso ela está pensando que sou alguma criança ingênua? Já sei tomar conta da minha vida, ora bolas!".

Revoltada, Giovana também pensou que deveria ter dito isso à cozinheira. Talvez dissesse no dia seguinte.

Ao chegar em casa, Giovana não sabia se deveria comentar o ocorrido com algum de seus irmãos. Talvez não. Certamente, eles a repreenderiam por ser tão fácil e até leviana. Imagine, deixar-se beijar nos lábios por um rapaz que nem conhecia direito! E ainda aceitar ser namorada dele! Onde estava com a cabeça?

Decidiu. Era melhor não falar sobre isso com ninguém, pois nem ela entendia direito o que fizera. Mas esses dilemas e essas dúvidas não a impediram de ligar para Nico na manhã seguinte.

— Oi, é a Gi.

— Oi, garota, eu já estava esperando sua ligação.

— Como você sabia que eu ia ligar?

— Por uma razão muito simples: fomos feitos um para o outro, tenho certeza.

Em vez de considerá-lo um convencido, ela ficou emocionada.

— Como você sabe disso?

— Eu sabia desde a primeira vez que a vi na faculdade. Seus olhos e seus lábios falaram para mim. Eu quero beijá-la melhor, aquele beijo na lanchonete foi muito rápido, na verdade, foi só um selinho. Quero beijá-la de verdade.

Giovana achava incrível e maravilhoso como ele dizia as coisas de modo tão direto e sedutor. Perguntou, mas com medo de afastá-lo:

— Você não acha que está indo muito depressa?

Ele não titubeou:

— Garota, não temos tempo a perder, ninguém tem. Uma hora dessas acontece uma guerra, uma pandemia, o mundo acaba, e a gente não aproveitou a vida direito.

Ela se impressionou com essa perspectiva.

— Você acha mesmo?

— Tenho certeza. Escute, precisamos nos encontrar fora da faculdade.

— De que jeito?

— Você nunca dá uma esticadinha depois das aulas?

— Quase nunca, não gosto de ficar andando por aí à noite. Mas, algumas vezes, saio para me encontrar com algumas amigas e tomar um suco ou sorvete.

— Onde vocês costumam ir?

— Na lanchonete do Luiz, perto daqui. Sabe onde é?

— Claro que sei, vou muito lá. De certa forma, é meu ponto de encontro.

— Encontro com quem?

— Com meus amigos, ora. Quando você pode ir lá sem as amigas? Quero ficar a sós com você, será mais gostoso.

Em outras circunstâncias, ela acharia o linguajar dele muito inapropriado, mas agora adorava sua objetividade. Pensou um pouco.

— Posso ir amanhã se eu sair antes da última aula. — Considerou que assim seria melhor, pois não correria o risco de encontrar alguma colega de classe por lá.

— Então, está combinado. Te espero amanhã à noite, tipo 21 horas, na frente da lanchonete do Luiz, e aí conversaremos melhor.

Giovana desligou o telefone com o coração aos pulos. Que loucura era aquela? Iria se encontrar com um sujeito que mal conhecia! Bom, sempre ouvira dizer que jovens cometem loucuras por amor. Não viviam cobrando que ela fosse "normal"? Então, que mal haveria em um encontro com o namorado, numa lanchonete?

Giovana chegou primeiro. Entrou, sentou-se a uma mesinha próxima da porta e pediu um suco. Poucos minutos depois, pela janela de vidro, ela o viu na frente da lanchonete.

Um tanto nervosa pela "aventura", pagou a conta e saiu ao encontro de Nico.

Ele sorriu, pegou-a pelo braço e conduziu-a:

— Venha comigo. Aqui tem muita gente.

Surpreendida pela ação dele, Giovana seguiu-o docilmente até um beco escuro quase ao lado da lanchonete. Ele entrou e puxou-a para si. Ato contínuo, beijou-a nos lábios de maneira forte, molhada, com sofreguidão, muito diferente daquele beijo suave na lanchonete da faculdade.

Giovana não sabia direito o que fazer, como reagir, mas, instintivamente, correspondeu ao beijo. E gostou. Foi intenso, apaixonado, envolvente e selvagem.

Quando ele a soltou, disse tão ofegante quanto ela:

— Garota, aqui está muito desconfortável. Vamos ao meu apartamento ficar mais à vontade.

Ela reagiu um pouco assustada:

— Ao seu apartamento, Nico? Mas, eu...

Antes que ela respondesse, da entrada da lanchonete, alguém chamou:

— Ei, Nico!

Ele e Giovana já iam caminhando, mas o rapaz parou e voltou-se para quem o chamara. O sujeito fez um sinal de positivo, mostrando o polegar para cima.

— Espere um pouco aqui, garota, não se mexa, volto logo. Só vou pegar um negócio.

Nico se encaminhou depressa até aquele rapaz que o chamara, os dois conversaram um pouco, então, Nico recebeu algo que guardou no bolso do casaco e, por sua vez, de lá tirou algo que entregou ao amigo. Então, voltou para onde estava Giovana.

— Seu nome é mesmo Nico?

— Não, garota, meu nome é Nicolau, que acho horrível. Não sei o que minha mãe tinha na cabeça quando me deu esse nome. Prefiro que me chamem de Nico. Venha comigo.

Atravessaram a rua pouco movimentava àquela hora e pararam diante de um belo e novíssimo carro esportivo vermelho. Giovana não entendia de carros, mas era óbvio que aquele se tratava de um modelo de luxo. Ela tinha um veículo simples, que ficava mais tempo na garagem do que nas ruas, pois não gostava de dirigir. A moça nem saberia dizer que modelo estava ali à sua frente, mas era um senhor carrão.

Ela ficou abismada.

— Este carro é seu?

— Um deles, garota. Pode entrar e relaxar.

Ele dirigia numa velocidade muito acima da recomendada. Rodaram pouco antes de chegar ao moderno edifício onde Nico morava, no décimo andar.

No elevador, ele voltou a beijá-la com força. Na hora, ela só temia que ali houvesse câmeras.

Giovana ficou mais admirada quando entrou no apartamento dele. Era pequeno, mas de alto nível, com móveis novos e elegantes. Uma grande e larga janela de vidro mostrava uma bela visão da cidade.

Nico mal esperou a porta ser fechada para agarrar Giovana, beijá-la e começar a despi-la. Ela não resistia, só pensava que era aquilo mesmo que as moças modernas faziam. Era o que elas chamavam de "amasso" ou "pegação". Que mal faria? Mais dia, menos dia, ela teria que fazer isso também. Então, que fosse com Nico, por quem estava apaixonada.

Sem que ela percebesse claramente, logo estavam na cama e aconteceu o que já era previsível. Ele despiu-a sem resistência e cobriu-a com seu corpo musculoso.

Era a primeira vez em sua vida que ficava nua para um homem e a primeira vez que via um homem inteiramente despido.

Quando tudo se acalmou, Giovana ficou pensando no que acontecera. Nem gostara muito, até sentiu algumas dores, mas Nico parecia satisfeito — e isso, para ela, era o mais importante, pois devia significar que ela não o decepcionara.

Timidamente, Giovana perguntou baixinho:

— Você percebeu que foi minha primeira vez?

Ele mostrou-se vaidoso:

— Percebi e adorei. Hoje em dia não se encontram mais garotas da sua idade que ainda sejam virgens.

Ela fez uma pausa.

— Você acha que agimos bem?

— Claro, é isso o que todos os namorados fazem. Relaxe.

Nova pausa.

— E se eu ficar grávida?

Ele riu alto.

— Pô, meu, engravidar logo na primeira vez? Seria muito azar, garota. Mas, por precaução, amanhã cedo, vá à farmácia e compre a "pílula do dia seguinte". Já ouviu falar?

— Já li algo a respeito, mas não me interessei.

— Tome amanhã cedo e não se preocupe. Minhas amigas dizem que funciona de verdade.

— Vou fazer isso. — Mais uma pausa. — Eu queria te fazer uma pergunta.

— Estou ouvindo. Pergunte o que quiser.

— Você tem outro emprego além daquele na lanchonete da faculdade?

Ele olhou intrigado para ela.

— Por que você está perguntando isso?

— Bem... É que... É por causa do seu carrão e deste apartamento. Tudo isso é muito caro. Você tem tudo isso só com o salário da lanchonete?

— Lógico que não, garota. Eu faço uns bicos para aumentar a renda e ter uma namorada bonita como você. Mas este apartamento é emprestado, é de um grande amigo meu. E o carrão comprei a prazo, a perder de vista. As prestações são suaves.

— Ah, bom, eu estava intrigada.

Ele se virou para ela e beijou-a.

— Não se preocupe, garota, sou um cara limpo.

— Mais uma perguntinha: você pretende mesmo ficar comigo?

— Ué, que pergunta idiota é essa?

— Quero saber se vamos ficar namorando por muito tempo ou se sou apenas uma... uma aventura. Você é um cara bonito e deve ter muitas garotas de olho em você, inclusive na faculdade.

— Tem mesmo, um monte delas, mas eu escolhi você. Não falei que estava apaixonado? Claro que pretendo ficar com você.

Ela sorriu, feliz.

— Posso acreditar nisso?

— Vou lhe provar.

E mais uma vez ela deixou-se levar pela incontrolável atração física que, sem explicação, sentia por aquele rapaz.

Depois de algum tempo, ele disse:

— Quero te ver amanhã, de novo. No mesmo lugar, no mesmo horário.

— Se você preferir, posso vir direto para cá, agora que sei seu endereço.

— Não, o pessoal deste prédio é muito fofoqueiro, se mete na vida de todo mundo, e eu não quero que falem mal de você. Prefiro que nos encontremos na lanchonete. Inclusive, tenho uns negócios para acertar lá.

— Com aquele seu amigo?

— Ele mesmo. Vamos, vou levar você para casa, mas, antes, quero lhe pedir uma coisa: por enquanto, é melhor que nosso namoro fique só entre nós. Ninguém precisa saber, nem na faculdade. Tudo bem para você?

— Tudo bem, acho até melhor. Assim evitamos fofocas.

— Ótimo. Então, vamos.

Ainda bem que Giuliano e Enzo costumavam sair à noite, e seus pais e os empregados já deviam estar dormindo. Assim, pessoa alguma veria Giovana, e ela não precisaria dar explicações a ninguém sobre sua chegada naquele horário tardio. E, mesmo que alguém perguntasse, a moça diria que, depois das aulas, fora se encontrar com colegas da faculdade na lanchonete do Luiz.

Giovana passou uma noite insone. Por um lado, achava-se adulta, pois tivera sua primeira relação sexual. Por outro lado, inquietava-se com as consequências que poderiam advir dessa experiência.

Na verdade, não ficara deslumbrada. Não fora aquela fogueira de prazeres, que lia nos livros ou via nos filmes, mas também não ficou surpresa com isso: já ouvira colegas comentarem que a primeira vez costuma ser dolorosa ou incômoda, e com o tempo e a prática é que vem o paraíso. Mas, de qualquer forma, já dera o primeiro passo, e com um homem por quem estava apaixonada.

A moça repassou várias vezes na mente os detalhes daquela noite. Era verdade que tinha outras expectativas a respeito, e, se não gostasse tanto de Nico, poderia até se sentir decepcionada.

Mas, depois de muito pensar, concluiu que não havia "culpados". Dois adultos tomaram uma decisão, sem deveres e obrigações.

De qualquer forma, para ela, a vida ganhara outro sentido e, por enquanto, não dividiria isso com ninguém. Sentia-se até emocionada em ter um segredo desses.

Ao mesmo tempo, estava curiosa e até um pouco preocupada com o tal bico que Nico fazia. Tudo bem que o apartamento era emprestado, mas o carrão devia ter uma manutenção cara, assim como o seguro, IPVA, licenciamento e, por mais prolongadas que fossem as prestações, não deveriam ser de um valor tão baixo assim que pudessem ser pagas com o salário de um atendente de lanchonete. Que bico tão lucrativo seria esse?

Enfim, confiava nele e decidiu que tinha mais era que curtir seu primeiro amor e sua primeira noite de sexo.

CAPÍTULO 11

Na noite do dia seguinte, antes de começar a última aula, Giovana seguiu novamente para a lanchonete do Luiz, desta vez, sentindo-se mais segura.

O garçom cumprimentou-a, e ela sentou-se à mesma mesa da noite anterior. Como da primeira vez, pediu um suco e pôs-se a esperar pelo namorado, sem despregar os olhos da porta de entrada.

Mas o tempo passava, e Nico não chegava.

Ela só começou a desconfiar de que o namorado não apareceria quando verificou que o atraso já era de quarenta minutos. Decidiu ligar para ele, o que não queria fazer para não parecer insistente. De qualquer forma, de nada adiantou: nas duas vezes que tentou, ele não atendeu o telefone.

Esperou mais dez minutos e, como ele não chegava, imaginou que tivesse acontecido algum imprevisto em seu "bico".

O rapaz que na noite anterior chamara Nico, ali perto, apareceu e aproximou-se da mesinha dela.

— Boa noite, moça. Nico pediu-me para lhe avisar que não poderá vir vê-la hoje. Surgiu um serviço de última hora, manda pedir desculpas e disse que explicará melhor amanhã, na faculdade.

Bom, ele faltara ao encontro, mas, pelo menos, tivera a consideração de dar uma satisfação por meio do amigo.

— Diga a ele que não tem problema, falaremos amanhã.

Rapidamente, Giovana saiu da lanchonete sem esconder sua frustração.

Naquela noite, ao se deitar, os sentimentos de Giovana oscilavam entre a desconfiança de que Nico a deixaria por ter se decepcionado e a preocupação de que algo ruim pudesse ter acontecido com ele. Como seus pensamentos alternavam entre as duas hipóteses, a moça não conseguiu relaxar.

Uma vez que dormira muito pouco, Giovana foi para o escritório atrasada, com olheiras e mal-humorada, porém, o fato de que veria Nico logo mais, no início da noite, na lanchonete da faculdade, animava-a. Ela acreditava que ele teria uma boa explicação para ter faltado ao encontro depois de uma noite de amor e também porque não respondera às duas chamadas que ela fizera para ele.

No escritório, uma montanha de papéis para despachar se acumulou durante o expediente. Apesar de sua relativa pouca idade, Giovana era muito responsável e, desde que assumira funções administrativas na vinícola, dava sempre o melhor de si. O excesso de tarefas fez com que a moça saísse para a faculdade bem depois do horário de costume, encontrando o metrô lotado.

Em consequência disso, Giovana chegou atrasada para a primeira aula, mas, antes de se encaminhar para a sala, deu uma passadinha perto da lanchonete, de onde poderia avistar seu namorado, mesmo que não tivesse tempo para falar com ele. Mas só o fato de vê-lo já lhe daria prazer.

Ela ficou intrigada, porque ele não estava no balcão — e Nico não costumava faltar nem se atrasar. Ao perceber que havia outro rapaz como atendente, a moça ficou mais preocupada ainda.

O que teria acontecido com Nico?

A resposta veio durante um dos intervalos entre duas aulas por meio de Suely, uma colega que, por alguma razão desconhecida, sempre procurava aproximar-se de Giovana.

Sem ser convidada, Suely sentou-se à mesinha da lanchonete, onde Giovana, habitualmente, bebia seu suco, e sussurrou para ela, com todos os trejeitos de quem faria uma fofoca:

— Menina, você não sabe da novidade! Aconteceu o maior furdunço aqui na faculdade! Nem te conto. Se você tivesse chegado mais cedo, teria presenciado tudo.

Giovana ficou curiosa.

— Furdunço, aqui? O que aconteceu?

— Você não vai acreditar. A polícia veio aqui bem cedo, antes da primeira aula, e prendeu o Nico.

Giovana levou um susto e seu coração quase parou.

— Como é que é?

— Sabe o Nico, aqui da lanchonete, aquele gato?

Ela retrucou quase irritada, impaciente:

— Sei, sei. Que tem ele?

— Foi preso, menina. Saiu daqui algemado, escoltado e levado num camburão.

Giovana parou de beber o suco, incrédula.

— O Nico foi preso? Mas o que foi que ele fez? Brigou com alguém?

— Que brigou nada, garota, antes fosse só isso. Nico foi pego em flagrante vendendo cocaína para alguns alunos. No flagra, menina.

Giovana ouvia, mas se recusava a aceitar.

— O quê? O Nico? Tem certeza?

— É, ele mesmo. Preso em flagrante, minha filha, em flagrante. — Suely fazia questão de enfatizar o "em flagrante", achando que assim dava mais credibilidade à notícia. — Não teve escapatória nem se defendeu, saiu preso, de cabeça baixa.

Pasma, Giovana continuava sem acreditar.

— Mas quem disse que o Nico vende drogas?

Suely fez uma expressão irônica.

— Ora, Gi, metade dos rapazes daqui sabe disso, porque são compradores, são clientes dele. Acontece que um dos colegas da nossa classe era um agente da polícia, que fingia ser estudante. Juntou-se a dois alunos e veio aqui comprar a droga. Parece que isso acontecia toda semana. Nico vendia lá dentro, perto da cozinha, na porta do banheiro.

Ouvindo aquilo tudo, Giovana não estava se sentindo bem. As coisas começavam a girar na sua cabeça, e ela fazia força para não chorar.

— Suely, isso é mesmo verdade?

— Claro que é! O falso aluno já havia combinado a operação com os colegas policiais, que chegaram aqui justo na hora em que Nico entregava a droga e recebia o dinheiro. Flagrante, amiga! Isso se chama flagrante, e é cadeia na certa e por muito tempo!

Giovana lembrou-se da outra noite, na lanchonete, quando o amigo de Nico o chamou, deu-lhe um envelope e recebeu um pacote.

Ela não sabia o que falar para a colega, seu estômago estava embrulhado, disse apenas:

— Que horror, menina! Quem diria, logo o Nico, que parecia tão legal.

Enquanto falava, Giovana pensava: "Então, era esse o bico lucrativo dele. Foi vendendo drogas que ele comprou o carrão e provavelmente o apartamento. Mentira descaradamente para mim".

A moça tratou de fugir dali, antes que desmaiasse ou chorasse.

— Precisamos ir, Suely, já vai começar a aula. Vou pagar meu suco.

— OK, eu já vou indo também.

Inconformada e chocada, Giovana, ao pagar a conta, aproveitou para aproximar-se de Carmem, a cozinheira. Como o tempo do intervalo estava acabando, os alunos já voltavam para suas salas, e ela pode chamá-la a um canto.

— E aí, amiga, eu soube que o Nico foi preso, é verdade?

— Em flagrante, minha filha. Vai pegar bons anos de cadeia. Eu já havia alertado Nico do perigo de vender drogas aqui dentro, mas ele não me deu atenção, só pensava no dinheiro. E olhe que ganhou bastante. Essas drogas são caras, não sei onde os alunos conseguem dinheiro para comprá-las.

— Meu Deus, quem diria.

— Como "quem diria", minha filha? Eu já lhe havia dito que ele não prestava, quando percebi que estava dando em cima de você, lembra-se disso?

— É verdade, Carmem, eu lembro. Mas é uma pena, um rapaz tão jovem.

— O mau-caratismo não tem idade, minha filha.

Envergonhada, Giovana saiu depressa para não chorar na frente da mulher e de algum colega que ainda estivesse por perto.

CAPÍTULO 12

Algumas lições que a vida dá são duras, e a pessoa despreparada aprende pela dor. Depois daquela noite, Giovana nunca mais foi a mesma.

Com o passar dos dias, a mudança de comportamento da irmã não passou despercebida por Giuliano.

Na hora do almoço, quando não havia funcionários no escritório, ele foi até lá e postou-se diante da irmã.

— O que está acontecendo, mana? Está doente?

Ela não teve coragem de olhar para ele.

— Por que está me perguntando isso?

— Porque você tem estado muito esquisita, ultimamente. Parece triste ou deprimida, não é mais a mesma pessoa.

Ela procurou disfarçar.

— Não é nada, Giu, é impressão sua. Está tudo bem.

— Gi, a mim você não engana, convivemos há muito tempo. É algum problema na faculdade ou aqui na empresa?

Ela levantou a voz, olhando para ele.

— Não enche, já disse que está tudo bem. — E voltou a mexer nos papéis, mas de maneira agitada e atabalhoada.

— OK, então me olhe nos olhos e me diga que você está bem, que não está acontecendo nada de errado com minha irmã querida.

Ela não conseguiu. Baixou a cabeça sobre a mesa e desatou a chorar.

Giuliano foi até a porta, travou-a e puxou a cadeira, sentando ao lado da irmã e passando a mão em seus cabelos, carinhosamente.

— Gi, somos irmãos, e eu te amo, lembra-se disso?

Ela respondeu entre lágrimas.

— Claro que lembro. Eu também te amo.

— Então, enxugue essas lágrimas e me conte o que está acontecendo.

Sem alternativa, ela enxugou os olhos com o lenço que ele lhe deu.

— Vou contar, mas, por favor, meu irmão, não brigue comigo nem deixe de me amar.

E contou tudo, sem omitir nada. Era um desabafo que precisava fazer e compartilhar com alguém de confiança. Até então vinha carregando sozinha aquele peso.

Giuliano ouviu tudo até o fim, sem fazer perguntas ou comentários. Uma raiva imensa crescia dentro dele contra o tal sujeito, mas não poderia deixar que sua irmã percebesse, para não piorar a situação.

Ela falava entre lágrimas:

— Pode dizer que fui burra, ingênua, sem noção. Por que eu tinha que me envolver com um atendente de lanchonete?

Ele acariciou o rosto dela.

— Relaxe, minha querida. Não vou brigar com você e jamais deixarei de amá-la. Essas coisas acontecem. O amor não escolhe profissão, nem idade, querida. O que conta é o caráter da pessoa. Você deu azar e teve uma má experiência.

— Mas eu sou louca ou o quê? Mal conhecia o sujeito e já fui ao apartamento dele, já fui para a cama dele. Cadê a moral e os valores que nossos pais me ensinaram?

— Não se puna, Gi. Quase sempre, a gente faz aquilo que nos parece o melhor para nós. Às vezes, sem pensar muito se é certo ou errado. Acontece no mundo inteiro com muitas pessoas, a toda hora.

Ela choramingou, agora com a cabeça encostada no ombro dele.

— Você deve estar decepcionado comigo.

Ele sorriu e acariciou novamente os cabelos dela.

— Se você soubesse metade das bobagens que já fiz na vida, minha irmã, você é quem estaria decepcionada comigo. Venha cá, levante-se e me dê um abraço.

Ambos se levantaram e ficaram um longo tempo carinhosamente abraçados. Ela pediu:

— Giu, papai não pode saber disso.

— E nem precisa saber, querida, fique tranquila. Mas agora me diga uma coisa: onde eu posso encontrar esse sujeito? Ele está preso mesmo?

— Está e, segundo me disseram, sem direito à fiança. Foram buscá-lo na faculdade, foi pego em flagrante, mas eu tenho o telefone dele.

— Pois risque da agenda o contato dele! Se descobrirem, podem pensar que você era cúmplice.

Giovana ficou receosa:

— Eu... eu liguei para ele uma ou duas vezes.

— Tudo bem, esqueça isso também, relaxe e procure voltar ao trabalho. Na faculdade, mostre-se tranquila e não faça perguntas sobre o cara, nem conte a ninguém o que aconteceu entre vocês.

Ela o olhou grata pela compreensão e solidariedade dele.

— Mano, te amo.

— Eu também, querida.

Sentado na sua sala, Giuliano ficou pensando no que acontecera com a irmã. Ainda que não demonstrasse para ela, o rapaz estava extremamente revoltado com o ocorrido. Giovana era uma garota inexperiente e bem intencionada.

Criada sob uma rígida educação dos pais italianos, ela era muito recatada e tímida. Desde a adolescência, não participava das atividades sociais e recreativas de suas colegas do colégio. Por isso, tinha poucas amigas.

Assim, não criou anticorpos contra a malícia e maldade dos rapazes conquistadores. Era uma autoimune afetiva, certamente deslocada do estilo de vida atual dos jovens.

Mas ele nada poderia fazer a não ser ficar perto dela e apoiá-la quando fosse preciso.

Depois de uma semana, vendo que sua irmã continuava abatida, Giuliano percebeu que de nada adiantara a conversa que tivera com ela. Giovana mantinha-se tristonha e, algumas noites, quando ele se dirigia para o quarto, ouviu a jovem chorando.

Ah, se ele pegasse o infame que fizera isso à sua irmã, certamente perderia a cabeça.

Preocupado mesmo ele ficou quando Giovana o procurou para dizer-lhe que não iria mais para a faculdade.

— Tenho me empenhado o máximo para parecer natural, mas isso é forçado e está me estressando. Não quero mais aparecer lá, parece que todos sabem o que aconteceu entre mim e Nico.

O irmão procurou tranquilizá-la.

— Ninguém sabe de nada, Gi, é impressão sua. Mas considere que, se você parar de ir às aulas, pensarão que você foi presa também, que era cúmplice do cara.

— Então, o que faço? Não aguento mais essa pressão de ter de fingir sempre que estou bem.

— Veja, Gi, falta apenas um mês para terminar o semestre. Aguente até lá e depois tranque a matrícula. Você poderá voltar no outro semestre ou até pedir transferência para outra faculdade.

Ela pensou um pouco no que o irmão dissera.

— Acho que você tem razão.

— Sei que você conseguirá superar isso tudo. Está se saindo bem aqui no trabalho e sei que se sairá bem também na faculdade.

Foi o que ela fez.

No semestre seguinte, depois do período de férias, já matriculada em outra faculdade, Giovana dedicou-se mais ao trabalho, o que pareceu ter sido uma excelente terapia, porque a moça mostrou-se um pouco mais animada e leve.

De vez em quando tinha uma recaída, mas uma boa conversa com seu irmão fazia-a sentir-se melhor em pouco tempo.

Ninguém mais soube do ocorrido. Era um segredo entre Giovana e Giuliano, que já durava alguns anos.

Ele ainda não tinha se refeito completamente desse drama de sua irmã, da saída de Enzo de casa e, muito menos da morte da mãe.

Fora mais um duro golpe, mas ele segurou bem a barra. Afinal, era o irmão mais velho e tinha que estar sempre com a cabeça no lugar.

É um preço que, geralmente, os primogênitos têm de pagar.

CAPÍTULO 13

Giuliano estava às voltas com o reencontro com Enzo.

Inconformado com a situação dele, Giuliano voltou a ver o irmão. Como já sabia onde encontrá-lo, foi direto para o viaduto, no centro da cidade, nas proximidades da chamada Cracolândia.

Antes de se aproximar, Giuliano notou que havia uma moça que parecia discutir com seu irmão. De longe, ficou observando a cena e preparado para intervir, se fosse necessário. A jovem parecia realmente brava, falando com o dedo indicador em riste e a expressão zangada.

Depois de dizer mais algumas palavras, ela se afastou, visivelmente aborrecida.

Só então Giuliano se aproximou do irmão.

Enzo estava praticamente na mesma situação de dias antes, mas agora a tosse era mais constante, parecia ter piorado.

Giuliano teve a impressão de ter visto alguma sombra de alegria no olhar de Enzo ao vê-lo, mas sem nenhum sorriso no rosto.

Enzo tentou brincar.

— Olá, mano. Parece que você gostou da minha casa.

Giuliano desconsiderou a provocação.

— Nada disso. Vim buscá-lo.

Num gesto que parecia ter se tornado hábito, o jovem puxou a coberta sobre os ombros.

— Acho que já ouvi essa história antes e não gostei dela. Que parte você não entendeu quando lhe disse que não vou voltar para casa?

Calmamente, o irmão mais velho sentou-se ao lado de Enzo.

— Você percebeu que sua tosse piorou?

Ele fez um gesto de descaso, abanando a mão.

— Impressão sua, estou ótimo.

Giuliano fez força para manter a calma, pois sua vontade era puxar o irmão pelo braço e levá-lo dali à força.

— Enzo, deixe de ser criança, vamos para casa. Você precisa cuidar da saúde. Desse jeito, não falta muito para pegar uma pneumonia.

— Quer saber de uma coisa? Não vou a lugar nenhum, pois, daqui a pouco, vou cheirar um pozinho especial que me recomendaram, e essa tosse vai melhorar logo.

Giuliano estava chocado.

— Não acredito, cara! Você está usando cocaína?

Ele riu, desdenhando do temor do irmão.

— Você reage como se isso fosse o fim do mundo. Sabia que Sigmund Freud, o grande Freud, aos 28 anos, cheirava cocaína para se animar ou quando estava deprê?

Mesmo revoltado, Giuliano falou com relativa calma para que seu irmão entendesse bem sua mensagem.

— Em primeiro lugar, naquela época, a cocaína não era proibida, era usada pelos médicos para aliviar as dores dos pacientes. Em segundo lugar, Freud não cheirava cocaína, usava-a diluída em água e parou com isso quando percebeu que a droga estava lhe fazendo mal. E, por último, você está longe de ser Sigmund Freud.

Sinceramente pasmo, Enzo olhou para o irmão.

— Caramba! Onde o economista aprendeu tudo isso sobre Freud? Que acontece? Estou realmente admirado!

— Mais admirado estou eu de ver que você, que sempre leu tanto, desconhece a vida de um sujeito ilustre como Freud.

— Realmente, sei pouco sobre ele, apenas que foi um grande sujeito.

— Então faça como ele. Pare com essa vida torta, que já está lhe fazendo mal.

O jovem olhou desafiadoramente para o irmão.

— Quem disse que está me fazendo mal?

— Seu comportamento. Por exemplo: essa vida fez você esquecer a família.

Enzo reagiu rapidamente:

— Eu não a esqueci.

— Então, por que não vem comigo para casa?

— Porque aqui me sinto melhor. Ninguém vai me censurar se decidir cheirar pó quantas vezes quiser.

— Claro que ninguém vai censurá-lo. Certamente, quem está à sua volta também usa essa droga, logo, não acha errado você usá-la.

Enzo provocou, rindo:

— Você quer experimentar? Dá um barato divertido.

— Não. Quando quero me divertir, prefiro o vinho das nossas vinícolas. É muito mais saudável.

— Bom, cada um faz suas escolhas. Você fez a sua, eu fiz a minha. Obrigado pela visita, vou dar um rolê por aí.

Vendo o irmão levantar-se e se afastar cambaleando, Giuliano sentiu um misto de raiva e tristeza.

Não podia fazer nada, além de ir embora mais uma vez frustrado.

Chegando em casa, Giuliano almoçou rapidamente e, antes de ir para o escritório, foi para o quarto do pai, pois precisava ver aquele álbum de fotos.

Se a velha que lhe apareceu fosse mesmo o espírito de Monalisa — o que ele não levava a sério —, talvez pudesse haver alguma possibilidade de recuperar seu irmão com a ajuda dela.

Como seu pai dissera, o álbum estava na primeira gaveta da cômoda, por baixo de algumas peças de roupa.

Pegou-o, sentou-se na cama e passou a folhear lentamente as páginas, algumas já manchadas pelo mofo.

Vendo aquelas fotos, Giuliano concluiu que, certamente, não faria bem ao seu pai rever aquilo, pois havia muitas imagens dele em momentos de felicidade e alegria com Bianca. Foram tempos felizes, com os filhos pequenos ao lado.

Eram recordações de passeios, festas e do dia a dia da família.

O rapaz continuou passando devagar as páginas, algumas grudadas nas outras devido à umidade.

E, de repente, lá estava ela, sua avó, em quatro ou cinco imagens.

Deus, como era possível isso? Era a mesma senhora que já lhe aparecera por duas vezes. Como poderia ter aparecido se já morrera havia anos? Inacreditável! Seria mesmo verdade essa história de espíritos? Que outra explicação poderia encontrar?

Calma, talvez fosse uma irmã gêmea de Monalisa, mas Giuliano jamais ouvira falar na sua existência. Definitivamente, o rapaz não sabia em que pensar para explicar aquilo.

O rapaz desceu para o primeiro andar levando o álbum.

Dirigiu-se ao salão de reuniões, sentou-se na almofada de sempre e passou a rever as fotos, dessa vez com bastante calma.

— Está convencido agora, moço?

Desprevenido. Giuliano assustou-se. O rapaz levantou a vista e viu Monalisa à sua frente, sorrindo, de braços cruzados, e recostada na parede.

Surpreso, ele fechou o álbum.

— A senhora, de novo?

Ela sorriu mais ainda.

— Já enjoou da minha presença, querido neto?

— Não foi isso que quis dizer, senhora. — Ele ainda não se sentia à vontade de chamá-la de avó.

— Eu sei, estou brincando. É que fomos interrompidos da última vez que nos vimos, então, fiquei com a sensação de algo inacabado.

— Para falar a verdade, eu também. Aliás, vim para cá porque achei que a senhora apareceria. Por que sumiu quando Melissa chegou de repente? Achou que ela também poderia vê-la, como Gina?

— Nunca se sabe, e eu não quis arriscar. Só fico sabendo que uma pessoa é médium vidente quando ela me vê e fala comigo. Antes disso, não sei, como foi o caso da sua arrumadeira, que se dirigiu diretamente a mim. A propósito, aquela jovem que nos interrompeu, entrando como um furacão, é sua namorada?

Ele ficou meio desconcertado.

— Namorada não é bem o termo. Digamos que, para nos divertir, ela me faz companhia, e eu a ela.

Monalisa fez um gesto de ironia.

— Ah, essas amizades de hoje em dia... No meu tempo, não havia dessas coisas. A gente levava o amor mais a sério.

Ele teve que sorrir.

— Mas quem está falando de amor?

Ela bateu a palma de uma mão contra a outra.

— Pronto! Agora ficou mais difícil de entender isso. Ficar com alguém sem amá-la, para mim, não faz sentido algum.

— Acho que o melhor é não tentar entender; os tempos e os valores são outros.

— Aparentemente, mudaram para pior.

— A senhora queria me dizer algo que não teve tempo de completar?

— Queria, não; quero. — E sentou-se na almofada.

— Estou ouvindo.

— Seu irmão precisa muito e depressa da sua ajuda, antes que as coisas piorem para ele, o que não falta muito.

— Bom, isso nós já sabemos, mas, como já falamos, ele é muito teimoso, não aceita minha ajuda, por mais que eu insista.

— Agora não se trata mais de aceitar ou não sua ajuda. Você não desconfiou daquela tosse dele?

— Sim, vi que ele está bastante resfriado.

— Não se trata de um simples resfriado, meu querido. Seu irmão Enzo está com um princípio de pneumonia.

Giuliano se assustou. Lembrava que, quando criança, alguém na família morrera daquela doença.

— Pneumonia?

— Isso mesmo. Naquele frio, sem se agasalhar direito, sem se alimentar bem e ainda bebendo álcool e usando drogas, não vai resistir por muito tempo, se não receber tratamento urgente.

— Mas o que é eu posso fazer?

— Tem que fazer alguma coisa, não vai deixá-lo morrer desamparado, como indigente, vai?

— Claro que não, mas...

— Use a influência e o dinheiro do seu pai, querido. São para momentos como esse que o dinheiro pode ser útil. Peça uma ambulância e diga aos enfermeiros para colocar seu irmão à força na viatura e leve-o para um hospital particular.

Giuliano não cogitara ser tão radical.

— E se ele resistir?

— Com certeza, não terá mais forças para isso. Pegue-o e o leve para um bom hospital.

Giuliano ficou olhando para a senhora por um tempo, em silêncio.

— Como a senhora sabe que ele está com pneumonia?

— Ora, meu jovem, criei muitos filhos e alguns parentes, e aprendi muita coisa com isso. Além disso, disponho de certos recursos sobre os quais poderei falar depois, se houver oportunidade.

— Meu pai já sabe que a senhora está aparecendo para mim?

— Não sabe e, pelo menos por enquanto, não precisa saber. Se falar com ele sobre isso, vai achar que você está bebendo demais.

— Pois eu acho que ele gostaria de vê-la.

— Imagino que sim, meu neto, mas não é dessa forma que as coisas funcionam na dimensão em que estou agora. Não basta eu querer vê-lo, nem ele querer me ver. Há todo um critério no sistema divino que leva em conta questões decisivas como a evolução espiritual, o tempo adequado, o merecimento, esses são alguns exemplos.

— E a senhora acha que ele não merece ver o espírito da própria mãe?

— Não sou eu quem decide isso, querido. Essa decisão está muito acima de mim, e eu sou obediente.

— E por que eu tive esse merecimento de poder vê-la?

— Não sei, porque também não dependeu de mim, e não posso falar muito a esse respeito. Só posso lhe dizer que você tem contas a acertar nesta vida e precisa pagá-las.

Giuliano mostrou um leve sorriso.

— Contas a pagar? Me desculpe, deve estar havendo algum engano, não devo nada a ninguém.

— Espero que você tenha compreendido que não estou me referindo a dinheiro, quando falo em prestar contas.

— Então, do que se trata?

— São ajustes de ações e comportamentos que prejudicaram seriamente outras pessoas.

— Continuo achando que está havendo algum engano. Nunca maltratei nem prejudiquei ninguém.

— Não nesta vida, mas em uma vida passada.

Giuliano ficou intrigado.

— Como é que é? Vida passada?

— Não vamos falar sobre isso agora. No tempo certo, você vai entender tudo direitinho. A prioridade agora é salvar a vida do seu irmão. E já percebi que, enquanto eu estiver aqui, você não tomará nenhuma providência, vai ficar me fazendo perguntas que eu não posso responder, por isso vou embora. Mas, antes, gostaria de saber se você já conversou com aquela moça, Gina, a respeito dos estudos dela.

— Ela ainda não me procurou.

— Nem vai procurá-lo, é muito humilde e educada. Imagine se vai pedir audiência com o patrão. Cabe a você chamá-la, concorda?

— Concordo, vou fazer isso.

— E já começou a pesquisar sobre Espiritismo?

Giuliano sentiu-se constrangido. Precisava ser mais dinâmico.

— Bem, vou fazer isso logo. Mas, antes, eu queria saber...

— Chega de conversa, você precisa agir.

— Não vá ainda, eu só queria saber...

Ele, então, percebeu que estava falando com o vazio. Ela se foi.

Giuliano ainda ficou algum tempo no salão, sentado e refletindo.

Estaria perdendo sua sanidade? Estivera mesmo conversando com um espírito? Como isso era possível? A pessoa morre, o espírito dela vai para alguma dimensão diferente da nossa e, depois de um tempo, se permitido, pode aparecer para algumas pessoas, os chamados médiuns videntes. Era assim mesmo? Tão simples assim? Nunca ouvira falar que isso fosse possível.

Talvez o melhor mesmo fosse seguir o conselho do suposto espírito da sua avó e procurar alguém que lhe explicasse essa história. Mas onde e quem?

CAPÍTULO 14

Sua avó estava certa quanto ao poder da influência e do dinheiro. Usando-os, não foi difícil para Giuliano conseguir a ambulância, os enfermeiros e a vaga em um hospital particular de primeira linha. Pediram apenas um pouco de tempo enquanto tomavam as providências quanto à disponibilidade do veículo e à existência de leitos no hospital escolhido.

Ansioso, Giuliano resolveu antecipar-se e ir ao encontro do seu irmão. Essa ação poderia ser de alguma ajuda, preparando-o para o que iria acontecer. Só esperava que Enzo não reagisse com violência, até para não fazer um escândalo e chamar a atenção das pessoas.

Ao se aproximar do viaduto, Giuliano viu cinco ou seis pessoas em torno do lugar onde seu irmão estava quando o vira pela primeira vez. Achando aquilo muito estranho, o rapaz apressou o passo, aproximou-se e afastou alguns curiosos para chegar mais perto do irmão.

Enzo estava deitado no chão, respirando com dificuldade e tossindo muito, entre gemidos de dor.

Giuliano ajoelhou-se ao seu lado e, pondo a mão em sua testa suada, percebeu que ele estava febril.

Enzo conseguiu entreabrir os olhos congestionados e balbuciou, entrecortado pela tosse:

— Giuliano... Giuliano... — e não conseguiu dizer mais nada.

— Mantenha a calma, meu irmão. Vamos cuidar disso, você ficará bom. Confie em mim.

Quando a ambulância chegou com os enfermeiros, as pessoas se afastaram para que Enzo pudesse ser cuidadosamente carregado numa maca para dentro da viatura. Ele continuava tossindo muito e gemendo, com o corpo ainda mais febril.

Giuliano decidiu acompanhar a ambulância com seu carro.

Depois de todos os exames realizados, o médico confirmou a pneumonia, felizmente em estágio inicial, numa pequena parte do pulmão. Isso facilitaria o tratamento e a alta. Mesmo assim, a previsão era de cerca de dez a doze dias de internação para repouso e recuperação total, enquanto receberia, na veia, doses diárias de antibióticos por meio do soro.

Felizmente, Enzo se mantivera calado e passivo durante todo o tempo, apenas gemendo de vez em quando. As dores, a febre e a tosse devem tê-lo feito perceber que a situação era séria e que poderia se agravar, se ele não recebesse tratamento imediato. Quando tudo estava encaminhado, Giuliano, mais calmo, saiu do quarto e, do corredor do hospital, ligou para a irmã.

— Giuliano, onde você está?

— No hospital.

Ela se espantou:

— Hospital? O que aconteceu? Você está machucado?

— Não. Consegui trazer o Enzo para um hospital. Ele está com pneumonia.

— Pneumonia? Você sabe que isso é grave, não sabe?

— Sei, mas já foi medicado e ficará por aqui pelo menos por uns dez dias.

— Bom, este é o caso de uma doença anunciada nas condições em que ele estava vivendo, conforme você me disse.

— Você está certa, conselhos não faltaram.

— Como conseguiu convencê-lo a ir para um hospital?

— Nem foi preciso. Ele estava com muita febre e quase desmaiado, quando cheguei lá. Mal podia falar, por causa da tosse e das dores. Eu já havia contratado uma ambulância com enfermeiros e uma vaga em um hospital particular.

— Parece que você chegou na hora certa, mano, graças a Deus.

— Gi, por enquanto, acho melhor você não falar nada com o papai. Vamos esperar um momento mais oportuno, concorda?

— Totalmente. Vamos cuidar disso nós dois.

— Te amo, Gi.

— Também, Giu, e obrigada, em nome do Enzo.

No hospital, pediram a Giuliano que evitasse as visitas ao irmão nos primeiros dias, para não causar qualquer tipo de aborrecimento, até que Enzo se adaptasse à nova situação, sem fatores causadores de estresse.

Assim, os dias seguintes demoraram a passar para Giuliano. Ele não via a hora de conversar com seu irmão e ver como ele estava se sentindo fora das ruas e em um hospital.

E, principalmente, sem ter acesso a drogas.

Excepcionalmente, no quinto dia de internação do seu irmão, Giuliano recebeu permissão do médico para visitar o paciente.

Devagar, entrou no quarto e sentou-se numa cadeira ao lado do leito.

Enzo parecia dormir. Seu aspecto estava ligeiramente melhor, mas continuava abatido.

Giuliano ficou pacientemente esperando o enfermo despertar. Olhando o semblante sofrido do irmão, as recordações de um passado distante vieram-lhe intensas à memória.

Enzo sempre fora o mais sensível dos irmãos e, ao mesmo tempo, o mais irrequieto, brincalhão e o que mais importunava os dois outros.

Giuliano lembrava-se bem de todas as suas travessuras, principalmente daquelas que implicavam em dar sustos. A cada ataque desses, Giovana chorava, inconformada e zangada.

Mas, na hora de dormir, tornava-se doce e quieto. Sempre pedia a Giuliano para ler ou contar uma história. A partir de uma certa idade, ele mesmo contava as histórias de própria autoria, geralmente muito fantasiosas e quase sempre sem pé nem cabeça. Mas, no final, todos riam.

Depois que começou a estudar e aprender a ler, as poesias entraram em sua vida definitivamente e adorava declamá-las para os irmãos.

Talvez essa época da infância tenha influenciado em sua decisão de cursar Letras, quando adulto, mesmo contra a vontade do pai.

Depois de formado, Enzo passou a mostrar um lado rebelde mais impulsivo. Detestava que lhe dessem ordens ou impusessem limites. O pai, um conservador que lutara muito na vida para criar e beneficiar sua família, proporcionando aos filhos boa educação e vida confortável, não via com bons olhos o comportamento "petulante" do seu filho do meio. Daí, as constantes rusgas entre eles.

O pior de tudo era o sentimento de Enzo de que era profissionalmente incompetente diante das severas cobranças do pai — que insistia em elogiar demais Giuliano e Giovana.

O que o velho pai tinha dificuldade para entender e aceitar era que Enzo não nascera para o mundo dos negócios e sim para o universo das artes e da literatura.

E, agora, ali estava aquele jovem rebelde fragilizado e indefeso em um leito de hospital.

Vendo-o naquele estado, Giuliano prometeu a si mesmo que faria de tudo para resgatar a saúde, a autoestima e a competência do seu irmão.

No fundo, sabia que Enzo era um bom sujeito, precisava apenas amadurecer mais.

— Muitas lembranças, querido?

Imerso em seus pensamentos, Giuliano se assustou com a voz. Abriu os olhos e viu Monalisa à sua frente, do outro lado da cama, perto da janela do quarto. Ele já não se surpreendia com aquela aparição.

— Seja lá quem a senhora for, espírito ou imaginação minha, que bom que veio visitar também meu irmão.

— Ele é meu neto, assim como você. Não poderia deixar de vir. Na verdade, estive com ele todo esse tempo, dando-lhe proteção, até onde me era permitido.

— Só tenho a agradecer-lhe por isso.

— Fiz o que toda avó faria. Mas você deveria estar feliz por ter trazido seu irmão para cá. No entanto, seu semblante parece de apreensão.

— É porque não sei como será a reação dele quando me vir aqui e perceber onde se encontra.

— Se tiver adquirido algum juízo com esse susto, na certa, ficará agradecido.

— Se o conheço bem, tenho minhas dúvidas.

— Falando sozinho, cara?

Novo susto de Giuliano. Enzo despertara e se dirigia ao irmão. Sua voz ainda estava fraca, certamente em parte por causa dos medicamentos.

Giuliano pensou rápido numa resposta, pois era possível que seu irmão não estivesse vendo o espírito da avó.

Pôs sua mão sobre a dele.

— Estava tentando declamar uma das poesias dos livros que você tanto ama.

— De quem?

Só lhe veio um nome na cabeça:

— William Butler Yeats, conhece?

Enzo mostrou fragilmente o que pretendia ser um sorriso.

— Ah, o velho louco, pirado, imaginativo e maravilhoso Yeats!... De onde ou de quem você adquiriu esse bom gosto? Pelo que sei, você nunca gostou de poesias.

— Durante sua ausência, andei visitando seu quarto. Foi lá que conheci Yeats. Li um poema e gostei.

Agora, a expressão do jovem era de tristeza.

— Para alguma coisa de útil meu quarto serviu.

— Serviu, sim, e continua à sua espera. Está limpinho e arrumado, graças a Gina.

Só então, assustado, ele percebeu que estava em um lugar estranho para ele.

— Onde estou? Que lugar é este?

— Fique tranquilo, mano, você está em um dos melhores hospitais particulares de São Paulo.

— E que raios estou fazendo em um hospital?

— Curando-se de uma pneumonia, que poderia tê-lo matado. Eu o encontrei debaixo do viaduto, caído no chão, tossindo muito, com febre e quase sem sentidos.

Ele olhou surpreso para o irmão.

— Estou com pneumonia?

— O que você achou que significava aquela tosse? Ainda mais no frio e sem se alimentar direito!

Enzo ficou olhando para o irmão, em silêncio, durante algum tempo.

— Quem me trouxe para cá?

— Este seu irmão chato e intrometido.

Ele pensou um pouco.

— Devo agradecer?

Giuliano abanou com a mão.

— Não precisa, não fiz mais do que minha obrigação como irmão mais velho. Não é para isso que eles servem, para proteger os irmãos mais novos?

— Mesmo assim, obrigado. Meu pai sabe que estou aqui?

— Ainda não. Não quis aumentar a depressão nem o estresse dele.

Enzo deu um muxoxo.

— E você acha que ele se importa comigo?

— Mais do que você pensa. Mas não falemos sobre isso agora. Quando você estiver bem, poderá conversar pessoalmente com ele a esse respeito.

Novo silêncio. Depois, o jovem comentou baixinho:

— Engraçado... Quando acordei, tive a impressão de que você conversava com alguém. Não me pareceu que você estivesse declamando, como disse.

— Foi o que lhe pareceu?

— Foi, mas estou confuso, pois estamos sós.

Giuliano colocou a mão no ombro dele.

— Nunca estamos sós, meu irmão.

Enzo forçou um pouco a cabeça para olhar melhor para Giuliano.

— Cara, o que está acontecendo com você? Primeiro, passou a gostar de poesia, e agora está filosofando.

O irmão sorriu, algo vaidoso.

— Ora, o tempo passa, a gente cresce e muda. Isso também vai acontecer com você.

Enzo pareceu refletir sobre essa observação.

— Preciso mudar, não é? Acho que andei fazendo um monte de besteiras.

— Viu? Admitir isso já é uma grande mudança.

— Mas vou precisar de ajuda, mudar não é fácil. Tentei sozinho algumas vezes, e nunca funcionou.

— Pode contar com sua família. — Giuliano segurou a mão do irmão novamente, mas sem apertar muito. — Bom, agora vou te deixar, preciso fazer umas coisas na empresa. A qualquer momento, Giovana virá para lhe fazer companhia. Não sei quando, mas virá.

— Vou gostar de rever a caçulinha, depois de tanto tempo. Se é que ela ainda gosta de mim, depois do que andei aprontando.

— Você mesmo vai descobrir isso. Te cuida, mano. — Giuliano foi saindo.

— Espere.

Já na porta, com a mão na maçaneta, Giuliano voltou-se:

— Oi?

— Posso te pedir um favor?

— Claro, nem precisava perguntar. O que é? — O rapaz aproximou-se novamente da cama.

O jovem falou com algum esforço:

— Durante o tempo em que estive... — interrompeu-se constrangido, mas Giuliano foi objetivo:

— Morando debaixo do viaduto...

— É. Durante esse tempo, conheci uma garota, Andreia. Ela é enfermeira e participa de um grupo de voluntários que procura ajudar na saúde dos moradores em situação de rua.

— Muito legal da parte dela.

— Também acho. Ela faz esse trabalho uma vez por semana, no dia de folga dela. Costumava aparecer na hora do almoço. Fizemos uma boa amizade, mas, da última vez que a vi, nós brigamos feio.

Giuliano lembrou que viu uma jovem discutindo com seu irmão, numa das vezes em que fora vê-lo no viaduto.

— E por que brigaram?

— Burrice minha. Ela queria me tirar de lá, queria cuidar de mim, eu dizia que não precisava, mas ela insistia. Aí perdi a calma.

— Ou seja, você brigou com a moça por querer ajudá-lo. Onde já se viu isso, irmão?

— Burrice minha, cara. Você deve lembrar como eu pensava quando me encontrou. Eu não queria ajuda de ninguém, e ela insistia, alegando ser minha amiga.

— Eu me lembro bem da sua teimosia, é de nascença. E onde é que eu entro nessa história?

— Estou arrependido de ter brigado com Andreia. Agora entendo a intenção dela e sei que fui injusto e grosseiro. Ela me faz falta.

— Ainda bem que você reconhece que errou. Então, só tem um caminho: deve pedir desculpas a ela.

— É o que pretendo fazer, quando estiver bom. Enquanto isso, eu queria que você fosse lá, na quarta-feira, na hora do almoço. Não sei se ela vai aparecer, porque eu fui muito grosseiro, mas, se ela aparecer, diga-lhe que estou muito arrependido de tê-la magoado e que peço mil desculpas. Ela é uma pessoa maravilhosa, só agora percebi isso.

Intimamente, Giuliano ficou feliz ao ouvir aquele relato, porque demonstrava que seu irmão estava em um processo de reflexão, que costuma anteceder mudanças positivas.

— OK, vou fazer isso, fique tranquilo.

— Obrigado, mano. Se ela não aparecer no lugar onde você me encontrou, pergunte ao pessoal de lá, alguém saberá localizá-la.

— Deixe comigo.

CAPÍTULO 15

Enquanto dirigia de volta para casa, Giuliano se lembrava da recomendação do suposto espírito da avó, para que se informasse sobre Espiritismo. Na verdade, ele não se interessava pelo assunto, mas aceitava que essa era a única forma de entender o que estava acontecendo, se aquela aparição era mesmo realidade ou fantasia de uma mente estressada. Espíritos? Fantasmas? Que coisa mais louca!

Onde poderia ou deveria buscar ajuda? Na Biblioteca Pública? Talvez não fosse o melhor lugar para esse objetivo. Era muito grande, havia milhares de livros, como encontraria aquele que lhe interessava? Não poderia andar por lá perguntando a todo mundo, só iria atrapalhar. Quem sabe na internet? Sim, por que não?

Animado, estacionou o carro na garagem da Turim e subiu direto para seu quarto. Ligou o computador e ficou pensando em qual palavra colocaria no buscador. Concluiu que a melhor seria Espiritismo, pois esse era o assunto que queria pesquisar.

Sua animação em pouco tempo se transformou em desânimo: o provedor, logo no início, informava haver muitos resultados para sua busca!

Mesmo assim, ele consultou algumas páginas e desanimou por completo: havia todo tipo de referências sobre Espiritismo, desde as contrárias até as a favor; outras prometendo curas, reconciliações amorosas, sucesso nos negócios. Logo percebeu que aquela fonte não seria confiável nem que seria fácil obter as informações que queria.

De repente, lembrou-se de que, perto da sua casa, havia uma livraria especializada em livros esotéricos e místicos, a julgar pelo nome:

Livraria Celestial. Talvez ali encontrasse livros espíritas ou alguém que lhe orientasse onde achá-los.

Como a loja era perto de sua casa, Giuliano seguiu a pé.

Lá, sentiu um agradável cheiro de incenso e gostou do visual da livraria.

Logo na entrada, foi atendido por uma linda e simpática jovem.

— Olá, posso ajudar?

A dona daquela voz macia tinha cabelos pretos curtos, incríveis olhos azuis e um sorriso ainda mais encantador. Giuliano sentiu uma atração imediata e diferente por ela, que aparentava ter sua idade ou algo próximo. Estava acostumado a ver e conhecer mulheres bonitas, e gostava disso, mas aquela era completamente diferente. Seria o cheiro dela? O tom da voz? O olhar penetrante? Achou tudo muito estranho, mas muito, muito gostoso. Isso nunca lhe acontecera antes.

Enquanto ela se aproximava, Giuliano, impactado pela beleza da moça, não conseguiu falar nada. Foi ela quem o salvou:

— Quer algum livro em especial?

Giuliano ficou embaraçado, porque não sabia exatamente como se expressar. E não queria fazer feio diante daquela princesa. Sua voz saiu insegura:

— Bem, eu... Eu queria, não, eu preciso... Bom, na verdade, não sei como explicar.

A moça sorriu lindamente do jeito confuso do rapaz.

— Experimente. Aqui é uma livraria. Certamente, você não veio procurar algum remédio ou uma boa refeição.

Ele sorriu também, apreciando o bom humor dela. Por causa do frio, ela usava um suéter cinza de gola alta, muito justo, destacando seus seios perfeitos e atraentes.

— Claro que não. Na verdade, estou procurando um livro sobre Espiritismo.

Ela balançou a cabeça, sorrindo.

— Agora, sim, faz sentido. Então, veio ao lugar certo. Só preciso saber que livro você está procurando. Qual o título dele ou o nome do autor?

Giuliano sorriu, sem jeito.

— Esse é o problema: não sei.

Ela cruzou os braços.

— Meu amigo, como é que você entra numa livraria para comprar um livro e não sabe o nome dele nem o autor?

Ele riu da espontaneidade dela ao brincar.

— Essas coisas só acontecem comigo.

Bom, aí fica difícil ajudá-lo. Você já me disse que é sobre Espiritismo. Sabe, pelo menos, o assunto específico? Reencarnação, mediunidade, vidas passadas...

Giuliano tomou coragem e falou de vez:

— Bom, é o seguinte: uma amiga me disse que eu precisava saber mais sobre o tema, porque não entendo absolutamente nada a respeito. Eu achei que poderia começar por um bom livro. É isso.

A jovem riu da sinceridade dele, pôs a mão no queixo, pensando um pouco:

— Humm, entendi, mas como você pode ver... — E fez um largo gesto com o braço indicando as estantes e prateleiras. — Tenho centenas de livros sobre esse assunto, desde romances, biografias, até obras doutrinárias.

— Não sei se ajuda, mas tem que ser algo bem simples, bem básico. Como disse, não sei nada sobre o assunto, absolutamente nada, zero.

Nisso, o suposto espírito de sua avó apareceu por detrás da moça, que o atendia. Ele agiu no impulso, sem pensar.

— Veja, foi aquela senhora quem me fez a recomendação. Talvez ela possa sugerir um livro.

A moça voltou-se, procurou alguém e nada viu.

— Que senhora?

Desolado, Giuliano balançou a cabeça, chateado, percebendo que fora precipitado. Se a jovem não fosse médium vidente, não veria Monalisa. — E foi o que aconteceu.

— Foi mal, eu sabia que isso não ia dar certo. Desculpe, mas acho melhor ir embora, só estou tomando seu tempo.

Gentilmente, ela pegou no braço de Giuliano. Aquele toque fez com que ele estremecesse, porém, torcendo para que ela não percebesse isso, pois ia ser difícil explicar. A voz dela era suave:

— Calma, não se afobe. Vamos conversar na minha sala. Assim, você terá tempo de me explicar do que está precisando. — Dirigiu-se à outra moça mais à frente, que parecia auxiliá-la no atendimento. — Lena, vou para minha sala, dê uma espiada aqui para mim, pode ser? Se precisar de ajuda, peça a Amelinha, que está no caixa.

— Claro, dona Jenny, pode deixar.

Ele estranhou o nome dela.

— Jenny?

E ela explicou:

— Na verdade, Jennifer.

— Ah, bom. Jenny fica legal, combina com você.

— Que bom. E você?

— Giuliano, muito prazer. — E estendeu a mão. A dela era gostosamente macia e quente, apesar do frio lá fora. — Mas, pode me chamar de Giu.

Podia até ser fantasia, mas ele achou que ela fora insinuante ao dizer:

— Também combina com você. Venha, Giu. — Ela o conduziu até um pequeno escritório, nos fundos da livraria. Lá, ao entrar, voltou-se para ele:

— Quer uma água?

— Por favor.

Havia um frigobar a um canto. Ela serviu-o e sentou-se na cadeira atrás da mesa de trabalho, cheia de livros e papéis espalhados.

— Não ligue para a desarrumação de minha mesa. É meu jeito de organizar as coisas. Parece bagunçada, mas sei onde está cada documento, cada folha de papel.

— Não se preocupe, sei como é isso. Minha mesa, às vezes, também fica desse jeito.

— Ótimo, assim não me sinto tão constrangida.

Havia anos, Jennifer não tinha namorado. Dedicava todo seu tempo ao trabalho e às leituras — e também porque, depois de adulta, nunca encontrara um homem que despertasse seu interesse. Achava-os fúteis e vazios. Mas, para sua surpresa, Giuliano estava fugindo dessa regra: desde que o vira, sentiu que iria gostar dele. Era simpático, espontâneo, bem-humorado e tinha uma aura maravilhosa, pelo menos para ela, que acreditava nisso.

Esforçou-se para não demonstrar que estava impressionada com aquele inesperado encontro. O que ele iria pensar dela se notasse? Convidou, procurando mostrar-se natural:

— Bom, quando se sentir à vontade, pode começar a falar. Não seremos interrompidos, sou a dona da livraria.

Ele se surpreendeu.

— Tão jovem assim?

Ela soltou uma risada cativante. Giuliano ficou preocupado imaginando se estava conseguindo disfarçar bem sua empolgação por ela.

— Jovem? Muito simpático da sua parte, faz muito tempo que deixei de ser adolescente. Na verdade, esta livraria foi herança dos meus pais, ganhei de presente, mas gosto do que faço.

— Ah, bom. — Ele pigarreou, ganhando tempo para decidir como contar sua história. — Veja, tudo isso é legal, você está sendo muito paciente e gentil, mas ainda continuo sem saber como me explicar.

Jennifer mostrou que era observadora.

— Que tal começar pela senhora que você viu atrás de mim, ainda há pouco, enquanto conversávamos?

Giuliano tornou a pigarrear.

— Não sei explicar. Ela apareceu e sumiu. Talvez eu tenha me enganado.

— Interessante. E como você acha que ela apareceu e desapareceu assim tão de repente? Não a vi entrar nem sair. Conte-me direitinho essa história, Giu, por favor.

Nervoso, ele olhou para as próprias mãos.

— Você promete que não vai rir de mim?

— Ué, por que riria?

Ele olhou para os lados, antes de falar. Queria certificar-se de que ninguém mais o ouviria tocar naquele assunto.

— É que... a senhora que eu vi... — hesitou, estava inseguro, mas conseguiu dizer o que temia. — ... segundo ela me disse, na primeira vez que apareceu, é o espírito da minha avó. Pronto, falei. Pode rir.

Surpreendentemente, para Giuliano, ela não riu.

— Que interessante, Giu! Isso não é motivo de riso, é algo maravilhoso, e eu quero saber tudo. Estou me lembrando de uma frase que li em um artigo do teólogo, educador, tradutor, psicanalista e escritor brasileiro Rubem Alves: "O ato de ouvir exige humildade de quem ouve. E a humildade está nisso: saber, não com a cabeça mas com o coração, que é possível que o outro veja mundos que nós não vemos".

Ele olhou-a, entre aliviado e surpreso.

— Essa frase é linda! Então, você acredita em mim?

— Claro que acredito. Não sei se você notou, mas isso aqui é uma livraria esotérica. E, caso lhe interesse saber, eu sou espírita e sei que esses fenômenos são reais.

Giuliano soltou um longo suspiro.

— Ah, que bom, pensei que fosse me achar um louco. Ainda bem que você é espírita e deve entender dessas coisas.

Ela sorriu lindamente, e ele percebeu que os maravilhosos olhos azuis dela pareciam sorrir junto com os lábios.

— Entendo um pouquinho, por isso não achei você louco, só fiquei curiosa. Não quer me contar a história desde o começo?

— Posso contar, mas a história é longa. Você tem tempo?

— Todo o tempo do mundo, fique tranquilo.

E Giuliano contou. Falou resumidamente da origem e formação da sua família, da história da vinícola, da morte de sua mãe, da depressão e das bebedeiras do seu pai e a situação do seu irmão, incluindo o recente uso de drogas.

Como estava nervoso e inseguro, omitiu os detalhes dos primeiros aparecimentos de Monalisa. Considerou que era muita informação para uma primeira conversa, mas fez questão de falar das reuniões quinzenais com seu grupo de amigos.

Ao concluir, sentiu-se aliviado por ter compartilhado com alguém suas angústias.

Jennifer ouviu tudo com muita atenção, sem interrompê-lo por nenhum instante. No final daquele relato, suspirou profundamente, olhou para o teto e depois para Giuliano.

— E onde sua avó ou o espírito dela entra na história?

Ele não se sentia confortável falando sobre isso, porque considerava muito absurdo, por isso foi breve.

— Ela já havia me encontrado na cidade e depois sumiu. Foi a primeira vez que nos vimos. Certa noite, ela apareceu durante uma das minhas reuniões com os amigos, mas só eu a ouvi declamando parte do poema que eu lia e havia interrompido pela emoção. O pessoal achou que eu tinha alucinado, e eu fiquei sem entender nada.

Jennifer sorriu compreensivamente.

— Muito bem, vamos lá. Deixe-me tentar explicar algumas coisas, para ver se consigo ajudá-lo.

A moça começou a falar com calma, com a intenção de ser bem didática.

— Realmente, é uma longa e interessante história, Giuliano. Vejo que podemos dividi-la em dois focos de atenção: o primeiro é a necessidade de você realmente informar-se mais sobre Espiritismo, para que possa compreender muita coisa aparentemente sobrenatural, que está acontecendo consigo.

— Concordo. E em segundo lugar...

— O que está acontecendo com seu irmão e mesmo com seu pai. Deve haver alguma razão para que as drogas estejam envolvendo membros de sua família.

— E eu nem comentei sobre um tio e um primo que morreram de overdose, quando eu era adolescente.

Ela apertou os lábios e balançou a cabeça.

— Mais dois fatos para confirmar minha teoria inicial, mas é cedo para falar dela. Tenho uma proposta a lhe fazer.

— Aceito, desde já. Por onde começamos?

— Agora sou eu quem lhe pergunta: está com tempo?

— Claro. Sou um dos donos da vinícola Turim e, assim como você, posso decidir meu horário de trabalho.

— Que ótimo! Então, tempo não será problema para nós.

Ele queria manter aquela agradável companhia.

— Que tal irmos almoçar e conversarmos durante a refeição?

— Acho uma ótima ideia. O que você sugere? — perguntou Jennifer.

— Bom, o que não falta aqui na região é restaurante. Entraremos no primeiro que acharmos simpático.

— Usar a intuição? Gosto da ideia.

CAPÍTULO 16

O restaurante era bem próximo de onde estavam, tanto que foram caminhando devagar, apesar do frio.

Escolheram uma mesa mais afastada para que pudessem conversar com mais privacidade. Não era um lugar sofisticado, pelo contrário, era muito simples, mas mostrava-se limpo e organizado.

Depois de fazerem os pedidos, Jennifer tomou a iniciativa de começar a conversa.

— Bom, vejamos por onde iniciar. Procurarei ser bem clara, já que você é, digamos, um "iniciante" no Espiritismo.

— Por favor.

— Vou começar esclarecendo que Espiritismo não é uma religião, mas uma doutrina filosófica. Foi um pedagogo francês, que ficou conhecido como Allan Kardec, quem criou o termo para nomear a doutrina fundada sobre a existência, as manifestações e o ensino dos espíritos.

— Então, essa ideia é antiga, não é nenhum modismo.

Jennifer balançou a cabeça com veemência.

— De jeito nenhum, já existe há bastante tempo. Essa doutrina se fundamenta na imortalidade da alma, ou seja, o corpo físico morre, mas o espírito, não. Quando morremos, nosso espírito segue para outra dimensão ou outro plano, para depois retornar à Terra e evoluir a cada dia, para nos tornarmos uma pessoa melhor. Este é o princípio do processo que chamamos de reencarnação.

— Se entendi bem, os erros que a pessoa comete nesta vida podem ser reparados em uma próxima existência, é isso?

— Isso mesmo, mas essa evolução é uma decisão da pessoa, pois o Espiritismo prega o livre-arbítrio, ou seja, você pode seguir na direção que quiser, boa ou má, mas terá depois de enfrentar as consequências.

— Uma dúvida: quando uma pessoa volta ou, na sua linguagem, reencarna, ela sabe quem foi, lembra-se da vida passada?

— Na grande maioria das vezes, não. Mas há casos raros em que a pessoa traz as lembranças de vidas passadas. Inclusive, muitas vezes, voltamos para a mesma família, mas em papéis diferentes. Já pensou a confusão que seria se nos lembrássemos?

— Concordo. De repente, você poderia ter sido minha mãe ou minha filha, e seria complicado se eu me apaixonasse por você agora.

Giuliano teve a rápida impressão que Jennifer ruborizara com aquele exemplo e ficou intimamente animado: se estivesse certo, seria um bom sinal de conexão.

— É bem isso.

— Essa doutrina é bem aceita, Jenny? Pergunto isso porque ela defende ideias, digamos, bem polêmicas.

— Veja, até as religiões tradicionais não contam com o consenso de todos, e o Espiritismo não é exceção. Há quem não aceite a ideia da reencarnação ou da sobrevivência da alma e muito menos da possibilidade de podermos ver e falar com quem já morreu. De qualquer forma, o Espiritismo está conhecido em muitos países e, no Brasil, é imenso o número de adeptos e praticantes, além de um grande número de simpatizantes dessa doutrina.

— Puxa, eu não fazia ideia dessa amplitude da doutrina. E como é que funciona o lance de ver espíritos e conversar com eles? Porque, sendo muito sincero com você, Jenny, não faz nenhum sentido para mim que um espírito possa se tornar visível e aparecer para alguém.

— Se você realmente levar a sério minha recomendação para estudar mais a fundo a doutrina espírita, vai entender isso e muitas outras coisas que, no momento, parecem impossíveis para você.

— Pode ser, mas, por ora, não vejo a menor possibilidade de uma pessoa já morta se manifestar para qualquer um de nós.

Jennifer sorriu.

— Você está muito enganado, meu caro. Os espíritos podem se manifestar de várias maneiras: podem se fazer ver e ouvir, provocar os mais variados tipos de ruídos, movimentar coisas à nossa volta, se manifestar pela escrita, pelo desenho, pela música, pelos sonhos. Chega ou quer mais?

Giuliano levou as mãos à cabeça, num gesto teatral.

— Meu Deus! E como é que eles conseguem isso? Me explique, amiga.

— Os espíritos se manifestam geralmente através de um médium, pessoas como você, dotadas de capacidade para cada tipo de manifestação.

— E como foi que o suposto espírito de minha avó Monalisa conseguiu entrar no meu salão sem ser vista e com todas as portas fechadas?

Dessa vez, a observação ingênua de Giuliano provocou uma gargalhada na amiga.

— Desculpe, não quis zombar de sua pergunta, não devia ter rido dessa maneira.

Ele abanou o ar com a mão.

— Não se preocupe com isso, quero apenas que me responda.

— Vou tentar ser simples e objetiva. Nosso espírito é envolvido por um elemento fluídico chamado perispírito. Durante toda a nossa vida, os três elementos (corpo, espírito e perispírito) permanecem unidos. Quando uma pessoa desencarna, o perispírito permanece ligado ao espírito, sendo a parte visível. Dessa forma, o espírito desencarnado pode escolher a aparência que desejar e, para ser reconhecido por determinada pessoa, utiliza-se da aparência da sua encarnação mais recente. Sua avó teve outras encarnações, mas, para que você a reconhecesse, ela optou pela aparência que tinha como Monalisa, sua encarnação mais recente. Sendo energia, os espíritos podem entrar em qualquer lugar, nenhuma matéria pode impedi-los, simplesmente porque o fluido que os compõe penetra todos os corpos e os atravessa, assim como a luz atravessa um vidro.

Giuliano estava visivelmente admirado.

— Jenny, isso parece coisa do outro mundo.

Ela tornou a rir:

— Mas é mesmo coisa de outro mundo, amigo! Mas, não esqueça de que a pessoa precisa ser médium para conseguir o contato.

— E como se faz para ser médium?

— Não se faz. Na verdade, todos somos médiuns, em maior ou menor grau. O que ocorre é que algumas pessoas procuram desenvolver essa condição e outras não, mas todas as pessoas, com alguma sensibilidade, podem ver e ouvir espíritos. — De imediato, Giuliano lembrou-se de Gina, sua funcionária. — Como você, por exemplo, que é um médium vidente.

— Acho curioso você dizer isso, já que nunca estudei nem pratiquei o assunto.

— A pessoa não precisa ser culta ou ter conhecimentos especiais para ser médium. Pode ser simples e sem muitos estudos. Um dos maiores médiuns do Brasil é Chico Xavier, que frequentou apenas o curso primário. Outro famoso, Divaldo Franco, tem diploma de professor primário.

— Entendi. E por que você acha que sou médium?

— Desconfiei disso a partir do seu relato de ter visto e conversado com sua avó e também desde que você viu o espírito dela atrás de mim, na livraria.

— Na verdade, ela mesma me disse que sou um médium vidente, mas não me explicou por que aparecia. O que você acha?

— Por enquanto, não tenho como saber, exatamente. — A moça mostrou mais um sorriso lindo e insinuante. — Talvez esteja querendo lhe prevenir para tomar cuidado comigo...

Ele também sorriu, achando cada vez mais fascinante o bom humor dela.

— Isso não é possível. Você não me parece perigosa.

Ela continuou brincando.

— Nunca se sabe...

Giuliano ficou refletindo um pouco sobre a possibilidade de ele ser um médium.

— OK, vamos admitir que sou médium. Isso é bom ou é ruim?

— Depende do uso que você fizer dessa capacidade. Um médium com bons sentimentos, princípios e valores morais pode ajudar muita gente. Agora, falando sério e respondendo à sua dúvida: geralmente, quando um espírito aparece com frequência, para uma mesma pessoa, ele pode estar querendo que essa pessoa termine alguma missão que precisa ser concluída. Como se fosse um sinal para chamar a atenção dela.

Giuliano coçou a cabeça.

— Desculpe, Jenny, mas isso é muito complicado para mim. Sou médium sem pedir e agora parece que tenho uma missão, que também não pedi e que nem mesmo sei qual é.

Ela mostrou um sorriso brincalhão.

— Humm, eu acho que sabe. Espero não estar errada, mas tenho a impressão de que sua avó quer que você ajude seu irmão, que também é neto dela. Também pode querer chamar sua atenção para a necessidade de você resgatar alguma coisa de uma vida passada.

Giuliano quase parou de respirar. Ficou olhando fixamente para Jennifer, surpreso com as palavras delas, que coincidiam com o teor das conversas que tivera com o espírito de sua avó e a respeito do qual nada dissera à jovem.

— Como assim, "resgatar alguma coisa de vida passada" ?

— Posso estar enganada, como já disse, mas acho muito sintomático que as drogas estejam tão presentes em tantas pessoas da sua família. Isso não deve ser coincidência.

— Mas eu não uso drogas, a menos que você considere o vinho uma droga.

Ela brincou.

— Se for de má qualidade, certamente será uma droga... — Ele não segurou o riso. Gostava da espirituosidade dela, que continuou: — Por que será que tenho essa desconfiança? Segundo você relatou, teve um tio e um primo que morreram de overdose, agora tem um irmão que parece estar usando cocaína, e seu pai está se tornando um alcoólatra, com a possibilidade de também estar usando drogas. Isso tudo não pode ser mera coincidência.

Sério, ele ficou olhando para ela, refletindo sobre o que acabara de ouvir.

— Eu ainda não havia pensado nisso.

— Como eu disse, pode até ser uma casualidade, mas, como espírita, tenho minhas dúvidas. Sem falar que a minha intuição é muito boa, modéstia à parte.

— Mas, se tenho uma missão, por que o espírito da minha avó já não falou a respeito, de maneira clara?

— Não temos como saber, Giu, talvez esteja esperando a hora certa, não sei.

— É, pode ser. De qualquer forma, você está certa numa coisa: ela realmente me pediu para ajudar meu irmão, e isso já estou fazendo.

— Ótimo, acho que isso já faz parte da sua missão, mas sinto que deve ter mais alguma coisa nessa história toda.

Giuliano mexeu nos cabelos com as mãos.

— Ah, Jenny, isso tudo é muito complicado.

Ela gostava quando ele a chamava assim.

— Calma, tenho uma ideia. Se você estiver de acordo, amanhã vou ao seu escritório levar dois livros para você. São textos básicos, para iniciantes no Espiritismo. Depois que você os ler, vou convidá-lo a me acompanhar numa sessão, no centro espírita que frequento. Assim, você vai se familiarizando com a doutrina, e isso facilitará sua compreensão sobre ela e as coisas que estão acontecendo com você, e que, muito provavelmente, vão continuar acontecendo.

Giuliano olhou-a com carinho.

— Não tenho como lhe agradecer, Jenny.

Ela tocou na mão dele, que amou o contato.

— Não precisa me agradecer, Giu.

— Tenho que ser grato. Entrei na sua livraria sem saber o que fazer. Agora, já tenho uma direção a seguir, tenho um plano, graças a você.

O sorriso dela era por demais cativante, quando apertou a mão dele. A dela continuava quente.

Nem sentiam frio quando, caminhando devagar, ele a acompanhou de volta à livraria.

— Até amanhã, Giu, gostei muito de conhecê-lo.

Ouvindo isso, ele sentiu-se nas nuvens, como um adolescente ouvindo uma declaração de amor.

CAPÍTULO 17

No meio da manhã seguinte, Giovana acabara de entrevistar mais uma candidata para a área de vendas da vinícola, quando Jennifer chegou.

Uma funcionária da loja conduziu-a até a sala de Giovana, que a confundiu com mais uma candidata à vaga. A executiva da Turim surpreendeu-se quando a visitante, educadamente, procurou por Giuliano.

— Olha, se você está interessada na vaga, é comigo mesmo.

Jennifer esclareceu de pronto.

— Vaga? Não, desculpe, vim falar com o Giuliano.

Giovana percebeu o engano.

— Eu é que lhe peço desculpas. Minha funcionária pensou que você fosse mais uma candidata à vaga, mas, na verdade, você quer falar com o meu irmão, certo?

— Sim, gostaria, se ele puder me receber.

Giovana estava intrigada. Perguntou, procurando não parecer invasiva:

— Posso saber qual é o assunto? Algumas vezes, eu mesma posso resolver.

— É que fiquei de trazer alguns livros para ele.

Giovana percebeu que ela segurava um pequeno pacote, muito bem embrulhado, e ficou mais surpresa ainda.

— Livros para meu irmão? Tem certeza?

Jennifer sorriu e inclinou um pouco a cabeça para o lado.

— Bem, pelo menos foi isso que combinamos.

— Ah, então vocês já se conhecem.

A visitante teve a leve impressão de que a irmã de Giuliano ficara um pouco enciumada, até por desconhecer aqueles dados.

— Nos conhecemos ontem. Ele visitou minha livraria, a Celestial, perto daqui.

Sei onde é, mas não consigo imaginar o que meu irmão poderia estar procurando numa livraria esotérica. Mas, enfim... — Giovana pegou o interfone. — Quem devo anunciar?

— Sou a Jennifer.

— E eu sou a Giovana. Por favor, sente-se, Jennifer, já vou chamá-lo.

Ela ligou para Giuliano, que ainda estava no segundo andar.

— Querido, Jennifer está aqui e trouxe seus livros. — Ouviu a resposta dele. — Está bem. — E dirigindo-se à visitante: — Jennifer, ele já está vindo. Quer um cafezinho?

— Não, obrigada. — A visitante sentou-se na cadeira em frente à mesa.

— Como ambas atuamos no comércio, ainda que em setores diferentes, permita-me satisfazer uma curiosidade: como está o mercado de livros, Jennifer?

— Bem, não posso me queixar. Você deve saber que o brasileiro lê muito pouco, se compararmos aos padrões de outros países, mas a literatura esotérica tem um público certo, fiel, principalmente entre os espiritualistas.

Giovana sorriu.

— Nós aqui também não podemos nos queixar. O vinho sempre teve muitos admiradores e de qualquer religião, o que é uma vantagem para nós.

Ambas riram, justamente quando Giuliano entrou na pequena sala da irmã e dirigiu-se diretamente para a nova amiga:

— Oi, Jenny, não acredito que você se deu a esse trabalho de vir aqui só para trazer meus livros.

— Promessa é dívida, meu amigo.

Beijaram-se comportadamente na face, e ela entregou-lhe o pacote.

Giovana não perdeu a oportunidade de brincar com o irmão:

— Desde quando você se apaixonou pelas leituras esotéricas, mano?

Ele aceitou a brincadeira e respondeu sorrindo:

— Desde que conheci a Jenny.

— Jenny?

A visitante tratou de explicar:

— Os amigos me chamam assim, graças a essa moda atual de se abreviar tudo. De Jennifer virei Jenny.

Giovana foi levemente irônica:

— Ah, sei, entendi. Eu mesma fiquei sendo Gi.

Giuliano queria ficar a sós com a moça, sem as interrupções da irmã.

— Jenny, você não gostaria de conhecer nosso salão de degustação e eventos? Quem sabe, um dia, sua livraria possa usá-lo para o lançamento de algum livro?

— Por que não? Vamos, sim.

— Então vamos. Fica no primeiro andar.

Quando Jennifer levantou-se, Giovana pode observá-la melhor e notou seu corpo esguio e atraente.

O casal saiu sob os olhares maliciosos de Giovana, que balançou a cabeça, sorrindo.

O elevador os conduziu rapidamente ao primeiro andar.

— Pronto, aqui estamos.

Jennifer ficou encantada diante da enormidade do espaço e da refinada decoração.

— Nossa, que lindo, Giu. — Ele gostou de ela continuar chamando-o assim. Soava muito carinhoso. — É um lugar bonito, elegante e espaçoso.

— É aqui que eu e minha turma nos reunimos a cada quinze dias, nas noites de sábado. Na verdade, nos divertimos jogando conversa fora.

— E foi aqui também que você viu o espírito da sua avó, depois que ela o ajudou a declamar o poema?

— Isso mesmo — o rapaz confirmou e indicou um canto com a mão. — Eu estava sentado aqui, e ela apareceu ali, depois que a reunião acabou.

— Seria tão bom que ela aparecesse agora. Acredite que, apesar de seguir rigorosamente a doutrina, eu nunca vi um espírito na vida, para minha frustração.

— Mas você me disse que todos somos médiuns.

— Pois é, mas talvez eu não tenha a sensibilidade aguçada para ser vidente, quem sabe? Além do mais, eles só aparecem quando têm um objetivo e não por mero passatempo.

— Bom, quem menos pode opinar sou eu. Ainda tenho muito a aprender a esse respeito. Agora, escolha uma almofada e vamos conversar um pouco, vamos nos conhecer melhor.

Jennifer provocou:

— Sua irmã não vai se aborrecer?

Ele se fingiu de desentendido. Giovana sempre tinha ciúme dos casos dele.

— Ué, por que se aborreceria? Ela sabe que tenho muitas amigas. Você é a mais recente.

Jennifer foi sincera.

— Pois ela me pareceu bem ciumenta, muito possessiva. Deve achar que minha visita não é só por amizade.

— Não esquente, isso é coisa de irmã caçula.

Jennifer sentou-se, cruzando as pernas, e Giuliano não deixou de notar como eram roliças e bem torneadas, mas desviou logo o olhar para não parecer indiscreto.

Coincidência ou não, ela puxou a saia para baixo, após se sentar.

— Bom, Giu, me fale um pouco mais sobre o negócio da família, o vinho.

— Além do que já lhe contei na livraria, que, na verdade, foi um resumo, nosso negócio vai muito bem. Excetuando-se o ano de 1996, quando uma forte crise atingiu o setor, o vinho tem sido um bom investimento. Para você ter uma ideia, uma vinícola bem-sucedida pode atingir, em um ano, um lucro líquido suficiente para cobrir todos os custos e remunerar muito bem seu pessoal e os sócios, e, ainda, sobrar capital para investir.

Ela sorriu e brincou:

— Uau! Vou trocar de ramo!

Ele adorava o bom humor dela.

— Claro que a Turim ainda não chegou no topo, não produz tudo o que poderia, mas temos nos esforçado, com uma grande diversificação de produtos, desde vinhos finos de mesa até os espumantes, *coolers* de vários sabores e sucos de uva. Este ano, se tudo der certo, pretendemos começar a exportar.

— Que ótimo! Quem toca o negócio?

— Como já lhe contei, a Turim foi fundada pelo meu pai e é graças a ele que a empresa alcançou esse patamar. Se ele não fosse um turrão, já estaria aposentado, desfrutando do sucesso, mas faz questão de continuar trabalhando, apesar de a saúde estar comprometida pelo excesso de bebida. Então, o negócio é tocado por mim, na parte financeira; pela minha irmã Giovana, na área administrativa; e, se o Enzo estivesse na ativa, cuidaria do setor de vendas, área em que ele já atuou, e que, no momento, está sendo administrada por mim, mas provisoriamente, espero, pois não é minha especialidade. Para a produção, cada uma das duas vinícolas tem um gerente responsável, que conta com boas equipes para o plantio e a colheita das uvas e posterior fabricação do vinho. O resto você já sabe.

— Você acredita que seu irmão irá trabalhar com vocês?

— Nós esperamos por isso, e estou muito otimista. Tenho fortes indícios de que ele está mudando a cabeça.

— Que bom, vamos torcer.

— Mas agora me fale de você.

— Bem, não há muito o que falar a meu respeito. Tenho 25 anos, sou paulistana, formada em Serviço Social, espírita. Herdei a livraria dos meus pais, que se mudaram para Portugal, quando eu tinha 20 anos. Desde então, moro sozinha. Gosto muito de ler e adoro o que faço na livraria.

— Como o Espiritismo entrou na sua vida?

— Aos 15 anos, tive uma doença que os médicos diagnosticaram como incurável. Aconselhados por uma prima, meus pais me levaram a um centro espírita. Lá, passei por uma cirurgia espiritual e fiquei totalmente curada, para espanto dos meus médicos. Desde então, me converti à doutrina e toda quinta-feira compareço a uma sessão no centro e presto alguns serviços assistenciais, o que me faz muito bem.

Quando ela parou, ele demonstrou que esperava mais.

— Isso é tudo?

Ela sorriu.

— Não, senhor, isso é só um pouco. Graças à minha formação em Serviço Social, faço parte do quadro de voluntários de uma clínica dedicada à recuperação de dependentes químicos, um trabalho difícil, mas muito gratificante, quando conseguimos bons resultados. Vou lá três vezes por semana. Nesses dias, Lena e Amelinha ficam no meu lugar na livraria. — Pensou um pouco. — Acho que agora é só.

— Só? Além de fazer o bem, como voluntária, você tem uma vida muito intensa e agitada, eu acho.

— Também acho, mas eu gosto. Não sou de ficar parada.

Ele foi insinuante:

— E mesmo assim consegue dedicar algum tempo para o namorado?

Ela sorriu mais uma vez.

— Você pode não acreditar, mas não tenho namorado.

Ele também riu.

— Acertou na mosca: não acredito. Mas de jeito nenhum!

— É verdade, Giu, e a culpa é minha. Sou muito exigente, há muito tempo espero encontrar minha alma gêmea, mas não é tão fácil assim. Você já encontrou a sua?

— Nem de longe. Também sou muito exigente. Acho até que chego a ser chato de tanta exigência.

Ela riu.

— Precisamos rever o nível de nossas exigências, senão envelheceremos solteirões.

— Será que isso tem cura, Jenny?

Ela ficou subitamente séria.

— Acho que não é uma questão de cura, mas de encontrar a pessoa certa.

— Concordo, vou ficar mais atento. Às vezes, a pessoa certa está pertinho da gente e não percebemos.

Desta vez, não foi impressão: Jennifer corou mesmo, mas disfarçou muito bem.

— Mas agora, me lembrei de lhe fazer outro convite, além daquele para me acompanhar numa sessão do centro.

Ele foi ousado.

— Um convite para jantarmos?

Ela sorriu lindamente.

— Não, senhor, o que não significa que não possamos jantar qualquer dia.

— Desculpe a brincadeira, foi mal.

— De jeito nenhum. E, para você não ficar com sentimento de rejeição, acrescento um terceiro convite, que é justamente para jantarmos.

Ele riu, feliz.

— Esses dois já estão aceitos. Qual é o segundo, já que você pulou do primeiro para o terceiro?

— Gostaria que você visitasse a clínica de recuperação onde trabalho como voluntária. Não é uma visita muito divertida, mas nos faz refletir bastante sobre a fragilidade daqueles seres humanos que se entregam às drogas.

— Claro, pode contar comigo. É só marcar o dia.

— Você não quer me falar um pouco sobre o Enzo? Quem sabe eu poderia ajudá-lo?

Por um instante, Giuliano olhou para o teto, pensando em como começar.

— Enzo é um bom rapaz, mas completamente diferente de mim e da Gi. Sensível, com alma de poeta, é um sonhador, vive no mundo da fantasia. Nunca demonstrou interesse pelo nosso negócio, tanto que se formou em Letras, para irritação do nosso pai, que o queria engenheiro, economista, médico, coisas assim, mais pragmáticas. Talvez aí tenha começado a desavença entre ambos. Enzo gosta de teatro, cinema, literatura, poesias. Mas, vinho, só para beber, não tem interesse em trabalhar no negócio.

— Bom, até aí, tudo bem, não vejo grandes problemas. As pessoas são diferentes e, na verdade, do jeito que está, o mundo precisa muito de poesia.

— Concordo, mas meu irmão poderia ter se esforçado um pouco mais para entender os projetos do nosso pai em vez de optar pelo enfrentamento. Deveria ter levado em conta a idade do velho.

— Nisso você está certo. O confronto nunca é o melhor caminho para solucionarmos conflitos. Ainda acredito no poder do diálogo e da argumentação.

— Certamente, mas lembre-se de que somos descendentes de italianos...

Ambos riram dessa observação jocosa.

— Há quanto tempo seu irmão está fora?

— Quase um ano. Na época, mesmo ele tendo dito que iria para a Europa, não acreditamos muito e o procuramos de todas as formas, aqui em São Paulo. Inclusive a polícia foi acionada, mas em vão, pois não foi encontrada nenhuma pista dele.

— E como você conseguiu encontrá-lo?

— É aí que começa o mistério: essa parte da história, eu ainda não lhe contei. Foi o espírito da minha avó quem me deu as dicas.

— Que interessante! E por que não me contou, Giu? Vou ficar brava com você se continuar me escondendo as coisas. Eu já havia desconfiado de que o espírito de sua avó estava lhe dando dicas, mas eu gostaria de ter ouvido isso de você.

— Desculpe, Jenny, não escondi de você, acredite, mas é uma história tão fantasiosa que tive receio de que você não acreditasse. Ademais, eu já tinha falado muito, você poderia ficar enfadada se contasse tudo numa primeira conversa. Poderia me considerar um cara problemático e desaparecer.

— Não vou desaparecer, você não vai se livrar de mim assim tão fácil. — Ambos riram muito. — Voltando ao assunto, acredito em você e não estou enfadada. Então, por favor, me conte tudo agora ou se cale para sempre.

Ele pigarreou antes de começar:

— Um dia, não faz muito tempo, tive que ir ao centro da cidade visitar um cliente. Quando estava voltando, senti frio e entrei em um desses bares populares para tomar um cafezinho. Sem que eu esperasse, uma senhora se aproximou de mim. Pensei que fosse uma pedinte, mas ela disse meu nome e o do meu pai. Conversamos um pouco, e então ela me deu a dica de onde poderia encontrar o Enzo, como morador em situação de rua. Não acreditei, mas não custava nada tentar.

— Então, o espírito de Monalisa resolveu procurá-lo?

— Pois é, logo a mim, que não sou nada religioso nem espiritualista.

— Talvez seja e não saiba. O espiritualismo não é uma condição formal, acadêmica. É acreditar em algo além da matéria, acreditar que temos um espírito, uma alma.

— Na verdade, fiquei muito chocado quando aquela senhora me disse que eu poderia encontrar meu irmão na região da Cracolândia. Achei um absurdo, não acreditei, mas fui verificar. Para minha surpresa, descobri que ela falara a verdade. Meu irmão estava em péssimas condições, instalado debaixo de um viaduto, como um mendigo.

— Que pena, Giu. Deve ter sido um grande choque para você vê-lo nessa situação.

— E foi. Só de imaginar que ele pudesse estar passando necessidades e ainda se drogando, entrei em pânico.

— Você sabe há quanto tempo ele usa drogas?

— Acho que deve fazer pouco tempo, porque está hospitalizado há alguns dias e não está apresentando sintomas de abstinência.

— Se é assim, ele deve começar o tratamento de desintoxicação e reabilitação o quanto antes; a alta será mais fácil.

— Não tenho a menor ideia de como se faz isso. Detesto drogas. Nunca me envolvi com drogados, até agora — falou com ironia. — Meu contato com o assunto se deve ao meu finado tio e, também, ao meu primo, aqueles que morreram de overdose; e, agora, a Enzo e ao meu pai.

— Não culpe nem julgue essas pessoas, Giu. Não sabemos as motivações nem as condições delas. Haverá uma razão e uma explicação para tudo isso. Como você já deve saber, nada acontece por acaso em nossas vidas.

— Espero que você esteja certa, mas gostaria de saber quais são essas razões.

— Tenha paciência, amigo. Agora, não se ofenda com o que vou lhe perguntar: sendo seu pai fundador e proprietário de uma vinícola, não é natural que ele beba seu próprio produto?

Giuliano respondeu com amargura na voz:

— Em primeiro lugar, Jenny, o que ele hoje menos bebe é nosso vinho, por mais irônico que isso possa parecer. Prefere coisas bem mais fortes, como uísque, conhaque, vodca. Em segundo lugar, o problema não é o que ele bebe, mas a quantidade, que é absurdamente exagerada, sobretudo para a idade dele. Eu bebo vinho, e só vinho, mas nem por isso virei alcoólatra.

— E desde quando seu pai passou a agir assim, quero dizer, passou a beber além da conta?

— Desde quando Enzo saiu de casa, e piorou de vez quando minha mãe morreu. Não sou psicólogo, mas acredito que ele não está sabendo administrar o sofrimento advindo dessas perdas. Optou pela fuga mais fácil, por meio do álcool e, sabe-se lá, experimentando drogas. E o pior é que ele não admite que esteja se tornando um dependente, tampouco aceita conselhos e recomendações, fica bravo quando um de nós tenta. Até o médico dele parece que desistiu de fazê-lo mudar de atitude. Meu pai é um turrão.

— Pelo visto, seu irmão puxou ao pai, parece ser tão teimoso quanto ele.

— Acho que sim. Tanto que só consegui tirá-lo da rua e levá-lo para um hospital porque, quando o encontrei pela terceira vez, ele estava praticamente inconsciente e, portanto, não tinha condições de resistir.

— Já sei que foi o espírito de sua avó quem lhe disse onde seu irmão estava, mas foi ela também quem disse que ele estava muito doente?

Ele riu tristemente.

— Quem mais poderia ter sido?

Jennifer ficou um longo tempo pensando, antes de falar:

— Bom, meu caro, confirmando o que já lhe disse, temos dois assuntos para cuidar. Primeiro, sua iniciação básica no Espiritismo, e aí estão os dois livros que recomendo. Em segundo lugar, veremos o que é possível ser feito pelo seu irmão.

— Fico-lhe muito agradecido, Jenny, e peço-lhe desculpas por tê-la feito minha psicoterapeuta, enchendo seus ouvidos e tomando seu tempo com minhas histórias. Aliás, não entendo como falei tanta coisa para uma pessoa que acabo de conhecer. Isso não é comum para mim.

— Simples, você precisava falar, e eu sou boa ouvinte. Desabafar o que nos angustia é uma boa terapia.

Ele olhou-a com carinho.

— Grato, amiga.

— Nada disso, não me agradeça. Eu também falei sobre mim para você. Afinal, amigos são para essas coisas e ocasiões. Escutei você com carinho e atenção.

— Mesmo assim, agradeço. E, quando quiser tomar um bom vinho, é só falar comigo. Tenho um estoque enorme à sua disposição. E, claro, eu lhe farei companhia.

— Pode deixar. Aliás, eu gostaria muito de conhecer uma plantação de uvas, ou, como vocês dizem, uma vinha, não é assim que se diz? E também seria muito interessante conhecer o processo de fabricação, pode ser?

— Pois deixe comigo. Serei seu guia e explicarei tudo. Você vai se tornar uma *expert*.

— Ótimo! Vamos marcar, mas, antes, leia os livros, e depois vamos pensar em como ajudar o Enzo.

Giuliano se levantou e encaminhou-se para o fundo do salão, mas voltou-se e perguntou:

— Por que você está fazendo tudo isso por mim e pelo Enzo?

— Por quê? Ora, nenhum motivo em especial. Algumas pessoas usam sua energia e seus conhecimentos para prejudicar os outros. Outros, contudo, usam para ajudar. Eu estou no segundo grupo.

Giuliano olhou-a com admiração e carinho, mas nada comentou. Em seguida, desceram para o térreo.

CAPÍTULO 18

Pelo interfone, Giuliano pediu a Gina que viesse até sua sala.

A moça, ao chegar, apressada — algo raro de acontecer —, bateu na porta antes de entrar. Estava nervosa, pois não sabia o que seu patrão queria falar com ela. Talvez até fosse uma bronca, embora ela não tivesse consciência de ter feito nada errado, pois era muito cuidadosa.

— Entre.

Ela empurrou timidamente a porta e entrou devagarinho. Ele sorriu ao vê-la, o que a fez sentir-se um pouco mais aliviada.

— Olá, Gina, nem precisava ter batido, você é de casa. Na verdade, nem gosto de deixar a porta fechada, foi descuido meu. Sente-se, vamos conversar um pouco.

Sempre timidamente, com as mãos cruzadas na barriga, ela sentou-se à frente da mesa dele.

— Fiz alguma coisa errada, seu Giuliano?

Ele sorriu outra vez.

— Se fez, não me contaram.

Ela também ensaiou um sorriso.

— É que eu não gosto de fazer nada errado.

— Pois você está errada. — Ela franziu a testa e inclinou levemente a cabeça, num gesto que significava "não entendi". Então, ele continuou: — Errar é humano, Gina, todo mundo erra, uma vez ou outra, mesmo sem querer.

— Lá isso é verdade.

— Mas não a chamei aqui para isso, você não cometeu nenhum erro, sossegue. — Só então ela respirou realmente aliviada. — Lembra-se daquela senhora da outra noite, com quem você me flagrou conversando quando foi fazer a limpeza do salão?

— Lembro, sim. Me pareceu muito distinta e educada.

— E é mesmo. Me diga uma coisa, Gina, o que você pretende ser na vida?

— Ora, seu Giuliano, eu gosto muito do que faço aqui. Adoro sua família.

— Eu sei, Gina, mas, na certa, você não pretende passar a vida inteira arrumando casas, não é?

Ela empalideceu.

— O senhor não me quer mais aqui?

Giuliano abriu os braços.

— Mas quem falou isso, Deus do céu? De onde você tirou essa ideia?

Ela baixou os olhos.

— Desculpe.

— Gina, preste atenção. Acho você uma jovem muito competente e inteligente. Você faz muito bem o seu trabalho e tenho certeza de que faria bem qualquer coisa que se dispusesse a fazer.

— Muito obrigada, seu Giu.

— Mas eu acho que você pode crescer mais, tem talento e energia para isso.

Ela lembrou-se das muitas vezes em que, sozinha em seu pequeno quarto, preparando-se para dormir, pensou em como seria bom se encontrasse uma maneira de mostrar-se mais útil às pessoas. Com frequência, ela sentia dentro de si uma força, uma energia compelindo-a a ajudar pessoas, mas ela não sabia como faria isso, enquanto trabalhasse como arrumadeira. Sabia que fora útil para dona Bianca durante o tempo em que ela estivera doente, sentira-se muito bem a ajudando, consolando-a, mas fora só aquela vez e, após o falecimento da patroa, voltara à rotina. Agora, seu Giuliano vinha com aquela conversa surpreendente, ainda mais quando ele completou:

— E eu estou disposto a ajudá-la.

Gina estava intrigada: como um homem tão ocupado e tão importante como Giuliano estaria interessado em ajudá-la?

— O senhor?

— Eu mesmo. Vou lhe fazer uma pergunta e quero que você pense bem antes de responder: se você voltasse a estudar, o que gostaria de fazer?

Ela balançou a cabeça.

— Voltar a estudar? Não posso, seu Giu.

— Por que não?

— Primeiro, porque não tenho tempo, trabalho o dia todo. E, depois, qualquer curso hoje em dia custa uma fortuna.

— Você não respondeu à minha pergunta, Gina. Conseguir tempo e dinheiro, a gente dá um jeito. O que eu quero saber é o que você gostaria de estudar, em que você gostaria de se formar.

Os olhos dela brilharam.

— Me formar? Ter um diploma?

— Isso mesmo.

Gina ficou um instante em silêncio, de cabeça baixa. Depois, falou baixinho:

— De que adianta sonhar, seu Giu?

— Os sonhos são feitos para serem transformados em realidade, Gina. Agora, me diga, qual é seu sonho?

Ainda de cabeça baixa, ela respondeu:

— Quando dona Bianca, a senhora sua mãe, adoeceu, que Deus a tenha em um bom lugar, eu cuidei dela o tempo todo.

— Eu sei disso, Gina, e lhe sou muito grato por essa sua dedicação. Meus irmãos também admiraram muito seu gesto.

— Então, naquele período, eu descobri que gostava de fazer aquilo.

— Aquilo o quê, Gina?

— Cuidar de pessoas, tomar conta delas, fazer com que elas se sintam bem.

Imediatamente, Giuliano lembrou-se das palavras de Monalisa sobre Gina usar sua condição de médium para dar paz aos necessitados.

— E, com certeza, Gina, minha mãe gostava de sua companhia.

— Eu acho que sim. A gente conversava muito. Algumas vezes, quando ela sentia muitas dores, eu colocava a mão sobre a testa dela, e isso parecia acalmá-la.

Giuliano teve uma intuição.

— Por que você não faz um curso de Enfermagem?

A moça ergueu o rosto, com um largo sorriso na face.

— Pois esse é o meu sonho, seu Giu.

— Então, está decidido: vou falar com a minha irmã para pesquisar onde há um bom curso de Técnico de Enfermagem e, no prazo certo, ela a acompanhará na matrícula.

Gina oscilava entre a incredulidade e a alegria.

— Mas, seu Giu, como é que vou conseguir pagar?

— A Turim vai pagar. E não estará fazendo favor nenhum a você, apenas incluindo-a em um plano de benefícios, que você merece.

— Mas, o horário...

— Isso não será problema. A partir da próxima semana, seu horário de trabalho passa a ser o mesmo dos funcionários da loja: oito horas por dia com uma de descanso. Você começará a limpeza da casa às oito horas, e seu expediente se encerrará às dezessete horas. Geralmente, as aulas começam a partir da dezenove horas. E, claro, você terá descanso semanal remunerado, carteira assinada e todos os benefícios e direitos que a lei proporciona.

Giuliano se assustou com a reação da moça: ela ficou com a face vermelha, os olhos se encheram de lágrimas e a respiração estava ofegante. Ela balbuciou:

— Seu Giu! Isso é verdade?

— Claro que é, Gina. Vou falar hoje mesmo com Giovana para providenciar essas mudanças.

Gina levantou-se:

— Seu Giu... posso...posso dar um abraço no senhor?

Ele também se levantou, sorrindo:

— Claro! Venha de lá, garota!

Quando Giuliano a abraçou, Gina irrompeu num choro convulso, enquanto ele acariciava seus cabelos.

Com certeza, aquelas lágrimas eram de absoluta felicidade.

Naquela noite, Francesco não coube em si de contente, quando sua filha Gina lhe contou que o patrão Giuliano custearia sua volta aos estudos.

Como era um homem muito religioso, todas as noites, antes de dormir, fazia uma prece, agradecendo a Deus por ter colocado em seu caminho a família Cortellani e pedindo muita proteção para seus membros.

Anos antes, ele trabalhara muito tempo como motorista de um alto funcionário do consulado da Itália, até o dia em que esse senhor foi designado para retornar ao seu país.

Com a esposa para sustentar, Francesco entrou em pânico. Geralmente, a atividade de motorista particular é cargo de confiança, por motivos óbvios, pois se trabalha para pessoas importantes, seja na política, nas artes ou na indústria. E ele não tinha conhecimentos sociais suficientes para fazer contatos que pudessem acenar com uma oportunidade.

Certo dia, já desanimado, percorrendo uma rua do bairro da Mooca em busca de emprego, deparou com um homem se esforçando para descarregar um pequeno caminhão-baú estacionado, retirando dele várias caixas pesadas com garrafas de vinho. Percebia-se o esforço do senhor nesse trabalho.

Sem titubear, Francesco aproximou-se:

— Posso ajudar, senhor?

— Seja bem-vindo, amigo! Se não for atrapalhá-lo, aceito e agradeço.

Ato contínuo, Francesco passou a carregar as pesadas caixas para dentro de um enorme galpão. Cada uma das cerca de 50 caixas devia conter pelo menos uma dúzia de garrafas, o que não era nada leve.

Terminada a tarefa, Francesco preparou-se para seguir seu caminho.

— Pronto, senhor. Espero ter ajudado.

O homem enxugava a testa com uma toalha amarela.

— Claro que ajudou, mas onde você pensa que vai sem antes experimentar o meu vinho, que você ajudou a descarregar?

Francesco ficou sem jeito.

— Bem, senhor, agradeço o convite, mas é que não bebo.

— Ora, uma taça não vai viciar, nem deixar você bêbado, ainda mais se tratando de um vinho da Turim. Vamos, não se acanhe, venha comigo.

O galpão era enorme e estava lotado com aquelas caixas. A julgar pelo cheiro de tinta, as escadas e outros equipamentos para obras espalhados em volta, o local parecia estar passando por uma reforma.

— Não ligue para a bagunça. Comprei este lugar e, aos poucos, vou transformá-lo no meu negócio. Vamos nos sentar um pouco.

Um canto do galpão fora transformado em escritório. A mesa era usada, certamente comprada de segunda mão, assim como, também, as duas cadeiras.

O homem estendeu a mão calejada.

— Eu me chamo Giácomo, e você?

— Francesco.

— Francesco? Ora, vejam só, é italiano também?

— Cheguei aqui com meus pais quando tinha quatro anos.

— Que beleza! Mais um motivo para brindarmos, mas aqui não tenho taças, então, nosso brinde será em copos mesmo.

— Não tem importância, senhor. — E brincou. — Se o vinho for bom...

— Bom? Está brincando, rapaz? É divino! Depois de prová-lo, duvido que você não queira repetir a dose.

Giácomo estava certo. Bebericando, os homens ficaram ali conversando por um bom tempo. Francesco permitiu esquecer-se das preocupações por alguns instantes e decidiu desfrutar daquele momento.

— De onde o senhor compra este vinho? É muito bom mesmo.

— Eu não compro, rapaz. Eu fabrico e vendo.

— Sério?

— Sério. Essas caixas que você me ajudou a descarregar vieram da minha vinícola em São Roque, de onde eu havia chegado, quando você apareceu.

— O senhor tem uma vinícola?

— Graças a Deus, consegui realizar meu sonho. É verdade que é pequena, mas, em breve, vou ampliá-la comprando o terreno vizinho.

— Que Deus continue ajudando-o.

— Vai continuar, eu sei. Mas, me fale mais de você, se não se importa.

Francesco pigarreou antes de começar:

— Bom, minha vida não tem muita coisa interessante. Trabalhei muitos anos para um diplomata do consulado italiano, mas, chegou um dia, no mês passado, que ele voltou para a Itália.

— O que você fazia para ele?

— Era motorista particular.

— E agora?

— Agora, estou preocupado. Sou casado. Estou procurando emprego, visitando firmas aqui da Mooca, mas já vou voltar para casa. Não posso passar por uma entrevista tendo bebido tanto.

Giácomo sorriu.

— Isso é verdade, eu não contrataria um candidato a motorista com bafo de pinga...

— Não é mesmo?

— Me diga uma coisa: e você é bom motorista?

— Olha, senhor, modéstia à parte, pode ter outro igual a mim, mas melhor ainda está por nascer.

— Então, caro Francesco, você acaba de conseguir seu emprego. Vamos comemorar com mais um copo de vinho.

De tão boa que era a notícia, Francesco receou não ter ouvido direito.

— Como assim?

— Rapaz, minha vinícola fica em São Roque. Não é tão longe, mas também não é tão perto. Pelo menos, duas ou três vezes por semana, carrego e descarrego do caminhão-baú várias caixas como essas, que você me ajudou hoje. Já estou cansado de fazer isso, e espero que você aceite fazer por mim. E, além disso, com frequência tenho que ir à cidade receber pagamentos ou visitar atuais e futuros clientes. Não fujo do trabalho, mas, às vezes, o corpo reclama.

— Eu... eu agradeço muito o convite, mas o senhor nem me conhece.

— Como não? Sei quando uma pessoa é do bem. Basta me sentar a uma mesa com ela, tomar uns goles de vinho e conversar um pouco. E já percebi que você é dos meus. Aceita ou não o emprego?

— Claro que aceito, senhor! Fico muito feliz e grato a Deus por ter colocado o senhor em meu caminho.

— E eu também. Estava precisando mesmo de um bom motorista.

— E pode ter certeza de que o senhor não vai se arrepender.

— Tenho certeza disso. E leve esta garrafa como presente meu para você comemorar a novidade com sua esposa.

Francesco acompanhou todo o crescimento da vinícola e foi sempre de grande ajuda. Mostrou-se sempre competente, discreto, esforçado e leal.

Com o passar dos anos, aquele velho galpão transformou-se em um grande prédio de três andares, e foi nele que Francesco, sua esposa e filha passaram a morar, sem pagar aluguel. Tornaram-se membros da família Cortellani, recebendo o respeito e o carinho de todos.

Por tudo isso, ele era muito grato ao senhor Giácomo. E, agora, com essa notícia de que o senhor Giuliano iria custear a volta de Gina aos estudos, não havia mais o que desejar da vida, além de saúde.

Seria sempre grato aos seus patrões.

CAPÍTULO 19

Entusiasmado, Giuliano varou a noite e devorou os dois livros dados por Jennifer. Ela soubera escolher, pois se tratava de textos simples e muito esclarecedores. Estava evidente que se dirigiam a principiantes.

Apesar disso, ele continuava intrigado com essa história de espíritos, reencarnação, de falar com os mortos e vê-los. Parecia muito sobrenatural para a mente de um economista, mas decidiu aguardar os acontecimentos antes de tomar uma posição definitiva a respeito. Afinal, com todos os seus conhecimentos e sua cultura, não tinha como explicar as aparições de sua avó.

Pela manhã, Jennifer ligou:

— Oi, Giu, tudo bem?

— Ouvindo sua voz, tudo ficou melhor.

Ela fingiu não ter notado o galanteio dele.

— Como está a leitura dos livros?

Ele respondeu animado:

— Melhor do que você pode imaginar, inclusive já posso até lhe dar aulas. Devorei ambos e ainda fiz algumas pesquisas na internet.

Ela mostrou-se sinceramente alegre:

— Muito bem, garoto, vejo que você é um ótimo aluno. Escute, amanhã à noite irei ao centro espírita. Não gostaria de ir comigo?

Ele jamais perderia uma oportunidade de estar com ela.

— Claro. Passo em sua casa para buscá-la, basta me dar o endereço e dizer a hora.

Depois que desligou o telefone, contente diante da perspectiva de sair com Jennifer, Giuliano lembrou-se do compromisso, que assumira com Enzo, de encontrar Andreia no viaduto.

Um pouco antes da hora do almoço, ele rumou para lá. Como já conhecia bem o caminho, chegou rapidamente.

Olhando para o lugar onde seu irmão se sentava, Giuliano ficou um pouco melancólico. Ainda podia ver alguns vestígios da passagem de Enzo pelo local.

Procurou a moça, olhando para os lados e para frente. Não tinha certeza se Andreia apareceria. Segundo Enzo contara, haviam tido uma forte discussão, e ela fora embora zangada. Talvez por isso não quisesse mais vê-lo.

Ocorreu a Giuliano que a moça, caso viesse, ao ver um estranho no lugar do amigo, poderia achar que ele sumira e assim não se aproximar.

Então, Giuliano teve uma ideia. Sentou-se no mesmo lugar antes ocupado pelo irmão e baixou a cabeça, apoiando-a sobre os braços que, por sua vez, estavam apoiados nos joelhos dobrados. Dessa maneira, ele acreditava que Andreia poderia confundi-lo com o irmão e aproximar-se.

Foi o que realmente aconteceu depois de alguns minutos.

— Enzo?

Quando Giuliano ergueu o rosto, ela percebeu o engano, deu meia-volta e começou a se afastar. O rapaz chamou-a:

— Andreia, espere!

Ela parou e voltou-se, intrigada:

— Como você sabe meu nome? Quem é você?

— Sou Giuliano, irmão do Enzo. Tenho um recado dele para você.

Olhando para os lados, ela ainda se mostrava desconfiada.

— Irmão do Enzo?

— Sim, sou o Giuliano e tenho um recado dele para você.

— Um recado do Enzo?

— Sim, não tenha receio. Preciso falar com você.

Lentamente, ela se aproximou, e Giuliano pode observá-la melhor. Tinha traços finos, pele muito clara, olhos verdes e cabelos castanhos, presos num rabo-de-cavalo. Era muito bonita, sem dúvida. A moça não escondia sua tensão.

— Onde está Enzo?

— Está internado em um hospital.

Ela ficou pálida:

— Internado? O que aconteceu com ele?

— Precisamos conversar com calma, para que eu possa explicar-lhe tudo, com detalhes. Vamos almoçar? Ali do outro lado da rua tem um restaurante. Não parece ser dos melhores, mas acho que vai nos servir.

Antes de responder, a moça pareceu hesitar, mas, no final, decidiu confiar naquele estranho. Estava preocupada com Enzo, principalmente depois que soube que ele estava hospitalizado.

— Não posso ficar muito tempo, estou no meu horário de almoço.

— Não vamos demorar, só o tempo de atualizá-la sobre o que aconteceu com o Enzo.

— Mas ele está bem?

— Agora está, pode ficar tranquila.

De fato, era um restaurante bem simples, de acordo com aquela região. Para agilizar o serviço, pediram o prato do dia acompanhado de um suco.

Mal os dois se sentaram, ela cobrou:

— Você disse que o Enzo mandou um recado para mim. O que foi?

— Ele me contou que, na última vez que vocês se viram, discutiram bastante, e você se afastou muito zangada.

Ela baixou o olhar e murmurou:

— Foi mesmo. Ele conseguiu me fazer perder a paciência.

— Pois, então, ele me pediu para lhe dizer que está muito arrependido pelas grosserias que lhe disse, que agora sabe que você só queria o bem dele e manda lhe pedir mil desculpas.

Enquanto ela ouvia e olhava fixamente para Giuliano, seus lindos olhos verdes começaram a se encher de lágrimas.

— Ele... ele mandou que você me pedisse desculpas?

— Sim, muitas vezes. Ele admite que errou e que foi injusto e grosseiro com você. Queria dizer isso pessoalmente, mas está sem condições.

Emocionada, ela pegou um lencinho na bolsa a tiracolo e discretamente, com elegância, enxugou as lágrimas.

— Me desculpe a sinceridade, mas seu irmão é um carcamano muito teimoso.

Ele sorriu.

— Concordo plenamente com você.

Ela ficou surpresa:

— Concorda?

— Claro, conheço bem meu irmão e recentemente tive mais uma demonstração dessa teimosia. Quando eu vim aqui vê-lo, da última vez, ele estava caído no chão, sem agasalho, ardendo em febre e tossindo muito. Eu já estivera aqui antes e havia tentado levá-lo para um hospital, pois ele já estava com tosse e febre. Mas ele não quis e até se aborreceu comigo, por causa da minha insistência. Da terceira vez, consegui levá-lo, porque ele estava praticamente desmaiado.

— Pois foi justamente por isso que discutimos. Eu sou enfermeira e faço parte de um grupo de voluntários que procura ajudar os moradores em situação de rua. Assim que vi Enzo, percebi que ele não estava bem de saúde. Por alguma razão, gostei dele. Logo de início, durante nossas conversas, ele se mostrou culto e inteligente. Quando começou a tossir fortemente, não tive dúvida do perigo que ele corria. Tentei levá-lo a um pronto-socorro, mas ele não quis e ficou bravo comigo porque insisti. Dizia que estava bem e que não precisava de ajuda. A gota d´água de nossa discussão foi quando me chamou de intrometida. Ofendida, fui embora. Ele não havia compreendido minha intenção de ajudá-lo.

— Esse é bem o estilo do meu irmão, infelizmente. Peço-lhe desculpas por ele.

Ela olhou para o lado.

— Eu deveria ter insistido. Somos treinados para isso, porque muitos moradores em situação de rua têm a mesma reação. Talvez, no caso do Enzo, eu tenha deixado que sentimentos interferissem no meu trabalho.

— Não se culpe, Andreia, você não teria conseguido convencê-lo. O importante agora é que ele está medicado e em tratamento.

— Mas o que ele tem? Só gripe?

— Antes fosse. Está com princípio de pneumonia.

— Deus do Céu, mas isso não me surpreende! Já esperava por algo assim diante daquela tosse. Gostaria de visitá-lo, é possível?

— Claro, ele vai ficar feliz em vê-la. Se quiser, posso levá-la agora ao hospital.

— Agora? — Ela pensou um pouco. — Espere, vou ligar para minha supervisora e pedir permissão para atrasar um pouco. A moça afastou-se, e Giuliano viu-a teclar no celular e falar em seguida. Depois de alguns minutos, ela voltou:

— Pronto, tudo certo. Podemos ir.

— Vamos, o estacionamento onde meu carro está é aqui perto.

CAPÍTULO 20

Desde a internação, Enzo não conseguira dormir o suficiente para se recuperar. Ele sabia que parte dessa inquietação devia-se à falta da droga, mas procurava convencer-se de que não era um dependente e que, portanto, poderia aguentar até receber alta.

Por outro lado, não parava de pensar no que fizera de sua vida. Jamais se perdoaria por não ter estado presente durante a doença de sua mãe e, principalmente, quando ela morreu. Diferentemente do seu pai, mais seco e duro, ela sempre lhe dera carinho, expressava claramente o amor que sentia pelos filhos. E, no entanto, ele a abandonara justamente em um momento que precisava de todo amparo possível. Mas, ele nunca a vira queixar-se da doença, como poderia saber? E seus irmãos não haviam comentado nada a respeito, talvez para poupá-lo.

Mesmo com relação a seu pai, intransigente, cobrador, Enzo agora tinha outra visão. Sabia que ele lutara muito para conquistar o que tinha, e talvez essa luta fosse a causa do seu jeitão implacável. Agora sabia que não deveria ter discutido com ele. Era o dono da casa, do negócio e, sobretudo, era o seu pai. Ele estava zelando pela manutenção do que criara.

Giuliano, Giovana... como tivera coragem de deixá-los?

E Andreia, sua querida amiga, que só queria ajudá-lo... como ele pudera ser tão insensível e injusto com ela? Torcia para que Giuliano a tivesse encontrado e transmitido seu pedido de desculpas.

— Posso entrar?

Imerso em suas reflexões, Enzo assustou-se, mas logo acalmou-se quando reconheceu a voz de seu irmão.

— Giuliano?

— Sou eu mesmo, mano, trouxe-lhe uma visita.

Enzo ensaiou um começo de protesto:

— Visita? Mas, cara, eu não estou em condições... — Parou, surpreso, quando viu quem era a visita. — Andreia?

Da porta mesmo, ela perguntou, brincando:

— Não está em condições de me receber, Enzo?

Ele repetiu:

— Andreia? — E o rapaz começou a chorar. Giuliano foi compreensivo.

— Bem, já fiz a minha parte, vou deixá-los a sós. — E saiu silenciosamente.

Devagar, Andreia aproximou-se do leito.

— Enzo, gostaria de beijá-lo, mas o médico só permitiu minha visita depois que eu prometi não me aproximar muito de você. Não posso nem abraçá-lo.

— Isso é uma tortura. — Enzo continuava emocionado. — Andreia, me perdoa... Eu fui tão injusto com você, tão grosseiro...

Ela pôs o dedo indicador sobre o próprio lábio.

— Psiu, não fale mais nada, já passou tudo. Eu estou aqui de novo, para cuidar de você — sentou-se na cadeira ao lado, mas a uma distância segura.

— Andreia, eu deveria ter ouvido você, escutado suas recomendações.

— Acalme-se, meu querido, você vai se recuperar logo, e aí teremos muito o que conversar. Eu não vou mais sumir.

— E eu não vou mais magoá-la, prometo.

— Como prova de que está tudo bem, vou desobedecer às ordens do médico, mesmo sendo enfermeira. — Então, ela beijou a mão do rapaz.

Naquele momento e naquele hospital, não havia paciente mais feliz que Enzo.

Conversaram bastante. Mesmo tendo formações acadêmicas diferentes, em termos pessoais havia muito em comum entre eles — com a diferença de que ela tinha mais juízo. Quando Andreia percebeu que seu amigo mostrava sinais de cansaço, silenciou. E logo ele iniciou um merecido repouso.

Ela ficou olhando para ele, adormecido, com carinho. Precisavam conversar, pois, ao sentir que o afeto entre eles aumentava, ela entendeu que Enzo deveria saber mais a seu respeito. Ela deveria contar, por exemplo, que, anos antes de conhecê-lo, morara junto com um homem por quem fora apaixonada.

Certo dia, numa manhã bem cedo, uma equipe de policiais foi à casa onde estavam e o prenderam. Só então ela soube que vivera anos com um perigoso traficante. Chegou a ser investigada como eventual cúmplice, mas, no final, ficou provado que ela não sabia nem participava de nada.

Andreia achava importante que Enzo tivesse conhecimento dessa passagem de sua vida antes que ele soubesse por terceiros. Mas preocupava-se imaginando como ele reagiria a isso. Será que o nascente laço amoroso se romperia e continuariam apenas bons amigos?

Bom, a moça falaria sobre isso depois que Enzo se recuperasse.

CAPÍTULO 21

O centro espírita estava instalado em um pequeno sobrado de aparência simples. Notava-se que era uma construção antiga, que fora reformada e agora se mostrava bem conservada e limpa, com a fachada pintada de branco, com janelas e portas azuis.

As pessoas presentes eram muito gentis, falavam baixo, e Jennifer era bastante conhecida ali, a julgar pelos cumprimentos e abraços recebidos a cada passo que ela e Giuliano davam.

Depois, sentados em um pequeno e lotado auditório, assistiram a uma palestra sobre perdão.

No final, Jennifer chamou-o:

— Agora, vamos entrar naquela fila para recebermos um passe.

Giuliano ficou intrigado.

— Passe? O que é isso?

— É apenas uma transmissão de energias, ou fluidos magnéticos, feita por meio da imposição de mãos de um médium preparado, com a ajuda de protetores espirituais. Não há nada a recear, é benéfico e não dura mais que um minuto, se tanto.

Ele estava relutante.

— E eu preciso disso?

— Todos nós precisamos. Dentre outros benefícios, o passe é uma forma de nos ajudar a reduzir as preocupações, tensões e o estresse — e eu acho que, nesse sentido, você está precisando muito.

— E o que eu faço?

— Nada. Quando entrar na sala, sente-se, relaxe, abra seu coração e, se conseguir, pense em Jesus e converse com Ele, já que você não sabe fazer uma prece.

Ele sussurrou:

— Sei que você não vai gostar de ouvir, mas tenho pouca proximidade com Jesus. Acho até que ele nem sabe quem sou.

— Engano seu. Jesus conhece todo mundo.

Meio relutante, ele caminhou na direção da sala de passe.

Já sentado, Giuliano, mesmo de olhos fechados, percebia que o médium realizava movimentos com as mãos sobre sua cabeça enquanto, pelo que o rapaz imaginou, fazia preces em voz baixa.

Logo depois, Jennifer e Giuliano encontraram-se na saída, e ela brincou:

— E então, doeu?

Ele sorriu e aceitou a brincadeira.

— Bom, sobrevivi.

Em seguida, devido ao relacionamento adquirido ao longo de tanto tempo frequentando a casa, Jennifer conseguiu permissão para que Giuliano assistisse a uma sessão de psicografia e a outras formas de comunicação com os desencarnados.

Sentaram-se à pouca distância de uma grande mesa ovalada, na qual pelo menos uma dúzia de médiuns concentrava-se para o trabalho espiritual.

Durante a sessão, Giuliano mal piscava os olhos, atento a tudo que se desenrolava ali. Olhando-o disfarçadamente, Jennifer apenas sorria discretamente, de certa forma divertida com a tensão dele.

Para quem nunca presenciara uma sessão como aquela e, principalmente, se pouco soubesse a respeito de Espiritismo, aqueles médiuns à mesa, falando ou escrevendo mensagens de pessoas já mortas, formavam uma cena incrível, sobrenatural. Giuliano não acreditava que fosse fingimento ou fraude, pois todos lhe pareciam pessoas respeitáveis, mas que era algo extraordinário, para ele, lá isso era. E não lhe ocorriam explicações lógicas e racionais.

Algum tempo depois, já no carro, de volta para casa, Giuliano comentou:

— Mesmo sem entender o que acontecia ali, achei tudo muito interessante e admirei a seriedade com que esse trabalho é conduzido. Acredite, eu não fazia a menor ideia de que essas coisas aconteciam.

— Pois acontecem, todos os dias, em vários lugares como esse que você conheceu e em muitas cidades do Brasil.

— Interessante, mas confesso-lhe que ainda tenho dúvidas e muita reflexão a fazer. Espero que não se aborreça com isso.

— Claro que não. Quando se busca a verdade, o questionamento é sempre saudável.

— Uma coisa eu percebi: foi tudo muito coerente com o que dizem os livros que li. Acho que preciso me informar mais ainda a respeito. Você pode me ajudar?

Ele estava sendo sincero na sua intenção de aprender mais sobre a doutrina, mas era inegável que também pretendia prolongar, tanto quanto possível, seus encontros com Jennifer. No íntimo, já admitia que estava bastante atraído pela linda assistente social. Assim, ficou feliz com a resposta dela:

— Conte comigo, Giuliano. Fico contente de que você tenha gostado.

— Eu também estou contente e, também, com muita fome. Vamos jantar?

Jennifer aceitou de bom grado o convite, e logo estavam à mesa de um elegante restaurante daquela região.

Uma forte afetividade começava a se instalar entre o casal, mas algo inesperado e incômodo aconteceu no meio da refeição: Melissa apareceu, de repente, acompanhada de uma amiga loiríssima.

Obviamente, Melissa surpreendeu-se ao encontrar seu quase namorado ali com Jennifer. Tinha consciência de que a relação deles estava mais do que fria, mas não esperava ser substituída tão depressa. Ultimamente, só estavam se encontrando nas reuniões de sábado, devido às alegações dele de que andava muito ocupado.

A moça aproximou-se e ironizou:

— Boa noite, moço, acho que nos conhecemos de algum lugar, estou certa ou me enganei?

Sem parecer surpreso, Giuliano levantou-se para beijá-la na face.

— Oi, Mel, que bom vê-la. Deixe-me apresentar-lhe a Jennifer, minha mais nova amiga.

Melissa mostrou um sorriso de falsa simpatia.

— Olá, Jennifer, prazer em conhecê-la. Espero que estejam se divertindo.

A jovem livreira não se intimidou:

— Bastante. Giuliano é uma pessoa muito inteligente e divertida, o que é raro encontrarmos hoje em dia.

Melissa alfinetou:

— Eu sei, conheço bem o moço. Esta aqui é minha amiga Greta.

Percebendo que o clima poderia azedar, Giuliano convidou sua ficante e a amiga dela:

— Por favor, sentem-se, compartilhem do nosso jantar.

Melissa foi seca:

— Não podemos, já temos compromisso. E, depois, vocês já estão quase acabando. Aproveitem bem a noite.

As duas moças despediram-se do casal com um gesto de cabeça e se afastaram.

Jenny sorriu.

— Acho que criei um problema para você, Giu. É sua namorada?

— Não exatamente. Os membros do meu grupo de amigos têm acompanhantes–esposas, namoradas ou amigas. Melissa é quem me acompanha nas reuniões, e já saímos algumas vezes, mas nada oficial.

— Entendi, mas ela pareceu não ter gostado nada de nos encontrar aqui, jantando.

— Jenny, você sabe como são competitivas as mulheres. Têm ciúme até da sombra de outra. Melissa, às vezes, consegue ser divertida, outras vezes, me incomoda. — E sorriu. — Enfim, o que importa é saber que sou oficialmente solteiríssimo.

— Tudo bem, mas não generalize sua opinião sobre as mulheres. Eu sou competitiva, mas não sou ciumenta.

Ele duvidou.

— Não mesmo?

Ela apressou-se em corrigir, sorrindo:

— Quero dizer, só um pouquinho. E você?

— Bem, no meu caso, depende.

— Como assim?

— Não tenho ciúmes de Melissa, mas, se namorasse você, meu sangue italiano iria ferver se visse algum engraçadinho dando em cima de você.

Ela corou, mas se fez de ingênua.

— Ué, por que comigo seria diferente?

— Jenny, você é um achado de mulher. Não apenas por ser bonita e ter lindos olhos azuis, mas porque é independente, batalhadora, inteligente e, sobretudo, bem-humorada, todos os ingredientes que aprecio.

Ela se esforçou para não demonstrar que gostara muito de ter ouvido aquilo e, para disfarçar, preferiu brincar:

— Eu acho que você anda bebendo vinho demais... Não me vejo com todas essas qualidades.

— Certamente, a modéstia lhe impede, que, aliás, é outra das suas qualidades.

Ela não conseguia evitar o rubor das faces quando se emocionava.

Aquele incidente com Melissa não atrapalhou o clima do jantar, mas, o fato de terem sido confundidos com namorados despertou, no íntimo de cada um deles, a centelha de um sentimento crescente, inesperado. Ou seja, Melissa dera a ideia, e agora...

Na despedida, quando Giuliano levou Jennifer de carro para casa, o beijo na face teve um sabor muito especial. Ele percebeu o calor da macia pele do rosto dela, e ela, por sua vez, sentiu a respiração ofegante dele. Ambas as coisas foram altamente estimulantes para cada um deles.

Na manhã seguinte, quando já estava na livraria, trabalhando, Jennifer sorriu feliz quando sua funcionária Lena entregou-lhe um buquê de flores enviado por Giuliano, com um cartão perfumado. Ela se afastou um pouco para ler:

Obrigado pela educativa e adorável noite de ontem. Espero repeti-la.

Instintivamente, a moça beijou o cartão e encostou-o no peito sob o olhar divertido da funcionária, que não perdeu a oportunidade:

— Alguma coisa que eu deva saber, dona Jenny?

Ela disfarçou:

— Não, Lena. Pelo menos, ainda não.

Em seguida, colocou as flores no jarro sobre sua mesa e ficou cheirando o cartão, sempre sorrindo. Só parou quando notou a chegada de dois clientes.

CAPÍTULO 22

No oitavo dia de hospitalização, Enzo ainda curtia os agradáveis momentos que tivera com Andreia. Descobrira nela atitudes e pensamentos admiráveis que o fizeram desenvolver um grande carinho por ela. Inclusive, sua presença fizera com que ele superasse, por instantes, a ansiedade causada pela abstinência da droga.

Agora, sozinho no quarto, tentava ler uma coletânea de poemas de Yeats, mas sentia dificuldade para se concentrar. Estava sonolento e atribuía tudo ao efeito dos medicamentos que estava tomando.

Não gostava de estar ali, mas sabia que seu irmão o levara movido pelo sentimento de carinho e de cuidado. Afinal, era o irmão mais velho que, segundo a tradição, deve cuidar do mais novo.

Saíra de casa num impulso de rebeldia contra o que considerava autoritarismo do seu pai. Na sua visão, naquela época, tudo na casa devia ser feito conforme a vontade do patriarca, e isso Enzo não aceitava. Tinha uma mente independente e libertária e, em consequência, suas opções e preferências não eram convencionais.

Enzo queria fazer Artes Cênicas, mas não teve permissão, pois Giácomo queria que o filho cursasse engenharia, medicina, algo dessa natureza. Então, o rapaz não obedeceu e tomou a decisão de se matricular em Letras, para irritação do pai.

A partir daí, as provocações entre pai e filho se tornaram mais frequentes e desqualificantes. Enzo não se sentia respeitado nem valorizado pelo seu pai, e isso, em vez de deixá-lo triste, irritava-o profundamente.

Até o fato de seus irmãos terem sido batizados com nomes iniciados pela sílaba Gi, iguais ao do pai, parecia a Enzo uma prova de rejeição. Só depois de muito tempo, após as discussões instaladas, o rapaz soube que recebera o nome de seu avô, portanto, era uma homenagem ao antepassado.

Costumava dizer que tinha alma de artista. Adorava ler, principalmente poemas. Também amava música, tanto clássica quanto popular, e, de vez em quando, arriscava a apresentar-se em karaokês com os amigos.

Iniciou vários cursos, mas interrompia-os logo após a metade, devido à sua inquietude. De maneira incompleta, estudou piano, violão e teatro, sem que seus pais soubessem.

Nunca quis ter um carro. Dizia que não tinha paciência com o trânsito nem a necessária concentração para evitar acidentes e contravenções quanto às leis. Por isso, preferia táxis ou carona do irmão e dos amigos.

Ao lado das muitas qualidades, também tinha limitações. Por exemplo, reconhecia que era inconstante, inclusive com as namoradas. Com a mesma rapidez que se entusiasmava por uma garota, logo a achava desinteressante e se afastava, nem sempre com gentileza e respeito.

Em compensação, era uma pessoa muito carinhosa e sensível. Talvez por isso se magoasse com facilidade, pois tendia a reagir a tudo sempre de forma emocional. Estava longe de ter a racionalidade do irmão.

Foi em um desses momentos de mágoa, que, num impulso, deixou o lar, a família.

No começo, teve medo da solidão e da falta de proteção e abrigo. Depois, passou a ver aquela decisão como aventura, uma oportunidade de conhecer um mundo que lhe era totalmente desconhecido: o dos sem-teto e moradores em situação de rua. Considerava aquilo um "laboratório" para a vida, como dizem os artistas.

Com essa convivência mais permissiva, ao passar dos meses, foi atraído para experimentar a maconha. Essa experiência não o seduziu por completo, mas dava-lhe algum tipo de alívio emocional.

Um dia, convenceram-no a cheirar cocaína. Na verdade, essas drogas não o conquistaram, apenas lhe ajudaram a se esquecer da realidade, o que, na sua situação, já era alguma vantagem.

De resto, continuava achando tudo uma grande, desconhecida e estimulante aventura. Quem sabe, depois poderia escrever e lançar um livro contando suas vivências? Já tinha até imaginado um título: *A outra vida de um jovem burguês.*

No momento em que fazia essas reflexões, Enzo teve a impressão de que havia alguém por perto. Virou o rosto para ambos os lados, mas não viu ninguém.

Ele não conseguia ver o espírito de Monalisa, mas sua avó estava ali.

Enzo fechou os olhos para sentir melhor um delicioso perfume que surgira de repente. Não sabia de onde vinha, mas sentia-o vivamente e parecia-lhe familiar.

Sem que tivesse consciência, algumas frases surgiram na sua mente. Não as ouvia, mas entendia tudo. Era como se fosse um pensamento, uma intuição ou alguém invisível sussurrando no seu ouvido.

O rapaz ouviu ou percebeu claramente:

— Enzo, meu querido neto. Por favor, me escute, ainda que não possa me ver. Não jogue fora a grande oportunidade que você está tendo por meio do seu irmão, Giuliano, de resgatar sua vida e voltar a ser aquele jovem pujante, cheio de projetos e com muito talento para a arte.

"Não é mais necessário ficar pensando sobre a validade ou não da sua decisão de deixar a casa dos seus pais, mas é preciso reconhecer que essa ação o conduziu para um caminho que trouxe prejuízos para sua saúde e sua evolução pessoal, espiritual e profissional.

"De qualquer maneira, foi um aprendizado. Nada que ainda não possa ser consertado, se você quiser e se empenhar nisso. Seu irmão o ama e quer ajudá-lo. Aceite essa ajuda, revigore-se e realize seus sonhos.

"Não poderei voltar a falar consigo, já abusei demais das minhas permissões. Por isso, não se esqueça do que lhe disse. Perdoe e peça perdão a seu pai. Sua mãe está comigo e continua amando-o muito, como fez em vida. Deus o proteja."

Ao voltar à consciência, Enzo estava certo de que sonhara com sua avó, apesar de não tê-la visto; tampouco a conhecia. Sua avó já deixara este mundo havia muito tempo. Então, por que decidira visitá-lo, na forma de um sonho?

Aquilo também seria efeito dos medicamentos? Algumas vezes, em que estivera sob o efeito de alguma droga, tivera visões e alucinações. Mas nenhuma tão clara e coerente como o que "ouvira".

Era uma coisa muito difícil de entender, pensou. Já fazia alguns dias que não usava droga, o que excluía a hipótese de alucinação e reforçava a da síndrome de abstinência.

Apesar de todas essas dúvidas, naquela noite, pela primeira vez desde que se internara, teve um sono tranquilo e reparador.

Devido às tarefas no escritório, Giuliano não ia todos os dias ao hospital, mas, mesmo tendo estado no dia anterior, resolveu ir novamente, porque estava curioso a respeito de como poderia ter evoluído — ou não — a conversa entre seu irmão e Andreia.

Ele tivera ótima impressão da moça e, por ter notado que ela parecia gostar muito de Enzo, tinha a esperança de que aquela amizade pudesse evoluir para um namoro, e isso contribuiria para a recuperação emocional do seu irmão. Ele acreditava que tudo poderia melhorar se Enzo encontrasse uma parceira que o cativasse. Afinal, dizem que o amor faz milagres.

No seu nono dia de internação, Enzo ainda estava inquieto, refletindo sobre o sonho que tivera na véspera e o que ele poderia significar.

Ficou contente quando Giuliano chegou brincando:

— Fala, mano de vida mansa!

Enzo brincou também:

— Você de novo?

Giuliano rebateu:

— Não vá ficar acostumado, hein? Só estou aqui porque vim ver um cliente nesta região.

— Conversa fiada! Confesse que estava com saudade de mim e voltou para me visitar.

Giuliano bateu carinhosamente na mão do irmão.

— Você agora não precisa mais de visitas da família. Tem uma amiga especial muito bonita, que já veio visitá-lo e com certeza virá todos os dias.

— Olha, se dependesse de mim, ela viria mesmo. Mas a moça trabalha, cara, não é que nem eu.

— Pois trate de se preparar, essa moleza vai acabar. Quando você se levantar dessa cama, terá muito trabalho lhe esperando na Turim. — Giuliano sentou-se na cadeira ao lado da cama. — Agora, satisfaça minha curiosidade: como foi a conversa com Andreia? Gostei dela, parece uma pessoa muito legal.

— Não só parece, ela é uma pessoa muito legal.

— E continua brava com você?

O semblante de Enzo iluminou-se.

— Ah, cara, nem queira saber... Andreia é um anjo. Ela realmente estava muito brava comigo, e com toda a razão, já lhe contei o porquê. Mas quando me viu aqui, doente, na cama, seu coração se derreteu. Pedi desculpas, me expliquei, ela me entendeu e me perdoou. Voltamos a ser amigos e conversamos bastante.

— Isso é ótimo.

Enzo mostrou-se desconfortável naquela cama.

— Mano, vou me sentar no sofá, o médico já me liberou para isso, desde que eu me movimente devagar.

— E você consegue fazê-lo sozinho ou precisa de ajuda?

— Não precisa me ajudar, eu consigo. — E brincou. — Imagine se eu tossir bem na sua cara...

Ambos riram discretamente.

Depois de se acomodar calma e cuidadosamente na ponta do sofá, Enzo perguntou:

— Como vai nosso pai?

— Para falar a verdade, não está muito bem. Estamos preocupados com ele, continua bebendo muito e insiste em ir trabalhar todo santo dia. Quero dizer, não sei se está trabalhando, mas vai para uma das fábricas diariamente.

Depois de uma pausa em que esteve olhando para o chão, Enzo quis saber:

— Ele não vem me visitar?

— Vem, sim, claro, acho que virá amanhã. Não veio antes, porque eu não contei que você tinha sido encontrado e estava sendo tratado em um hospital. Esperei que você estivesse bem recuperado, porque se ele o visse da forma que o encontrei e que o trouxe aqui, com certeza entraria em desespero, achando que você ia morrer.

— Eu estava tão mal assim?

— Estava péssimo. E, agora, como está se sentindo?

— Bem melhor, pelo menos não tenho mais febre e quase não estou mais tossindo.

— Fico feliz em saber. E está aproveitando para pensar na vida?

— E tenho outra opção? Em um leito de hospital, no que se pode pensar senão na vida? A propósito... — Enzo hesitou.

— ... a propósito? — cutucou Giuliano.

O outro desconversou, balançando a cabeça:

— Nada, não. Acho que é bobagem, nem sei se vale a pena comentar.

— Experimente. Você nunca foi tímido — disse Giuliano.

— Está bem, depois não vá dizer que estou alucinando. Faz tempo que não uso bagulho.

— Eu sei que você está "limpo" aqui, mano, não se preocupe com isso. E, se Deus quiser, vai continuar assim depois que sair.

Sem olhar para o irmão, Enzo contou tudo o que "ouvira" como se fosse uma mensagem da avó Monalisa.

— Loucura, não é? Devia estar delirando. Imagine se a vó Monalisa vai sair de onde está, onde quer que esteja, para vir ao hospital me visitar.

Sem falar nada, Giuliano ficou encantado com o fato. Então, Monalisa viera visitar o outro neto!

— E por que não? Você, que sempre gostou de teatro, deve se lembrar das palavras de Shakespeare: "Há mais mistérios entre o Céu e a Terra..."

Enzo sorriu.

— Sei, sei, mas não mereço tanto.

— Deve merecer, porque tudo o que ela falou faz sentido, concorda?

— Concordo plenamente, mas não acredito que uma pessoa morta venha de onde está para dar conselhos aqui. Isso não faz sentido para mim.

Giuliano levantou-se da cadeira e sentou-se na outra extremidade do sofá, para manter uma distância segura do irmão, conforme recomendação do médico.

O rapaz esperou um pouco e falou com calma:

— Enzo, precisamos conversar seriamente sobre um assunto importante.

Enzo olhou curioso para o irmão.

— Devo me preocupar?

— De jeito nenhum, é uma ajuda.

Enzo lembrou-se das palavras de sua avó: "Seu irmão o ama e quer ajudá-lo. Aceite essa ajuda, revigore-se e realize seus sonhos".

— Fale, cara.

— Promete me ouvir até o fim, sem interromper?

— Sim, se a tosse deixar.

Giuliano pigarreou antes de começar a falar:

— Como você deve saber, as drogas exercem um efeito químico sobre o organismo de quem as usa e, com o tempo, cria a temida dependência.

— Usei vários tipos de drogas até antes de vir para cá, mas não sou dependente de nenhuma delas.

— Ainda não, felizmente. Mas, pode ser que daqui a pouco você passe a sentir os efeitos da falta delas.

— Você quer se referir aos sintomas da abstinência?

— Isso mesmo. Existem tratamentos sérios e eficazes para retirar do organismo os efeitos das drogas usadas.

— Eu sei. Isso se chama desintoxicação.

— Em casos como o seu, que ainda não é dependente, conforme disse, essa desintoxicação é feita em lugares que mais parecem um *spa*, com respeito, profissionalismo e, principalmente, uma programação terapêutica planejada e controlada. Se o paciente é disciplinado e se dedica ao tratamento, os resultados costumam ser excelentes e a curto prazo.

Enzo pensou um pouco.

— E você quer saber se eu topo um negócio desses? Se aceito me internar numa clínica de desintoxicação?

— Exatamente.

Enzo refletiu um pouco.

— Tenho alternativa?

— Claro. Voltar para debaixo do viaduto e esperar por uma nova pneumonia. E torcer para que eu chegue novamente a tempo.

O rapaz considerou:

— E onde fica esse... esse *spa*?

— Ainda não sei, vou conhecê-lo neste fim de semana. Primeiro, eu quis saber se você pelo menos pensaria na possibilidade de aceitar meu convite.

Enzo se levantou com cuidado e voltou para o leito. Depois que se acomodou devagar, deu a resposta:

— Prometo que vou pensar, mas não crie expectativas.

— Não tenho por que criar expectativas, o maior interessado é você. Isso deve ser feito logo, antes que se torne um viciado.

— Se eu me tornasse um viciado, aí é que justificaria eu ir para um lugar desses, então, após o tratamento, seria um ex-viciado.

— Não existe isso de ex-viciado. O vício da droga não tem cura, quando muito pode ser administrado para nunca mais usá-la. Se usar, acontece uma recaída e tudo volta à estaca zero. Talvez seja uma boa ideia trocar algumas palavrinhas a esse respeito com a Andreia, que é enfermeira e deve entender do assunto.

Ele sorriu, gaiato.

— Taí, agora gostei dessa sugestão.

Giuliano levantou-se.

— OK, enquanto você fica aqui pensando, vou trabalhar. Alguém na família tem que ganhar dinheiro.

O irmão ironizou:

— Você e a Gi já estão fazendo isso.

Giuliano jogou um beijo de longe e saiu.

CAPÍTULO 23

Conforme combinado, no sábado, Giuliano foi buscar Jennifer para que fossem visitar a clínica onde ela atuava como voluntária.

O percurso era relativamente longo, fora do perímetro urbano. Depois de uma rodovia asfaltada, entraram por uma estrada de cascalho e seguiram em frente mais um pouco.

Quando se aproximavam do local onde ficava a clínica, Giuliano ficou agradavelmente surpreso quando Jennifer apontou para uma enorme fazenda no meio de um vasto bosque.

Nas primeiras conversas que tivera com a amiga, Giuliano supôs que a instituição ficasse na capital, mas, na verdade, situava-se a cerca de 50 quilômetros do centro.

Mesmo a distância, mas por estar em um nível mais elevado, Giuliano notou uma grande sede ladeada pelo que parecia ser um amplo conjunto de infraestrutura.

Após mais algumas curvas, ele e a moça chegaram até lá e pararam diante do grande portão de ferro de entrada.

Pelo interfone, Jennifer identificou-se para os seguranças, e os portões elétricos foram abertos para a passagem do carro.

Giuliano estacionou o veículo no local indicado por placas, o casal saltou e, antes de caminhar em direção à porta de entrada do casarão, Jennifer esperou pacientemente, porque Giuliano parara para admirar o ambiente externo da clínica.

Na verdade, Giuliano não tinha nenhum referencial comparativo, pois nunca estivera ou visitara alguma dessas casas de atendimento, portanto, não imaginava que fosse um local tão agradável de se ver, tão limpo e organizado.

Parecia mesmo um *spa,* como dissera brincando para Enzo, querendo motivá-lo.

Havia muito verde à sua volta, a grama estava bem aparada, os jardins estavam floridos e com fontes; havia também alguns bancos de cimento e, em torno da propriedade, um verdadeiro bosque que mantinha a privacidade do ambiente.

Via-se que o enorme casarão onde funcionava a administração e ficavam os quartos de acolhimento dos pacientes era muito antigo, mas havia indícios de que passara por uma ampla reforma, e, assim, mantinha sua imponência.

Ao se aproximar da larga porta de entrada, Giuliano sentiu subitamente uma imensa angústia, que ameaçou seu equilíbrio. Apoiou-se no ombro de Jennifer, que parou assustada.

— Que foi, Giu, não está se sentindo bem?

Ele respondeu ofegante:

— Um mal-estar repentino, misturado com uma vontade de chorar, não sei o que houve. Espere um pouco, amiga, isso deve passar logo.

Mas não passou logo. A moça levou-o cuidadosamente até um banco próximo, no jardim.

— Vamos nos sentar um pouco aqui, não temos pressa. Mantenha a calma e procure explicar melhor o que você está sentindo.

— Não sei ao certo. De repente, senti uma melancolia muito grande, tudo começou a girar à minha volta e eu percebi que ia perder o equilíbrio. Que coisa estranha, nunca me aconteceu antes.

— Pode ser a altitude daqui ou um pouco de estresse. Respire fundo várias vezes e tente relaxar.

Sendo espírita, dedicada aos estudos, Jennifer logo se lembrou da sua hipótese sobre essa e outras coisas que vinham acontecendo com seu amigo, mas sabia que ainda não poderia falar a respeito. Em silêncio, fez uma prece de proteção.

Aos poucos, Giuliano foi se sentindo melhor.

— Já estou bem, Jenny, desculpe se a assustei. Acho que já podemos continuar com a visita.

— Tudo bem, mas antes vamos caminhar um pouco. Assim, enquanto você se recupera inteiramente, conhecerá melhor o local. Se voltar a sentir tontura, me avise e voltaremos a nos sentar. Se você preferir, podemos falar com o médico de plantão da clínica.

— Não será preciso, já estou melhor. Deve ser mesmo um pouco de estresse.

Puseram-se a caminhar pelas alamedas cercadas de flores. Com cuidado, a moça segurava Giuliano pelo braço.

O rapaz estava cada vez mais admirado com o que via: jardins bem cuidados, palmeiras, piscinas, campo de futebol, quadra esportiva, academia, amplo refeitório, churrasqueiras e até um espaço para relaxamento e meditação. Ele imaginou que, com aquela estrutura enorme, a internação ali deveria custar uma fortuna.

Uma vez que Giuliano se dizia recuperado, o casal entrou no casarão após subir alguns degraus de cimento.

Uma simpática moça recepcionou-os com um sorriso no rosto.

— Olá, dona Jennifer, prazer em vê-la.

— Oi, Olívia, trouxe meu amigo Giuliano para conhecer a clínica. Temos uma entrevista com a Márcia, mas antes quero mostrar as dependências a ele.

— Fique à vontade, dona Jennifer, a senhora é da casa e conhece tudo muito bem. Se precisar de ajuda, é só me chamar.

— Obrigada, amiga.

Ao lado, uma grossa porta de vidro fumê dava acesso a um comprido corredor, ao longo do qual viam-se, de cada lado, as várias portas das acomodações dos pacientes alojados naquele andar.

Giuliano nada comentou, mas teve a sensação de já ter estado naquele lugar, naquele corredor, mas isso era impossível. Disfarçou e continuou a caminhar, devagar.

Ampliadas e emolduradas, havia muitas fotografias antigas afixadas ao longo das paredes do corredor que contavam a história da instituição.

Jennifer esclareceu:

— Pelas fotos, você pode acompanhar a evolução da clínica, inclusive as diversas reformas que foram feitas, pois este prédio é bem antigo, creio que tem mais de um século de construção.

Giuliano se admirou:

— Uau! Um século!

Ele olhava tudo com muito interesse.

Súbito, parou diante de uma foto da antiga fachada do prédio, uma das primeiras a documentar o imóvel.

— Ei, não pode ser, Jenny, aqui tem algo errado!

Ela aproximou-se mais dele e olhou o quadro.

— Qual o problema, Giu, o que tem de errado na foto? Não está muito nítida, mas você sabe que ela é bem antiga.

— Eu sei, mas não é isso a que me refiro. Acontece que era nesta casa aqui que morava o Mandril, que vendia drogas.

Como que o repreendendo, a moça puxou-o pelo braço.

— Giuliano!

— Claro, estou reconhecendo o lugar. Isso aqui não era uma clínica.

Ela parecia brava.

— Giu. Por favor, não diga mais nada sobre isso!

Ele não entendeu a repreensão dela.

— O que foi? Falei alguma coisa que não devia?

— Como você pode saber de uma coisa dessas? Pelo que sei, esse é um assunto confidencial, guardado a sete chaves, ninguém sabe dessa história, isso nunca foi divulgado, depois que ficou decidido transformar a mansão em uma clínica. Eu mesma só fiquei sabendo porque a voluntária que eu vim substituir me contou, e eu não faço ideia de como ela soube. Mas o que não entendo é como você sabe disso.

Ele olhava para ela fixamente, como se estivesse tentando entender aquela pergunta. Parecendo estar acordando de um sonho, Giuliano mostrou não ter entendido a reação da amiga.

— Do que você está falando, Jenny?

— Como você sabe quem foi esse Mandril?

— Quem é Mandril? Não sei, nunca ouvi falar. Deveria saber?

Agora, era ela quem estava confusa.

— Giuliano, você olhou para essa fotografia antiga do casarão e disse que havia sido a residência do Mandril.

Ele sorriu e ironizou:

— Se esse Mandril morava aqui, já deve ter morrido há muito tempo, certo?

— Claro que já morreu, mas não é essa a questão.

— Foi o que eu disse. Quem morou aqui já era, mas nunca ouvi falar dele, se é isso o que você quer saber.

E continuou andando para ver as outras fotos. Jennifer ficou parada, tentando entender o que acontecera. Será que ela ouvira direito? Talvez não. Era impossível que Giuliano conhecesse a história da mansão e, principalmente, do Mandril. Portanto, era melhor esquecer o assunto.

Ela apressou o passo para chegar até o amigo, que já se adiantara olhando interessado as outras imagens.

Quando chegaram ao final do corredor, ela conduziu-o até uma das portas e sugeriu:

— Vamos entrar aqui para você conhecer o Laercio. Ele já está aqui há alguns meses e tem apresentado rápida recuperação. É um ótimo exemplo da eficácia do tratamento, pois deverá ter alta em pouco tempo.

Bateram na porta e entraram. O homem, moreno, com idade aparente entre 35 a 40 anos, estava sentado diante de uma escrivaninha, provavelmente anotando algo.

Ao reconhecer Jennifer, mostrou um largo e espontâneo sorriso.

— Olá, dona Jennifer! Que surpresa agradável!

Mas quando viu Giuliano, que entrara logo atrás da amiga, as feições do interno transformaram-se bruscamente. Da expressão de simpatia mudou para a de ódio, os olhos ficaram arregalados.

Ato contínuo, o homem avançou para Giuliano, gritando:

— Você, aqui? Como tem coragem? Canalha! Bandido! Vá embora! Veio conferir o resultado do que fez com a gente? Criminoso, devia estar atrás das grades!

Giuliano ficou parado, pego de surpresa. Jennifer, também atônita, tentou acalmar o paciente:

— Calma, Laercio, Giuliano é meu amigo. É do bem e nunca esteve aqui antes.

— Você está enganada, dona Jennifer! Ele não pode ser seu amigo, é um patife! É por causa dele que estou aqui com a minha vida estragada!

Giuliano tentou se defender:

— Mas eu nem o conheço, amigo, nunca o vi antes!

— Amigo uma ova! Não me chame de amigo! Cínico, me conhece, sim! Você me mandou para o vício! Você sempre aparecia quando eu estava sozinho e me convencia a cheirar ópio até eu ficar viciado! Saia daqui senão o mato!

Jennifer percebeu que Laercio estava tão exaltado, que poderia se tornar perigoso, pois ameaçava agredir Giuliano, que, desconcertado, não sabia o que dizer nem fazer.

Sabiamente, Jennifer puxou Giuliano delicadamente pelo braço em direção à porta.

— Vamos, Giu, não sei o que está acontecendo, mas é melhor nos retirarmos.

Laercio continuava gritando:

— Cuidado com esse homem, dona Jennifer, ele é perigoso. Não aceite nada dele! Não deixe que ele lhe convença a experimentar coisa alguma.

Enquanto Giuliano e Jennifer saiam do ambiente, dois enfermeiros que tinham ouvido os gritos entraram para ver o que estava acontecendo e tentaram acalmar o paciente, que continuava agitado, insultando Giuliano aos berros.

No corredor, Jennifer estava desolada com o ocorrido.

— Giu, me desculpe pela situação. Não consigo entender o que houve com o Laercio, habitualmente calmo e sociável. Gente, ele estava transformado!

Giuliano tranquilizou-a.

— Não se preocupe, Jenny, você não tem culpa de nada. Só não entendo a agressividade dele comigo, pois nunca nos vimos antes. Com certeza, deve ter me confundido com outra pessoa.

— É, deve ser isso, mas você tem certeza de que não o conhece?

Giuliano pôs a mão no ombro dela.

— Veja, Jenny, nessa minha atividade atual de vendas da Turim, visito e conheço muita gente, muitos clientes, mas não memorizo todos os rostos. Aquele moço pode ter sido um deles, mas jamais trafiquei, nunca usei drogas e nunca convenceria alguém a fazê-lo.

— Com certeza, foi algum equívoco. Não fique preocupado.

Quando já se aproximavam do final do corredor dos quartos em direção à saída, veio, em sentido contrário ao deles, outro paciente. Este era calvo e usava óculos com lentes bem grossas e, a julgar pelos trajes esportivos, devia estar se exercitando na academia da clínica.

Ao se aproximar do casal, ele parou, olhou Giuliano com ironia e falou com deboche:

— Olá, marginal, continua fornecendo pó? Deve estar milionário, né?

A moça cumprimentou-o.

— Eu vou bem, obrigado, mas o que a senhora está fazendo ao lado desse bandido?

Nova surpresa. Giuliano estava novamente desconcertado.

— Jenny, acho que não estou agradando ao pessoal daqui...

— Calma, Giu, deve estar havendo alguma confusão. Vai ver você é sósia de algum bandido. — E voltando-se para o homem. — Desculpe, Emiliano, conversaremos outra hora, deve estar havendo algum engano.

Resmungando, o homem seguiu seu caminho.

Após alguns passos em direção à saída, Giuliano parou e voltou-se. O sujeito havia parado também e continuava olhando fixamente para o rapaz, mas agora com expressão de ódio.

Com calma, Jennifer propôs:

— Giu, antes de irmos à secretaria, vamos novamente nos sentar lá fora um pouco, para relaxarmos. Esses dois encontros foram muito desagradáveis. Não sei o que pode estar acontecendo.

Passaram rapidamente pela moça da recepção, sem fazer comentários. Felizmente, ela falava ao telefone e apenas sorriu para eles.

Sentados em um banco de cimento no jardim, sob um sol agradável e diante de uma fonte ornamental, conseguiram respirar aliviados e recuperar a calma.

Giuliano precisava ainda conhecer a parte burocrática, verificar custos, programa e disponibilidade de vagas. Aqueles dois incidentes não afetaram sua ótima impressão da instituição.

Jennifer se surpreendeu quando Giuliano perguntou de repente:

—Você já ouviu falar em *déjà-vu*?

— Por que está perguntando isso?

— Sabe o que é?

— Sim, é uma expressão francesa que significa "já visto". Refere-se à sensação que quase todas as pessoas têm, em algum momento de suas vidas, de que já estiveram em um lugar nunca visitado antes ou já ouviram palavras ou são apresentadas a pessoas pela primeira vez, mas acham que já as conhecem.

— Há alguns dias, li uma matéria sobre isso numa revista de Psicologia, mas não ficou muito claro para mim. Quando entramos no casarão e, principalmente, quando percorríamos o corredor onde estão as fotografias e os quartos, tive a sensação de já ter estado ali.

Jennifer olhou para ele, intrigada.

— Curioso, não? — No íntimo, Jennifer se alegrou com essa informação, porque reforçava sua teoria.

— Muito curioso, porque nunca estive aqui.

Sem falar nada, Jennifer pensou: "Talvez não nesta vida...".

Giuliano continuou:

— Por que acontece isso?

— Bom, há duas versões, uma da ciência, outra do Espiritismo. Na verdade, sua causa ainda é desconhecida, mas os psiquiatras, em geral, consideram que se trata de uma ativação de regiões do cérebro envolvidas com o processamento das memórias, principalmente o hipocampo, no lobo temporal.

Giuliano olhou para a amiga, admirado.

— Caramba, que aula! Como você sabe de tudo isso?

Ela sorriu, vaidosa.

— Esse assunto faz parte dos estudos espíritas.

— Entendi. E o que é que os espíritas acham?

— Para nós, a explicação é mais simples. Como somos almas reencarnadas, possuímos a capacidade de ter algumas lembranças de vidas passadas, desde que um ambiente, um acontecimento ou uma pessoa funcione como "gatilho" ou fator estimulante. Como você é muito perspicaz, já deve ter percebido que o *déjà-vu*, na nossa visão, está ligado à teoria da reencarnação.

Depois de um breve silêncio, Giuliano perguntou:

— Então, você acha que tive um *déjà-vu*?

— É provável, mas o importante é saber o que disparou em você essa sensação.

— Comecei a ter essa sensação quando subíamos os degraus da entrada e senti a angústia a que me referi. Depois, voltou forte quando entramos no corredor, mas senti em todas as dependências da mansão. Acho que, naquele momento, eu seria capaz de dizer onde ficava cada aposento. Agora, passou.

— Foi um *déjà-vu* mesmo.

— E que fazemos?

— É preciso ter calma e esperar para vermos o que vai acontecer. Pode ter sido algo ocasional ou pode se repetir. Fale-me se isso acontecer de novo.

— OK, ficarei atento. Vamos continuar?

CAPÍTULO 24

Voltando à secretaria, Jennifer apresentou Giuliano à supervisora Márcia, uma senhora gentil, já com cabelos grisalhos nos seus 60 anos. Falava baixinho, com uma voz meiga, mas os olhos, por trás dos óculos sem aro, eram espertos.

Em conversa com ela, Giuliano tomou conhecimento das etapas e da metodologia do tratamento. Em pouco tempo, de forma bem objetiva, Márcia deu todas as informações necessárias, enfatizando que os pacientes eram acomodados em quartos individuais ou coletivos, com dois ou três outros pacientes, de acordo com o grau de dependência de cada um e a necessária capacidade de se relacionar bem com os demais.

Giuliano pôde perceber que havia ali um genuíno interesse pelo ser humano e não apenas pelo lucro. Como previra, pela qualidade das instalações e da infraestrutura, o custo da internação era alto, mas a Turim poderia absorver aquele valor. E talvez o plano de saúde pudesse cobrir parte das despesas.

Durante a conversa com Márcia, Jennifer optou por manter-se em silêncio, uma vez que, trabalhando ali, não queria influenciar na opinião e decisão do seu amigo.

Mas, independente disso, Giuliano gostou muito do lugar, tanto que, ao sair, não se interessou em conhecer outras opções de clínica, pois aquela o agradara bastante. Ele se sentia bem ali.

Sua preocupação, agora, era transmitir para seu irmão as qualidades daquele local e fazê-lo aceitar a ideia de internar-se ali pelo tempo que os especialistas considerassem necessário.

Ele achava que o caso do seu irmão não era grave, pois havia indícios de que o uso de drogas ainda não se tornara um vício consolidado — pelo menos torcia para isso.

Antes de se despedirem da supervisora, Jennifer contou sobre a incompreensível e ostensiva atitude agressiva de Laercio e Emiliano contra o visitante.

Márcia se surpreendeu, parecendo ter se chocado com a informação.

— Laercio e Emiliano? Tem certeza?

— Claro que tenho, Márcia, eu presenciei tudo e os conheço bem.

— Mas isso é incrível, nunca havia acontecido algo semelhante aqui! Estou chocada, até porque eles são dois pacientes muito tranquilos e disciplinados. Isso não se parece nada com eles.

— Eu também fiquei surpresa, e Giuliano mais ainda. Ele não entendeu nada, pois não os conhece e nunca havia vindo aqui.

— Deus do céu, que coisa estranha! Peço que nos desculpe, senhor Giuliano, isso nunca aconteceu antes. Não consigo imaginar o que possa tê-los levado a esse comportamento, são pessoas calmas, espiritualizadas. Inclusive, eles se dizem sensitivos, médiuns, essas coisas, e até costumam pacificar os pacientes mais nervosos, que gostam de ouvi-los falar.

Jennifer estranhou.

— Laercio e Emiliano são sensitivos, médiuns? Interessante, isso eu não sabia.

— Ninguém sabe, além de nós. Os dois são muito amigos, discretos e conversam bastante entre si. Uma vez, em confidência, disseram para mim que têm visões de pessoas mortas e que até conseguem falar com elas. Imaginem se os outros ficam sabendo disso... Eu mesma não acredito, acho que é apenas resultado do vício. Mas, fora essa esquisitice, são muito educados e inteiramente inofensivos.

Giuliano brincou:

— Inofensivos? Não me pareceram assim.

Márcia corrigiu rapidamente:

— Quero dizer, pelo menos até hoje. Considero muito estranho o que me contou. Jenny, talvez fosse bom você ter uma conversa com eles a respeito, outro dia.

— Farei isso, quando eles estiverem mais calmos.

Márcia voltou-se para o visitante, muito preocupada:

— Senhor Giuliano, admito que tudo isso foi muito desagradável, mas pode acreditar que se trata de um acontecimento atípico, nunca ocorreu antes. Nossa instituição é muito cuidadosa com a tranquilidade e segurança do pessoal e trata muito bem todos os pacientes.

— Eu sei, dona Márcia, não precisa ficar preocupada. Tenho certeza de que me confundiram com outra pessoa que os tenha prejudicado de alguma forma.

— Não gostaria que levasse má impressão da nossa casa por causa desse fato.

— De forma alguma. Pelo contrário, estou muito bem impressionado com tudo que vi, tanto que não pretendo visitar outras clínicas para comparar. Eu me senti muito bem aqui, como se já conhecesse o local. Se meu irmão não fizer objeção, vou trazê-lo para cá.

A supervisora segurou um longo suspiro de alívio.

— Fico feliz que pense assim, senhor Giuliano. Espero que volte a nos visitar em breve.

Quando já estavam no jardim, caminhando em direção ao carro, Jennifer parou de repente.

— Ih, me esqueci de dar um recado para a Márcia. Pode me esperar no carro, que não vou demorar.

— Tudo bem.

A recepcionista e Márcia se surpreenderam com a volta de Jennifer.

— Oi, esqueceu alguma coisa, querida? — perguntou Márcia.

Antes de responder, ela sentou à frente da supervisora, olhou para os lados e perguntou em voz baixa:

— Márcia, me esqueci de fazer uma pergunta.

— Pois faça.

A pergunta foi direta:

— Quem foi Mandril?

Jennifer teve a certeza de que Márcia empalidecera. Ela parou o que estava fazendo e ficou imóvel por um instante, antes de olhar para a moça e perguntar:

— Jennifer, o que você sabe dele?

Márcia estava nervosa, pois nunca chamava a moça pelo nome completo.

— Não sei nada, Márcia, por isso mesmo estou perguntando.

— E como você ficou sabendo dele?

Jennifer não quis envolver a figura de Giuliano, que pronunciara aquele nome ao ver a fotografia no corredor, por isso contou apenas parte da história.

— A moça que trabalhava aqui e que vim substituir, certa vez, pronunciou esse nome durante uma conversa que tivemos sobre a fundação desta casa. Achei um nome tão estranho que nunca o esqueci. Perguntei sobre ele, mas ela não me disse mais nada. Falou apenas que era um assunto reservado, proibido de ser falado nesta casa e que fora um descuido tê-lo citado. Fez-me prometer que jamais comentaria sua indiscrição, mas fiquei com a impressão de que ela se arrependera de ter tocado no assunto. — Mas para não deixar o motivo de sua curiosidade apenas sobre sua antecessora, Jennifer inventou uma pequena mentira. — Só estou lhe perguntando isso agora, porque ontem, na livraria, um cliente bastante idoso, por coincidência, queria saber se eu tinha algum livro sobre um tal de Mandril. Lembrando que o assunto era confidencial, preferi dizer que nunca tinha ouvido falar naquele nome e que, provavelmente, não havia nenhum livro sobre ele. O cliente, então, completou: "Esse sujeito morou muitos anos na mansão que hoje é a clínica Ferrentini". Na hora, liguei a observação do senhor com o que a moça que vim substituir havia me dito. Muita coincidência, não? Como o cliente pode reaparecer, resolvi perguntar, porque sei que você é uma das funcionárias mais antigas e já deve ter ouvido algo sobre a história da instituição.

Márcia levantou-se séria, fechou a porta da sala e voltou para seu lugar. Colocou uma mão sobre a de Jennifer e falou baixo, fitando-a nos olhos:

— Jennifer, você é uma das nossas melhores voluntárias, eu desejo confiar em você.

— Claro, Márcia, pode confiar mesmo. Então, do que se trata?

— Esta é uma história que a nossa casa prefere esquecer ou omitir. Pouquíssimas pessoas sabem sobre o que vou lhe contar, e espero que você não passe adiante esses fatos.

— Pode contar comigo, Márcia, não pretendo revelar nada, nem mesmo para o cliente, se ele reaparecer. Mas eu fiquei curiosa e, como trabalho aqui, gostaria de saber essa parte da história da clínica, que parece misteriosa.

Márcia respirou fundo e recostou-se na cadeira, cruzando as mãos sobre o peito e apoiando os cotovelos no espaldar.

— Por volta de 1890, instalou-se aqui na cidade um sujeito conhecido como Mandril. Era um criminoso terrível, um indivíduo perigoso e cruel que passou a controlar a venda e a distribuição de ópio aqui na região. Ninguém jamais soube da sua origem nem seu nome verdadeiro. Segundo se falava na época, a droga que ele vendia vinha de algum país da Ásia; ele enriqueceu à custa da infelicidade dos pobres coitados que cediam ao vício.

— Que coisa horrível, Márcia!

— Sem dúvida. Muitas vidas se perderam, muitos casamentos foram desfeitos e muitos negócios faliram devido ao vício estimulado e mantido por Mandril. O curioso é que, segundo contam, ele mesmo não usava drogas, mas fazia os outros usarem.

— Pelas histórias que tenho ouvido de alguns pacientes, quase sempre é assim.

— Ele recorria a todos os meios e a estratégias para persuadir os outros, usando até mulheres bonitas para isso.

— E, depois de tantas malvadezas, ele chegou a ser preso?

Márcia bateu na mesa, demonstrando indignação.

— Coisa nenhuma. Ele continuou com seu jogo sujo por muitos anos, impune. Seu reinado só acabou quando foi assassinado por um dos viciados, que o matou para limpar a honra da esposa e da filha, que foram estupradas pelo criminoso.

— Que história macabra! Mas o que a clínica ter a ver com esse homem?

— Mandril foi o primeiro dono desta mansão e fez daqui seu quartel-general. Aqui aconteciam, quase todos os dias, farras, orgias, jogos de azar, torturas, estupros e até mortes — tudo isso orquestrado por ele e um grupo de cruéis comparsas.

— Desculpa perguntar, Márcia, mas, se essa história é segredo, como é que você ficou sabendo dela?

Márcia ficou um tempo olhando para as próprias mãos antes de responder:

— Já leu *O Diário de Anne Frank*?

— Já, é a chocante descrição do que acontecia a uma garota judia diariamente, que, juntamente com a família, ficou escondida durante quase dois anos em um anexo secreto, na Holanda, fugindo da perseguição nazista aos judeus.

— Isso mesmo. Pois uma das garotas que faziam parte do harém do Mandril, assim como Anne Frank, que descreveu os detalhes da sua vida no esconderijo, fez um diário descrevendo os horrores que aconteciam na mansão; ela o mantinha bem escondido. Quando, muitos anos depois, o rico doutor Ferrentini comprou o imóvel, durante a reforma, o diário foi encontrado em um esconderijo e entregue ao novo proprietário. Ele leu e percebeu que, se divulgada, aquela história poderia inviabilizar o investimento para construir aqui uma clínica de recuperação de dependentes químicos, pois pareceria uma ironia.

— Entendo, mas como você ficou sabendo?

— O doutor Ferrentini confiava muito em mim, pois trabalhava para ele, como secretária, havia muitos anos. Ele ficou tão horrorizado com o que leu, que me pediu para destruir o tal diário, queimando-o, e foi o que fiz.

Giovana completou:

— Depois de lê-lo, naturalmente.

Márcia baixou os olhos, talvez envergonhada.

— Sim, eu o li, e até hoje não sei se fiz bem em tomar conhecimento do conteúdo. Ainda tenho pesadelos frequentes por causa dele. Acho que, talvez, por isso fiz tanta questão de vir trabalhar na clínica, para tentar limpar um pouco das energias negativas que acredito que ficaram por aqui. Por isso, todo dia, sempre que chego e quando vou para casa, faço várias preces, pedindo compaixão para os perversos e proteção para os que aqui estão em busca de cura.

— Que história horrível, Márcia.

— Muito. Rogo-lhe que não a comente com ninguém. Sua divulgação não ajudaria em nada a imagem da nossa instituição.

— Pode ficar tranquila quanto a isso, Márcia.

Depois de ouvir tudo aquilo, Jennifer ficou pensativa: se aqueles acontecimentos foram mantidos em segredo, como é que Giuliano sabia da existência do tal de Mandril e, principalmente, que ele morara ali?

— Quem mais sabe da história do Mandril, Márcia?

— Além de nós duas, só o atual proprietário, o doutor Ferrentini, talvez sua esposa e o advogado dele. Acredito que ninguém mais. Inclusive, não tenho ideia de como sua antecessora sabia disso e nem seu cliente da livraria.

— É curioso mesmo. Quem sabe o próprio doutor Ferrentini tenha contado a ela, não sei.

— Pode ser, vai ver ele confiava nela.

— Outra coisa: a imprensa da época não divulgava os casos? Nem quando o sujeito foi assassinado?

— Infelizmente, não, porque, entre os clientes do bandido, havia uma autoridade muito influente por aqui. Na certa, com ameaças e repressão, conseguiu abafar o caso, e isso nunca vazou para o público.

— Ainda bem, seria um escândalo para nossa casa se essa história vazasse. Seria um prato cheio para a concorrência.

— Seria e ainda será, pois nossa clínica é muito bem conceituada, muito respeitada, embora, cá pra nós, não ande bem das pernas.

Jennifer ficou intrigada:

— Como assim?

Márcia deu uma leve palmada na própria boca.

— Ah, meu Deus, estou falando demais.

— Mas agora que já começou, Márcia, você precisa completar.

— Jennifer, pelo amor de Deus, se isso vazar, perco meu emprego e, na minha idade, não vou conseguir outro.

— Fique tranquila, Márcia, você me conhece. Seria incapaz de ser indiscreta.

— Eu confio em você, querida. É o seguinte: quando o doutor Ferrentini comprou este imóvel por uma ninharia, pois estava muito maltratado, quase destruído, imaginou reformá-lo e transformá-lo em uma sofisticada e lucrativa instituição para recuperação de dependentes químicos, acho que porque ele próprio tinha um caso na família, um filho, creio. Imagine que a casa ficou mais de sessenta anos fechada devido a questões judiciais. Apesar de rico, o bandido tinha muitas dívidas e, também, vários filhos com diversas mulheres. Houve uma briga terrível entre elas por causa da herança, e, por isso, o imóvel ficou tanto tempo abandonado.

— Essas brigas por herança são sempre longas, mesmo hoje em dia.

— E essa também foi. Enfim, devem ter chegado a algum acordo, porque, depois, a casa foi colocada à venda. O doutor Ferrentini comprou-a, investiu muito, fez uma grande reforma e transformou o lugar nesta beleza que você conhece. Ele inaugurou a clínica no final da década de 1960, quando comecei a trabalhar aqui, aos 20 anos.

— Mas, o que foi que deu errado para estar em apuros financeiros?

— Faltou planejamento, na minha humilde opinião. Para recuperar o dinheiro investido, o doutor precisou cobrar caro pelas internações, e isso afastou e continua afastando possíveis clientes. Agora, para manter o padrão, quem tem dívidas é ele, que está pensando seriamente em tomar algumas medidas para reduzir custos.

— Que tipo de medidas, Márcia?

— Demitir pessoal, cortar benefícios, reduzir o quadro clínico...

Jennifer assustou-se.

— Mas isso seria terrível, comprometeria a qualidade dos serviços.

— Com certeza.

Jennifer ficou um instante pensativa.

— Puxa vida, eu não imaginava que isso estivesse acontecendo.

Márcia segurou nas mãos de Jennifer.

— Querida, esse é o nosso segundo segredo. Por favor, ninguém pode saber de nenhum dos dois.

— Tudo bem, Márcia, fique tranquila. Agora, eu preciso ir, o Giuliano está me esperando no carro e já deve estar estranhando minha demora.

Márcia relaxou e sorriu.

— Jenny, posso fazer um comentário indiscreto?

— Claro.

A supervisora sorriu com malícia.

— Seu amigo é um gato, hein?

Jennifer se fingiu de ingênua.

— Você acha? Sabe que nem reparei nisso?

Márcia se permitiu uma brincadeira.

— Ah, tá! Me conta outra, vai.

— Sério!

— Pois observe-o melhor. Acho que vocês formariam um belo casal.

Jennifer saiu sorrindo. Ainda bem que a supervisora não podia ver como ela ficara ruborizada com aquele comentário, pois concordava em número, gênero e grau.

Quando ela se aproximou do carro, viu, pela janela, Giuliano ouvindo música, calmamente.

— Demorei muito?

Sorrindo, ele brincou e abriu a porta do carro. Ela entrou e sentou-se.

— Pensei até que você tinha decidido se internar.

— Engraçadinho... Não tenho vícios.

Ele foi malicioso.

— Nem unzinho?

— Nada. Sou careta, quadrada, conservadora.

Ele ligou o carro, rindo.

— Eita! Assim não vai se casar nunca. Vai acabar seus dias em um convento...

— E isso seria ruim?

— Não sei se seria ruim, mas certamente seria um desperdício.

Ela fingiu ralhar com ele.

— Giuliano! Não fale essas coisas, fico encabulada. Já disse que sou careta.

— Pois vamos tratar de dar um jeito nisso com um bom vinho Turim. — E gargalhou, no que foi acompanhado por ela, que estava novamente ruborizada.

Durante o retorno à cidade, mantiveram-se em silêncio nos primeiros minutos, mas, logo depois, Jennifer resolveu falar:

— O que você achou do lugar?

— Gostei muito. Não tinha ideia de que esses estabelecimentos fossem assim tão aprazíveis. E, se você quer mesmo saber, senti-me muito bem, como se estivesse em um lugar conhecido.

Jennifer segurou um sorriso.

— É mesmo um ambiente muito agradável. E o que achou do que aconteceu com Laercio e Emiliano?

— Bom, confesso que não entendi nada. Como já disse, só podem ter me confundido com outra pessoa. Não consigo pensar numa explicação que seja pelo menos razoável.

Juntando a presença de drogas na família de Giuliano e tudo o que acontecera durante a visita, Jennifer formulara alguma hipótese, mas ainda achava cedo para comentá-la com o amigo. Precisava pesquisar a respeito antes de fazer qualquer comentário.

Em pouco tempo, chegaram ao destino.

Na despedida, desta vez, a hesitação de ambos foi maior que da vez anterior, mas, de qualquer forma, limitaram-se novamente ao beijo social na face, embora o alvo secreto de ambos fosse os lábios.

— Jenny, vou aguardar o melhor momento para conversar com o Enzo e depois conto o resultado.

— Certo, ficarei aguardando.

Quando ela já havia saído do carro, ele chamou-a:

— Jenny!

Ela voltou-se e falou pela janela:

— Oi?

— Gostei muito de ter estado com você.

Ela sorriu e respondeu, graciosa:

— Que coincidência! Eu também!

Ela se afastou sorrindo, e ele não pode deixar de perceber como a moça tinha o corpo bonito.

CAPÍTULO 25

No dia seguinte, logo pela manhã, Enzo recebeu uma ligação de Giuliano avisando que o pai deles já saíra de casa em direção ao hospital.

Enzo ficou ansioso, pois simplesmente não tinha a menor ideia de como seria o reencontro depois de quase um ano de afastamento, principalmente nas condições em que ocorrera. Devido às experiências do passado, ainda guardava uma imagem severa e rabugenta do pai.

Em poucos minutos após o telefonema, Giácomo chegou acompanhado pelo motorista Francesco, que cumprimentou o rapaz da porta:

— Bom dia, seu Enzo, podemos entrar?

Nem foi preciso responder, porque já estavam dentro do quarto.

— Vou deixá-los a sós para que conversem mais à vontade — finalizou Francesco.

E retirou-se, fazendo um leve gesto de cabeça para Enzo, como despedida.

O velho italiano manteve-se calado, imóvel, com as palmas das mãos apoiadas sobre os joelhos, olhando fixamente para o filho, quase sem piscar.

Enzo estava temeroso de olhar para ele, imaginando que veria uma expressão rancorosa. Mas quando arriscou um olhar bem devagar, percebeu que seu pai tinha os olhos marejados e os lábios tremendo. Como Giuliano dissera, ele estava bem mais velho, mais magro, com expressão de cansaço ou desânimo.

Uma súbita e forte emoção irrompeu do seu íntimo, e Enzo cobriu os olhos com as mãos, tentando impedir inutilmente que seu pranto convulsivo fosse visto.

Quando ambos se acalmaram, Giácomo levantou-se e aproximou--se da cama. Lentamente, passou a mão grossa, calejada e enrugada pelos vastos cabelos do filho e falou lentamente, com a voz rouca e embargada:

— Você é um tolo teimoso e rebelde. — Enzo não esboçou nenhuma reação. — E eu sou dez vezes mais tudo isso. Um velho rabugento, tolo e mandão. — Enzo não pôde evitar um leve sorriso. — Eu sei que te magoei, filho, mas quero que saiba que te amo muito e por isso te peço perdão.

Enzo não podia acreditar no que ouvia: seu pai admitindo que errara! E, ainda por cima, pedindo perdão! O rapaz pegou na mão do patriarca e levou-a aos lábios, chorando. Giácomo não segurou mais a emoção e recostou sua cabeça grisalha sobre o ombro do filho, mesmo sabendo que, ao fazê-lo, contrariava as recomendações do médico.

— Eu te amo, meu garoto. Quero que você volte para casa, quero você perto de mim.

Enzo enxugou as lágrimas com a ponta do lençol e falou emocionado, olhando para o velho:

— Pai, não há nada para perdoá-lo. Pelo contrário, eu é que peço o seu perdão. Fui um garoto mimado, imaturo e rebelde sem motivo. Criei fantasias horríveis na minha cabeça contra você. Eu também te amo muito e me arrependo bastante dos meus impulsos. Você sempre foi um lutador, um guerreiro, que soube conduzir e educar sua família, enquanto eu era uma espécie de ovelha desgarrada. Me perdoa, pai.

O velho acariciou os cabelos do filho com carinho.

— Todos nós erramos, filho, mas tudo isso já passou. Ambos aprendemos lições duras, mas que acabaram por nos reaproximar. Quando você estiver bem, iremos para casa.

— Pai, devido ao meu impulso, não dei atenção à minha mãe nos últimos dias de vida dela e isso eu não consigo esquecer.

— Ela sentia sua falta, sim, pois o amava muito e tinha certeza de que você voltaria para casa. Eu também a amava bastante. Era minha amiga, parceira, conselheira, uma mulher incrível. Não consigo acreditar nem aceitar que ela se foi. — E o velho Giácomo desatou a chorar.

Com algum esforço, Enzo sentou-se na cama.

— Onde quer que ela esteja, pai, estará olhando por nós.

— Tenho certeza disso, filho. Melhore logo, para voltar para casa. Sua mãe ficará feliz.

E ficaram, pai e filho, conversando por longo tempo, antes que o motorista Francesco voltasse para reconduzir Giácomo para casa.

Depois dessa visita, Enzo sentia o coração mais leve. Mas também — não adiantava negar — sentia falta das drogas.

No dia da alta de Enzo, Andreia decidiu acompanhar sua saída. Mas, apesar das suas boas intenções, esse encontro reservava uma desagradável surpresa para ela.

A moça foi recebida pelo amigo com o habitual carinho e as demonstrações de alegria.

— Sentiu minha falta, rapaz?

— Se isto aqui fosse um hotel, eu a teria convidado para dormir comigo.

— Tome jeito, Enzo, você está doente.

Ela sentou-se na beira da cama e, durante muito tempo, conversaram alegremente sobre planos e projetos juntos. Depois, ele contou sobre a proposta de Giuliano, de interná-lo numa clínica de reabilitação. Ela quis saber a opinião dele.

— E, você, o que achou da ideia?

Enzo virou o rosto.

— Não gostei nem um pouco. Não sou viciado nem dependente químico.

Ela refletiu um pouco antes de retrucar:

— Veja, Enzo, a dependência já é um estágio mais grave do uso de drogas. Mas, para preveni-la, o organismo de quem experimentou a cocaína necessita de uma limpeza, para eliminar os resquícios da droga. Essas clínicas providenciam justamente isso, e é muito salutar. Você ficará como novo.

Ele demostrou descaso.

— Pode ser para quem precisa, mas eu não vejo necessidade.

— Bom, não quero me intrometer na sua vida, mas acho que você deveria pensar melhor sobre o assunto.

Ele retrucou com um tom de voz algo ríspido:

— Como disse, não vejo necessidade.

Para que a conversa não se transformasse em discussão, eles mudaram de assunto e falaram sobre coisas mais leves.

Em certo momento, e de forma inesperada, veio a bomba.

Depois de um breve silêncio, Enzo perguntou com voz suave:

— Andreia, o quanto você gosta de mim?

Ela sorriu, entre surpresa e acanhada.

— Isso é pergunta que se faça, Enzo?

— Por quê? É tão difícil assim de responder?

— Não é isso. É que essas coisas são difíceis de medir.

— Pois eu consigo medir: eu gosto um milhão de você.

Ela beijou a mão do rapaz, emocionada.

— E você é muito especial para mim.

Ele estendeu o braço, e ela aceitou a mão dele.

— Posso te pedir uma coisa, Andreia?

— Claro que pode.

— É um segredo que deve ficar entre nós.

— Você sabe que pode confiar em mim.

Ele falou sem encará-la:

— Veja, eu já estou aqui há onze dias. Vou embora hoje, graças a Deus. Durante todo esse tempo, não usei droga nenhuma.

— Ainda bem. Com pneumonia e estando em um hospital, tinha mesmo que se comportar.

— Pois é, mas agora já estou melhor da pneumonia. Já posso quebrar o "jejum", dar uma cheiradinha de leve, para acalmar o corpo e a cabeça. Está ficando cada vez mais difícil aguentar essa abstinência. Tenho tido dores de cabeça constantes e sei que é devido a isso. O problema é que alguém tem que me ajudar e trazer para mim. Levo para casa e uso lá para matar a vontade.

Enquanto ele falava, Andreia sentia um frio percorrer-lhe o corpo. Não podia acreditar no que ouvia, não podia ter entendido direito.

— Não entendi. O que você quer dizer com isso, Enzo? Seja mais claro: matar a vontade de quê?

Ele mostrou um sorriso irônico que, para ela, pareceu cínico.

— Ora, não se faça de ingênua, você me entendeu, querida.

Ela começou a sentir algo parecido com decepção misturada com raiva. Andreia quase gritou.

— Não, não entendi. Repito: seja mais claro, Enzo. — O sorriso desaparecera do seu rosto.

— Caramba, parece que estou pedindo o fim do mundo! Só quero dar uma, eu disse uma *cheiradinha*. O resto eu uso em casa, no banheiro, no meu quarto, ninguém vai perceber que estou usando o "bagulho".

Andreia sentia náuseas e parecia que seu coração ia sair pela boca. Indignada e decepcionada, ela foi dura:

— E você quer que eu providencie esse... esse "bagulho"? Quer que eu traga cocaína para você?

Ele falava com calma, tentando persuadi-la:

— Isso mesmo, garota, mas não faça essa cara de trágica. Não há mal nenhum nisso, depois de onze dias. Estou certo de que você me entende.

Os olhos dela começaram a lacrimejar.

— Enzo, pelo amor de Deus. Não acredito que você esteja me pedindo um absurdo desses!

Inconsequente, ele ainda tentava convencê-la:

— Andreia, só estou lhe pedindo um favor. Não sei por que está tão chocada. E, se você gosta mesmo de mim, não vejo por que não atender ao meu pedido.

Finalmente, ela explodiu:

— Cale essa boca, Enzo! É justamente porque gosto de você que jamais lhe faria esse favor. Estou decepcionada. — E começou a chorar. — Você não sabe, mas, em minha vida, já sofri muito nas mãos de um traficante, por quem me apaixonei sem saber que ele era um bandido. Foi a pior fase da minha vida, queria morrer, e prometi a mim mesma que não passaria por aquilo outra vez. E, quando começo a gostar de uma pessoa, pensando em recomeçar minha vida, descubro, por ele próprio, que é também um viciado. — Levantou-se com raiva. — Chega, não quero mais isso para mim!

Enzo mostrou-se surpreso.

— Andreia, eu não sabia disso! Você nunca falou nada a respeito.

— Eu estava esperando o momento certo para lhe contar, mas, mesmo que tivesse falado, vejo que de nada teria adiantado. Você é um viciado, que tem o desplante de me pedir para lhe trazer droga! Que falta de vergonha! E ainda diz que não está dependente?

Pela violenta reação de Andreia, Enzo percebeu que cometera um grave erro, mas, mesmo assim, tentou se fazer de vítima, para ver se conseguia acalmá-la daquele desespero.

— Calma, Andreia, controle-se. Você não entendeu nada. Está bem, desculpe, retiro o que disse, esqueça o que lhe pedi. Vou tentar sobreviver.

Ela ameaçou:

— Só me esquecerei desse absurdo depois de contar ao seu irmão! Veremos o que ele acha disso, depois de tudo que fez para tirar você da perdição.

Enzo empalideceu e, tão rapidamente quanto podia, sentou-se na cama, quase implorando:

— Andreia, você não vai fazer isso!

— Você deveria ter vergonha! Seu irmão se esforçando para lhe dar uma chance de resgatar sua vida e você quer traí-lo, quer anular todo o esforço dele. Quando souber, ele jamais lhe perdoará.

— Andreia, estou lhe suplicando. Não faça isso, por favor. Eu imploro, estava brincando, foi um teste para ver até onde ia seu amor por mim.

Ela pegou a bolsa e se dirigiu para a porta.

— E não me procure mais, nem mande recados. Me esqueça!

Ao ver que ia perdê-la, ele deu a cartada final.

— Andreia, eu vou me internar, vou para a clínica.

Já na porta, ela parou e voltou-se para ele, séria:

— Vai, é? Pois então voltarei a visitá-lo quando estiver internado. Antes disso, não nos veremos mais.

E saiu chorando de raiva e decepção.

Enzo sentiu que fizera uma das piores coisas em sua vida. Era mesmo um paspalho.

CAPÍTULO 26

Quando Giovana chegou para buscar Enzo, o rapaz estava lendo, recostado na cabeceira da cama, ansioso pela chegada do médico, que iria dar-lhe alta.

Quando a irmã entrou no quarto, o rapaz levantou a vista, fechou o livro e brincou sorrindo, em um enorme esforço para disfarçar sua contrariedade pela discussão que tivera com Andreia.

— Ora, vejam quem chegou! Pensei que minha irmãzinha não viesse me visitar.

Ela pôs a bolsa sobre a cadeira e soltou uma frase que unia ironia com ofensa.

— E não devia vir mesmo. Quem quer ver um irmão rebelde e fujão e, ainda por cima, com pneumonia?

Ele deu o troco.

— E quem quer ver uma irmã brava que já chega dando bronca, depois de quase um ano sem me ver?

Giovana sentou-se na beirada da cama, falando carinhosamente:

— Nossa, há quanto tempo não via esses olhos lindos. Como é que você está, mano?

— Estou ótimo, já posso ir para casa.

Ela riu.

— Eu sei, seu bobo. Eu vim buscá-lo. Espero que esteja feliz.

Ele sorriu.

— Que jeito? Não devo ser tão chato assim, vocês não me deixam escapar, devem me adorar.

— Isso mesmo, queremos você em casa, pertinho da gente, mesmo reclamando de tudo.

— Como é que está o velho?

— Nada bem, e não sei mais o que fazer. Continua bebendo demais, está fraco e o coração dele tem reclamado. Se não se cuidar, ele não vai demorar a se juntar com a mamãe. E não tem jeito: se a gente reclama ou dá conselhos, ele fica bravíssimo.

— Eu percebi que ele não estava bem, quando veio me visitar.

— Reconheço que, para ele, não tem sido fácil a perda que sofreu com a morte da mamãe, depois de tantos anos casados. Quando estava em casa, ficava ao lado dela durante todo o tempo, acompanhando o seu sofrimento.

Enzo ficou triste.

— E eu não me despedi dela.

— Pois é, isso se chama ingratidão. Mas ela sempre te amou e perguntava por você a toda hora. Não deixe que a mesma coisa aconteça com papai.

— Pode me insultar e até bater, se quiser. Eu reconheço que mereço.

— E de que adianta reconhecer e não fazer nada para se corrigir? Espero que, nesta sua quarentena, pelo menos você tenha refletido e resolvido mudar de vida.

Ele segurou a mão de Giovana, como que fazendo um apelo.

— Me diga a verdade, minha irmã: você acha que mamãe morreu de mágoa por minha causa? Alguém pode morrer de mágoa?

— Até onde sei, e segundo alguns especialistas, isoladamente a mágoa não causa a morte de ninguém, mas, se for prolongada, causa doenças que podem se tornar fatais, como ansiedade, depressão, estresse, hipertensão arterial e outros problemas cardiovasculares. Mas mamãe não teve nada disso, ela morreu de câncer.

— Às vezes, me sinto culpado.

— Sentir culpa não é saudável, nem resolve nada, Enzo. O importante é refletir e mudar no que for preciso. Mamãe ficaria feliz se isso acontecesse.

— Você pode não acreditar agora, mas vou mudar. Minha volta para casa é uma decisão séria. Vou arregaçar as mangas e ajudar vocês.

Giovana beijou a mão dele, alegre.

— Você não sabe como fico feliz ao ouvir isso, mano, de verdade. Não o apoiei quando saiu de casa, mas vou apoiá-lo nesta volta.

— Te amo, Gi. E o Giuliano, como vai? Nas vezes em que esteve aqui, eu o achei muito bem.

— E está mesmo. Agradeça a ele você estar vivo. Nem a polícia conseguiu te achar, mas ele conseguiu, não sei como.

— Nem eu. Na certa, deve ter recebido ajuda de alguém, algum informante.

— Mas quem? Ninguém sabia onde você estava. Todo mundo achava que estava na Europa.

Ele ironizou a si próprio.

— É, na Europa, debaixo de um viaduto.

Ela balançou a cabeça, num gesto de repreensão.

— Só você mesmo, meu irmão, que acha que a vida é uma eterna aventura poética.

— E não é? Tudo na vida tem um lado poético, para quem tem sensibilidade.

— Pois então eu devo ser uma anta, porque, para mim, a vida tem sido só de trabalho nada poético.

Ela poderia ter aproveitado o papo para falar sobre a decepção que tivera com Nico, seu primeiro namorado, mas preferiu omitir essa parte.

— Como assim? Você quer ver algo mais poético do que as uvas coloridas que são transformadas em saborosos vinhos?

Ela riu.

— Concordo, mas falta acrescentar que também são lucrativas, lá isso são.

— Ah, não me faça rir, senão vou tossir...

— Vou fazer uma fofoca: você sabia que nosso irmão, ao que tudo indica, está namorando sério?

— Quem, o Giuliano? Ah, não acredito, meu irmão sempre foi muito galinha. Mas lembro que, há algum tempo, ele me apresentou a uma moça chamada Melissa.

— Melissa era só uma ficante, mas tenho quase certeza de que ela já dançou. Nosso irmão conheceu uma tal de Jennifer, dona de uma livraria esotérica perto da gente, uma garota muito bonita, por sinal. Ele parece ter arriado os quatro pneus por ela.

— Se ela é bonita, acredito. Meu irmão sempre teve bom gosto com mulheres.

— Estão se vendo ou se falando quase todo dia. Ela já foi até levar um presente para ele: livros.

— Livros? Mas o que aconteceu durante minha ausência? Meu irmão nunca quis saber de namorada firme, só ficante, e nunca gostou de ler, até zombava de mim, porque tenho esse hábito.

Giovana insinuou:

— Vai ver ele está apaixonado.

— Ah, para com isso, Gi, conta outra.

— Nesta vida tudo é possível, garoto.

— Deixe eu te falar um negócio: ele quer que eu me interne numa clínica de reabilitação para dependentes químicos.

— Acho uma boa. E você, o que pensa disso?

— Acho uma precipitação, um exagero. Eu não sou dependente de droga nenhuma, Gi, acredite em mim.

— Você pode até não ser dependente ainda. Mas você sabe como isso funciona. Começa como distração e prazer. Depois, é para esquecer as dificuldades. Por último, vira vício.

Ele riu.

— Eu ainda estou entre a primeira e a segunda fase.

— Pois é bom se tratar antes que chegue à terceira. De qualquer forma, mesmo que você não seja dependente, seu organismo deve estar intoxicado, e é necessário fazer uma limpeza. Acho que essa é a ideia do nosso irmão com a proposta de internação.

— Eu estou pensando. Na verdade, quero dar um jeito na minha vida, para melhor, mas admito que essa coisa de internação não me agrada muito. Tenho que descobrir uma maneira mais agradável de mudar.

— Para isso, você sabe que pode contar comigo, mano.

— Eu sei, querida. E, você, já conseguiu um namorado?

— Que história é essa de "já conseguiu"? Eu não estou procurando ninguém.

— Mas você precisa saber como isso funciona, e isso só se consegue experimentando.

— Olha, há tempos, tive uma experiência e não gostei nem um pouco, até hoje me arrependo.

— Vai ver escolheu mal.

— Pode ter sido isso. De qualquer forma, estou muito bem sozinha.

Ele abanou o ar com uma das mãos.

— Conversa, mana, ninguém pode estar bem sozinho.

— Enfim, esse problema é meu, só diz respeito a mim. Estou bem do jeito que estou e ponto final.

— Pronto, já não está mais aqui quem falou. Retiro o que disse, não precisa ficar brava. Mudemos de assunto para você se acalmar. Me fale como anda a vinícola.

Desse assunto, ela gostava de falar. E, assim, os irmãos passaram boa parte do tempo conversando sobre esse tema. No final, ela levantou-se e anunciou:

— Prepare-se para a volta triunfal. Vou pegar sua alta com o médico.

A chegada de Enzo em casa, trazido pela irmã, não foi exatamente uma festa. Com exceção dos três empregados, Francesco, Albertina e Gina, que estavam muito contentes, havia entre os demais um sentimento de expectativa sobre como seria a reintegração do rapaz ao ambiente familiar.

O próprio Enzo não estava à vontade. Tinha consciência de tudo o que fizera e se sabia devedor de algumas explicações e alguns pedidos de desculpas à família.

Todos estavam na sala em volta do "filho pródigo".

Giácomo pediu a palavra. Algumas perguntas povoavam a mente dos presentes: teria o patriarca superado os ressentimentos? Estaria disposto a acolher o filho rebelde? O que viria a seguir seria uma vigorosa repreensão ou uma calorosa recepção?

Essa expectativa se dissolveu, quando o velho falou como se discursasse:

— Meus filhos e colaboradores desta casa, sabemos a falta que faz uma querida e saudosa pessoa, minha esposa, mas, esteja onde estiver, tenho certeza de que ela também está participando deste encontro. — Fez uma pausa para evitar que a emoção o atrapalhasse. — Quero fazer um pedido a todos e, talvez mais que um pedido, seja uma determinação. Com relação ao que ocorreu há um ano entre mim e meu filho Enzo, vamos esquecer tudo e viver o presente. O que quero deixar claro é que a volta de Enzo a esta casa é uma bênção. Daqui para frente, se Deus quiser, só teremos risos e alegrias aqui, e isso começa agora. — Todos aplaudiram aliviados. — Estão convidados para um almoço em família, naturalmente regado com um excelente vinho da Turim.

A partir daquele momento, nunca Enzo fora abraçado com tanta intensidade e emoção.

O almoço foi bem animado e ninguém falou do ocorrido com Enzo, mas Giuliano não deixou de notar a ausência de Andreia, o que achou muito estranho, mas nada perguntou ao irmão.

Depois do almoço, quando Giácomo já se retirara para repousar, Giuliano acompanhou o irmão até o quarto.

— Viu como está tudo arrumado à sua espera?

Enzo emocionou-se, e seu irmão percebeu.

— Vou deixá-lo a sós para que possa matar a saudade em paz. Estaremos à sua espera para colocarmos os assuntos em dia.

Sozinho, Enzo passeou devagar pelo quarto, tocou nos móveis, nos livros e depois se sentou na cama e começou a chorar.

Era impossível imaginar o que se passava pela cabeça dele naquele momento.

CAPÍTULO 27

Na reunião dos amigos naquela noite, quando todos os casais já haviam chegado e estavam devidamente acomodados, Giuliano pediu a palavra, o que não era comum acontecer logo de início. Aqueles que até então estavam batendo papo silenciaram para prestar atenção.

O semblante de Giuliano não demonstrava preocupação, o que deixou os amigos mais tranquilos, certos de que não seria uma notícia desagradável.

— Queridas amigas e queridos amigos, como todos sabem, meu irmão Enzo, depois de uma discussão familiar, saiu de casa e desapareceu por quase um ano, para a tristeza e preocupação da família.

Polaco foi solidário.

— Nós também sentimos muito a ausência dele. Era nosso amigo, e meu em particular, desde o tempo da faculdade.

Giuliano continuou:

— Tomamos todas as providências para encontrá-lo, acionamos a polícia e alguns investigadores particulares, apesar de ele ter dito, ao sair, que iria para a Europa, o que, na verdade, não levamos muito a sério.

Polaco mostrou-se preocupado.

— Aconteceu alguma coisa com ele? Já teve notícias?

— Sim. — Giuliano fez uma pausa. — Tenho a satisfação de informá-los que consegui encontrá-lo.

Diversas perguntas surgiram ao mesmo tempo: Como? Onde? Quando? Como ele está? Estava na Europa mesmo?

— Calma, pessoal, eu explico tudo. Enzo estava em São Paulo, de certa maneira pertinho da gente.

— Mas como se explica que ninguém conseguiu encontrá-lo, nem mesmo a polícia?

— Porque ele, espertamente, buscou um esconderijo óbvio, que, como sabemos, é o mais difícil de ser descoberto. Enzo estava vivendo como morador em situação de rua, e ninguém, em sã consciência, cogitaria essa possibilidade.

Novamente, ecoaram várias perguntas e exclamações ao mesmo tempo: Hein? O que? Oi? Como assim? Morador em situação de rua? Que loucura!

— Devemos admitir que, se Enzo queria mesmo se esconder, foi muito esperto e usou um disfarce perfeito. Quem iria procurar o filho do dono da famosa Vinícola Turim morando ao relento, debaixo de um viaduto, entre mendigos?

A pergunta seguinte era inevitável:

— E como você teve a ideia de procurá-lo nesse lugar?

Polaco aproveitou a deixa:

— Na verdade, modéstia à parte, fui eu quem deu a dica. Sem querer, mas fui eu.

Giuliano ficou desconcertado, mas procurou disfarçar. Não poderia contar a verdade, até porque ninguém acreditaria.

— Bem, essa história é meio esquisita. Talvez eu a conte numa noite em que beber além do limite. Vocês a acharão muito incrível, mas pelo menos dirão: "isso é conversa de bêbado" ou "quem acredita nisso?".

Uma das garotas protestou:

— Ah, Giu, mas agora você nos deixou curiosos.

— Eu sei, me perdoem, tenham um pouco de paciência.

— E onde ele está agora?

— Não se assustem, ele agora está bem, depois que deixou o hospital.

— Hospital? Estava hospitalizado? O que houve com ele?

— Quando o encontrei, Enzo estava fraco e doente. Imaginem viver quase um ano ao relento, neste frio, sem agasalho e sem se alimentar direito. O inevitável aconteceu: pegou uma pneumonia.

Muitas exclamações e alguns murmúrios.

— Mas que loucura! Nossa! Caramba!

— Ainda bem que o encontrei a tempo. Sob protestos dele, consegui levá-lo para um hospital particular, onde esteve até hoje de manhã, depois de onze dias internado. Agora está bem, e, o que é melhor, voltou para casa.

O grupo explodiu em aplausos e comentários de alegria.

— Depois que ele se readaptar à, digamos, vida normal, vou trazê-lo aqui.

Polaco insistiu na questão que deveria estar na cabeça de todos.

— Giu, sei que você é um cara muito esperto e inteligente, mas continuo intrigado como conseguiu encontrá-lo, se nem profissionais experientes tiveram esse êxito.

Mesmo sem imaginar o quanto era verdade a brincadeira, alguém arriscou:

— Incrível! Isso é coisa do outro mundo.

Giuliano sorriu e pensou: "Pode ter certeza de que sim".

Os momentos seguintes foram preenchidos com relatos sobre o convívio com Enzo, principalmente por parte de Polaco, que fora um grande amigo do rapaz. Depois, tudo seguiu o roteiro habitual, mas com um clima mais descontraído diante daquela boa notícia.

Depois que todos os casais se despediram e se retiraram, apenas Melissa permaneceu no salão. Ninguém achou estranho, porque sabiam que ela era a ficante de Giuliano.

Enquanto ele se servia de mais uma taça de vinho, ela se aproximou.

— Você está bem?

— Muito. Não parece?

— Acho que precisamos conversar sobre a nossa situação, Giu.

Sem se voltar para ela, ele murmurou:

— Se você tem algo a dizer, estou ouvindo.

Ela sentou-se no banquinho ao lado dele, que a serviu com uma taça de vinho. Enquanto olhava o líquido vermelho encher a taça, ela falou:

— Posso estar enganada, mas tenho a impressão de que já fui substituída.

Agora, Giuliano voltou-se para ela.

— Refere-se à Jennifer? É verdade que gosto muito dela. É uma pessoa bastante interessante e é muito agradável tê-la como amiga.

Surpreendentemente, Melissa estava calma.

— Só como amiga? — Ele não respondeu, continuando a beber o vinho. — Não sou mais criança, Giuliano, percebo quando não há mais liga na relação.

— Eu também gosto muito de você, Mel.

— Eu sei que gosta, mas apenas como ficante. Tenho certeza de que a Jennifer é mais do que isso para você.

— Você acha mesmo?

— Tenho certeza, mas não precisamos discutir sobre isso, Giuliano. Somos adultos e, desde o começo, sabíamos como seria nossa relação, nunca me iludi a esse respeito. Também gosto muito de você, mais do que queria, mas sabia que a nossa história não iria muito longe. Na verdade, você nunca me considerou sua namorada. Sempre fui apenas uma companhia agradável.

Ele ficou de frente para ela.

— Melissa, como eu disse, também gosto muito de você, mas os relacionamentos são iniciados e se tornam sólidos devido a algumas afinidades e outras razões. Só sexo, mesmo sendo ótimo, não é suficiente para mantê-los por muito tempo.

Ela pôs a mão sobre a dele.

— Não precisa se justificar, Giu, entendo tudo o que você falou. E, além disso, você e Jennifer formam um belo casal, e espero que dê certo.

Ele se surpreendeu e beijou-a na face, com carinho.

— Fico feliz que pense assim, amiga. Eu sinto muito que nós não tenhamos...

Ela o interrompeu carinhosamente:

— Não, não sinta, nem se desculpe. — Melissa bebeu um longo gole. — E, se lhe deixa mais tranquilo, quero que saiba que estou bem e não estarei sozinha. — Tomou outro gole antes de revelar. — Sabe aquela minha amiga que estava comigo na noite em que você estava jantando com a Jennifer e nós aparecemos?

— Sim, lembro. Me pareceu uma pessoa legal, mesmo não tendo conversado com ela.

— Você está certo, ela é muito legal. Chama-se Greta. Conheci-a num desses bares simpáticos, onde pessoas carentes vão bebericar. Nós nos atraímos pelo olhar e, conversa vai, conversa vem, ficamos muito amigas.

— Que ótimo!

— Tão amigas que decidimos namorar.

Ele levou um susto.

— Oi?

Ela sorriu.

— Não pensei que você se chocasse com isso.

— Nada disso, não estou chocado, apenas fui pego de surpresa. Acho isso ótimo. Ninguém merece ficar sozinho.

— Para mim, é uma experiência nova. Ela é uma ótima companhia: sensível, alegre, inteligente e principalmente muito carinhosa. Já estamos até pensando em morar juntas.

Ele sorriu, divertido.

— Uau! Que fulminante.

— É, vamos tentar e ver se dará certo.

— Pode ter certeza de que vou torcer para que dê.

— E o bom, Giuliano, é que nenhum de nós dois precisa ficar com sentimento de culpa por deixar o outro. Nenhum dos dois estará sozinho.

— As coisas acontecem e se ajustam de forma surpreendente, e nada é por acaso, mesmo que os caminhos sejam estranhos a nós.

— Mas, veja bem, quero continuar sendo sua amiga e visitá-lo de vez em quando.

— Mas isso é claro, Mel! E, quando vier, traga sua namorada Greta.

Ela levantou a taça, e ele imitou-a.

— Um brinde às boas amizades!

No íntimo, por alguma razão, Giuliano sentia-se aliviado.

CAPÍTULO 28

Conforme combinado, Giuliano e Jennifer saíram cedo para a visita às vinícolas da família dele.

Ele pegou o trecho leste no km 58 da Rodovia Raposo Tavares em direção a São Roque, considerada a principal cidade da chamada Rota do Vinho, a aproximadamente 50 quilômetros da capital.

Giuliano estava acostumado a fazer aquele percurso com frequência, para supervisionar a produção do vinho, então, não teve dificuldade de chegar lá.

O segurança já o conhecia, de modo que abriu logo o largo e forte portão de ferro da entrada. Ele estacionou o carro numa ampla vaga reservada para a diretoria e saltou para abrir a porta de Jennifer.

— Conforme prometi, aqui estamos na unidade de São Roque da Vinícola Turim, a primeira que meu pai conseguiu inaugurar. É o nosso carro-chefe.

— Por que em São Roque?

— Por ser uma estância turística de clima agradável e solo fértil e por ser conhecida como a cidade do vinho, devido às dezenas de adegas e vinícolas que temos aqui. Nos fins de semana, a cidade fica lotada de turistas e visitantes.

— Foi uma boa escolha, então.

— Sem dúvida. Eu diria, uma sábia escolha. Aqui fabricamos o vinho com as uvas que plantamos.

— A outra unidade também planta uvas?

— Não, por uma opção nossa. As vinícolas tanto podem plantar as uvas como podem comprá-las de fornecedores. Meu pai optou pela primeira alternativa somente aqui em São Roque. A outra unidade, a de Jundiaí, compra a uva daqui, e assim o dinheiro não sai da família.

Ela sorriu.

— Muito inteligente. É como se eu tivesse uma editora e vendesse meus próprios livros.

— Exatamente.

Depois de passarem por alguns corredores, chegaram a uma saleta depois da qual teriam acesso às vinhas; era uma outra recepção, destinada a filtrar o acesso de pessoas ao campo.

Uma jovem, com uniforme de segurança, saiu de trás do balcão para cumprimentar o patrão.

— Bom dia, senhor Giuliano. Seja bem-vindo com a sua linda visitante.

Ele brincou com a funcionária.

— Lúcia, quantas vezes preciso lhe pedir para não me chamar de senhor? Assim, me sinto um idoso.

— Imagina, senhor Giuliano, é só uma questão de respeito. O senhor ainda é muito jovem.

Ele sorriu.

— Vou lhe dar uma promoção por essa opinião... — E indicando a amiga. — Esta aqui é minha amiga Jennifer. Vou mostrar a ela como é que se faz um vinho de verdade.

— É isso aí. Muito prazer, dona Jennifer. Fique à vontade e não deixe de experimentar nosso vinho.

— Obrigada, Lúcia, vou provar, sim.

Giuliano completou:

— Mas com moderação...

Todos riram, e Jennifer se defendeu.

— Nem precisa avisar, sou mole para bebidas.

Passaram pela porta, e Jennifer ficou absolutamente deslumbrada com o cenário que se descortinava à sua frente.

Era um extenso campo repleto de fileiras de pés de uvas — verdes de um lado, escuras do outro —, com diversos empregados tratando das plantas. Uma maravilhosa visão que, até então, ela só conhecia de fotos e filmes, emocionando-a pela beleza do que via. Agora entendia a paixão de Giuliano pelas vinícolas e expressou entusiasmada sua admiração:

— Gente, que espetáculo! Que coisa mais linda! Giuliano, me apaixonei. Quero saber tudo a respeito!

Ele não escondeu seu orgulho diante daquela observação da amiga.

— É simples: você já sabe que o vinho é feito de uvas, e as uvas são cultivadas em vinhas ou vinhedos.

— Isso eu sei, mas qual a diferença entre vinha e vinhedo?

— A vinha é o terreno plantado de videiras ou pés de uvas, que alguns também chamam de parreiras. Vinhedo é o conjunto das vinhas.

— Certo, mas há outra expressão que faço confusão: é o caso de vinícola. Já ouvi você se referir assim tanto em relação à sede da Turim, onde sua família mora, como com relação às suas fábricas.

— Ambos os termos estão corretos. A vinícola é o lugar onde se faz o vinho. Aqui é uma vinícola. Mas também se usa este termo para designar a empresa produtora de vinhos, que nem sempre planta uvas.

— Outra curiosidade: este cenário é lindo, mas eu queria saber se as videiras são plantadas aleatoriamente ou se há alguma estética nisso. Como conseguem formar um campo tão bonito?

— Não é uma questão de estética. A distância entre as videiras é muito importante, não podem ficar nem muito perto, nem muito longe uma das outras. Se as plantarmos muito perto uma das outras, a folhagem faz sombra sobre as uvas da planta vizinha; se ficarem longe demais, vão ocupar um espaço desnecessário.

— Última pergunta: como é que você fica sabendo que está na época da colheita?

— Há vários métodos técnicos e científicos para determinar essa época, mas aqui preferimos o método prático: provar a uva no pé. Se estiver madura, está na hora de colhê-la. Simples assim.

Enquanto o casal conversava, alguns funcionários que trabalhavam ali perto olharam-nos rapidamente, sorrindo.

Jennifer estava encantada e vibrou quando ele disse:

— Vamos vê-las de perto. Depois iremos ao laboratório.

Enquanto passeavam por entre os pés de uva, Jennifer resistia à tentação de pegar vários cachos. Eram lindas, grandes, polpudas, tanto as verdes quanto as escuras, aguardando a colheita.

Num dado momento, ela percebeu que Giuliano parara e contemplava o vinhedo, em silêncio, com o olhar perdido.

Ela respeitou aquele silêncio por um instante e depois se aproximou dele.

— Algum problema, Giu?

Ele olhou-a estranhamente, aproximou-se mais dela e disse pausadamente:

— Talvez você me ache meio louco depois do que vou lhe dizer, que, aliás, nunca disse para ninguém.

— Obrigada pela confiança; sei que você não é louco.

Ele continuou, falando baixo:

— Quando entro aqui e caminho por entre as vinhas, tenho sensações estranhas.

— Como assim? Que tipo de sensações?

— É como se elas me chamassem, conversassem comigo. Não é desagradável, nem assustador, apenas estranho. Me sinto acolhido, sinto que elas não me veem como um intruso que pode machucá-las, você está me entendendo?

Ela estava emocionada com a sensibilidade dele.

— Estou. Giu, continue.

— Isto aqui, para mim, é mais que um negócio, mais que uma fonte de renda, não sei explicar. É algo que eu sinto que devo fazer, continuar fazendo. — Ele fez uma pausa. — Venho aqui na fábrica, em média, três vezes por semana e, antes de voltar para casa, sempre dou um passeio por entre as vinhas. É algo irresistível, como se fosse um chamado. Ocasionalmente, toco nas uvas e sinto uma emoção muito forte e, às vezes, até choro. É uma sensação intensa, para a qual não tenho explicação. Não sei se isso é comum ou mesmo normal em outros produtores.

Ela nada disse, mas sentia que aquilo era algo muito intenso e importante para ele. Aquela emoção devia ter algum significado especial, algo transcendente.

Jennifer se aproximou mais ainda dele e pôs um braço em volta de sua cintura.

— Eu não sei explicar isso que você sente, Giu, sei apenas que é algo muito bonito e deve ser cultivado. Há quem acredite que as plantas falam com a gente. Tenho certeza de que um dia você entenderá esses sentimentos.

Ele olhou-a com carinho e passou um braço em torno dos ombros dela.

— Obrigado por me compreender e não me achar louco. Vamos continuar com a visita.

— Você não quer parar um instante para se recuperar da emoção?

— Não é necessário, estou bem. Vamos em frente.

Por motivo de segurança, Jennifer não pode ver a transformação da uva em vinho, mas ficou encantada com o laboratório, onde constatou a disciplina e o profissionalismo dos técnicos e funcionários. Depois, assistiu às operações de lavagem e enchimento das garrafas, o preparo da rolha, o fechamento e, finalmente, a rotulagem. Ela estava simplesmente encantada.

A moça aproveitou para esclarecer mais uma dúvida.

— Giu, você é enólogo?

Ele sorriu.

— Não, Jenny, minha função tem um nome mais feio: vinhateiro. Significa o produtor de vinhos, ou melhor, o dono da vinícola.

— Mas, e o enólogo, expressão que ouço bastante em filmes, entrevistas e reportagens, faz o quê?

— O enólogo é um dos profissionais mais importantes neste negócio. É o responsável pelas etapas de transformação das uvas em vinho e pela sua conservação. É um profissional bastante especializado e versátil, pois trabalha na vinícola, no laboratório, na adega e mesmo no vinhedo.

— Caramba, é um profissional muito importante, pelo que percebo.

— Na verdade, cada um da equipe tem sua importância, mas não se pode negar que o enólogo carrega uma grande responsabilidade na qualidade final do vinho.

Por fim, foram à adega, onde estavam os vinhos estocados, e ali tiveram um momento de prazer e tranquilidade: a degustação.

Giuliano não bebeu, pois estava dirigindo, mas insistiu para que Jennifer provasse do seu vinho. De início, ela reagiu:

— Não sei se devo, Giu. Sou muito fraca para bebida, não preciso de muito para ficar tonta e falar bobagens.

Mas ele insistiu com delicadeza.

— Não acredito que você esteja numa vinícola e recuse uma degustação!

— E se eu der vexame?

— Eu acharia muito divertido, mas isso não vai acontecer, serão apenas um ou dois goles. Você precisa comprovar que tudo o que viu e ouviu aqui resultam em algo muito gostoso. Beba devagar, saboreando cada gole. Saiba que esta taça equivale a 100 uvas. Portanto, aproveite bem, com reverência, como se fosse um ritual.

O vinho era, de fato, muito saboroso, tanto que ela não ficou só em um ou dois goles...

Como resultado, o lindo rosto de Jennifer ficou com um encantador tom rosado.

— Chega, Giu, não insista, isso é bom demais, eu não resistiria.

Ele ficou vaidoso pelo elogio e encantado com a pele ruborizada do belo rosto de Jennifer.

— Eu não disse que era bom?

Na volta à cidade, como era de se esperar, pararam em um restaurante da estrada para um breve descanso e uma refeição leve. Não que estivessem com fome, mas ambos queriam um tempo para conversar e se conhecer melhor, sem comentários sobre vinhos.

Depois de falarem um pouco sobre amenidades, Jennifer disparou:

— Posso fazer-lhe uma pergunta?

— Você nunca precisa me perguntar isso. Claro que pode, sempre.

— Bom, o que vou perguntar não tem nada a ver com vinho, nem com este delicioso momento, mas se trata de uma curiosidade minha.

— Pois pergunte, não vou deixá-la curiosa.

Ela olhou fixamente para ele.

— De onde você tirou aquela ideia de que um sujeito chamado Mandril morou na mansão onde hoje é a clínica?

Ele pensou um pouco antes de responder:

— Na verdade, nem me lembro de ter falado esse nome, mas, se falei, devo ter lido em algum lugar ou visto algum documentário na TV, não sei, não lembro e nunca ouvi falar nesse nome, até você perguntar.

Jennifer ficou com muita vontade de contar a ele toda a história da mansão, mas decidiu ser fiel à promessa que fizera a Márcia de manter segredo. No entanto, a moça não ficou satisfeita com a resposta do amigo. Em casa, à noite, iria pesquisar na internet, se é que havia alguma informação lá.

No momento, para manter aquele clima amistoso, preferiu contemporizar.

— Bom, eu posso ter me enganado ao pensar que você disse aquilo.

— Espero que tenha sido isso, senão passaria a ficar preocupado com a minha memória — Giuliano disse sorrindo.

Para Jennifer, ainda faltava encaixar algumas peças no quebra-cabeça. Teria que esperar mais um pouco antes de conversar com o amigo a respeito.

Ela ficou surpresa quando, mudando totalmente de assunto, ele disse:

— Já que você tocou nesse assunto, também tenho uma curiosidade.

Ela brincou.

— Pronto, lá vem a revanche. Pergunte.

— Imagino que minha percepção não seja das melhores, mas fiquei com a impressão de que, naquele dia, ao sairmos da clínica, depois que voltou da conversa com a Márcia, você ficou triste ou preocupada com algo. Estou certo?

Ela bebeu um pouco do suco antes de responder.

— Sua percepção está muito boa, meu amigo. Eu realmente não voltei legal da conversa com a Márcia.

— Posso saber o que houve nessa conversa, que mexeu tanto com você?

Jennifer decidira que não iria falar sobre o Mandril, mas considerou que aquela pergunta poderia ser respondida.

— Márcia me deu uma informação que me surpreendeu e me deixou muito preocupada.

— Quer dividir comigo?

— Isso é confidencial, você não pode comentar com ninguém.

Ele cruzou os dois dedos indicadores.

— É que a clínica não vai bem financeiramente. O proprietário quis fazer uma instituição de alto nível e com isso gastou demais, portanto, há anos não consegue recuperar o investimento. Para tentar equilibrar os números, está até pensando em demitir alguns médicos e funcionários, reduzir benefícios ou, em último caso, até vender o negócio.

Giuliano ficou chocado. Se não conhecesse Jennifer há tão pouco tempo, teria soltado um sonoro palavrão, mas conteve-se.

— Caramba! Demitir pessoal? Cortar benefícios? Mas são medidas muito drásticas, que podem comprometer a qualidade dos serviços, e ele deve saber disso.

— Com certeza, também acho, por isso mesmo fiquei preocupada. Gosto muito do que faço lá, gosto da instituição e ficaria triste se coisas assim acontecessem.

Giuliano ficou um pouco pensativo e depois comentou:

— Se o proprietário decidir se desfazer da clínica, talvez a melhor opção fosse vendê-la para alguém que goste da natureza do negócio e tenha recursos para manter o padrão.

— Com certeza, mas o difícil será achar alguém que tenha recursos suficientes. O investimento é alto, e o mercado, como você sabe, ainda está em crise.

— De fato, isso complica as coisas. — Ele fez nova pausa. — Você acha que, mesmo com esses problemas, ainda devo encaminhar o Enzo para lá?

— Claro, Giu, nada mudou ainda, continua uma excelente clínica. Essas coisas não são resolvidas a curto prazo. E, além disso, não esqueça que estarei sempre lá. Se algo mudar, falarei com você e transferiremos Enzo para outra instituição. Conheço algumas com a mesma qualidade. Mas nada vai acontecer a curto prazo.

— Ainda bem. Fico mais tranquilo com você por perto.

— Obrigada, Giu, mas não quero falar mais nisso, senão você vai me achar uma chata e não vai mais passear comigo.

Ele sorriu e, sem pensar, pegou na mão dela que repousava sobre a mesa.

— Pois é engano seu. Já está convidada para sairmos no próximo fim de semana, se você quiser, claro.

Ela sorriu, brejeira.

— Se eu quiser? O que você acha?

Quando chegaram em frente do condomínio onde Jennifer morava, ambos ficaram calados por um instante, hesitando sobre a maneira como deveriam se despedir, depois de um dia em que estiveram tão próximos. No íntimo, ela queria um beijo nos lábios, nada muito ousado, apenas carinhoso. Mesmo assim, conservadora como era, ela considerava ser muito cedo para isso.

Ele deve ter adivinhado os pensamentos da moça, pois apenas beijou-a de leve, na face, pertinho dos lábios. Foi o bastante para deixá-la ruborizada — e ele, febril.

A noite acabaria muito diferente se ambos possuíssem a capacidade de ler o pensamento do outro naquele instante...

CAPÍTULO 29

Mais tarde, em seu apartamento, depois de fazer um lanche rápido, Jennifer foi para o computador. Por mais que insistisse nas pesquisas, não conseguiu obter nenhuma informação sobre o tal de Mandril.

Só o que encontrou foi uma pequena nota em um site de artigos antigos sobre a história de Atibaia. A respeito daquele homem, a nota dizia apenas:

Comerciante não autorizado de ópio, o meliante conhecido como Mandril vinha dominando sua venda na região de Atibaia e redondezas por muitos anos. Por muito tempo, morou numa luxuosa e ampla mansão, cercado por leais seguranças. Segundo rumores da época, sua impunidade se devia à presença de uma influente autoridade entre seus clientes. Muitos anos depois, foi assassinado por um usuário. Fora isso, pouco se sabe a respeito dessa controvertida personagem do crime.

E só. Nada que ligasse o tal sujeito à clínica, demonstrando que a ação daquele cartel fora muito bem abafada. O que tinha tudo para se transformar em um escândalo de grande repercussão, acabou como uma simples nota de jornal, num verdadeiro festival de impunidades.

Diante dessa falta de informações, era realmente muito estranho que Giuliano tivesse citado o nome de Mandril durante a visita à instituição.

Mentalmente esgotada, Jennifer desligou o computador e deitou-se, completamente sem sono.

Relaxou um pouco pensando no agradável passeio que fizera à vinícola com seu amigo Giu. E pegou-se emocionada ao se lembrar do inocente beijo que trocaram na despedida. Inocente na forma, mas cheio de intenções não tão inocentes. No entanto, recriminou-se e pensou: “Ora, Jenny, pare com isso. Vocês são apenas bons amigos! Não crie expectativas românticas com base apenas em fantasias”.

Apesar de tudo, isso não estava completamente claro para ela.

Depois de algum tempo, adormeceu com um sorriso de satisfação nos lábios.

Giuliano também não estava conseguindo conciliar o sono, mas devido a outros pensamentos.

Ficara surpreso com a revelação de Jennifer sobre as dificuldades financeiras da clínica. Jamais poderia imaginar isso, pois o que vira fora bastante atraente, mostrando uma instituição bem conservada, organizada e de visual bem agradável.

Mas sua preocupação maior era com a ideia de levar Enzo para se tratar ali. E se a coisa não funcionasse bem devido aos problemas de caixa da clínica?

No entanto, para compensar, contava com a vigilância de Jennifer, que estaria lá quase que diariamente. Ela o alertaria se ocorressem falhas no atendimento ao seu irmão — pelo menos, ele contava com isso.

Por fim, para trazer paz à sua alma, não deixou vir à tona o beijo que dera na face macia da jovem, tão próximo dos seus desejados lábios. Algo tão comum, tão inocente, mas que o deixara impressionado com a imediata e forte conexão que ocorrera. Devia ser o tal “lance de pele”.

Fosse o que fosse, gostara e queria mais.

Depois que saiu do hospital, Enzo passou dias agradáveis com a família.

Quando Giuliano e Giovana estavam em casa, eles conversavam bastante. A irmã queria saber detalhes da vida dele como morador em situação de rua e, a cada relato, demonstrava um ar de reprovação. Já Giuliano queria saber sobre os planos e projetos de Enzo após a alta do tratamento na clínica, para onde iria em breve.

Depois do jantar, Enzo sentava-se ao lado do pai, e os dois tinham longas e serenas conversas sobre temas variados. Algumas vezes, o filho chegou até a declamar algumas poesias, que, agora, eram respeitadas e até apreciadas pelo velho.

Portanto, tudo parecia correr muito bem.

Mas havia um segredo que Enzo guardava desde os últimos dias em que estivera internado no hospital: estava começando a sentir, cada vez mais fortes, os sintomas da abstinência da cocaína.

Em alguns indivíduos — e este era o caso de Enzo —, enquanto a droga circular no cérebro, as sensações prazerosas continuam por algum tempo no corpo, mantendo-o relativamente calmo e controlado.

Mas isso dura pouco. Com o passar do tempo — e cessado aquele efeito —, as sensações agradáveis são substituídas por depressão, dores, cansaço, irritabilidade, ansiedade, insônia e outros sintomas. Tudo isso Enzo já sentia e disfarçava, passando a ter noites mal dormidas e angustiantes.

Para ele, a situação não estava fácil. Algumas vezes, precisou fugir para o quarto ou o banheiro, para que ninguém percebesse seu desconforto.

Uma vez que Andreia, a única pessoa em quem confiava para a tarefa, se recusava a levar-lhe a droga, ele não tinha mais opções para consegui-la. Voltar ao viaduto e contatar o fornecedor seria loucura, pois, de uma forma ou de outra, sua família ficaria sabendo.

Foi então que ele, pela primeira vez, admitiu que precisava ser internado, decisão que vinha adiando.

Foi assim que, durante o almoço de sábado, com Giácomo e os irmãos à mesa, informou:

— Gostaria de dar-lhes uma informação importante.

— Fale, filho.

— Pensei bastante na sugestão do Giuliano e cheguei à conclusão de que, realmente, preciso fazer um tratamento.

Giácomo estranhou um pouco.

— Tratamento de que, filho?

— Vou para uma clínica de reabilitação fazer uma limpeza no meu organismo. Durante o tempo em que estive fora, não me cuidei direito e agora preciso recuperar minha boa forma. Assim, dentro de poucos dias, irei para uma clínica de reabilitação.

O velho estranhou.

— Clínica de reabilitação? Mas isso é mesmo necessário, filho? Esses lugares não são apenas para viciados e dependentes de drogas pesadas?

Giuliano apressou-se a esclarecer, evitando dizer que o irmão usara drogas durante a ausência de casa.

— Não é bem assim, pai. Essas clínicas fazem uma purificação, uma limpeza geral do organismo da pessoa, de forma a retirar todas as toxinas nocivas do corpo. Será muito útil para o Enzo, pois sabemos que, nesse tempo em que esteve fora, alimentou-se muito mal, comeu coisas inadequadas e acaba de sair de uma pneumonia.

O velho pareceu pensar a respeito, antes de perguntar:

— E você conhece o lugar para onde seu irmão pretende ir?

— Sim, inclusive já fui visitá-lo. É de primeira linha, composto por uma equipe de médicos muito competentes, tudo muito organizado e à altura de Enzo. E isso é feito de modo sigiloso, portanto, não vai virar notícia.

Mesmo assim, Giácomo não ficou muito feliz com o fato.

— Quer dizer que vamos ter outro período sem meu filho em casa.

Desta vez, o próprio Enzo se manifestou:

— Mas será por muito pouco tempo, pai, e trará benefícios para minha saúde. — Riu, brincalhão, evitando que a conversa ficasse pesada. — E, desta vez, vocês saberão onde estarei, e não será na Europa, e poderão até me telefonar e fazer visitas.

O resto da refeição foi tranquilo, com conversas amenas. Apenas Giácomo permanecia calado, sorrindo de vez em quando. Não esperava que a família voltasse a se dividir tão cedo, mas, de certa forma, consolava-o saber que era para o bem do filho e que em breve ele retornaria muito mais saudável. Parecia que a paz se instalara naquele lar.

No íntimo, Giuliano desejou que Jennifer estivesse ali. Enzo pensava a mesma coisa com relação à Andreia.

Durante todo o trajeto para a clínica, Enzo manteve-se calado. Só fez um comentário, mesmo assim sem olhar para o irmão que dirigia o carro, quando já estavam se aproximando:

— É bem longe, hein?

— Essa é justamente a ideia, Enzo. Serve para manter a paz, o silêncio e a privacidade do lugar.

Ele ironizou:

— E também para evitar que os internados fujam.

Giuliano olhou rapidamente para ele.

— Por que alguém fugiria, se todos vêm por livre e espontânea vontade?

— Todos? Tem certeza disso?

Claro que o outro percebeu a ironia do irmão, mas não rebateu.

Ao chegarem, Giuliano estacionou o carro, e os irmãos seguiram em direção à entrada da mansão.

Quando se aproximavam dos degraus de acesso, Giuliano voltou a ter a mesma sensação de angústia de quando estivera lá com Jennifer. Para não preocupar o irmão, parou e disfarçou, fingindo apreciar o local.

— Veja, Enzo, olhe ao redor, não é bonito e agradável?

Sem muito entusiasmo, o irmão respondeu:

— É, parece legal.

Giuliano ficou parado até sentir-se melhor. Somente então entraram.

A recepcionista reconheceu Giuliano.

— Olá, senhor, como vai? Pelo visto gostou da nossa casa.

— Tanto gostei que trouxe um convidado, meu irmão Enzo.

Ela o cumprimentou com simpatia:

— Seja bem-vindo, senhor Enzo. Fiquem à vontade. A dona Márcia já está à espera.

A supervisora recebeu-os com a gentileza habitual.

— Seja bem-vindo, senhor Enzo. Já conheço seu irmão e posso dizer que ambos são muito elegantes. Tenho certeza de que o senhor gostará daqui.

Enzo procurou ser gentil.

— Assim espero, dona Márcia.

— Então vá se acostumando a me chamar só de Márcia, sem o *dona*.

Ele sorriu.

— Combinado, Márcia.

— Vamos dar uma volta por aí, para meu irmão conhecer o local. Depois, retornaremos — explicou Giuliano.

— Claro, fiquem à vontade. Vou pedir a uma funcionária para acompanhá-los. Assim, ela poderá dar mais informações ou esclarecer alguma dúvida.

— É muita gentileza sua, Márcia — agradeceu o irmão mais velho.

Andaram por todos os lugares nos quais Giuliano se sentia à vontade. Na verdade, parecia conhecer muito bem o local, tal a desenvoltura com que se movimentava. A cada trecho, ele descrevia o ambiente e fazia comentários, enfatizando a qualidade do lugar. Poucas vezes tiveram que recorrer à funcionária que os acompanhava.

Enzo observou:

— Caramba, mano! Você parece conhecer muito bem este local. Aprendeu tudo isso numa única visita?

— Deve ter sido. Você sabe como sou observador. O que você está achando?

— Parece legal, mas é uma opinião de visitante. Só morando aqui para saber ao certo.

Depois do passeio, retornaram à secretaria.

— E, então, o que acharam?

— Apenas confirmou minha impressão durante a primeira visita: pareceu-me excelente, aprazível e muito bem cuidada.

Contente ao ouvir isso, Márcia indicou-lhes as cadeiras à frente de sua mesa.

— Por favor, sentem-se.

Em seguida, orientou o preenchimento da papelada oficializando a internação e, depois, conduziu-os ao aposento onde Enzo ficaria acomodado.

Era um quarto individual, com cama de solteiro, frigobar com água e sucos, uma tevê na parede, banheiro privativo e uma grande janela que se descortinava para o jardim.

Enzo brincou.

— Que bom que a janela não tem grades. Isso facilitará minhas saídas noturnas.

Márcia foi pega de surpresa, e Giuliano achou que deveria tranquilizá-la.

— Não ligue, Márcia, meu irmão é muito brincalhão.

Giuliano teve a impressão de que a supervisora escondeu um suspiro de alívio, mas soube disfarçar.

— Que ótimo, o bom humor é uma grande virtude. Espero que esteja ao seu gosto, senhor Enzo. — Ele não respondeu. — Agora, depois de deixar suas coisas aqui, podemos dar mais uma volta para conhecer melhor a instituição. Amanhã cedo, nós o chamaremos para fazer alguns exames clínicos e preencher a ficha médica.

Giuliano não saberia dizer o estado de espírito do irmão, mas ele próprio estava satisfeito. Torcia para que Enzo se desse bem com os demais internados e participasse das atividades sociais e esportivas — apesar de acreditar que ele iria preferir ficar no quarto, lendo poesias.

Ali mesmo, os irmãos se despediram.

— Mano, acredite que fiz essa proposta para seu bem e porque te amo muito. Sei que depois me agradecerá ao perceber os benefícios que esta estada aqui proporcionará para seu corpo e sua mente.

Enzo nada respondeu, nem demonstrou qualquer emoção, mas abraçou fortemente o irmão.

Quando Giuliano já ia saindo, seu irmão chamou-o:

— Giu, faça-me um favor.

— Claro, diga.

— Dê o endereço daqui para Andreia. Talvez ela queira vir me visitar.

— Farei isso, fique tranquilo.

Giuliano saiu, pensando: "Espero estar fazendo a coisa certa".

No carro, estacionado perto da entrada, Giuliano ficou um tempo pensativo. Depois ligou para Jennifer.

— Oi, moça bonita!

Ela, de forma sincera, expressou alegria.

— Giu! Que bom ouvir sua voz!

Ele não perdeu a oportunidade de brincar.

— Ao vivo, garanto que ela é bem melhor.

— Convencido! Deixe-me dizer-lhe uma coisa: da janela da minha sala, vi quando vocês chegaram.

— Ah, foi? E por que não desceu e veio ao nosso encontro. Teria gostado de vê-la e apresentá-la ao Enzo.

— Eu também teria gostado, mas achei melhor não. Por enquanto, acho que não convém seu irmão saber da nossa amizade e que eu trabalho aqui. Poderia pensar que eu o influenciei.

— Faz sentido, mas quando vamos nos ver?

— Como imagino que você esteja estressado com o assunto do seu irmão, hoje poderemos apenas jantar e conversar, o que acha?

— Ótima ideia, desde que seja um lugar onde possamos ouvir música relaxante e romântica.

— Tudo bem, mas desde já quero convidá-lo para um compromisso mais para frente.

— Ah, é? Qual?

— Gostaria que voltasse comigo ao centro espírita.

Ele fez charminho.

— Vou pensar.

E ela fingiu ralhar com ele.

— Giuliano! É sério!

— Estou brincando, Jenny. Vamos agendar, sim. A propósito, preciso pedir sua ajuda “técnica” como espírita.

— Sério? Do que se trata?

— Sabe aquela angústia que senti quando vim aqui pela primeira vez?

— Lembro, sim, fiquei muito preocupada.

— Pois hoje aconteceu de novo, quando trouxe o Enzo.

— De novo? — Isso reforçava a teoria que ela desenvolvia.

— Preciso resolver isso. Não vai ter graça nenhuma eu sentir esse desconforto cada vez que vier visitar meu irmão. Acho que vou agendar um psiquiatra.

Ela foi rápida.

— Por favor, não agende médico nenhum, ainda não. Você não pediu minha ajuda “técnica”? Então, deixe-me tentar resolver isso.

— Combinado, “doutora”, eu estava só brincando.

— Mas eu não estou. Vou resolver isso.

— Tudo bem, mas não fique muito preocupada. Deve ser coisa da idade. Estou ficando velho.

— Engraçadinho...

— Bom, te pego às 20 horas. Deixarei que você escolha o restaurante, pode ser?

— Deixe comigo. Conheço alguns muito bons.

— E não esqueça que deve ter música relaxante e romântica. Se tiver pista para dançar, melhor ainda.

— Combinado. Quem sabe consigo aprender a dançar?

Ao se imaginar dançando com Jennifer, sentindo o corpo dela coladinho ao seu, Giuliano sentiu um calorão percorrer seu corpo.

— Faço questão de ensiná-la, se é que realmente não sabe.

Mais tarde, o jantar foi ótimo e as músicas, maravilhosas. É claro que ela sabia dançar e demonstrou isso deliciosamente no salão do restaurante. Mas, importante mesmo, para Giuliano, era sentir a mão dele na cintura dela e os seios dela encostados no seu peito, o que o deixava quase sem respiração.

Não é impossível imaginar que ela provocasse isso e sentisse o mesmo. O amor tem dessas coisas.

CAPÍTULO 30

Depois que Giuliano contou-lhe a conversa que tivera com Gina, comprometendo-se a custear sua volta aos estudos, Giovana achou por bem conversar com sua colaboradora. Com o bom coração que tinha, queria evitar que ela cometesse o mesmo erro que a levara a ser enganada por Nico. Não tinha certeza se isso seria intromissão na vida privada de Gina, mas seu coração pedia que fizesse isso.

Gina atendeu logo ao chamado da moça.

— A senhora me chamou, dona Giovana?

— Chamei, sim, Gina, sente-se um pouco, vamos conversar.

A jovem tinha uma boa dose de insegurança.

— Fiz alguma coisa errada, dona Giovana?

— De jeito nenhum. Quero conversar sobre sua volta aos estudos.

Aliviada, Gina sorriu.

— A senhora já está sabendo?

— Sim, o Giuliano me contou. Parabéns, você merece.

— Estou muito feliz, nem sei como agradecer a vocês.

— É só continuar sendo a pessoa maravilhosa que você é.

— Prometo que nunca irei decepcioná-los.

— Tenho certeza disso. — E pigarreou, para iniciar a conversa. — As faculdades são cheias de jovens saudáveis e bonitos e muitos deles são bastante sedutores, talvez como afirmação da fase adulta da vida.

Gina não estava entendendo onde sua patroa queria chegar.

— Bom, eu acho...

— Deixe-me terminar. Imagino que você não está entendendo o objetivo dessa introdução, mas já vai saber. É uma conversa íntima, entre duas mulheres.

A moça apenas balançou a cabeça, em silêncio.

Giovana prosseguiu:

— Assim que entrei para a faculdade, cheia de sonhos e projetos, conheci um rapaz que trabalhava lá e me apaixonei por ele. Era muito sedutor, e eu não resisti. Foi um grande erro. No final, descobri que era um traficante e que mentira muito para mim. Ainda hoje me revolto ao lembrar.

— Nossa senhora, dona Giovana, eu não sabia disso.

— Além de nós duas, só o Giuliano sabe. Ele me ajudou muito, me confortando e aconselhando. Peço que não comente nem com seus pais.

— De jeito nenhum, dona Giovana, pode ficar tranquila quanto a isso.

— Bom, isso já passou, ele foi preso, e eu retomei a minha vida, entregando-me ao trabalho.

— Esse moço continua preso?

— Continua e está aprendendo uma dura lição por se envolver com drogas. Soube há pouco tempo que ele, após alguns anos detido em um presídio da capital, se envolveu em uma briga com os presos veteranos, por causa do controle da entrada e venda de drogas lá, e acabou ferindo mortalmente o chefão deles, que, segundo dizem à boca pequena, era fornecedor do diretor do presídio. Foi considerado perigoso e transferido para o chamado Presídio Urso Branco, de Rondônia, tido como um dos piores do Brasil.

— Nossa Senhora, que destino horrível o desse rapaz.

— Também acho. Quando o conheci na faculdade, me pareceu um bom moço, educado e cativante. Eu me enganei redondamente e caí na sua armadilha de sedução. Não fico feliz com o que está acontecendo com ele, mas espero nunca mais vê-lo.

Depois de ficar um pouco pensativa, olhando para as próprias mãos, que ela movia nervosamente sobre o colo, Gina arriscou uma pergunta:

— Mas, por que a senhora está me contando uma coisa tão íntima?

— Porque quero evitar que você caia nessa mesma armadilha. Não quero me intrometer em sua vida pessoal, mas minha intenção é das melhores. Você é jovem e muito bonita. Muitos rapazes vão dar em cima de você. Não estou dizendo que não deve ter amizades masculinas ou que não se enamore de algum desses rapazes, mas procure informar-se sobre ele, observe seu comportamento e use a percepção que toda mulher tem para intuir as intenções dele. Claro que também há ali muitos garotos legais, bem intencionados e educados, só é preciso saber quem é quem. Como eu era inexperiente, falhei nessa avaliação e depois sofri muito. Eu gosto muito de você e quero vê-la vencer, sem decepções amorosas. A vida é feita de escolhas, e você é livre para escolher seus caminhos. Apenas procure certificar-se se são adequados e seguros.

Gina estava emocionada.

— Puxa, dona Giovana, nem sei como agradecer este seu cuidado e sua preocupação comigo. Nunca esquecerei essas recomendações.

— Espero que você tenha entendido que não quero invadir sua privacidade, nem me meter nos seus relacionamentos. Você é livre para tomar suas decisões, e eu sempre estarei aqui para ouvi-la e, se for o caso, orientá-la.

— Dona Giovana, eu só não vou dizer que a senhora é uma mãe para mim, porque é muito jovem para isso. Mas é muito inteligente e ajuizada. Posso dar um abraço na senhora?

As duas mulheres se levantaram e se abraçaram longa e carinhosamente.

O tempo parece se arrastar com lentidão quando estamos na ociosidade e, ao contrário, quando as pessoas estão envolvidas seriamente com alguma atividade ou um projeto, ele parece passar mais depressa.

O tempo passou rápido para os membros da família Cortellani, dona das vinícolas Turim. Todos ali tinham seus afazeres ou estavam muito focados em algum assunto.

Giovana estava bem, trabalhando com afinco no escritório. Passava a impressão de ter apagado Nico da sua lembrança; tampouco sentia necessidade de substituí-lo. Preferia focar nas atividades administrativas e nos cuidados com seu pai, certificando-se de que sua saúde estava bem assistida. No entanto, ela percebia, durante as refeições, que ele se mostrava cada vez mais cansado, abatido, mas sempre afirmava estar bem.

Giácomo, na verdade, não se sentia nada bem, mas fazia questão de que seus filhos não soubessem disso. Sentia dores no peito, na coluna e por todo o corpo, mas o pior era a depressão que o rondava.

Descobriu que a mistura de álcool com drogas concedia-lhe alguns instantes de quase euforia, mas isso durava pouco e logo era preciso repetir a dose.

Sentia saudades de Enzo, mas consolava-se em pensar que ele estava cuidando da saúde. Giovana e Giuliano não lhe davam trabalho; ambos eram seu orgulho.

No íntimo, sentia que sua missão como pai já tinha sido cumprida. Sua insistência em continuar trabalhando era devido à sensação de que pudesse voltar a ser jovem, como quando iniciara suas fábricas e cuidava pessoalmente da produção dos vinhos.

Giuliano e Jennifer telefonavam-se durante o dia e curtiam suas noites, jantando fora ou indo regularmente a *shows*, cinemas ou teatros.

Cada vez mais interessado pela doutrina espírita, Giuliano acompanhava Jennifer ao centro.

Enzo, felizmente, estava se dando muito bem na clínica. Segundo Márcia comentara com Jennifer, ele era muito aplicado e esforçado nos exercícios, nas dinâmicas, nos jogos, na observação ao uso e horário de medicamentos — enfim, se mostrava muito disposto a recuperar o tempo perdido.

Por recomendação médica, nenhuma visita deveria ser feita a ele nas primeiras duas semanas. Era uma maneira de induzir e facilitar a integração dele no local e com os demais pacientes. Mesmo as ligações telefônicas deveriam aguardar até o término daquele período. O próprio Enzo foi informado dessa restrição para evitar que julgasse ter sido esquecido ou abandonado.

No início, sentiu-se um pouco solitário. Ficava lendo poesias no quarto. Depois, começou a passear pelas áreas externas e, dessa maneira, conheceu coisas e pessoas interessantes.

Um dia, numa das mesas no almoço coletivo, coincidentemente, Enzo sentou-se ao lado de Laercio e Emiliano, os dois internos que haviam insultado Giuliano quando ele estivera lá pela primeira vez acompanhado de Jennifer.

Conversa vai, conversa vem, descobriram afinidades, e o fato dos dois serem espiritualistas atraiu o interesse de Enzo. Por sua vez, o gosto deles pela literatura e pela poesia foi mais um motivo de atração. E assim ficaram amigos.

Com o passar do tempo, as conversas entre eles se tornaram mais frequentes, e, certo dia, em um momento de descontração, aquela dupla descobriu as qualidades do novo amigo como declamador.

Para Enzo foi uma realização apresentar-se para dois interessados na sua arte. No início, a plateia era formada apenas por aqueles dois amigos, mas, em pouco tempo, a notícia se espalhou e logo ele ganhou mais alguns admiradores.

Uma noite, pouco antes de adormecer, Enzo pegou-se pensando que, afinal, aquela experiência até que tinha um lado compensador.

CAPÍTULO 31

Como em tantas outras noites, Giuliano e Jennifer foram jantar fora, sempre ao som de músicas românticas.

No final da refeição, ficaram conversando sobre amenidades, quando ela tocou em um assunto muito delicado.

— Giu, uma vez você me disse que havia perdido um tio por overdose de cocaína e depois um primo de quem você gostava muito. Há pouco tempo, se não fosse por sua intervenção, seu irmão Enzo também poderia ter se viciado. Agora, seu pai, além de estar bebendo muito, parece estar experimentando drogas, já numa idade avançada.

De início, ele não entendeu aqueles comentários.

— O que você está querendo me dizer com isso tudo, Jenny?

— Já faz algum tempo, que eu queria comentar com você algo, mas estava aguardando um momento que julgasse mais oportuno.

— Então, diga.

— Acho que a presença quase sempre trágica de drogas em sua vida, ainda que através de outras pessoas, não é por acaso.

Ele fez um gesto mostrando que não pensava assim.

— Bom, para mim, são apenas coincidências.

— Desculpe, querido, mas não acredito que se trate de coincidências.

— Que outra explicação poderia haver?

— Você pode não aceitar o que vou dizer, mas é como se seu espírito estivesse passando por ajustes em consequência de atos praticados no passado.

— Como assim? Você pode explicar melhor?

— Eu bem que gostaria, mas o assunto não é tão simples assim, e eu não me sinto segura para tentar esclarecer, mas conheço alguém que pode explicar isso direitinho.

— Que ótimo! De quem se trata e de onde você o conhece?

— Ele se chama Omar. Tive uma colega de faculdade, Isolda, que, depois de nos tornamos amigas, me confessou que sofria terrivelmente de medos e inseguranças gerados por traumas que ela supunha serem de infância, mas não tinha certeza. Já havia feito várias sessões de psicoterapia convencional, mas que não resolveram seu problema.

— Era tão sério assim o problema de sua colega?

— Muito sério. Sofria de insônia, depressão, ansiedade e, com frequência, tinha ataques de pânico. Não conseguia se manter nos empregos e estava a ponto de desistir da faculdade, pois ir até lá e assistir às aulas eram um tormento.

— Que triste. E ela conseguiu se curar?

— Completamente, Giu, uma coisa incrível aconteceu quando ela não tinha mais esperanças.

— Como você ficou sabendo de tudo isso, amiga?

— Foi por acaso. Uma noite, Isolda me pediu para acompanhá-la a um novo terapeuta, pois não o conhecia e receava ir sozinha. Ele fora indicado por uma professora que encontrara a cura com ele, mas, mesmo assim, ela não se sentia segura.

— Esse novo terapeuta era psicólogo, psiquiatra ou algo assim?

— Nada disso. Na verdade, soube depois que era um médium formado em Teologia, que se aprofundara muito no campo da espiritualidade, estudando terapias de vidas passadas e especializando-se em Apometria. Conversamos tanto que ficamos amigos.

— Apometria? Nunca ouvi falar. O que é isso?

— Em palavras simples, é uma técnica espiritualista que, por meio de um processo chamado de regressão, pode fazer com que uma pessoa visite e conheça suas experiências de vidas anteriores.

— Sério? — Ele mostrou um sorriso algo irônico. — Desculpe perguntar, amiga, mas de que serve a uma pessoa conhecer suas vidas passadas?

— De um modo geral, é algo que não deveria despertar o interesse das pessoas. Precisamos viver e crescer no presente. Mas, em alguns casos, pode ser muito útil para o tratamento de determinados problemas comportamentais, de fundo espiritual, ao melhorar o autoconhecimento e permitir que a pessoa compreenda e reequilibre suas energias interiores, obtendo, assim, maior harmonia física, mental e espiritual.

— Parece algo muito interessante. E você acha que eu estou precisando disso?

— Olha, se eu estiver certa em minhas intuições, acho que vai ajudá-lo muito.

— Bom, e o que eu preciso fazer?

Se concordar, posso agendar um horário com Omar, pedindo urgência.

Giuliano pensou um pouco:

— Esse seu amigo fica no centro espírita que você frequenta?

— Não, ele atende por conta própria em um consultório particular, como ele gosta de chamar o lugar. Os centros que seguem a doutrina espírita, como é o caso daquele que frequento, não recorrem às vidas passadas das pessoas que buscam ajuda ou orientação espiritual. Eles trabalham com os dados do presente.

— Bom, não entendi muito bem todo esse processo que você descreveu, mas confio em você. Por mim, pode agendar nossa visita a esse seu amigo.

— Ótimo, vou fazer isso o quanto antes.

Na sala de espera do consultório de Omar, Giuliano não estava muito confortável, ainda que Jennifer, sempre ao seu lado, procurasse tranquilizá-lo com conversas amenas.

Mas ele estava impaciente.

— Afinal, Jenny, o que é exatamente que esse Omar vai fazer comigo?

Ela sorriu.

— Ele usa técnicas especiais, muitas delas criadas por ele mesmo, e eu não saberia dizer qual usará com você. Como, além de tudo, ele é médium, geralmente recebe alguma orientação espiritual sobre o que deve ser feito, conforme cada caso. Pelo menos, é o que ele sempre me disse. De qualquer maneira, acredito que ele nos ajudará a tirar a limpo uma suspeita que tenho já há algum tempo.

— E eu faço parte dessa sua suspeita?

Ela sorriu, divertida.

— Sim, meu amigo. Você é o protagonista da história, o astro principal.

— Ora, e por que não me falou antes dessa tal suspeita que você está alimentando?

— Justamente porque era apenas uma suspeita. Posso estar errada, então, não quis assustá-lo com minhas teorias.

Ele mostrou um riso nervoso.

— Pois agora eu estou assustado.

Ela acariciou o ombro dele.

— Relaxe, meu caro, eu já lhe pedi: confie em mim.

— Tudo bem, eu confio, mas gostaria de saber sobre o que vou conversar com o Omar.

— Não seja impaciente, senhor Giuliano, tenha calma. Ele já vai nos atender.

Giuliano ia retrucar, mas não teve tempo, porque foram chamados e orientados a entrar em uma sala.

Omar estava sentado atrás de uma pequena mesa, forrada com uma toalha branca com renda nas bordas e com um jarro com rosas sobre ela. Ele lembrava muito o ator brasileiro de cinema e novelas Milton Gonçalves.

Ante a chegada do casal, Omar levantou-se com alguma dificuldade para cumprimentá-los. Depois, voltou a sentar-se, sempre devagar.

De rosto quase liso, com poucas rugas, apesar da idade, vestia-se todo de branco e falava devagar.

— O que traz meus queridos irmãos até mim?

Jennifer, como já conhecia o homem, falou primeiro:

— Omar, agradecemos muito estar nos concedendo seu tempo.

— Ora, minha irmã, que sentido teria a minha vida se não fosse para receber os que me honram com a presença? Não há o que agradecer. Vocês estão bem?

Agora, ela hesitava, imaginando como deveria relatar sua dúvida.

— Bem, Omar, eu estou, mas meu amigo aqui, o Giuliano, tem convivido com alguns problemas que, segundo minha intuição, podem ter a ver com uma vida passada.

Omar balançou a cabeça, lentamente:

— Como a conheço bem, minha irmã, desde quando sua colega de faculdade Isolda a trouxe aqui, sei que sua intuição não costuma falhar. Sempre há fogo onde você vê fumaça. Mas me diga o que acontece com seu amigo e o que você pensa a respeito.

— Com sua permissão, Omar, acho melhor o senhor mesmo verificar e descobrir, porque nem mesmo ele desconfia do que possa estar acontecendo. Se concordar, gostaria que levasse meu amigo ao período mais pesado de uma encarnação anterior. Presenciei o senhor fazer isso com Isolda.

— Ele sabe do que se trata a sua suspeita?

— Não sabe. Já que eu não tenho certeza, preferi não falar nada.

Omar olhou para o rapaz, que acompanhava em silêncio aquele diálogo.

— Giuliano, não é?

Ele pigarreou antes de confirmar.

— Isso mesmo.

— Aproxime-se, Giuliano. Traga sua cadeira para mais perto, bem na minha frente.

Giuliano olhou para Jennifer, que fez um sinal afirmativo com a cabeça. Ele colocou sua cadeira bem em frente ao senhor, do outro lado da mesa.

— Do que você se queixa, Giuliano?

— Fui acusado de ser uma pessoa muito má, um criminoso e traficante, do qual nunca ouvi falar. Tenho reconhecido lugares onde nunca estive. Mas o pior de tudo...

— Entendi. Vamos ver o que podemos fazer para ajudá-lo. — Omar apoiou os cotovelos sobre a mesa e cobriu os olhos com as mãos. Ficou nessa posição, em silêncio, por alguns minutos. Depois, assumiu a posição inicial e falou com segurança, mas com voz suave: — Dê-me suas mãos, Giuliano, e não tenha receio, nada lhe acontecerá de mal. Vamos apenas relaxar e dar um passeio a um momento importante do seu passado, para ajudá-lo a esclarecer alguns pontos de sua vida anterior que possam estar atrapalhando sua paz no presente. Tudo bem para você?

— Bom, não sei se conseguirei fazer esse passeio, mas vamos tentar.

— Ótimo, não se preocupe, não precisa fazer nenhum esforço, deixe comigo. Apenas relaxe e feche os olhos, por favor. Dê-me suas mãos.

As mãos de Omar estavam incrivelmente quentes. Apoiadas sobre a mesa, Giuliano segurou-as com firmeza e fechou os olhos.

Ouviu o senhor murmurar o que parecia uma prece e, em seguida, respirar profundamente por várias vezes.

Depois de algum tempo, Giuliano percebeu que as mãos do homem tremiam e perdiam o calor. Ouviu-o exclamar baixinho:

— Meu Deus, não pode ser!

Giuliano teve vontade de abrir os olhos, mas não sabia se deveria. Omar balbuciava com voz cada vez mais alta, as mãos se agitando e a respiração se tornando cada vez mais ofegante:

— Não é possível! Minha Nossa Senhora, como isso pôde acontecer? Deus do Céu! Giuliano, veja comigo.

Nesse momento, Giuliano levou um susto e seu coração bateu mais forte. Por um instante, passaram rapidamente pela sua mente horríveis cenas sangrentas de agressões, torturas e violência contra homens, mulheres e jovens. O agressor, sempre o mesmo, parecia enlouquecido, fora de si, rindo sadicamente, enquanto as vítimas se debatiam e gritavam de forma desesperada. Como o *trailer* de um filme, as cenas se passavam de forma rápida, mas nem por isso eram menos chocantes.

Quase gritando, Omar exclamou:

— Chega, pelo amor de Deus, chega! Não quero mais ver isso!

E retirou suas mãos, levando-as ao rosto, cobrindo-o. Seu corpo tremia e sacudia como se estivesse chorando. Ao mesmo tempo, Giuliano também deixou de ver as cenas.

Jennifer, que estivera observando a tudo, levantou-se e pôs os braços em torno do ombro de Giuliano. Ele olhou para ela e notou que a moça também chorara. Assustado, perguntou baixinho:

— O que está acontecendo, Jenny?

Ela pôs o próprio dedo indicador sobre os lábios.

— Psiu, vamos esperar ele se recuperar. Creio que alguma coisa muito forte em sua vida passada o chocou muito.

Giuliano estava confuso, sussurrando para a amiga:

— Por alguns instantes, também vi coisas horríveis, mas pensei que eram frutos da minha imaginação, como um pesadelo.

Ela também sussurrava:

— Calma, ele já nos explicará tudo direitinho.

Pacientemente, aguardaram Omar se recuperar, aos poucos. O idoso ainda estava ofegante, com os olhos úmidos. Enxugou o rosto com uma toalha branca que tinha mantido sobre seus joelhos e fez sinal com a mão para que os visitantes esperassem um pouco.

Giovana compreendeu e o tranquilizou.

— Tudo bem, Omar, não se apresse. Pelo visto, não deve ter sido fácil para você. Nós esperaremos sua recuperação.

Após alguns minutos, o médium, ainda meio assustado, descobriu o rosto e olhou para o casal.

— Meus irmãos, tenho visto e sentido muitas coisas impressionantes ao longo da minha vida como médium e em regressões a vidas passadas, mas a experiência de hoje foi demais para mim. Realmente não foi uma viagem agradável. — E olhando para Giuliano, disse com seriedade: — Meu jovem, precisamos conversar.

Giuliano continuava intrigado.

— Eu, mais do que ninguém, estou ansioso para entender o que aconteceu na minha vida passada.

Jennifer puxou a cadeira para mais perto do amigo. Ambos ficaram atentos ao que Omar começou a falar.

— Giuliano, nem todas as pessoas gostam de saber quem foram em outras vidas e, na verdade, nem sempre é recomendável fazer isso. Por esse motivo, antes de decidir contar-lhe o que descobri, consultei meus protetores espirituais enquanto descansava. Não estava certo se deveria contar o que vi, mas eles me aconselharam a falar consigo, para que você pudesse saber a gravidade da situação e tivesse a oportunidade de fazer algo para evoluir nesta encarnação, reparando tudo o que fez na vida passada.

Giuliano estava intrigado.

— Mas, o que eu fiz, Omar? Não me lembro de nada!

— Ainda bem. Você já deve ter aprendido com Jennifer que, no processo reencarnatório, não é permitido a ninguém se lembrar das vidas passadas, até como forma de proteção. Por isso, é natural que você não se lembre da sua vida anterior, e ainda bem, porque senão sofreria muito. — O senhor fez uma pausa para beber um pouco de água. — Você não vai gostar do que vi e do que vou lhe contar, mas é assim que o processo funciona: ele dá a todos a oportunidade de reparar o mal que tenham feito a outros.

— Mas, afinal, o que fiz de errado, Omar?

O velho recostou-se na cadeira e falou pausadamente:

— Você foi um fora da lei na sua vida passada.

Giuliano se chocou, a ponto de ficar pálido.

— Eu, um fora da lei?

— Sim, mas lembre-se de que não estamos falando de você hoje, mas de quem você foi em outra vida, há cerca de um século.

Giuliano balançou várias vezes a cabeça, de um lado para o outro, inconformado.

— Por essa eu não esperava. E o que essa...essa pessoa fez de tão ruim?

— Traficava drogas pesadas; vendia ópio a preços baixos para conquistar clientes e torná-los viciados e dependentes.

Jennifer baixou os olhos ao perceber que sua hipótese parecia certa. Giuliano continuava chocado.

— Vendia ópio?

— Infelizmente, fazia mais do que isso. Matou muitas pessoas, torturou outras tantas e estuprou muitas mulheres, que eram esposas ou filhas de clientes viciados, que não pagavam suas dívidas.

Giuliano continuava pálido, e Jennifer achou que ele iria desmaiar.

— Eu... eu fiz isso?

— Você, não, Giuliano, mas quem você foi em uma vida passada. Não se culpe, você era outra pessoa. Era cruel de verdade, mas, quando desencarnou, foi orientado na Erraticidade, aprendeu muitas coisas e, na hora de retornar à Terra, escolheu seguir o caminho da evolução.

— Como assim?

— Ao desencarnarmos, enquanto aguardamos uma nova oportunidade, podemos estudar e aprender mais sobre as leis universais. Assim, voltaremos com mais bagagem para uma nova vida, mais adequada e com condições de sermos melhores e até reparar o mal que tenhamos causado. No seu caso, escolheu evoluir e foi com essa missão que você voltou, mas precisava ser alertado para ela.

De olhos baixos, Giuliano ficou refletindo sobre tudo o que ouvira.

— Por isso estou sendo punido, vendo membros da minha família se entregando ao vício das drogas?

— Não há punição nas esferas espirituais, Giuliano. Portanto, o que você está vivenciando não é uma punição, mas uma oportunidade para que agora faça o bem, combatendo as drogas ou ajudando quem quer se livrar delas. Só por isso estou lhe contando essa lamentável parte da sua vida anterior.

— De que maneira poderei fazer isso, Omar? Nem sei por onde começar.

O médium balançou a cabeça, com um leve sorriso.

— Você mesmo terá que descobrir e agir, meu caro. Acho que minha irmã Jennifer poderá lhe ajudar. Aliás, saiba que não foi por acaso que ela apareceu na sua vida. Nada no nosso plano acontece por acaso, tudo tem uma finalidade.

Jennifer, que até então se mantivera em silêncio e atenta ao diálogo dos dois homens, tinha uma enorme curiosidade.

— Claro que vou ajudar meu amigo. Mas, Omar, tenho uma pergunta a lhe fazer: pelo que você viu nessa sua viagem, consegue dizer o nome desse indivíduo criminoso?

— Sim, minha irmã, o nome dele estava em algumas placas colocadas nas portas da mansão onde agia. — Fez uma nova pausa para beber mais um pouco de água. — Tinha um apelido esquisito. Era conhecido como Mandril, que, no reino animal, é um dos primatas mais perigosos do planeta.

Giuliano olhou pasmo para sua amiga. Ele lembrou que, segundo ela, pronunciara esse nome quando visitara a clínica pela primeira vez e vira uma fotografia antiga da mansão.

— Omar, a clínica onde meu irmão está internado foi, no passado, a mansão que abrigava o quartel-general desse Mandril. Quando vou visitar o Enzo, ao subir os degraus da entrada, sinto-me muito mal. Será que esses fatos que você citou têm relação com minha angústia quando me aproximo da mansão?

— Certamente que sim, meu amigo. Os fatos de sua vida anterior foram muito marcantes, e sua memória ainda tem alguns registros deles. Ainda que de forma totalmente errada, esse tal de Mandril foi feliz ali, onde exerceu suas maldades, sem punição. Sua angústia é uma reação saudosista, como quem visita a casa onde passou uma infância feliz, como se sentisse falta. Mas isso não lhe faz bem, e gera uma reação defensiva do seu espírito, agora evoluído, contra aquilo que rejeita. É como se você captasse as energias negativas que foram produzidas naquele ambiente. Provavelmente se sentirá bem naquele lugar, que foi sua casa por muito tempo, mas jamais aprovará o que fez dentro dela.

— É isso que me faz ter a sensação de *déjà-vu* quando visito a clínica?

— Exatamente.

— E o que faço, Omar? Sentirei aquela angústia sempre que for visitar meu irmão na clínica?

— Não, volte aqui na noite anterior à sua ida à mansão. Eu lhe darei um passe de proteção que impedirá a aproximação de energias negativas, sempre que você for visitar seu irmão. Ao mesmo tempo, apagarei o resquício de sua memória que o faz lembrar-se do lugar onde morou por tantos anos. Nesta encarnação, você é uma pessoa do bem e não deveria estar mantendo mais consigo essas recordações, ainda que de forma inconsciente. Mas não se preocupe, faremos uma limpeza espiritual, uma "faxina" em sua alma.

Jennifer aproximou-se.

— Omar, não sei como lhe agradecer por mais essa ajuda.

— Não precisa me agradecer, moça, essa é a minha missão e fico feliz em poder cumpri-la até quando Deus me permitir.

— Sua missão é muito árdua, não é, meu amigo?

Ele pensou um pouco e respondeu:

— Faz parte da minha evolução e continuarei até quando me for permitido. Outro dia atendi a um jovem que trazia um livro, se não me falha a memória, de um autor chamado Richard Bach. E o jovem leu para mim uma frase que jamais esquecerei: "Eis um teste para saber se você terminou sua missão na Terra: se você está vivo, não terminou".

Jennifer emocionou-se.

— Que lindo, Omar.

O médium sorriu e voltou-se para o rapaz.

— Então é isso, meu caro Giuliano, não esqueça que você também tem uma missão.

— Não esquecerei, Omar. Vou pedir a Jennifer que me ajude a realizá-la.

— Vão com Deus. Que Ele os abençoe e proteja. E não se esqueça de, pelo menos durante algum tempo, vir aqui nas noites que antecederão sua visita ao seu irmão, na clínica.

Giuliano ficou emocionalmente muito mal depois que ele e Jennifer saíram do consultório de Omar.

Depois que os dois entraram no carro, ele permaneceu longo tempo sentado, atrás do volante, sem disposição para dirigir.

Jennifer acariciava a mão de Giuliano, tentando reconfortá-lo.

— Giu, agora não sei se fiz bem ao trazê-lo aqui para falar com Omar, mas minha intenção foi protegê-lo, porque percebi que as drogas estavam e continuam aparecendo demais na sua vida. Sempre achei que não podia ser apenas coincidência o fato de você ter na família um histórico tão frequente e trágico envolvendo entorpecentes.

— Quando você sacou isso, Jenny?

— O que primeiro chamou minha atenção foi quando visitamos a clínica pela primeira vez e você passou mal na entrada, lembra?

— Lembro, sim.

— E, depois, quando viu aquela foto antiga da fachada, fez aquela observação sobre o tal do Mandril. E isso também explica a reação inesperada de Laercio e Emiliano.

Giuliano esfregou o rosto com as mãos.

— Meu Deus, nunca imaginei que essas coisas acontecessem de verdade, só em filmes e romances.

— Agora quero que você me fale a verdade, Giu. Você está bravo comigo porque o fiz saber dessa sua vida passada?

— De jeito nenhum, amiga, você fez bem, me abriu os olhos para aquilo que você chama de missão. Agora sei qual é a minha e sei que preciso fazer algo a respeito. De outra forma, nunca saberia disso. Mas a verdade é que não consigo aceitar que, mesmo em outra vida, tenha sido tão cruel e sem caráter, a ponto de induzir ou forçar pessoas inocentes a entrarem para o vício, e de torturá-las e até matá-las. Um absurdo e um choque para mim, que sempre procurei fazer o bem. Acredite: as poucas imagens que vi, através do Omar, foram terríveis, amiga. — E novamente cobriu o rosto com as mãos, mas, desta vez, para extravasar sua tensão com lágrimas e soluços angustiantes.

Jennifer pôs o braço sobre o ombro dele.

— Tenha calma, querido, você vai ter oportunidade de consertar isso, ajudar muitas pessoas, principalmente as que hoje são vítimas das drogas.

Ele olhou para ela, com uma expressão suplicante; os olhos ainda estavam molhados.

— Você precisa me ajudar nisso, Jenny. Sozinho, não vou conseguir, nem sei por onde começar.

— Eu vou estar sempre com você, Giu. Inclusive, esta noite, se você não se importar, vou lhe fazer companhia. Não lhe fará bem ficar sozinho, depois de saber o que Omar revelou.

— Como vou lhe agradecer, Jenny?

Ela tentou descontraí-lo.

— Deixe-me pensar... Talvez um jantar italiano, à luz de velas, e um bom vinho, de preferência da Turim.

Ele levou alguns segundos para entender a insinuação dela e então sorriu feliz. Era bom demais para ser verdade.

— Só você para me fazer sorrir, depois de descobrir meu lado sombrio. Nem sei como tem coragem de ficar a sós comigo, depois que soube da minha vida passada.

— Porque você agora é outra pessoa e está vivendo uma vida presente. Aquele homem perverso do passado não existe mais. Deixe-me explicar-lhe duas coisas. Primeira, todos nós temos um lado sombrio, pois não somos perfeitos e estamos aqui na Terra para tentar melhorar sempre. Pode acontecer que o lado sombrio de uma pessoa nunca venha a ser usado, nem mesmo mostrado, mas isso é fato. Segunda coisa: quero que entenda que é responsável, mas não deve sentir culpa alguma pelas atrocidades praticadas pelo Mandril, pois era ignorante e fez o que sabia. Eu diria até que você tem mérito por ter aceitado voltar com essa carga tão negativa, para ter a oportunidade de evoluir e consertar algumas coisas. Logo, você tem nas mãos uma grande oportunidade de fazer o bem.

— Você disse que eu escolhi voltar com essa missão?

— Quando um espírito está pronto para retornar à Terra, em nova encarnação, ele pode escolher alguns pontos, como a família, a cidade, a profissão. Isso acontece quando ele tem consciência de que precisa e pode remediar o que anteriormente fez de inadequado, para continuar com sua evolução. Naturalmente, ele conta com a ajuda dos espíritos superiores, para definir sua próxima encarnação. É o que deve ter acontecido com você. Portanto, nada de abatimento; depois planejaremos suas ações. Mas agora vamos pensar apenas no nosso jantar.

O restaurante ficava bem próximo do apartamento de Jennifer.

O jantar foi ótimo, apesar de Giuliano ainda se mostrar um tanto abalado com a descoberta de sua vida passada, e isso preocupava a moça.

— Giu, percebo que você ainda não se recuperou da informação dada por Omar. Não mostrou um só sorriso durante o jantar.

— Não mesmo. Você sabe que não é fácil a gente descobrir que foi um bandido, ainda que eu não me lembre de nada. — Fez uma pausa, enquanto ela o olhava preocupada. — Nem sei se vou conseguir dormir direito.

Ela pensou rápido.

— Então, já sei o que vou fazer: não vou deixá-lo sozinho esta noite. Você vai dormir comigo.

Ele quase caiu da cadeira.

— Oi?

Ela corou e sorriu meio sem graça.

— Acho que me expressei mal. Eu quis dizer que hoje você vai dormir no meu apartamento. Estarei por perto, se precisar de ajuda.

Ele ficou olhando para ela sem acreditar.

— Tem certeza disso?

— Claro. Pelo menos, faço-lhe companhia, e você não ficará a noite toda remoendo as coisas que Omar lhe disse. Acho que é o mínimo que posso fazer por você, hoje. Isto é, a menos que você não aceite minha proposta.

Ele pegou as duas mãos dela.

— Jenny, estou feliz com seu convite e com sua preocupação comigo, com seu carinho. Claro que aceito.

Se Giuliano tivesse que imaginar como seria o apartamento de Jennifer, teria acertado em cheio. Parecia um lugar de adolescente: muito azul e muito rosa nos móveis, objetos e nas cortinas. Havia vários quadros com as flores de Monet, uma organização e limpeza impecáveis.

Depois que entrou, Giuliano parou para apreciar tudo aquilo.

— Jenny, depois de ver a beleza que é seu apartamento, jamais a convidarei para conhecer o meu quarto. Morreria de vergonha, tamanha é a bagunça.

— Ora, não se preocupe com isso. Cada um tem seu jeito de viver.

— Que bom que você é compreensiva.

Giuliano passeava deslumbrado pelo simpático ambiente.

— Parabéns, moça. Fico até sem jeito de me movimentar para não tirar nada do lugar.

— Não exagere, Giu, quero que fique bem à vontade. Venha ver o quarto e a cama onde você vai dormir.

E conduziu-o até seu aposento. Ele percebeu que havia uma só cama e ficou confuso.

— E você, vai dormir onde?

— Naquele belo sofá, que você viu na sala quando entrou.

Ele protestou com movimentos da cabeça e das mãos.

— De jeito nenhum, pode parar! No sofá, durmo eu! Imagine, você me ajuda, e eu ainda vou tirá-la do seu conforto?

Jennifer ia retrucar:

— Giu...

Mas ele interrompeu-a:

— Sem negociação. Aliás, isso é uma condição para eu ficar.

— Assim você me deixa sem chance de argumentar.

— Pois essa é a ideia.

— Se é assim, está bem.

— E eu vou abrir o vinho, se você me disser onde estão as taças.

— Mas desde já aviso que o vinho não é da Turim. Quando o comprei, não o conhecia ainda.

Ele brincou.

— Então, deve ser intragável. Mas desta vez passa, por causa da sua companhia.

Jennifer achou que Giuliano já mostrava sinais de estar se recuperando e, também, alguma satisfação e bom humor.

E, naquela situação, não era para menos.

Foi assim, num clima ameno e descontraído, que o casal saboreou o vinho, que só não era melhor, porque não era da Turim, motivando frequentes protestos brincalhões de Giuliano.

Depois, ficaram conversando até tarde da noite, sobre as aventuras do tempo de colégio e faculdade. A cada episódio, novas afinidades eram descobertas, e isso tornava o clima bem carinhoso. Até que o sono se aproximou, reforçado por generosas doses de vinho.

Jennifer falou com a voz ligeiramente pastosa:

— Temos um problema, meu querido amigo. Por motivos óbvios, não tenho um pijama masculino. Os meus certamente não serviriam em você.

Ele, também estimulado pela descontração, brincou:

— Então, pode ser uma camisola.

Os dois riram tão alto que ficaram preocupados com a vizinhança.

Ela conseguiu falar:

— Não uso camisolas, cara, isso é coisa do passado. Tenho uma coleção de pijamas, mas que também não caberiam em você. Minhas bermudas também não.

— Então...?

— Bom, façamos o seguinte. Pode dormir de cueca e não se preocupe: serei discreta, não virei aqui na sala enquanto você estiver dormindo. Portanto, pode ficar à vontade.

— Também serei discreto. Não irei ao seu quarto enquanto você estiver dormindo.

— Isso mesmo. O que tivermos que fazer, faremos acordados. — Novas gargalhadas descontroladas. — Eu não disse que era fraca para bebidas? Já estou falando bobagens — confessou Jennifer.

— É o seu lado sombrio se manifestando.

Novas gargalhadas até as lágrimas.

O vinho podia não ser dos melhores, mas que fazia um efeito explosivo lá isso fazia.

Quando ambos foram deitar já haviam bebido o suficiente para enrolar a voz. Haviam se divertido bastante, e Giuliano, seja pelo efeito da bebida ou pela divertida situação em que se encontrava, aparentava já ter esquecido a conversa com Omar — para alegria íntima de Jennifer.

Na verdade, Jennifer, geralmente tão recatada e reprimida, sentiu-se à vontade com Giuliano para soltar sua criança interior e mostrar seu lado brincalhão e descontraído. Jamais se permitia essa atitude com outros rapazes, porque inevitavelmente era mal interpretada, e eles tentavam avançar o sinal. Mas com Giuliano seus sentimentos eram outros: sentia-se segura e confiante, permitindo-se aquelas brincadeiras — que escondiam um fundo de verdade. Ela aprendera a confiar e a gostar dele.

Algumas horas depois, já na sua cama, Jennifer não conseguia dormir — ou por causa do vinho ou devido à presença de Giuliano. Até então, nunca tivera um homem dormindo em seu apartamento.

Qualquer que fosse a razão, o fato era que estava inquieta e acalorada.

Ela achava Giuliano o parceiro ideal: inteligente, trabalhador, educado e espirituoso e, principalmente, muito gentil.

Ela admitia intimamente que sentia atração por ele, e achava que a recíproca era verdadeira, mas nenhum dos dois tomava a iniciativa de romper a barreira da simples amizade e partir para um relacionamento mais íntimo, talvez pelo receio de estragar tudo.

Jennifer procurou acalmar-se e quase conseguiu, até que, percebendo sons na sala, ela ouviu o rapaz gemer e balbuciar palavras ininteligíveis. Apurou os ouvidos para certificar-se de que não se enganara e teve a confirmação: seu amigo estava tendo um pesadelo ou passando mal.

Seu pijama era sóbrio, nada revelava do seu corpo, por isso não hesitou em levantar-se e ir até a sala, até porque o ambiente era de penumbra.

Aproximou-se do sofá onde Giuliano se deitara e viu que ele estava tendo um sono agitado, revirando-se, gemendo e tentando falar.

Apenas de cueca, Giuliano mostrava um físico exemplar, mas, o que quer que estivesse sentindo, fazia-o suar bastante. Aquilo não deveria fazer bem à sua saúde, naquela temperatura fria de inverno.

Ela foi pegar uma toalha, sentou-se ao lado do amigo, na beira do sofá e, com cuidado, passou lentamente a toalha sobre seu peito, procurando secá-lo, e isso fez com que seu corpo reagisse com fortes sensações — com a sensualidade à flor da pele —, ainda que procurasse resistir. Havia muito tempo que não estava tão próxima assim de um homem atraente e semidesnudo.

Aos poucos, Giuliano foi se acalmando e, em certo momento, entreabriu os olhos e mostrou espanto quando viu sua amiga ali, ao seu lado, enxugando-o.

— Jenny? Mas o que...

— Psiu, não fale, Giu. Você estava tendo um pesadelo e encontrei-o todo molhado de suor. Com esse frio, isso não faz bem. Procure se acalmar.

Ele lamentou:

— Jenny, estou fazendo um papelão, parecendo uma criança medrosa... Mas é que fico sonhando com o que vi, não consigo esquecer. Quando a gente estava conversando, eu até esqueci, mas, agora, os pesadelos não me deixam tranquilo.

Ela levantou-se e puxou Giuliano pela mão.

— Levante-se, venha comigo. Vou cuidar de você.

Sem entender direito o que estava acontecendo, o rapaz levantou-se e seguiu-a docilmente, guiado pela mão dela. Não percebeu que iam em direção ao quarto.

Somente quando ele viu a cama, reconheceu onde estava e teve um momento de inibição.

— Jenny, mas o que...

— Não fale, Giu, deite-se. Aqui você não terá pesadelos. Garanto a você.

Hesitante, ele deixou-se conduzir por ela e deitou-se, sem atentar para o fato de que estava apenas de cueca.

Jennifer deitou-se ao lado do rapaz, quase sobre ele.

— Pronto, relaxe, vou lhe dar boas lembranças para esquecer as más.

E passou a beijar o rosto de Giuliano, lenta e carinhosamente.

— Jenny...

— Psiu... Apenas sinta.

Os beijos foram aumentando de intensidade e, logo, alcançaram os lábios de Giuliano, que os retribuiu com o mesmo ímpeto. Em instantes, estavam se abraçando, com toda a paixão até então reprimida.

Talvez não fosse novidade para Giuliano que trabalhava com vinho, mas, para Jennifer, certamente, foi uma descoberta: a bebida é realmente afrodisíaca, como dizem os especialistas.

O sol, entrando por uma fresta da cortina na janela, encontrou o casal despertando devagar e se acariciando.

— Giu...

— Hummm?

Ela perguntou baixinho:

— O que foi que fizemos?

Ele levantou o corpo e curvou-se sobre ela.

— Se não foi um sonho maravilhoso, fizemos algumas coisinhas que adorei. Você é surpreendente, Jenny.

— Está feliz?

— Demais. E, você, está arrependida?

Ela beijou os lábios do rapaz de leve.

— Nem um pouco. Eu também achei muito bom.

— Quero que saiba que eu estou muito feliz. E vou confessar uma coisa: estava ansiando por esse momento desde que a conheci.

— Sério? E eu, tão inocente, achando que era só amizade...

— Aaaaah, não faça charminho. Confesse que você também queria a mesma coisa.

Ela brincou:

— Giu, eu sou uma moça recatada, não penso nessas coisas.

— Pode até não pensar, mas sabe fazer muito bem. Estou realmente surpreso e empolgado.

Divertida, ela puxou o lençol de modo a cobrir o rosto.

— Giu, estou ficando roxa de vergonha.

Ele descobriu-a com carinho.

— Por quê? Seu corpo é maravilhoso e tudo foi tão lindo, tão intenso.

— Para mim, também foi incrível, mas sei que, para você, isso não é novidade, já saiu com tantas... Eu sou apenas mais uma.

Ele colocou o indicador sobre os lábios dela.

— Jenny, preste muita atenção ao que vou lhe pedir: nunca mais diga isso. Você é muito especial para mim, não é apenas mais uma. Nunca havia conhecido uma mulher como você.

Ela fingiu ciúme.

— Verdade? E a Melissa?

Ele voltou a deitar-se.

— Melissa foi uma boa amiga, apenas isso. Não gosto de dizer que foi minha acompanhante, parece desrespeitoso. Digamos que era uma "amizade colorida". Ela ficava comigo nas reuniões, nos divertimos algumas vezes, mas desde o começo sabíamos que aquilo não iria demorar muito tempo. Foi uma espécie de acordo que fizemos: boa companhia, sem maiores envolvimentos. Portanto, ninguém enganou ninguém. De qualquer forma, ela já é passado.

— Como assim?

— Tivemos uma conversa e decidimos parar. Afinal, agora eu tenho uma namorada de verdade.

— E como ela reagiu?

— Melhor do que eu pensava. Principalmente porque não ficou sozinha: ela está namorando aquela moça com quem estava quando nos encontrou no restaurante.

— Lembro-me dela, sim, muito bonita. Quem sabe darão certo?

— Acho que dará certo. Já estão até pensando em morar juntas.

— Legal. — Fez uma pausa. — Mas ela parece ainda gostar muito de você.

Giuliano voltou-se para ela.

— E, você, parece gostar de mim?

Agora, foi Jennifer que se debruçou sobre ele.

— Não pareço gostar, seu bobo, eu realmente gosto de você. O que acha que sinto por você depois dessa noite?

Giuliano pôs o indicador na ponta do próprio queixo.

— Hummm... Deixe-me pensar o que acho... — Então, abraçou-a. — Bom, vamos confirmar se gosta mesmo de mim ou se foi só o efeito do vinho.

Dizem que a prática leva à perfeição.

Depois de muitas horas de prática, Jennifer e Giuliano tiveram a confirmação disso.

CAPÍTULO 32

Por várias vezes, Giuliano visitou o irmão na clínica, sempre indo ver Omar na noite da véspera, para receber proteção espiritual.

Com frequência, dava carona a Jennifer até a clínica e, ao chegarem, procuravam não chamar a atenção.

Na última vez, enquanto Jennifer seguia para o centro administrativo onde prestava serviços, Giuliano encaminhou-se para a entrada do prédio e subiu os degraus com serenidade.

A simpática recepcionista informou-o de que seu irmão estava nas proximidades da piscina, conforme vira pelas câmeras de monitoramento.

De fato, Giuliano encontrou Enzo próximo à piscina, lendo sob a sombra de uma palmeira. O rapaz levantou-se rapidamente quando percebeu o irmão se aproximando.

Abraçaram-se muito carinhosamente e, depois de uma rápida conversa de atualização, resolveram passear um pouco por aquele agradável ambiente.

Enquanto caminhavam descontraidamente, Giuliano ficou surpreso com a popularidade do irmão, a julgar pelos cumprimentos que Enzo recebia dos demais pacientes, enquanto os dois caminhavam pelo local.

— Mano, como você conseguiu ficar tão popular aqui em tão pouco tempo?

— Foi fácil, o pessoal daqui é bem legal. Até já fiz alguns amigos.

— Isso é ótimo. — Giuliano brincou com o irmão. — São poetas também?

— Não, mas são legais. Inclusive, tem dois deles que se dizem espiritualistas, são pessoas inteligentes, sensíveis, muito interessantes. Gostaria que você os conhecesse.

Giuliano admirou-se.

— Você, que se diz ateu, tem amigos espiritualistas?

— Não sei bem se esse é o termo correto. Às vezes, eles se dizem sensitivos, médiuns, não sei. Mas temos interagido muito bem, e eles adoram me ouvir declamar. Eles se chamam Laercio e Emiliano.

Giuliano fez um esforço para disfarçar sua surpresa e seu choque, pois nada poderia comentar.

— Vamos a eles, então.

Giuliano reconheceu o corredor por onde passou com Jennifer, quando fora conhecer a clínica. Reconheceu, também, dentre as várias fotografias molduradas nas paredes, a que o levara a falar no tal de Mandril, mas, desta vez, nada lhe ocorreu. A foto parecia-lhe semelhante a tantas outras na parede, era apenas uma fachada antiga do prédio.

o visitante ficou um pouco tenso quando relembrou a recepção nada amistosa de Laercio e Emiliano, mas estava curioso em saber se algo mudara. Afinal, conforme combinado com Omar, fora lá na noite anterior e, portanto, algum tipo de proteção haveria de ter. Inclusive, imaginou que a não influência da foto sobre ele, desta vez, já seria efeito do trabalho de Omar, que — e isso Giuliano não sabia —, naquele exato momento, estava orando e mentalizando energias de proteção para ele.

Enzo entrou sem bater na porta, anunciando alegremente:

— Oi, pessoal, cheguei e trouxe um visitante ilustre: meu irmão!

Giuliano teve alguns segundos de expectativa, mas logo relaxou quando os dois homens que ali estavam vieram recebê-lo amistosamente, com os braços estendidos. Pensou rapidamente se essa mudança seria resultado do trabalho espiritual de Omar.

Ao mesmo tempo, Giuliano percebeu que entrara na clínica sem sentir nenhum mal-estar. Que coisa incrível! Ele precisava contar tudo isso a Jennifer e ao próprio Omar.

— Seu irmão? Venha de lá um abraço.

— Irmão do poeta também é nosso amigo!

Giuliano retribuiu aquele calor humano, pensando em como era sério e eficiente aquele negócio de passe espiritual, bem como o trabalho de “limpeza” da mansão. Respirou profundamente aliviado e grato a Jennifer por tê-lo conduzido àquele caminho.

A visita aos amigos demorou mais do que o previsto, porque Laercio e Emiliano fizeram questão de que Enzo declamasse alguma coisa para que o irmão assistisse também à *performance* dele.

Enzo não se fez de rogado.

— Pode ser Yeats?

Giuliano sorriu.

— Eu sabia que seria algo dele! Pode ser, sim.

— Então, lá vai. A poesia se chama *Com o Tempo, a Sabedoria,* e é bem curtinha.

Laercio levantou a mão.

— Ei, pelo título, isso parece um recado para nós, é isso mesmo?

— Ouçam com atenção e descubram — sentenciou Enzo.

O rapaz concentrou-se um pouco, pigarreou e começou:

“Embora muitas sejam as folhas, a raiz é só uma;
Ao longo dos enganadores dias da mocidade,
Oscilaram ao sol minhas folhas, minhas flores;
Agora posso murchar no coração da verdade.”

Mesmo sem demonstrar, Giuliano se emocionou, porque percebeu que não era um recado de Enzo para os dois amigos, mas para ele próprio.

Emiliano não escondeu sua admiração.

— Cara, você é demais!

Laercio balançou-o pelo ombro.

— O que é que você ainda está fazendo no Brasil, amigo? Vá para um lugar onde valorizam os poetas e declamadores!

— Taí, gostei da ideia, prometo que vou pensar nisso.

Os irmãos se despediram sob protestos dos dois pacientes, que queriam mais apresentações do colega. Só pararam de insistir, quando Enzo lhes deu uma boa justificativa:

— Calma, pessoal, quero mostrar a casa para meu irmão. Mais tarde, faremos uma sessão especial para vocês e convidados.

Já no corredor, reencontraram Márcia, que os cumprimentou com evidente alegria:

— Senhor Giuliano, seu irmão é um paciente-modelo, disciplinado e esforçado. Desse jeito, terá alta rapidamente. Quando isso acontecer, sentiremos saudades.

Giuliano gostou de ouvir aquilo.

— Fico feliz em saber que meu irmão está se comportando direitinho.

— Pois está, sim.

Somente quando estavam no jardim, Enzo perguntou:

— E nosso pai, como está?

— Tem se mostrado cansado, mas não há quem o faça ficar em casa. Vai às fábricas todo dia.

Enzo balançou a cabeça.

— Conheço bem a teimosia dele, mas se continuar assim, não vai durar muito tempo.

— É justamente isso o que todos nós receamos.

— E a nossa garotinha?

— Continua linda e cada vez mais *workaholic*, como você já conhece.

— Ainda bem que ela gosta do que faz.

— Até demais. Devia era arranjar um namorado.

— Por falar nisso, soube que você está apaixonado, é verdade?

Giuliano sorriu e colocou o braço em torno do ombro de irmão.

— Pior que é verdade, cara. Estou apaixonado como nunca pensei que ficaria; achava que isso não existia, mas me enganei. A Jenny é a mulher da minha vida.

Enzo sorriu, descrente.

— Acho que já ouvi essa história antes, e mais de uma vez...

— Com certeza, agora é pra valer. A Jenny me pegou de jeito e de surpresa.

— E você já disse isso para ela?

Agora foi a vez de Giuliano sorrir.

— Digamos que estamos nos entendendo muito bem.

E Enzo perguntou com malícia na voz:

— Inclusive...?

— Inclusive, cara, inclusive!

— Fico feliz em saber. Quem sabe assim você se acalma um pouco e deixa as mulheres em paz.

— E você?

— Bom, não tenho do que reclamar, pois a mesma coisa está acontecendo comigo. Estou descobrindo agora esse processo. Desde que conheci melhor a Andreia, comecei a compreender e a provar desse sentimento forte e novo para mim. Sinto muita falta dela, mas não sei se o nome disso é paixão.

— Vocês pretendem ficar juntos?

— Essa é a minha ideia... se ela quiser, claro. A palavra final é sempre delas.

— E iriam morar com a gente, na Turim?

— Rapaz, aí é que a coisa pega. Não posso lhe responder isso ainda, tenho alguns planos.

— O que está rolando na sua cabeça, mano?

Sentaram-se em um dos bancos do jardim.

— Aqueles meus dois amigos, o Laercio e o Emiliano, insistem que devo sair do Brasil, dizem que meu futuro é na Europa, onde a poesia é praticada e respeitada.

— E você põe fé no que eles dizem?

— Sei que isso é meio complicado de explicar, mas acredito neles. Dizem que são sensitivos e já perceberam isso no meu futuro, coisas assim.

— E...?

— Com essas conversas, plantaram uma semente na minha cabeça, essa de sair do Brasil, não penso em outra coisa. Se Andreia topar ir comigo, estou decidido.

Giuliano ficou um pouco pensativo, depois disse:

— Morar em outro país é uma decisão que deve ser muito bem avaliada, não deve ser muito fácil a adaptação.

— É verdade, mano, mas você sabe como gosto de arriscar, me sinto mais vivo quando estou numa empreitada nova. Enfim, só vai depender da Andreia.

— Bom, que façam o que seja o melhor para vocês. Se forem mesmo, eu e Giovana ficaremos aqui para cuidar do pai e dos negócios da família e, claro, mesmo a distância, pode contar com nosso apoio para o que precisar.

Enzo estendeu o braço e apertou a mão do irmão.

— Te amo, mano.

Foram interrompidos por uma voz feminina.

— Olá!

Giuliano ficou surpreso.

— Olha só quem está chegando.

Enzo demostrou sua alegria, e os dois homens ficaram de pé para cumprimentar a recém-chegada.

— Andreia, que surpresa boa!

— Oi, Enzo! Tudo bem, Giuliano?

— Tudo ótimo, é um prazer revê-la, mas é melhor deixar vocês a sós. Devem ter muito o que conversar.

— Ora, mano, o que é isso? Não temos segredos!

— Eu sei, mas é que já está mesmo na hora de eu ir, tenho compromissos no escritório. Foi muito bom te ver, Enzo, principalmente com essa disposição e saúde, como a Márcia garantiu. Fiquem bem, queridos. — Giuliano abraçou o casal.

Depois que o rapaz se afastou em direção ao carro, Andreia demonstrou um pouco de ciúme.

— Quem é essa Márcia, Enzo?

Percebendo o ciúme dela, ele provocou:

— É sua reserva, caso resolva se esquecer de mim.

— Não seja bobo e não mude de assunto. Quem é essa Márcia?

— É a supervisora, responsável pela administração da clínica. Ela acompanha pessoalmente o caso de cada internado.

— E o que ela comentou que deixou você tão feliz?

Sem esconder o orgulho, ele respondeu:

— Que sou um paciente-modelo e que já estou em vias de ter alta.

Deixando a timidez de lado, Andreia se aproximou dele e o abraçou forte, mas com carinho.

— Que maravilha! Estou orgulhosa de você, Enzo.

Ele aceitou o abraço, mas brincou:

— Cuidado, não exagere no abraço, porque há câmeras que nos monitoram o tempo todo e em todo lugar.

— Não estou fazendo nada demais, apenas demonstrando meu carinho e minha satisfação por vê-lo tão bem. Está com um ótimo aspecto.

Depois que se separaram, ele olhou-a fixamente, falando sério:

— Senti muito a sua falta, Andreia. Tudo que fiz desde que cheguei aqui foi pensando em você. Se sou mesmo um paciente-modelo, é graças a você.

— A mim?

— Todo dia, a todo instante, dizia para mim mesmo que iria provar-lhe o quanto eu seria capaz de fazer por amor.

Ela mostrou um largo sorriso.

— Amor? Foi isso mesmo que você disse?

— Foi, não sei de outra palavra que represente melhor o que tenho sentido por você nesses dois meses e meio que estou aqui. Sentia a sua falta, queria estar com você, queria me redimir pelas bobagens e grosserias que cometi, queria provar a você que seria capaz de mudar para que a gente pudesse ficar junto. Que nome se dá a esses sentimentos?

Ela não controlou sua emoção.

— Meu querido! — E jogou-se nos braços dele. Dessa vez, não se preocuparam com as câmeras. Poderiam explicar tudo, se perguntassem.

Enzo apresentou Andreia a Márcia, e o casal seguiu para uma sala reservada para visitas, onde haveria privacidade.

Andreia brincou.

— Aqui também tem câmeras?

— Principalmente. Se quiser me abraçar mais, você vai ter que ter paciência e esperar eu sair daqui.

Ela sorriu, divertida.

— Ficarei contando os dias.

Os dois conversaram longamente sobre o que esperavam do futuro, e Andreia ficou muito surpresa quando soube dos planos de Enzo.

— Europa? Você está propondo irmos para lá?

— Isso mesmo. Talvez comecemos por Portugal, por causa do idioma, o que facilitaria nossa vida.

— Mas o que faremos na Europa, Enzo?

— Ainda não sei, mas não morreremos de fome, nem ficaremos na rua. Posso dar palestras, aulas, escrever livros e artigos, tudo ligado à poesia. E você, se quiser, poderá trabalhar como enfermeira em algum hospital, depois que obter a validação do seu diploma, que é de outro país. Experiência não lhe falta.

Ela olhava-o pensativa.

— Você acha que isso dará certo, Enzo?

— Com você ao meu lado, sei que dará.

— E se não der, querido?

— Ora, se não der certo, voltaremos ao Brasil e continuaremos fazendo o que sabemos fazer.

Ela acariciou os cabelos dele, sentindo enorme ternura pela capacidade de sonhar e de se arriscar do rapaz.

— Ouvindo você falar assim, Enzo, tudo parece muito simples.

— E é, Andreia. O difícil de sonhar é quando se sonha sozinho.

Ficaram mais algum tempo conversando, até que se esgotasse o horário de visitas. Agora, havia mais um motivo para se abraçarem forte e carinhosamente.

Ao sair, Andreia estava certa de que, depois daquele dia, sua vida iria mudar, para melhor. Enzo, olhando-a pela janela, pensava a mesma coisa.

Foi uma grande alegria para todos quando, três meses depois da internação de Enzo, Márcia ligou para Giuliano e disse que, de acordo com a equipe médica, o rapaz já estava em condições de ter alta e continuar com alguns medicamentos em casa.

Com o coração cheio de alegria, Giuliano correu até a clínica para trazer o irmão de volta ao lar.

Para sair da instituição, a maior causa de demora foram as muitas despedidas. Os pacientes faziam questão de abraçar o colega de tratamento.

Laercio e Emiliano estavam inconsoláveis, mas alegravam-se pela vitória do amigo.

— E agora, quem vai declamar poesias para nós?

— E não se esqueça do que dissemos: a Europa o aguarda!

Enzo não esperava tantas demonstrações de carinho, que o deixaram muito emocionado.

— Parem de falar essas coisas, senão desisto da alta e fico mais três meses aqui.

As gargalhadas ecoaram e trouxeram um som diferente para aquele lugar, que era habitualmente silencioso.

O percurso de volta foi feito em tempo recorde, mesmo com as devidas cautelas de Giuliano no trânsito.

Desta vez, a recepção a Enzo foi mais calorosa. Ele estava com ótimo aspecto, bem disposto e bem-humorado.

Giácomo, Giovana e os empregados não cabiam em si de contentes, proporcionando um festival de abraços e beijos ao recém-chegado.

O almoço, movimentado e barulhento, bem no tradicional estilo italiano, contou com a presença de Jennifer e Andreia, alegremente recepcionadas por Giovana, enquanto o pai cumprimentava-as com respeitosos beijos nas mãos.

Em consideração a Enzo, que não deveria consumir bebidas alcoólicas por ainda estar em processo de reabilitação, não foi servido o tradicional vinho da casa.

CAPÍTULO 33

Nas semanas que se seguiram, Enzo parecia outra pessoa. Alegre, comunicativo e interessado em tudo o que lhe contavam. Em nenhum momento, tomou bebida alcoólica ou sentiu falta da droga. Provavelmente, o tratamento feito na clínica e seu carinho por Andreia devem ter sido decisivos para que ele se empenhasse em melhorar e mudar de comportamento. Ela sempre ia vê-lo em casa. A relação deles mostrava todos os sinais de que era pra valer.

Giuliano curtia intensamente a namorada Jennifer, no que era visivelmente correspondido, e Giovana mostrava-se muito feliz no campo profissional.

Giácomo estava particularmente satisfeito com tudo isso. Agora, gostava muito de conversar com Enzo e até de ouvi-lo declamar poemas.

Nos fins de semana, os irmãos, com suas respectivas namoradas, saiam juntos para assistir a algum espetáculo ou fazer um passeio, levando Giovana a tiracolo.

Tudo ia muito bem, até que...

Todos se surpreenderam, quando Enzo pediu uma reunião com a família, à noite, no salão do primeiro andar.

Quando chegaram, o rapaz já estava lá, acompanhado pela agora oficialmente namorada Andreia.

Giovana havia providenciado uma poltrona para o pai, uma vez que ele não tinha mais condições físicas de se sentar naquelas almofadas.

Tendo Andreia ao lado, Enzo pigarreou forte e começou:

— Queridos, pedi a presença de todos, inclusive de Francesco, Albertina e Gina, porque já são considerados como da família, e a notícia que vou lhes dar, modéstia à parte, diz respeito a todos.

Giovana brincou, apesar de não ser do feitio da moça agir assim no meio de tanta gente.

— Devemos ficar preocupados, meu irmão?

Enzo sorriu.

— De jeito nenhum. Acho até que vão ficar aliviados. — E esperou todos pararem de rir para continuar: — Bom, primeiro quero dizer a vocês que minha temporada na clínica foi da maior importância para a melhoria da minha saúde, vida e do meu futuro. Depois do tratamento, sinto-me outra pessoa, já tenho motivação para fazer planos e devo agradecer isso ao meu querido irmão Giuliano, que fez o impossível para me mostrar o quanto eu estava equivocado nas minhas decisões do passado.

— Tudo que fiz foi por amor, meu irmão, não precisa agradecer.

— Sei que fez por amor, e eu também o amo. Aliás, amo a todos vocês, inclusive meu pai, com quem fui tão injusto no passado e a quem torno a pedir perdão.

O velho saiu-se com uma resposta inesperada, que provocou risos:

— Nem sei mais do que você está falando. Continue seu discurso e deixe de enrolar a gente.

— Vou continuar declarando que devo uma gratidão muito especial à minha querida Andreia. Ela foi meu anjo, bondoso e paciente, porque não fui fácil de engolir. — Novos risos e nova pausa. — Eu a amo e quero me casar com ela.

Desta vez, a reação foi de aplausos.

Giovana voltou a brincar e a provocar risos.

— Mas será que ela aceita?

— Já aceitou, minha irmã. Para não correr o risco de passar por um vexame na frente de vocês, ouvindo um eventual não, fiz o pedido ontem à noite, a sós.

— Muito espertinho você.

— Enfim, a notícia que eu quero dar, e para a qual peço a compreensão, concordância e o amor do meu pai, é que, na companhia de Andreia, pretendo morar e trabalhar em Portugal.

Muitas exclamações e muitos murmúrios se espalharam pelo salão.

Giácomo se manifestou:

— Você está certo disso, meu filho? Pensou bem a respeito?

— Sim, meu pai. Refleti muito a respeito e cheguei à conclusão de que não nasci para ser empresário ou executivo. Até tentei, vocês sabem, mas não é minha praia. Se eu ficar aqui e trabalhar na Turim, a empresa correrá um grande risco de ir à falência.

Giuliano completou rápido:

— Com a Giovana aqui você não conseguiria essa proeza.

Risos e aplausos ecoaram conjuntamente. Enzo esperou pacientemente que todos silenciassem para continuar:

— Descobri que sou um artista, um pretenso poeta, um visionário ou até mesmo um louco, na opinião de cada um. O que eu quero mesmo é ler, decorar e declamar poesias, tentar escrevê-las, atuar no teatro, na televisão ou no cinema. Preciso falar para o público. Poderei até ser professor de arte, de literatura, de oratória. Farei qualquer coisa que esteja em mais sintonia com meu espírito do que ajudar a produzir e vender vinhos. Cada pessoa tem seu caminho, e eu quero a permissão de vocês para seguir o meu. Permitam-me citar Carlos Castaneda, escritor e antropólogo peruano, que ficou famoso por sua dissertação de mestrado lançada no Brasil com o título de *A Erva do Diabo*. Posso garantir a vocês que minha admiração por ele nada tem a ver com algumas preferências minhas do passado.

Todos se calaram e se aproximaram mais para ouvi-lo. Enzo se concentrou um instante, de olhos fechados, e começou:

"Um caminho é só um caminho,
e não há desrespeito a si ou aos outros em abandoná-lo,
se é isto que o coração nos diz...
Examine cada caminho com muito cuidado e deliberação.
Tente-o muitas vezes, tanto quanto julgar necessário.
Só então pergunte a você mesmo, sozinho, uma coisa...
Este caminho tem coração?
Se tem, o caminho é bom,
se não tem, ele não lhe serve.
Um caminho é só um caminho."

O silêncio era total, até porque estavam todos tomados pela emoção. Foi Giuliano que iniciou os aplausos, que logo se multiplicaram pelo salão.

Aquela notícia pegou a todos de surpresa e, além disso, já sabiam, por experiência, o vazio que a ausência de Enzo causava na casa.

— Se meu pai estiver de acordo, faremos uma alteração no contrato da Turim, registrando que abrirei mão da minha parte na sociedade, para que seja dividida entre Giovana e Giuliano.

Depois de pigarrear, Giuliano tomou a palavra:

— Enzo, se sua mudança de país se confirmar, é claro que sentiremos muito a sua falta, mas ter e realizar sonhos são direitos de todos nós. Torceremos por vocês dois. Apenas, sugiro que você não saia da sociedade, se nosso pai concordar, pelo menos até que você se firme financeiramente no seu novo lar. Até lá, para sua tranquilidade, remeteremos seu pró-labore como diretor da Turim.

— Agradeço, irmão, mas não acho justo. Vocês ficarão aqui trabalhando, e eu correndo o mundo atrás de meus sonhos e ganhando o mesmo salário? Não é justo.

Giácomo decidiu intervir.

— Filhos. — Fez-se novo silêncio absoluto, pois agora era o chefe que iria falar. — Gostaria que se lembrassem de que a Turim nasceu de um sonho e hoje é uma vitoriosa realidade. Não há nada de errado em sonhar. No início, muitos também me chamaram de louco e visionário, mas eu me arrisquei e insisti. Todos vocês sabem que eu gostaria de manter a família unida aqui, mas é lógico que isso não pode permanecer por tempo indefinido. Os filhos crescem e seguem o próprio caminho. Entendo o sonho de Enzo, que não é de agora. Já nasceu poeta e aventureiro, e ninguém, além dele próprio, pode mudar seu destino. Eu já fiz minha história na vida, agora é a vez de vocês, e eu tenho que respeitar a escolha de cada um. Por isso, Enzo, dou minha bênção a você e Andreia, para que busquem realizar seus desejos. Isso não quer dizer que não sentirei a falta de vocês, mas a vida é assim mesmo. Tenho certeza de que minha querida Bianca, se ainda estivesse entre nós, concordaria com minhas palavras.

Emocionado, Enzo aproximou-se da poltrona onde seu pai se sentara e abaixou-se na frente dele.

— Pai, eu o amo muito. O senhor não imagina como fico feliz em ouvir suas palavras. Também sentirei sua falta, a falta de todos vocês. — E olhou para todos à sua volta. — Mas isso será amenizado pelos telefonemas e, além disso, não pensem que se livrarão de mim assim tão facilmente. — Era uma tentativa do rapaz para não permitir que o ambiente ficasse triste. Conseguiu em parte, pois alguns risos comovidos foram ouvidos. E ele continuou: — E, para consolo geral, prometo que apareceremos de vez em quando, e nosso hotel será aqui, na Turim, o melhor do mundo.

Giácomo retomou a palavra:

— Espero que cumpra mesmo essa promessa. E, quanto à sua participação na empresa, seu irmão está certo, e eu concordo. Todos nós ficaremos mais tranquilos sabendo que, enquanto se firmam lá fora, não passarão necessidades.

Giovana lutava para conter as lágrimas.

— Enzo, estou muito orgulhosa de você. Você deu a volta por cima e se transformou em um novo homem, mais centrado, mais decidido e mais forte, sem perder nada do seu lado sensível e poético. Sentiremos saudade, mas ficaremos torcendo por vocês.

— Não esperava outra coisa de você, minha irmã. — E, levantando-se, Enzo beijou a irmã na face, abraçando-a em seguida.

Giuliano também deu seu toque de carinho.

— E, desta vez, deixe um endereço, certo? Achar você em São Paulo até que não foi difícil, mas procurá-lo em Portugal, só com a ajuda do Além — falou isso pensando no espírito de Monalisa.

E eis que, nesse momento, por coincidência ou não — se é que isso existe —, Monalisa apareceu para Giuliano. Estava atrás do grupo dos convidados e acenou para ele sorrindo, que, instintivamente, retribuiu o gesto. Aqueles que estavam à frente de Monalisa entenderam que o aceno lhes fora direcionado e responderam, sorrindo, mesmo sem entender a razão daquele cumprimento inesperado.

Giuliano estava feliz com isso. Que bom que Monalisa assistira à reunião e presenciara a recuperação de Enzo, a sensatez de Giácomo e a alegria de todos.

O velho já pensava no futuro da empresa.

— Agora, vamos à luta para providenciar alguém de vendas para a Turim, já que Enzo não ocupará o cargo. Temos que continuar vendendo, e cada vez mais.

— Isso não será difícil, meu pai, porque admito que nunca fui de fato um homem de vendas. Acho que iria atrapalhar mais do que ajudar.

— Nada disso, meu irmão, você fez o que sabia. Mas eu tenho uma indicação a fazer, se todos concordarem. Trata-se de um nome que me ocorreu agora.

Giácomo se interessou.

— Quem você indica, filho?

— O Polaco. É um grande amigo nosso. Na faculdade, foi companheiro de Enzo por muitos anos, é comunicativo, alegre, responsável e de confiança, não acha, Enzo?

O irmão foi enfático na resposta:

— Excelente indicação, Giu. Polaco e eu fomos grandes parceiros na faculdade. É um sujeito espetacular e, se depender de mim, a indicação está aprovada.

Giovana também se manifestou. Ela já o tinha visto na Turim, acompanhando seus irmãos, e achara-o muito simpático.

— Não o conheço tão bem quanto vocês, mas, a julgar pelas vezes que o vi aqui na Turim, pareceu-me pessoa do bem, e a minha percepção costuma acertar. Penso que deveríamos tentar contratá-lo e ver como se sai.

Mas a opinião que realmente importava era a do velho, e Giuliano sabia disso.

— O que acha, papai?

Ele não pensou muito para responder:

— Bom, pior do que o Enzo não poderá ser. — E teve que esperar que acabassem os risos. — Não tenho alternativa senão confiar na escolha de vocês. Podem fazer o contato com esse rapaz.

Giuliano ficou entusiasmado. Polaco era amigo da família, um bom sujeito e, se aceitasse o convite, tinha tudo para dar certo.

— Falarei com ele amanhã mesmo.

Com uma salva de palmas a Enzo, a reunião foi encerrada.

CAPÍTULO 34

Polaco ficou curioso quando recebeu a ligação de Giuliano convidando-o para ir vê-lo na sede da Turim.

Gostava muito do amigo e seria uma satisfação encontrá-lo antes da reunião de sábado.

Ao recebê-lo no escritório, Giovana também se surpreendeu, pois não sabia sobre o encontro.

Polaco cumprimentou-a alegremente. Embora nunca tivesse manifestado isso para Giovana, apreciava-a muito, via-a com muito carinho. Achava que poderiam ser amigos, mas tinha receio de não ser correspondido. E, depois, ela era uma das diretoras da Turim, e ele apenas um amigo dos seus irmãos.

— Olá, Giovana, como vão as coisas?

— Tudo bem, Polaco, só o trabalho que é demais.

— Não se queixe, minha amiga. Tem empresa por aí que está implorando por clientes.

— Isso é verdade. Não posso me queixar quanto à quantidade de clientes e de vendas. Nosso vinho está sendo cada vez mais reconhecido como um dos melhores do Brasil.

— Fico muito feliz em saber disso. Mas esse sucesso já era de se esperar, com a liderança que vocês exercem.

Giovana sorriu.

— É a pura verdade.

— Posso ajudá-lo?

— Vim ver o Giuliano. Ele está?

— Está, sim, vou avisá-lo da sua chegada. Você tem reunião com ele?

— Acho que sim. Ele me ligou ontem pedindo que eu viesse aqui, com urgência. Você sabe do que se trata?

Ela sorriu, pois sabia que o tema seria a contratação de Polaco, mas manteve sigilo. Giuliano que explicasse a situação.

— Até imagino, Polaco, mas deixemos que ele mesmo te fale. — Pelo interfone, a moça avisou o irmão da presença do rapaz e ouviu a resposta. — Ele já está esperando-o no salão. Pode subir.

O abraço entre os dois amigos foi efusivo e fraternal, como de costume quando se encontravam.

— Fiquei surpreso com seu convite, cara. Devo me preocupar?

— Longe disso. É um convite dos bons.

— Convite? Melhor assim, vindo de você, já estou mais tranquilo. Do que se trata?

— Vou ser objetivo: o Enzo vai nos deixar.

Polaco riu.

— Outra vez?

— É, mas agora é uma decisão planejada e apoiada por todos. Ontem, ele convocou uma reunião de família para comunicar sua decisão.

— E seu pai, o que acha disso?

— Você sabe que, se dependesse dele, a família ficaria sempre unida, ninguém sairia de casa, nem para casar.

— Eu entendo o velho, é coisa de pai.

— Pois é, Enzo já preparou tudo e de uma forma bem adequada. Desta vez, vai mesmo para Portugal.

Polaco vibrava entre surpreso e entusiasmado.

— Que legal, amigo!

— Acontece que, com a viagem dele, a Turim precisará de um novo gerente de vendas.

— Com certeza. E onde eu entro na história?

— Bom, se aceitar o meu convite, você será esse gerente.

Polaco foi pego de surpresa.

— Eu? Gerente de vendas da Turim? Você está louco, garoto? De quem foi essa ideia maluca?

— Foi minha, mas todos aprovaram seu nome, inclusive meu pai.

Polaco não queria acreditar.

— Você está falando sério?

— Seríssimo.

Em vez de alegre, o amigo mostrou-se angustiado.

— Cara, não entendo nada de vinho, além de bebê-lo. Como é que eu posso vender um produto se nem o conheço, quero dizer, suas características, sua fabricação. Com que argumentos vou convencer um comerciante a comprá-lo?

— Calma, amigo, se você aceitar trabalhar conosco, terá um treinamento especial. Fará estágio nas fábricas, visitará nossos vinhedos, acompanhará uma safra, conversará com nosso enólogo e, claro, acompanhará o Enzo nas visitas a clientes, durante algum tempo, até ele viajar. Você vai ficar craque!

Polaco andou um pouco pelo salão, coçando o queixo. Parecia refletir profundamente sobre o assunto. Depois, voltou para perto de Giuliano.

— Bom, dessa maneira, acho que dá para encarar esse desafio. Topo seu convite.

Giuliano explodiu de alegria.

— Legal! Eu sabia que você não iria me decepcionar. Dê-me um abraço, colega!

— Calma aí. E o que eu ganho com isso?

— Com certeza, mais do que você ganha hoje. Além de um salário fixo, ainda terá comissão sobre as vendas. Quanto mais vender, mais ganhará. E ainda terá os benefícios de praxe: assistência médica, vale-refeição, seguro de vida e ajuda para combustível, essas coisas. Giovana lhe dará os detalhes e providenciará sua contratação.

— Ela já sabe dessa sua ideia?

— Toda a família sabe e aprova, fique tranquilo.

— Agora, aceito o abraço, colega!

E os dois se abraçaram.

— E quando começo?

— Você é quem nos dirá. Ajeite suas coisas, seus documentos, peça demissão de onde está, essas burocracias, e nos avise quando estiver pronto para começar.

— Feito!

Na saída, Giovana brincou com ele:

— E então? Já posso chamá-lo de colega?

— Claro! Você acha que alguém consegue dizer não ao seu irmão? — E foi até ela para dar-lhe um abraço.

— Você não vai se arrepender. A Turim é uma boa empresa para trabalhar.

— Sei disso, Só em poder beber um bom vinho sem pagar já é uma tentação.

Giovana não segurou o riso. Gostava daquele moço, mas, sempre que isso acontecia, ficava com os pés atrás.

Animado pelos seus projetos de viajar, foi com disposição e bom humor que Enzo aceitou participar do programa de integração, que consistia em visitar as fábricas e os principais clientes, ao lado de Polaco. Geralmente, quando podia, Giuliano fazia-lhes companhia ou enviava em seu lugar um experiente treinador da casa.

Na verdade, Enzo não via a hora de encerrar essas tarefas e iniciar os preparativos para a viagem com Andreia.

Numa dessas atividades, enquanto descansavam um pouco em uma das fábricas, Polaco arriscou-se a perguntar:

— Mas, Enzo, você está mesmo disposto a ir para a Europa?

— Estou, cara. Desta vez, não é brincadeira, descobri que é minha missão fazer arte, em qualquer uma das suas manifestações. E eu fico feliz com isso. O nosso escritor Ariano Suassuna disse certa vez: “Arte pra mim não é produto de mercado. Podem me chamar de romântico. Arte pra mim é missão, vocação e festa”.

— Isso é bonito, mas não posso dizer nada, não tenho essa vocação. O importante é que você esteja seguro do que quer para sua vida.

— Só o que me incomoda um pouco é deixar meu pai e meus irmãos. Você sabe que amo todos eles, mas preciso fazer isso para me reinventar. Preciso e quero ser uma nova pessoa.

— Bom, a gente só pode ficar torcendo para que dê certo.

Enzo foi enfático:

— Eu sei que vai dar certo, Polaco.

As visitas às fábricas foram dias intensos. Lá, Polaco foi apresentado aos gestores, técnicos e demais colaboradores. Com seu jeitão descontraído, agradou a todos pela simpatia e educação.

No mês seguinte, para garantir o aprendizado completo de Polaco e, assim, assegurar a continuidade das vendas dos produtos, Giuliano decidiu que ele próprio acompanharia o novo treinamento do amigo e agora responsável pelo setor de vendas, embora isso lhe custasse um esforço extra, pelo acúmulo de funções.

Nos dois últimos dias da semana, voltaram a visitar alguns clientes, os mais importantes. Nessa parte, Polaco se sentia mais à vontade, diante da sua experiência no assunto.

No final do programa, Giuliano garantiu ao amigo que novos estágios e algumas visitas iriam acontecer, até que ele se sentisse absolutamente seguro na função.

— Não se preocupe, amigo, o que vi na sua companhia, já me deu uma boa visão do negócio. Vou ler bastante sobre o assunto, assistir a todos os documentários que encontrar e, com o treinamento, sei que terei condições de corresponder às expectativas que estão depositando em mim.

Por coincidência, Polaco e Enzo encontraram-se no restaurante da fábrica e resolveram almoçar juntos, mas Giuliano, que também estava na ocasião, tivera que voltar a São Paulo devido a outros compromissos.

Depois do almoço, os dois amigos ficaram conversando, enquanto saboreavam um cafezinho:

— Enzo, posso satisfazer uma curiosidade de ordem pessoal?

— Claro que pode.

— Você é um cara legal. Também acho seu pai um sujeito muito legal. Por que vocês não se entendiam?

— Meu pai é um sujeito extraordinário, por quem eu tenho uma profunda admiração. Ele foi um guerreiro para conseguir fazer a Turim e dar à família uma vida digna. E, além de tudo isso, eu o admiro e amo muito.

— Então, por que não se entendiam?

— Meu pai acertou em quase tudo na educação dos filhos, mas, no meu caso, agiu de forma inadequada.

— Como assim?

— Todas as pessoas nascem com um determinado talento, e cabe aos pais estimular esse talento e não distorcê-lo ou desviá-lo. Eu nasci com alma de poeta, sempre quis ser poeta, escrever livros, dar aulas de literatura. Nunca me vi trabalhando numa empresa, jamais quis ser um executivo. Meu pai não respeitou isso e nunca aprovou que eu procurasse desenvolver esse meu talento, quis impor sua vontade.

Polaco não soube o que dizer, e eles ficaram em silêncio, até que Enzo se manifestou:

— Isso me faz lembrar o poeta e escritor libanês, Kalil Gibran, autor da obra *O Profeta*, considerado um dos livros mais vendidos em todo o mundo e traduzido em mais de 40 idiomas. Não vou declamar tudo, para não aborrecê-lo, direi apenas a parte que reflete sobre o papel dos pais na educação dos filhos:

"Vossos filhos não são vossos filhos.
São os filhos e as filhas da ânsia da vida por si mesma.
Vêm através de vós, mas não de vós.
E embora vivam convosco, não vos pertencem.
Podeis outorgar-lhes vosso amor,
mas não vossos pensamentos,
Porque eles têm seus próprios pensamentos.
Podeis abrigar seus corpos, mas não suas almas;
Pois suas almas moram na mansão do amanhã,
Que vós não podeis visitar nem mesmo em sonho.
Podeis esforçar-vos por ser como eles,
mas não procureis fazê-los como vós,
Porque a vida não anda para trás
e não se demora com os dias passados".

Polaco achou lindo, mas se surpreendeu ao perceber que, no final da declamação, Enzo estava emocionado, com lágrimas nos olhos. Então, pôs uma de suas mãos sobre o ombro do amigo, tentando confortá-lo.

Aquele pensamento do Gibran se tornava realidade: dentro de pouco tempo, Enzo iria em busca de seu próprio sonho.

Nos meses seguintes, conforme planejado, Polaco estagiou nas vinícolas, passando duas semanas em cada uma delas.

Todos os funcionários foram muito receptivos e colocaram-se à disposição para ensinar, orientar e dar esclarecimentos sobre tudo aquilo que se referia à produção do vinho, desde o plantio da uva até o engarrafamento.

No final, Polaco deu-se por satisfeito com o que aprendera e disse a Giuliano que já se sentia pronto para começar a visitar os clientes.

Nessas ocasiões, o próprio Giuliano o acompanhou, para observar, orientar e dar segurança ao novo gerente de vendas.

Era perceptível que Enzo estava ansioso para começar sua aventura, mas tinha que tomar algumas medidas burocráticas antes de deixar o país, como renovar o passaporte dele e o de Andreia, obter a documentação necessária e os vários atestados exigidos pela imigração.

Quando finalmente considerou tudo organizado, iniciou as despedidas.

Combinou com o irmão de comparecer a uma das reuniões quinzenais com o grupo de amigos. Embora não conhecesse todos, sabia que se tratava de uma turma de amigos leais e da estima de Giuliano.

CAPÍTULO 35

Quando todos os amigos já estavam no salão, Giuliano entrou com Enzo e Giovana, e foram surpreendidos por uma calorosa salva de palmas.

Enzo divertiu-se com a situação.

— Já posso dizer que, pelo menos uma vez na vida, fui aplaudido pela plateia sem precisar falar nada.

Se o objetivo dele era provocar risos, conseguiu plenamente.

Giuliano antecipou-se e começou brincando:

— Esta bela jovem ao meu lado é minha irmã Giovana, nossa caçula. E quero deixar bem claro que só a trouxe porque todos os homens aqui já são comprometidos e estão acompanhados. E este moço aqui, para quem não o conhece, mas certamente já ouviu falar dele, é o meu irmão Enzo, que há menos de um ano era procurado pela polícia...

Mais risos.

— Ainda bem que, para nossa felicidade, ele resolveu se entregar e voltou para casa.

Desta vez, o grupo aplaudiu com comentários de "legal, ótimo, que bom!". Enzo os interrompeu:

— Calma, gente, não aplaudam. Voltei para casa, mas já estou saindo de novo.

Silêncio absoluto pelo impacto causado pelas palavras do rapaz.

Giuliano tratou de desfazer qualquer mal entendido.

— A diferença agora é que se trata de um projeto profissional bem articulado, e toda a família o está apoiando.

Alguns do grupo comentaram: "ah, bom!".

Giuliano completou:

— Que tal falar um pouco sobre seus planos, mano?

Enzo pigarreou e deu um passo à frente.

— De vocês, conheço bem o Polaco que, na faculdade, onde fomos colegas, tentou me levar para o mau caminho.

No meio dos risos, Polaco defendeu-se:

— Mas que maldade...

Enzo esperou a volta do silêncio e continuou:

— Ele foi um companheirão, um grande amigo. É um prazer vê-lo aqui, bem como a todos vocês, que sei que são amigos do meu irmão, e só isso os torna também meus amigos.

Novos aplausos.

— A verdade é que estou apaixonado pela primeira vez em minha vida, e como dizem que por amor são feitas loucuras, convenci a minha namorada a se meter numa aventura comigo. Iremos morar na Europa, inicialmente em Lisboa. E não me perguntem o que faremos lá, minha resposta seria não sei.

Edu, o casado da turma, quis saber:

— Enzo, sou o Edu e gostaria de saber se você não fica com um certo receio de se meter nessa aventura, principalmente levando a namorada consigo.

— Nem um pouco, Edu, e sabe por quê? Ela provou que é tão louca quanto eu ao aceitar ser minha namorada. E, como loucos, gostamos da aventura, dos desafios. Estamos decididos a nos divertir e a sermos felizes.

Uma das garotas perguntou:

— E quando o dinheiro acabar?

Ele respondeu com outra pergunta:

— Ué, para que servem os irmãos?

O salão explodiu numa gargalhada divertida. Giuliano tomou a palavra:

— Este é o Enzo, não tentem entendê-lo, não vão conseguir. Vamos liberá-lo, para que ele providencie os detalhes de sua aventura.

Polaco se manifestou:

— Espera aí, ele veio aqui se despedir da gente e vai saindo sem nem ao menos declamar um poema?

Os demais amigos endossaram o pedido de Polaco. Enzo aproximou-se mais do grupo.

— Farei uma homenagem especial a vocês, como prova do meu carinho, declamando, pela primeira vez, um texto de minha autoria, que batizei de *O Insuportável Enzo*. — Claro que o título provocou novos risos e aplausos. — Por medida de segurança e qualidade, tenho preferido declamar Yeats, meu poeta preferido, mas como estou entre amigos, vou correr o risco de não agradar.

Quando o grupo acomodou-se melhor nas almofadas para ouvir a apresentação, Enzo começou:

"Há uma coisa que preciso confessar aos meus amigos.
Eu desapareci para aparecer.
Queria que perguntassem por mim,
que se preocupassem em saber se eu estava bem
e o que estava fazendo da vida.
Talvez alguns poucos tenham feito isso,
mas creio que a maioria se sentiu aliviada, esbravejando:
'Aquele louco sonhador é contestador, é desafiador.
Não suporta o comum, o previsível, o convencional,
e isso me incomoda.'
Mas isso é ser louco? Essa inquietude da alma
não é saudável para renovar o novo, de novo?
Como se pode criar uma obra sem contrariar uns tantos?
E quem se preocupa com isso?
Que falta faz um louco sonhador, a não ser
para as sábias e sensíveis pessoas cristais da vida?
Então, está decidido. Vou desaparecer outra vez,
mas, desta vez, acho que sentirão minha falta
porque toquei na alma de muitas pessoas
onde plantei sementes coloridas
e me pedirão para voltar.
Se meu papel é contrariar, não voltarei,
pelo menos até que entendam e aceitem meu coração
do jeito que ele é.
Ou vocês prefeririam que eu fosse invisível?
Se é isso, esqueçam. Ou me esqueçam."

Entre os aplausos da turma, Giuliano foi o primeiro a abraçá-lo e depois Giovana, que se mantivera em silêncio durante toda a apresentação.

A partir daí, o que havia de ordem no grupo dissolveu-se. Todos faziam questão de abraçar Enzo e fazer-lhe perguntas sobre sua "aventura".

Um pouco afastados, Giuliano e Giovana a tudo assistiam sem esconder a emoção e o orgulho pelo irmão.

Na manhã do dia seguinte, Giuliano e Jennifer acompanharam Enzo e Andreia até o aeroporto. Ambos notaram que o casal estava tenso, afinal, uma coisa é fazer planos, outra é realizá-los. Ali, vendo os aviões decolarem, os viajantes sentiram o que, de fato, estava acontecendo. Perceberam que havia um grande desconhecido à espera deles em Lisboa, mas estavam decididos a enfrentá-lo — o que não o tornava menos temerário.

Giuliano, ao notar aquela insegurança, abraçava constantemente o irmão e lembrava-o:

— Havendo qualquer necessidade ou problema, mano, por favor, não hesite em me ligar.

— E você também. Viajo preocupado com a saúde de papai, você sabe. Mantenha-me sempre informado a respeito dele, certo?

— Claro, fique tranquilo e mantenha o foco nos seus objetivos, sei que vai dar tudo certo.

Na despedida, quando já deveriam entrar na área de embarque, abraçaram-se e beijaram-se comovidos.

Já no corredor de acesso à aeronave, Enzo voltou-se e gritou para o irmão, com lágrimas nos olhos:

— E viva Yeats!

Só assim Giuliano e Jennifer puderam sorrir numa despedida.

CAPÍTULO 36

Como em várias noites anteriores, Giuliano e Jennifer, recostados na cama, assistiam a um filme na tevê.

Do quarto, dava para se ouvir o barulho da chuva caindo forte. Giuliano comentou:

— Hoje, vou chegar em casa ensopado.

Jennifer propôs o que lhe pareceu natural:

— Ué, por que você não dorme aqui?

— Outra vez? Assim já estarei abusando.

— Ela debruçou o corpo sobre o dele.

— Posso te fazer uma perguntinha?

— Se é o que estou pensando, aceito o convite.

— Não é isso, seu tarado. Pelo menos não agora.

— Pergunte.

— Por que você não se muda para cá?

Giuliano se espantou.

— Oi? Mudar para o seu apartamento?

— Isso mesmo. Assim, não teria que se preocupar toda noite em enfrentar trânsito e, como hoje, um baita temporal.

— Você está sugerindo que eu durma aqui todas as noites?

— Seria tão ruim assim?

— De jeito nenhum, seria ótimo. É que...

— É que...?

Ele hesitou, por não saber se seria uma boa justificativa.

— Eu teria que deixar a Gi sozinha.

— Como sozinha? Pelo que sei, lá também moram seu pai, o motorista, a mulher e a filha dele. Sem falar que, todos os dias, você estará lá, no escritório.

Ele refletiu um pouco.

— É, você tem razão, mas, de qualquer maneira, devo conversar sobre isso com a Gi.

— Concordo, mas você acha que ela vai aceitar?

— Vai, sim, ela é muito independente. Mas eu é que não gostaria que ela se sentisse abandonada.

— Giu, eu não quero que você me ache egoísta, mas, falando a verdade, Giovana já é grandinha, né?

— Sei disso, mas... — pensou, hesitou um pouco antes de continuar: — É que, há algum tempo, ela teve um sério problema afetivo e, de vez em quando, fica pra baixo e desabafa comigo. Por isso, quero estar sempre por perto.

Jennifer franziu a testa, intrigada.

— "Sério problema afetivo"? Uau, isso parece grave.

— E foi. É algo sigiloso, que ela não gosta nem de pensar.

— Se é segredo, querido, não precisa me contar.

— Para você, não tenho segredos, amor. — Fez uma pausa. — Desde a adolescência, a Gi sempre foi muito reservada com rapazes, muito tímida. Mas, na faculdade, apaixonou-se por um cara que trabalhava na lanchonete. Foi o primeiro namorado dela. O sujeito não tinha nada a ver com ela, acho que nem fizera o colegial. Nunca entendi essa relação.

— O amor tem dessas coisas, querido.

— Eu sei, mas a Gi não era mais criança, deveria ter tido um pouco mais de bom senso. No entanto, perdeu a cabeça. Só pensava no cara, só queria estar com ele. Eu diria até que estava obcecada e tinha muito de físico nisso.

— E no que deu?

— Decepção total. — E contou toda a história da paixão frustrada da irmã. — Até hoje ela não se recuperou, não quer nem saber de namorados. Um psicólogo diria que ela ficou traumatizada, mas a culpa foi da inexperiência dela.

Jennifer ficou pensativa.

— Coitada da Giovana, uma pessoa tão legal, tão sensível.

— Durante algum tempo, insisti para que ela fizesse terapia, mas não adiantou. Por isso, se tornou a pessoa séria e fria que é hoje.

— Você disse para ela que isso passa? Sei que o primeiro amor é muito marcante e dói muito quando acaba de uma forma tão chocante como essa, mas isso passa. Tudo na vida passa.

— Concordo, mas você entendeu agora o porquê dos meus cuidados com ela?

— Entendi, querido, mas você não vai abandoná-la, não é essa a ideia. Você estará lá todos os dias, a única diferença é que virá dormir comigo e, na manhã seguinte, já estará lá de novo. E eu só terei você durante as noites, porque eu também estarei trabalhando na clínica ou na livraria durante o dia.

Giuliano ficou olhando para a moça, pensando no que ela dissera.

— Você está certa. Ela não vai conseguir superar essa decepção se continuar fugindo dos relacionamentos ou me usando como muleta.

— É o que eu sinceramente penso. Ela é bonita, inteligente e ainda muito jovem. Só está começando a caminhar por essa estrada sinuosa, misteriosa e cheia de curvas inesperadas, mas absolutamente necessária à vida, chamada amor.

— Jenny, que bonito isso que você falou!

Ela sorriu.

— De vez em quando dou minhas tiradas filosóficas...

Ele beijou-a no pescoço.

— E a estrada do nosso amor, como é?

— Cheia de uvas suculentas e saborosas, como você!

Naturalmente que esse diálogo final teria que terminar em muitos beijos e abraços.

Giuliano levantou-se cedo e foi para a Turim falar com a irmã.

Giovana estava tão concentrada no trabalho, em sua mesa, que ele hesitou em entrar e se aproximar. Mas ela notou a presença dele e perguntou:

— O que está fazendo aí parado, mano? Congelou?

Ele brincou, sorrindo.

— Nada disso, estou apreciando a sua beleza.

Ela aceitou a brincadeira.

— Então, chegue mais perto para apreciá-la melhor.

Giuliano sentou-se à frente dela e falou:

— Mana, precisamos conversar.

Ela parou de escrever e olhou para ele.

— Eu já devia imaginar que era alguma novidade. Você quase nunca vem à minha sala. Logo, devemos ter novidades.

— Não é verdade que quase nunca venho aqui, mas é verdade que tenho uma novidade.

Ela largou a caneta que estava usando e juntou as mãos sobre a mesa.

— Devo me preocupar?

— De jeito nenhum, mas talvez não goste muito do que vou dizer.

— Não se preocupe, sobreviverei.

Giuliano pigarreou, sentou-se, olhou para os lados e voltou a encarar a irmã.

— Você já sabe que eu e a Jenny estamos namorando, não sabe?

— Bom, pela quantidade de vezes que você vem dormindo no apartamento dela, imagino que seja mais que um simples namoro.

— É bem por aí, estamos apaixonados.

Giovana sorriu.

— Chegou o seu dia, né, garanhão?

Ele balançou a cabeça, confirmando:

— Chegou, mana. E eu não imaginava como é maravilhoso estar apaixonado, você sabe como é.

Assim que disse isso, ele já estava arrependido. Poderia reacender lembranças tristes na irmã.

E, de fato, ela comentou melancólica:

— Bem, não tive tanta sorte assim no amor.

— Gi, você teve uma má experiência, não pode generalizar.

— Eu sei, mas passar por isso logo no primeiro amor? Eu sei que tem gente calejada que não sofre tanto quando a paixão dá errado, mas, no meu caso, foi a primeira vez. Foi a minha primeira transa, e eu acreditava no amor dele.

— Eu sei que isso marca muito uma pessoa, principalmente tão sensível como você. Mas eu tenho absoluta certeza de que vai aparecer seu Príncipe Encantado uma hora dessas.

— Vamos ver. Mas o que era mesmo que você ia falar sobre seu namoro com a Jennifer?

— Bem, eu vou dormir com ela.

Giovana soltou uma boa e rara risada.

— Pela trigésima vez, é? Grande novidade!

Ele ficou sem graça.

— Eu me expressei mal. Quis dizer que vou morar com ela. Continuarei vindo aqui, todos os dias, para trabalhar, mas, à noite, vou para o apartamento dela.

Ela completou, sem olhar para ele:

— Ou seja, vai se mudar para lá.

— Isso mesmo.

Giovana ficou calada, olhando para os papéis sobre a mesa. Falou com alguma tristeza na voz:

— Está bem, estou ciente.

Ele estava desconfortável com a aparente tristeza dela.

— Gi, não quero que você fique triste. Eu a amo, você sabe, e isso não vai mudar. A gente quase não se vê à noite, porque você se deita cedo, mas continuaremos nos vendo durante o dia, tomaremos café juntos, não muda nada.

Ela olhou para ele e afirmou:

— Eu sei disso, Giu. Também o amo e gosto muito da Jennifer, quero que vocês sejam felizes. Mas, temos sangue de italianos nas veias, e isso faz com que esse lance de família seja muito forte. A nossa está se extinguindo. Primeiro, foi a mamãe. Depois, o Enzo, que voltou e agora se foi de novo. Você dizer que vai se mudar para o apartamento da Jennifer soa, para mim, como mais um afastamento, embora saiba que você só vai dormir lá, mas não é a mesma coisa. Você vai criar outra família, a minha será apenas eu e nosso pai, você me entende?

— Entendo, minha querida, mas a vida é assim. Os filhos crescem e criam suas próprias raízes. E lembre-se de que você estará com nosso pai. Certamente, passaremos muitos fins de semana juntos.

Ela não estava confortável:

— Está bem, Giu, não se preocupe comigo. Como lhe disse, sobreviverei.

Ele levantou-se, deu a volta na mesa e fez a irmã levantar-se também.

— Venha cá, dê-me um abraço.

Foi um abraço longo, apertado e muito carinhoso, demonstrando o amor que os unia.

Giuliano já estava de saída, quando se voltou para a irmã:

— Mais uma coisinha, Gi. — Ela olhou para ele. — Acho que papai não precisa saber disso. Ele nem vai notar, dorme cedo e acorda tarde. Não me verá sair, nem chegar. — Giovana inclinou a cabeça como se estivesse em dúvida sobre se isso seria certo. — Eu sei no que você está pensando, mas não se trata de mentir para o papai. Só não quero que ele sofra sem necessidade, achando que deixei a casa ou a família. Quando papai estiver em casa, virei almoçar com vocês.

Giovana nada comentou, apenas balançou devagar a cabeça.

Pensava, melancólica, que, havia muito pouco tempo, tinha por perto seus pais e dois irmãos. Agora teria apenas seu pai.

E, provavelmente, também por muito pouco tempo.

À noite, já na cama, aqueles pensamentos perseguiram Giovana.

Como a vida era irônica. Não fazia muito tempo, aquela casa era preenchida com muita energia, desde as broncas do seu pai e o carinho da mãe às contestações de Enzo, tudo apaziguado pela maturidade de Giuliano. Agora, estava praticamente só.

Sentia falta das declamações de Enzo e de como ele ficava bravo quando ela fazia alguma crítica à interpretação dele. Sentia falta do colo da mãe, onde deitava a cabeça quando estava cansada ou triste. E mesmo das observações nem sempre gentis do seu pai, apesar das disfarçadas boas intenções. E agora também não teria a toda hora o ombro amigo do irmão mais velho, sempre pronto a tranquilizá-la e a dar-lhe conselhos e orientações.

Enfim, era a vida que seguia seu rumo, alheia às preferências de cada um. Como alguém já lhe dissera uma vez, a vida não é linear: é cheia de curvas e atalhos.

CAPÍTULO 37

No desjejum daquela manhã, Giovana percebeu seu pai mais calado que de costume, parecendo abatido. Giuliano ainda não chegara, mas Giácomo achava que seu filho chegara tarde e ainda estaria dormindo.

A filha não estava gostando do semblante do pai.

— Tudo bem, pai?

— Tudo, filha, mas estou me sentindo cansado.

— Então, que tal ficar em casa hoje?

— Estava justamente pensando nisso, mesmo sendo uma ideia que não me agrada muito. Você sabe que gosto de estar nas fábricas.

— Se dê um tempo, pai. E relaxe. Aproveite para descansar, não pense na Turim e, se precisar de alguma coisa, é só me chamar. Estarei no escritório o dia todo.

— Obrigado, filha. Se precisar, mando te chamar, sim. Mas fique tranquila, logo estarei melhor. É só dar uma cochilada.

Um pouco preocupada, Giovana entrou no elevador e desceu.

Albertina veio da cozinha e se aproximou dele.

— E aí, seu Giácomo? Vai repetir o café?

Ele sorriu tristemente:

— Não, Albertina, muito obrigado. Aliás, obrigado por tudo que tem feito por minha família, durante todos esses anos. Sou muito agradecido a você, a seu marido e a sua filha. Quando eu me for, vou levar muitas lembranças boas de vocês.

— Que é isso, seu Giácomo! Do jeito que o senhor está falando, até parece que vai viajar.

— Quem sabe, né, minha amiga? Levei muito tempo da minha vida em viagens. Agora vou descansar um pouco, não vou trabalhar hoje.

— Isso mesmo. O senhor já trabalhou muito.

— Tem razão, preciso mudar de vida, começar outra.

Caminhando devagar, Giácomo foi para o quarto e sentou-se na cama. Depois, pareceu se lembrar de algo, levantou-se, foi até a cômoda, abriu a primeira gaveta e retirou de lá o álbum de fotografias, aquele mesmo em que Giuliano pesquisara imagens da avó Monalisa.

O patriarca passou algumas folhas e, com um sorriso de felicidade, encontrou a foto que buscava. Era uma das mais belas imagens de Bianca, sua finada esposa. Depois de olhá-la por bastante tempo, ele encostou-a no peito e deitou-se, mantendo a foto consigo. Giácomo acomodou-se na cama, fechou os olhos e procurou relaxar.

Não se assustou nem um pouco quando ouviu uma voz conhecida e querida ao seu lado, na cama, falando carinhosamente:

— Está cansado, não é, meu velho?

Ele não se preocupou em saber se estava sonhando ou apenas imaginando.

— Estou, minha querida, muito cansado.

— Já é hora de parar, não acha? Os meninos já estão crescidos, as fábricas estão indo muito bem, você já cumpriu direitinho seu papel.

— Sei disso, mas me falta você, o mais importante em minha vida.

— Eu estou aqui, meu velho.

— Eu sei, mas logo você vai embora e me deixará sozinho.

— Desta vez, não. Agora, você é quem vai comigo. Vim buscá-lo para ficarmos juntos outra vez.

Mesmo de olhos fechados, Giácomo mostrou um largo sorriso.

— Ah, querida, isso seria tão bom... Sinto tanta falta de ouvi-la cantar *O Sole Mio* ou dançar a *tarantela*[1], quando me via chateado.

— Pois você não vai mais ficar chateado com nada. Vai ficar comigo e eu voltarei a cantar e a dançar para você.

Giácomo, de tanta alegria, falou mais alto:

— Que bom, querida! Para onde você vai me levar?

---

1 Dança popular e composição musical originária de Nápoles (Itália), em compasso binário composto e caráter vivo, ger. acompanhada por castanholas e tamborim. Fonte: Dicionário Houaiss.

— Não se preocupe com isso, pode confiar em mim. Será para um lugar maravilhoso, tranquilo, com grandes pradarias e belos jardins.

— Verei uvas por lá?

— Muitas, tanto as verdes como as escuras.

— Ah, que bom! E como eu faço para ir com você? Lembre-se de que estou muito cansado, hoje não conseguiria andar muito.

Mesmo de olhos fechados, ele percebeu que ela sorriu.

— Você não vai precisar caminhar, nem fazer força nenhuma, meu amor. Basta ficar de olhos fechados e rezar um pai-nosso.

— Apenas isso?

— Apenas isso.

E ele assim o fez, calmamente, balbuciando de maneira quase inaudível.

Logo após "Seja feita a Vossa Vontade", Giácomo virou o rosto e viu deitada ao seu lado sua amada e sorridente esposa.

Não sentia mais cansaço nem dor alguma. Estava simplesmente feliz.

Parecendo flutuar, ela levantou-se e delicadamente puxou-o pelas mãos. Curiosamente, Giácomo não estranhou nem um pouco quando também se sentiu flutuando.

Giuliano estava em uma reunião na unidade de Jundiaí com os supervisores quando recebeu a ligação de Giovana. Uma secretária veio informá-lo:

— Desculpem interromper a reunião, mas tenho uma ligação urgente de São Paulo para o senhor Giuliano.

— Para mim?

— Sim, é sua irmã, dona Giovana. Ela disse que não conseguiu ligar no celular.

— É que eu o desligo durante as reuniões, para não sermos interrompidos. — Ele se levantou. — Onde posso atender?

— Por favor, me acompanhe, senhor Giuliano.

Sob os olhares surpresos dos demais participantes, Giuliano seguiu a secretária. Ela o conduziu até uma cabine.

— Aqui o senhor terá privacidade, fique à vontade. Vou passar a ligação.

Ele entrou e fechou a porta. Algo lhe dizia que não receberia boas notícias, quando tirou o aparelho do gancho.

— Gi?

Sua intuição estava certa, pois Giovana chorava copiosamente.

— Gi? Que aconteceu?

Ela mal conseguia falar.

— Giuliano, é papai.

Ela não precisou dizer mais nada. Embora fosse uma situação esperada, quando acontece de verdade, o choque é inevitável.

Ele chorou junto com a irmã e só conseguiu dizer:

— Estou indo para aí, mana. Procure manter a calma.

Voltou à sala de reunião e despediu-se dos supervisores.

— Amigos, surgiu uma emergência em casa. Desculpem, mas preciso sair. Marcaremos outro dia para continuarmos a conversa.

Os participantes perceberam os olhos vermelhos dele, e um deles perguntou:

— Podemos ajudar em alguma coisa, chefe?

— Agora não mais, obrigado. — E saiu apressado.

CAPÍTULO 38

Foi difícil para Giuliano consolar a irmã, até porque ele próprio estava muito abalado.

Conforme era desejo de Giácomo, expresso em algumas conversas com os filhos, não houve velório, e a cremação foi uma cerimônia apenas para os íntimos. A empresa Turim emitiu um comunicado à imprensa, aos clientes, fornecedores, bancos, a algumas autoridades e aos funcionários informando a lamentável perda, e que Giuliano assumiria o comando da empresa. Assim, não haveria interrupção dos negócios e das transações em andamento.

Giuliano e Jennifer decidiram que, durante toda a semana seguinte, ficariam na Turim, fazendo companhia e consolando Giovana.

Enquanto ainda redigia o comunicado, Giuliano recebeu uma ligação de Enzo — o que foi uma enorme coincidência, pois ele se preparava para ligar e dar a triste notícia ao irmão.

Enzo começou a conversa brincando:

— Atenção, Portugal falando para o Brasil!

Giuliano tentou disfarçar a voz, dando a ela um tom de falsa euforia:

— Ah, então você decidiu-se por Lisboa.

— E pode acreditar que foi uma decisão muito acertada, já vou lhe contar as novidades. Mas, e aí, como você está?

Como Enzo ainda não sabia da morte do pai, seria preciso muito tato para dar-lhe a notícia, até porque, pelo seu tom de voz eufórico, ele parecia estar muito entusiasmado, então, Giuliano procurou se controlar.

— Vamos tocando, Enzo, sentindo sua falta e querendo notícias suas.

— Pois olhe, avise a todos que está dando tudo certo, melhor do que eu esperava. Estou trabalhando em uma editora que publica livros para o Brasil. Minha tarefa é adaptar os textos dos livros para o português falado aí. São poucas as diferenças, mas sempre há expressões típicas ou regionais. Estou adorando e ainda ganho para isso.

— Que ótimo, irmão!

— E você precisa saber de mais uma novidade. Eles descobriram meu talento, modéstia à parte, para declamar. Então, no final do expediente, eu quase todo dia me apresento para a equipe. Outras vezes, nos fins de semana, vamos todos a um barzinho e a apresentação é regada a vinho que, infelizmente, não é da Turim.

— Muito, muito legal. E a Andreia?

— Já conseguiu validar seu diploma e começou a trabalhar na semana passada como enfermeira auxiliar em um hospital pertinho da casa que alugamos. Também está adorando, afinal, é o trabalho dela. Acho que estamos tendo muita sorte.

— Vou transmitir tudo isso para a Giu.

— E para o velho também, ele ficará feliz.

Giuliano preparou-se para dar a notícia.

— Mano, você só me deu boas notícias, enquanto eu tenho uma muito triste para lhe dar.

Talvez tenha sido a intuição, mas Enzo sentiu um aperto no coração.

— Papai?

Giuliano não segurou as lágrimas.

— É, ele se foi, mano.

Os dois irmãos ficaram em silêncio. Era ouvido apenas o choro contido de ambos.

Com a voz entrecortada, Enzo lamentou:

— Eu não sei que triste sina tenho. Não estava presente na morte de nenhum dos meus pais.

— Não foi culpa sua, irmão. Aconteceu. Eu também não estava presente quando papai se foi.

— Ele sofreu?

— Não. Morreu dormindo, abraçado a uma foto de mamãe.

— Estão juntos agora.

— E com certeza torcendo por todos nós.

— Giu, vou ver se encontro passagem para ir hoje mesmo para aí.

— Não precisa, Enzo. Sejamos realistas, você não poderá fazer mais nada e provavelmente não chegará a tempo para a cerimônia de cremação. E, depois, vocês precisam economizar. Sugiro que você e Andreia façam orações por ele.

— Você acha mesmo?

— Tenho certeza de que isso será o melhor.

— Está bem. Vou contar para a Andreia. Dê um beijo na Gi por mim.

— Darei, irmão. Procure ficar em paz. Todos nós, um dia, seremos apenas uma lembrança.

Giuliano desligou imaginando a trabalheira que Andreia teria para consolar o namorado e fazê-lo retomar as atividades com a motivação de sempre.

À noite, já deitados depois de um dia de angústia e estresse para tomar as providências necessárias após o falecimento, Giuliano e Jennifer conversavam, procurando manter a serenidade.

Jennifer acariciou os cabelos do namorado.

— Não tenho palavras para consolá-lo, Giu, mas você sabe que sinto muitíssimo a perda de seu pai. Sei que você o amava muito.

— Não se preocupe tanto comigo, querida. Já chorei tudo que tinha para chorar. Agora, estou focado em recuperar minhas energias e tocar a vida sem ele. Vai ficar um vazio muito grande, mesmo com as rabugices dele.

— Espero poder ajudá-lo, de alguma forma. Você tem todo o direito de ficar triste, mas lembre-se de que estarei sempre ao seu lado.

— Só em você estar comigo, Jenny, já me ajuda muito. Eu sei que só o tempo faz uma perda dessa ser amenizada.

— Você está certo, amor.

Ele deu um grande suspiro.

— Na verdade, foi uma morte anunciada. Eu já lhe contei que, desde que mamãe morreu, meu pai entrou em depressão e tentou contorná-la por meio do trabalho, mas isso não foi suficiente. Parou com os medicamentos e começou a beber exageradamente. Como muitos, ele acreditou que o álcool resolveria seus problemas. E não adiantava eu ou a Giovana chamar a atenção dele; ficava até irritado com nossas advertências.

— Tudo isso, Giuliano já havia comentado com a namorada, mas sentia uma grande necessidade de falar sobre seu pai, até como forma de eximir-se de uma eventual culpa que ele não tinha. Ela percebeu e reforçou:

— Você e Giovana fizeram o que era possível para ajudá-lo, mas ele era uma pessoa difícil. Inclusive, certa vez, você comentou comigo que desconfiava que ele estava experimentando drogas.

— Parece que sim. O gerente da unidade de Jundiaí me confidenciou ter encontrado um pacotinho de cocaína na gaveta da mesa de trabalho do meu pai, uma semana antes de ele falecer.

— Custa-me acreditar que seu pai, tão experiente na vida, tivesse uma iniciativa dessas. Você acha isso possível, querido?

— Não sei, Jenny. Uma pessoa deprimida, que se recusa a buscar o tratamento adequado, tende a fazer de tudo para se reanimar, mesmo que sejam recursos ineficazes e prejudiciais. No fundo, acho que meu pai deve ter perdido a vontade de viver depois que ficou viúvo.

— Espero que você não se sinta culpado por nada.

— Não, isso não, mas lamento não estar presente quando aconteceu.

— Você não poderia prever, ninguém poderia. Só nos resta agora esperarmos juntos o tempo passar. Por ora, procure descansar. Você deve estar exausto física e emocionalmente.

Uma semana depois, no meio da manhã, Francesco bateu levemente na porta da sala de Giuliano e perguntou em voz baixa:

— Desculpe atrapalhar, doutor, posso dar uma palavrinha com o senhor?

Giuliano parou o que estava fazendo e, com um gesto da mão, pediu-lhe para entrar.

— Você nunca atrapalha, Francesco, entre e sente-se.

Devagar, o motorista entrou e sentou-se diante do agora chefe, que o encorajou a falar:

— Diga, meu amigo, em que posso ajudar?

— Desculpe, doutor, não vim pedir nada, é que...

Vendo que ele hesitava, Giuliano encorajou-o mais uma vez:

— Fique à vontade, Francesco.

— O senhor sabe que trabalhei muitos anos para seu pai, o saudoso senhor Giácomo, que Deus o tenha. Eu e minha família o servimos com muito prazer e muita satisfação.

— Sabemos disso, amigo, e somos muito gratos por isso.

— Então, mas agora que ele se foi para os braços de Deus, não tenho mais serventia aqui.

Giuliano ficou surpreso.

— Como é que é, Francesco?

— Quero dizer que o senhor pode ficar à vontade para me dispensar. Gosto muito desta família, como se fosse minha, mas não quero ser um estorvo.

A reação de Giuliano foi uma gargalhada.

— Você bebeu, Francesco?

O motorista mostrou um sorriso tímido.

— O senhor sabe que não bebo.

— Pois parece que tomou todas. Que história é essa, rapaz?

— Bem, é que eu era o motorista do senhor seu pai e agora...

— Agora, você vai ser o motorista da minha irmã.

O rosto do velho iluminou-se.

— Da dona Giovana?

— Claro, se você aceitar. Você sabe que ela não gosta de dirigir.

— Se eu aceitar? Doutor Giuliano, seria uma grande alegria e uma honra, mas precisamos saber se ela concorda com isso.

— E você tem dúvida? Claro que concorda, eu mesmo vou avisar a ela, sei que pulará de alegria.

Francesco levou uma mão aos olhos e fez menção de chorar.

— Doutor, fico até emocionado pela confiança.

— Deixe disso, meu velho. Quero que nunca se esqueça do seguinte: você, Albertina e Gina são da família. Só sairão daqui se e quando quiserem. Até lá, fazem parte do nosso patrimônio.

— Muito obrigado, doutor. Minha mulher e minha filha ficarão muito felizes, elas também adoram vocês.

— Então, pronto, assunto resolvido.

— Agora, peço ao senhor que me permita sair, senão vou dar vexame aqui, chorando que nem criança.

— Vá em paz, meu amigo. Bola pra frente!

Pouco depois, Giuliano foi à sala da irmã.

— Mana, tenho uma informação para você.

— Ah, meu Deus! Devo me preocupar?

— Coisa nenhuma. Acabo de contratar um motorista particular para você.

Ela riu.

— Motorista particular para mim? Está delirando?

— O Francesco me procurou achando que, com a morte de papai, não seria mais útil para nós.

Ela se assustou.

— O Francesco vai embora?

O irmão sorriu.

— Não, eu disse que ele continuaria útil como seu motorista, já que você não gosta de dirigir.

— Mas sem me consultar, Giu?

— Por quê? Não gostou da minha ideia?

— Não é isso. Eu gosto muito dele, mas o certo é ele dirigir para você, que é o sucessor de papai.

— Não preciso de motorista, gosto de dirigir e já tenho meu próprio carro.

— Ora, eu também tenho. Aliás, dois, porque o Polaco me leva a qualquer lugar que eu queira ir.

— OK, então fica um carro de reserva na garagem, o seu ou o de papai, mas, de qualquer forma, o Francesco fica sendo seu motorista. Ou você prefere que eu o dispense?

A reação dela foi imediata:

— De jeito nenhum! Para mim, será muito legal ter o Francesco como motorista, só acho que é muita mordomia.

— Você merece, mana, e eu faço questão de lhe dar essa mordomia.

Ela riu.

— Com motorista particular, vou me achar uma estrela.

Aos poucos, diante do inevitável, as pessoas aprendem a transformar a tristeza em saudade.

Todos os membros da família fizeram o impossível para tocar suas vidas e o negócio. A Turim tinha compromissos que tinham de ser honrados, precisava continuar produzindo, vendendo e entregando seus vinhos.

De vez em quando, a saudade batia forte, mas todos sentiam a necessidade de reagir e continuar avançando. Foi assim que a vida continuou.

Os antigos costumavam dizer que o tempo é um santo remédio para as dores do coração.

De fato, para a família Cortellani, o tempo passou, e a tristeza foi diminuindo, fazendo a dor transformar-se em saudade.

CAPÍTULO 39

O apartamento de Jennifer tinha uma ampla varanda de onde se descortinava uma visão panorâmica da cidade, posto que ficava no décimo segundo andar.

Desde que se mudara para lá, Giuliano gostava de sentar-se na sacada, depois do jantar, bebericando seu vinho Turim.

Havia uma pequena mesa redonda e duas cadeiras de vime, ali o casal podia relaxar, quando preferia não sair.

Nessas ocasiões, na sala de estar, o aparelho de som espalhava uma romântica música orquestrada como pano de fundo para o bate-papo.

Naquela noite, Jennifer achou-o preocupado.

— Tem alguma coisa lhe encucando. Quer dividir comigo, *amore*?

Ele olhou para ela, sorrindo de leve.

— Anda lendo pensamentos agora, é?

Ela devolveu o sorriso.

— Quem me dera... É apenas percepção, facilitada pelo fato de que você é muito transparente. Se algo o preocupa, vamos pensar juntos.

Giuliano tomou um gole do vinho e depositou a taça sobre a mesinha.

— Tenho refletido muito sobre o que Omar falou naquele dia.

— Você ainda está se sentindo culpado pelo passado?

— Não, não é isso. Acho que já superei essa fase, depois que entendi o processo de reencarnação.

— Então, o que é?

— Ele disse que preciso resgatar algumas coisas daquela vida anterior, anular o mal ajudando pessoas que estejam dependentes de droga ou sob o risco de se tornarem assim, lembra-se disso?

— Claro que lembro.

— Pois eu não sei como fazer isso. Como vou ajudar essas pessoas? Não posso sair pela rua procurando viciados para conversar e tentar fazê-los abandonar o vício. Não é assim que a coisa funciona.

Jennifer refletiu um pouco:

— Talvez fazer palestras, escrever um livro, fazer doações a algumas entidades beneficentes; deve haver alguma maneira.

— Pois o fato de ainda não ter achado essa maneira é que me deixa angustiado. Quero fazer algo, mas não sei o que nem como.

— Eu entendo, meu querido, mas tenha paciência. A qualquer momento você vai ter um *insight* e vai descobrir como cumprir sua missão.

Ele chamou-a para um beijo.

— Adoro seu otimismo...

— Vou tomar meu banho e quero que você me espere aqui, para continuarmos essa conversa. Não fuja, hein? Vou voltar cheirosa...

Ele deu uma palmada carinhosa no traseiro dela.

— Isso não vale, é autopropaganda.

Ela beijou-o maliciosa.

— Mas não é enganosa, você sabe disso.

Jennifer foi para o interior do apartamento, deixando Giuliano bebericando e refletindo, olhando a imensa cidade iluminada. Mal chegava até ele o barulho do trânsito. Quantas vidas fervilhavam lá embaixo, cada uma com seus problemas...

Por algum motivo, veio à sua mente um pensamento forte e profundo, como aquilo que as pessoas chamam de oração.

— Bem que o espírito da vó Monalisa poderia aparecer agora e me dar um ajuda.

— De que ajuda você precisa, meu neto querido?

Giuliano tomou um considerável susto pelo inesperado da aparição. Monalisa estava sentada onde Jennifer estivera havia pouco.

— Ei, você lê pensamentos?

— Não, mas o pensamento positivo, quando na forma de prece ou pedido sincero, é uma das mais eficientes maneiras de contatar os espíritos. Os pensamentos negativos não nos interessam, nem seria ético ter acesso a eles. Só preces e pedidos bem intencionados. E você acaba de fazer um.

— Não pensei que ainda fosse vê-la. Na última vez, você me disse *tchau*, pareceu-me um adeus.

— Realmente, mas não subestime a influência que as avós têm lá em cima. Pedi, expliquei as razões e então tive sinal verde para vir ajudá-lo. Vai ser um contato rápido, então, me conte o que o aflige.

Ele olhou para ela, sorrindo.

— Antes, quero saber se você ficou feliz ao rever meus pais.

— Feliz não é bem a palavra adequada, porque vocês ficaram sem eles, e sei que sentem a falta deles.

— Verdade, mas ele é seu filho e ela é sua nora.

— Nesse sentido, sim, é claro que fiquei muito feliz. Toda mãe gosta de rever seus filhos, seja aqui ou lá. A mesma coisa com a Bianca, uma nora tão querida. No plano onde agora estou, os encontros são muito bem organizados. Mas me fale logo do seu problema, antes que a Jennifer volte.

— É o seguinte: em uma vida passada, fui um bandido perverso e prejudiquei muita gente. Agora, sofro percebendo membros da nossa família desajustados e ligados a drogas. Sinto que preciso fazer algo de bom para compensar os sofrimentos que causei no passado, mas não sei como. Já perdi noites pensando e não encontrei uma saída.

Monalisa pareceu refletir um pouco antes de falar:

— Diga-me uma coisa: a Turim vai bem de finanças, não vai?

— Vai muito bem, graças a Deus. Mas por que mudou de assunto?

— Você verá que não mudei de assunto. Tenho conhecimento de que a droga tem prejudicado muito a nossa família. Seu primo, seu tio, Giovana, por causa do namorado, Enzo e seu pai, não é verdade?

— Sim, mas...

— Então, valeria a pena investir numa clínica de reabilitação, principalmente se ela não estiver bem financeiramente e prestes a ser vendida sabe-se lá a quem.

Giuliano ficou olhando fixamente para Monalisa, processando o que ela dissera.

— Você está sugerindo que eu...

Jennifer apareceu de repente e interrompeu a conversa:

— Demorei, querido? Veja se estou mesmo cheirosa, como prometi. — Abaixou-se e deu o rosto para ele cheirar, sentando-se no colo do namorado.

Ele não se fez de rogado:

— Hummm, delicioso perfume!

— Perfume? Mas não pus nenhum!

— Estou falando da sua pele, *amore,* você não precisa de perfume nenhum, nunca precisou.

— Ah, bom, ainda bem que corrigiu. Vejo que meu cheiro é estimulante, você até parece mais alegrinho.

— E estou.

— Por causa do meu cheiro?

— Também, mas porque acho que tenho a solução para a minha angústia. Isto é, se você não achar a ideia muito louca.

Ela voltou a sentar-se na outra cadeira, que fora ocupada momentaneamente por Monalisa.

— Então, manda. Serei sincera em minha opinião.

— Antes, me responda uma coisa: a clínica já foi vendida?

— Que eu saiba, não. Sei que já foram lá três investidores, mas não sei se a conversa avançou. Por que está perguntando isso agora?

— Porque tem a ver com a minha ideia.

Ela parou de se movimentar e olhou para ele, assustada.

— Espere aí, você não está pensando...

Ele balançou a cabeça, sorrindo.

— Estou.

— Giuliano, você bebeu?

Desta vez, ele riu alto.

— Nós bebemos.

— Ah, é verdade. Mas, você não está falando sério, não é?

— Estou falando seríssimo.

Ela ainda não estava refeita da surpresa.

— Espere, preciso de um gole.

— E eu também.

E ambos beberam uma taça cheia.

— Senhor Giuliano, enquanto eu estava no banho, você cochilou e sonhou que tinha ganhado na loteria e então teve a brilhante ideia de comprar a clínica onde eu trabalho como voluntária, foi isso?

— Quase. Você acertou na "brilhante ideia", mas errou feio ao dizer que cochilei e sonhei ter ganhado na loteria.

Ela voltou a sentar-se no colo dele.

— Querido, não brinque comigo. As últimas reservas do meu coração já usei para me apaixonar por você.

— Pois, então, trate de arranjar mais energias para seu coração, porque estou falando a verdade. Vou comprar a clínica onde minha mulher, que hoje trabalha como voluntária, vai ser contratada como funcionária. Vou transformar a clínica em uma empresa sem fins lucrativos para oferecer atendimento e tratamento gratuitos para aqueles que não podem pagar. Para isso, talvez a clínica tenha que ser transformada em uma fundação. Nosso advogado entende muito bem desse assunto e providenciará tudo.

Ela ficou olhando fixamente para ele.

— Então, é sério, não é?

— É, querida, muito sério.

— E você tem dinheiro suficiente para isso?

Entusiasmado, Giuliano falava sem parar:

— Eu, não, mas a Turim tem uma boa parte dele. O restante, conseguiremos por meio de empréstimos bancários e doações. Será uma sociedade com Giovana e Enzo. Depois que a clínica for nossa, criaremos um plano de redução de custos, simplificando algumas coisas, mas sem demitir ninguém nem deixar que caia a qualidade do atendimento.

Percebendo que aquilo se tornaria uma realidade e imaginando tudo o que poderia ser feito para ajudar os pacientes sob nova e mais humana direção, Jennifer ficou profundamente emocionada. Encostou a cabeça no peito do amado e desatou a chorar, dizendo entre lágrimas:

— Te amo, Giu, te amo muito!

Ele abraçou-a forte, também emocionado.

— Agora já sei como poderei cumprir minha missão para "pagar minhas dívidas".

Quando Jennifer se acalmou e enxugou as lágrimas, perguntou com um fio de voz:

— Como você teve essa ideia?

— Na verdade, querida, a ideia não foi minha. Foi uma sugestão da Monalisa.

Ela ficou surpresa.

— Ela esteve aqui?

Ele tomou um gole e confirmou com a cabeça:

— Naquela cadeira, enquanto você tomava banho.

Contente, Jennifer levantou-se, chegou à sacada da varanda e gritou para o Céu:

— Obrigada, Monalisa, te amo!

Naquela noite, excitados com a ideia e fazendo planos, demoraram para dormir.

— Mas, querido, quem tocará a nova clínica? Você não pode largar seu trabalho na Turim e deixar sua irmã cuidando de tudo sozinha.

— Não vou largar a Turim, *amore*, é você quem vai tocar a clínica.

Impactada, ela levantou o corpo, sentando-se na cama.

— Eu?

— Se você aceitar, claro. Pode colocar alguém no seu lugar na livraria e ficar acompanhando a movimentação das vendas por meio de relatórios quinzenais ou mensais.

— Mas você acha que eu tenho condições de administrar uma instituição como aquela?

— Claro, com toda a experiência que tem como voluntária lá. Além disso, vamos manter a Márcia, que conhece bem o lugar e será de grande ajuda a você, pois me parece ser uma pessoa de confiança.

— Será?

— Eu não tenho dúvidas. Só quero saber se você aceita minha proposta.

— Claro que aceito, desde que você seja meu consultor, já que é um empresário experiente.

— Seremos uma dupla imbatível, querida!

E, dali para frente, o resto da noite foi só de amor e romance.

CAPÍTULO 40

Numa quinta-feira, depois do almoço, Giuliano precisou ir à vinícola de São Roque reunir-se com os supervisores para resolver algumas questões relacionadas com a ampliação da capacidade produtiva da vinícola.

Terminada a reunião, o rapaz ficou mais algum tempo na sala. Lembrou que ali, naquela mesma poltrona, seu pai se sentava quando ia àquela unidade, o que fizera tantas vezes desde que fora inaugurada.

Talvez por isso, Giuliano sentiu-se profundamente melancólico. Seu velho fazia falta por várias razões; a atuação profissional era apenas uma delas.

Giuliano sabia que precisava reagir para não ficar triste, então, resolveu fazer o que o velho Giácomo adorava: passear por entre os pés de uva.

Já era fim de tarde, e o crepúsculo acentuava a tristeza do rapaz, tingindo o sol com uma cor alaranjada misturada ao azul já pálido.

A maioria dos empregados já havia saído, de forma que ele pôde se encaminhar para o vinhedo sem ser notado. Giuliano parou um pouco ante a porta e depois seguiu para o campo.

Lá, com cuidado e emoção, tocou carinhosamente em alguns cachos, e, ao fazê-lo, era como se recebesse uma carga extra de energia. Como seria bom se seu pai estivesse ali agora, acompanhando-o. O rapaz sentiu que, se não se controlasse, iria chorar.

Foi quando ouviu uma voz já conhecida:

— O que você tem, meu neto?

Ele voltou-se e viu a senhora ali.

— Monalisa, que bom vê-la novamente! Você sempre me surpreende.

— Esse é um privilégio de poucos, meu querido. Você está triste?

— Olhando para esta vinha, lembrei-me de meu pai e do seu esforço para que isto aqui se tornasse realidade.

— Meu filho foi mesmo um gigante, com uma vida digna e produtiva. No final, depois que perdeu a esposa, andou fraquejando, mas nenhum ser humano é perfeito.

— É compreensível essa revolta, não é, vó? Depois de tantos anos de vida em comum, tendo gerado e criado três filhos... E, de repente, sua companheira e amiga vai embora, deixando para trás tudo o que criou com tanto esforço.

— Desculpe, querido, nada fica para trás, e sim para frente, por meio dos filhos. O que ele plantou foi de muita valia e continua sendo. Entendo o que você está dizendo, mas acho que meu filho, quando Bianca partiu, poderia ter se apegado à fé, para obter conforto e resignação. Afinal, todos nós estamos aqui apenas de passagem e iremos embora algum dia.

— Para quem já evoluiu espiritualmente como você, vó, é fácil dizer isso, mas, para nós que ainda estamos aqui na Terra...

— Querido, para quem sabe apreciar as obras da Criação, a Terra também tem coisas divinas, que representam uma forma de evolução. Veja esta vinha. Não sei se você sabe, mas a vinha é um símbolo de um campo de trabalho espiritual. Nas escrituras, essa expressão também se refere ao reino de Deus na Terra e simboliza plenitude e vida em abundância. É também símbolo de alegria e da presença das dádivas divinas. Foi isso tudo que seu pai deixou para os filhos levarem adiante.

Giuliano ficou um bom tempo refletindo sobre o que sua avó dissera.

— Não sabia disso, acho que fui injusto com a memória de papai.

— Não se culpe, querido. Falei isso apenas porque queria que você entendesse a responsabilidade que esta vinha representa para você e seus irmãos. Seu pai deixou uma herança divina. Por isso, afaste a tristeza do seu coração. Muitas coisas boas ainda acontecerão em sua vida, pode acreditar em mim.

— O que, por exemplo, vó?

Mas não houve resposta, o espírito já havia ido para sua morada espiritual. Já estava escuro quando Giuliano voltou para a capital, mas sua alma estava iluminada, lembrando-se das palavras de Monalisa.

Diariamente, quando concluía as visitas aos clientes, Polaco tinha que ir ao escritório entregar para Giovana os relatórios dos contatos feitos, com o nome e endereço dos clientes, horário da visita e o resultado obtido.

A moça gostava disso, porque ele era um bom papo e, com Enzo ausente e Giuliano às voltas com a aquisição da clínica, ela ficava muito só.

Em um determinado fim de tarde, Polaco apresentou-se sem a alegria costumeira, caladão, sem fazer as pilhérias de sempre.

Agora, Giovana já se sentia à vontade para perguntar:

— Que cara é essa, Polaco? Parece que comeu e não gostou.

Ele sentou-se diante dela, mostrando desânimo, e respondeu triste:

— Surpresas da vida, minha amiga.

Giovana parou o que estava fazendo e olhou para ele.

— Quer dividir comigo? Entendo bem de surpresas da vida. — Ela se referia à decepção com Nico, seu primeiro namorado.

Polaco respondeu com outra pergunta:

— Aceita tomar um vinho comigo?

Ela sorriu.

— Caramba, parece que a coisa é séria mesmo.

Ele sorriu com tristeza.

— Sim, muito séria.

— OK, deixe-me arrumar essa papelada. Podemos ir ao salão, concorda? Lá, o que não faltam é vinho e privacidade.

— Tudo bem.

Já no salão, Giovana não o pressionou. Serviu duas taças de vinho, pegou a sua e foi sentar-se numa das almofadas, esperando calmamente que o amigo falasse.

Com a taça na mão, ele andou um pouco pelo salão, em silêncio, até sentar-se defronte a ela e perguntar tristemente:

— Você acha que existe uma maneira de a gente conhecer uma pessoa por inteiro até o ponto de saber do que ela é ou não capaz de fazer?

Giovana pensou um pouco e lembrou-se novamente de Nico.

— Acho que não. Se isso fosse possível, a gente não levaria rasteira de namorados. Por que é que você está me perguntando isso?

— Porque acabo de levar uma baita rasteira.

Ela se surpreendeu:

— Como assim?

Ele tomou um grande gole antes de falar, esvaziando a taça. Levantou-se e foi enchê-la novamente, voltando para a almofada.

— Sabe a Tina?

— Sim, já a vi nas reuniões quinzenais de vocês. É sua namorada, certo?

Ele fez questão de ressaltar sua resposta:

— Ex. Não é mais.

— Oi?

O rapaz tomou mais um gole.

— Hoje, ela me chamou para almoçar e, claro, aceitei na hora.

— Que legal, Polaco!

— Legal, nada, amiga, ela foi almoçar comigo exclusivamente para terminar nosso namoro.

Giovana se surpreendeu de verdade. Via-os sempre juntinhos, parecendo haver uma grande afinidade entre eles.

— Ué, como isso foi possível, Polaco? Ela disse o motivo, alguma coisa que você fez ou falou para ela?

— Nada disso. Ela foi fazer um curso de cultura africana, conheceu um gigante de ébano e se apaixonou pelo cara num estalar de dedos. Coisa de novela.

Giovana balançou a cabeça, descrente.

— Polaco, não pode ser, não acredito nisso!

Ele balançou a cabeça, com tristeza, confirmando:

— Pode acreditar, Gi. Aconteceu de verdade.

— Que coisa, Polaco, estou chocada.

— O que me magoou mais foi ela dizer que já estava vendo o cara havia duas semanas. Ou seja, vinha me traindo todo esse tempo, e eu jamais pensaria isso dela.

Giovana estava pasma.

— Cara, a Tina fez isso?

— Fez, e me deixou sem chão.

— E, antes, não deu nenhum sinal de que as coisas não andavam bem entre vocês?

— Aí é que a coisa pega: tudo estava indo muito bem entre nós. Ela não deu nenhum sinal de que havia alguma insatisfação dela. Quer dizer, ela vinha reclamando que eu estava trabalhando muito e que não sobrava tempo para ela, mas isso não era motivo para terminar o namoro, concorda? Bastaria termos uma conversa e isso poderia ser acertado.

Giovana viu-se obrigada a concordar:

— Com certeza.

Ele balançou a cabeça, desta vez no sentido negativo.

— Sinceramente, não sei o que deu nela.

— Meu Deus! — Agora, foi Giovana quem se levantou e foi servir-se de nova dose de vinho, voltando para o lugar. — Não consigo entender como é que uma coisa dessas pôde acontecer, assim, tão de repente. Tudo bem que algumas relações se desgastam com o tempo, mas os parceiros costumam conversar para acertar os ponteiros. Romper uma relação é algo muito sério, não pode ser feito de modo leviano ou impulsivo.

— Ela não quis conversar muito a respeito, nem me deu a menor chance nem esperança de uma eventual volta. — E cobriu os olhos com uma das mãos, parecendo chorar.

Giovana não sabia o que dizer ou fazer. Estava chocada e com dó do amigo.

— Você pretende procurá-la, insistir em tentar um retorno?

Ele foi categórico:

— De jeito nenhum! Eu não a aceitaria de volta por nada deste mundo! Ela foi desleal e mentiu para mim, ficando comigo e se encontrando com outro. Acabou a confiança, e nenhuma relação sobrevive sem ela.

Giovana guardou um breve silêncio antes de comentar:

— Polaco, eu não sei o que dizer para tentar confortá-lo. Eu também já fui enganada por um namorado e de forma cruel. Sofri muito na época e até hoje guardo ressentimentos que, sei, não me fazem bem, mas ainda não consigo superar.

Quem ficou surpreso dessa vez foi o rapaz.

— Você? Eu não sabia disso.

— Ninguém sabe, só o Giuliano. Combinamos guardar segredo.

Polaco ficou olhando a amiga por alguns instantes, admirado.

— Gozado, achei que você só pensasse em trabalho.

Ela sorriu com alguma tristeza.

— Eu tento fazer isso, mas sou uma mulher como qualquer outra, com os mesmos sentimentos.

Após novo silêncio, Polaco se manifestou:

— Sinto muito, mas, no que me diz respeito, foi bom desabafar com você, amiga. Já não estava aguentando ficar com esse peso sozinho e tendo de fingir para os outros que está tudo bem.

— Sei como é isso, Polaco. Muitas pessoas têm prazer em criticar as atitudes de outras, mas não sabem o que cada uma está vivenciando. Se procurassem saber, talvez até se tornassem solidárias em vez de julgadora.

— Você disse tudo, Gi, as pessoas costumam nos olhar pelo que mostramos externamente, sem se preocupar com o que vai em nosso coração.

Ambos ficaram longo tempo bebendo em silêncio, até que Polaco perguntou subitamente:

— Vamos jantar?

Ela sorriu e disse:

— Eu estava justamente pensando nisso.

CAPÍTULO 41

O inesperado desabafo mútuo entre Giovana e Polaco no salão, entre goles de vinho, fez aumentar a amizade entre eles. Confiança foi o elemento-chave, como, aliás, sempre é nos verdadeiros relacionamentos.

Em consequência, no final do expediente, às sextas-feiras, aproveitando a necessidade de entregar os relatórios das visitas, ele passou a convidar Giovana para uma taça de vinho, inicialmente no salão da Turim, mas que logo se transferiu para algum restaurante ali perto. Esse papo de amigos transformou-se em hábito, motivo de satisfação para ambos, principalmente para Giovana que, por não ter amigos de confiança, não tinha com quem dividir seus sentimentos e pensamentos.

O que começara como um desabafo melancólico de frustrações afetivas, foi logo substituído por conversas mais descontraídas e até divertidas. Ambos tinham um bom repertório de "causos" para contar, fossem pessoais ou profissionais.

Na verdade, nem Giovana nem Polaco haviam se refeito de suas desilusões amorosas, mas evitavam tocar no assunto, porque traziam tristeza para a mesa.

Em pouco tempo, esses bate-papos evoluíram para passeios de fins de semana, sempre "inocentes", como visitas a parques, museus, exposições de arte ou concertos.

Giuliano percebeu o "sumiço" da irmã nos sábados e domingos e notou que seu amigo Polaco telefonava antes e ia buscá-la de carro.

Um dia, de passagem pela sala da irmã, foi indiscreto:

— Mana, você e Polaco estão namorando?

Ela se surpreendeu com a pergunta inesperada, mas tentou disfarçar:

— De onde você tirou essa ideia?

— Ora, Gi, não sou bobo. Tantos telefonemas, tantas taças de vinho no salão depois do trabalho e tantos passeios nos fins de semana são pistas de que aí tem.

Ela tentou ser natural:

— Bom, digamos que estamos nos conhecendo.

Giuliano sorriu, divertido.

— Pensei que você iria responder com o manjado "somos apenas bons amigos".

— Realmente, somos bons amigos, mas... — E parou por aí.

A reação dele foi uma gargalhada.

— O segredo está nesse *mas*!

Ela fingiu ralhar com ele:

— E o que é que o senhor tem a ver com isso, posso saber?

Ele mostrou a palma das mãos, defendendo-se:

— Absolutamente nada, foi só curiosidade. Até porque isso não me diz respeito e nem me preocupa, afinal, Polaco é um bom sujeito.

— Isso é verdade. Eu já sabia que ele era divertido, mas não pensei que fosse tão inteligente.

O irmão completou antes de sair rindo:

— E tem muito bom gosto, sabe escolher as garotas.

Giovana ficou sorrindo, não se importava que soubessem da sua amizade com Polaco. Havia anos, ele era amigo dos seus irmãos e da família — e agora era colega de trabalho, mas não imaginava que pudessem estar passando a imagem de namorados.

Ela conhecia um pouco da história dele. Polaco foi abandonado pelo pai, quando ainda criança. Sua mãe viveu até o filho único completar 18 anos e, assim, ele teve que lutar muito, sozinho, para se manter e estudar.

Por ser inteligente, comunicativo e esforçado, o rapaz conseguiu vários empregos e conheceu várias garotas, mas não curtia a vida de solteiro, porque sentia muita falta de uma família.

Quando tornou-se amigo de Enzo, Polaco teve oportunidade de conhecer Giuliano e Giovana e ficou encantado com a união entre eles. Ficou mais carente de um ambiente familiar quando conheceu Giácomo e Bianca. Assim, sempre que podia, frequentava a Turim sob o pretexto de visitar o amigo Enzo.

O convite para trabalhar na Turim foi como um presente dos céus. Passou a ganhar mais do que como corretor de imóveis, a ter plano de saúde, seguro de vida e outros benefícios, mas principalmente ganhou a oportunidade de conviver com aquela família, e isso o alegrava.

Tornar-se um amigo tão próximo de Giovana, então, foi para ele uma bênção. Sempre a admirara a distância, achava-a muito profissional, educada e, claro, muito bonita, mas sempre introvertida.

Numa tarde ensolarada de domingo, Giovana e Polaco foram ao Parque do Ibirapuera, muito conhecido e frequentado pela população. É ponto turístico, cartão postal da cidade, que, nos fins de semana, fica apinhado de pessoas e famílias com suas crianças.

Giovana e Polaco estavam sentados na grama, próximos ao imenso lago, apreciando os cisnes nadando placidamente naquelas águas mansas.

Ela deve ter pensado alto, porque ele notou que sua amiga sorria, sem motivo aparente. Ficou curioso:

— O que você está vendo de engraçado, Gi? Divida comigo, não seja egoísta.

Ela ficou um pouco ruborizada:

— Não estou vendo nada de engraçado. É que pensei em algumas coisas que me fizeram sorrir.

— Posso saber que coisas foram essas?

Ela respondeu olhando para o lago:

— Outro dia, me perguntaram se somos namorados.

Ele sorriu também.

— Somos?

Giovana riu, olhando para ele:

— Ué, como é que eu vou saber? Nunca falamos sobre isso.

Ele aproveitou a oportunidade, ansiosamente esperada:

— Bom, então vamos falar agora. O que você acha? — Fez uma pausa. — Quer ser minha namorada?

Em silêncio, ela arrancou algumas folhas da grama enquanto pensava numa resposta.

— Eu gosto muito de você, Polaco, e tenho adorado nossas conversas e nossos passeios, mas...

Ele engoliu em seco, imaginando que ouviria uma negativa. Mesmo assim, arriscou-se a continuar com aquela conversa:

— Mas...?

Giovana demorou um pouco para responder, continuando a arrancar algumas folhas da grama.

— Não sei se estou pronta para tentar de novo. Sei que não aguentaria outra decepção.

Ele pensou um pouco.

— Na verdade, eu também me sinto assim. Parece que nenhum de nós dois superou o que aconteceu no passado. Somos dois inseguros.

— É, também acho. Algumas feridas demoram a cicatrizar.

Depois de um instante de silêncio, ele voltou a assumir aquela expressão gaiata que ela já conhecia de outras ocasiões.

— Ei, tenho uma ideia: a gente podia fazer de conta que está namorando, só de mentirinha, topa?

Giovana não se controlou e deixou escapar uma gostosa gargalhada.

— Fazer de conta que somos namorados? Como é que funcionaria isso? Nunca ouvi falar. Por favor, me explique direitinho como é que seria.

— Bem, praticamente nada mudaria, apenas assumiremos um compromisso de fidelidade recíproca e, de vez em quando, andaremos de mãos dadas. E nos ligaríamos antes de dormir para desejar bons sonhos ao outro.

Ela ficou olhando para ele, demonstrando sua clara desconfiança daqueles limites, imaginando que havia outras intenções.

— Só isso?

Ele entendeu o temor dela.

— Bom, o que rolar, além disso, terá que ser decisão dos dois. Quando a gente quiser e quando se sentir preparado. Caso contrário, não vai rolar nada, se é o que você está pensando.

Ela falou seriamente:

— Até porque, como eu acho que já lhe disse, ainda não estou preparada para isso, se é que você me entende.

— Claro que entendo e, para mim, isso não é problema. Sexo é bom e importante no relacionamento, mas não é o principal.

Ela continuava desconfiada, mas querendo acreditar nas boas intenções dele.

— Acha mesmo isso?

— Acho, de verdade. Aliás, eu também não estou ligado nisso ainda. A decepção com a Tina me deixou inseguro.

— Tenho a impressão de que, para o homem, isso deve ser mais difícil de superar numa desilusão amorosa, eu acho.

— De um modo geral, é, pois o homem ainda não se libertou da crença cultural de que deve ser sempre o caçador e assim não tolera ser desprezado, mas há exceções, depende de cada um. Penso que, no nosso caso, esse assunto é mais fácil de administrar, porque começamos como amigos. A amizade sincera gera confiança, e só depois de o casal adquirir confiança mútua é que há segurança para avançar.

Ela se lembrou de como as coisas aconteceram com Nico.

— Nem todo homem pensa assim, Polaco. Pelo que ouvia as meninas da faculdade falarem, os homens parecem mais impulsivos, mais precipitados nessa questão.

— Concordo plenamente. Leva algum tempo para as pessoas amadurecerem e perceberam que sexo e paixão não garantem amor. Fazem parte dele, mas são apenas uma parte.

Giovana estava admirada com essa forma de pensar do amigo.

— Me fale a verdade, Polaco: você pensa mesmo dessa maneira ou está querendo fazer média comigo?

— Gi, eu sinceramente acredito que não há outra forma de pensar. Muitas pessoas experientes e sábias já disseram que paixão é como fogo de palha: no começo, faz um fogaréu enorme, mas apaga logo, porque seu combustível é o desejo, e este costuma desaparecer depois de saciado.

— Não tenho experiência no assunto, mas acho que também há desejo no amor.

— Claro que há, mas juntamente com outros ingredientes, como carinho, confiança, respeito, admiração, parceria, cumplicidade e, principalmente, amizade. Lembro que Roberto Carlos tem uma música chamada *Amada Amante*. Vê a diferença? Não é uma amante apenas desejada, mas, sobretudo, amada. É isso que quero dizer.

Ela foi sincera:

— Polaco, você está me surpreendendo, não sabia que também era filósofo.

Ele sorriu e brincou:

— Deve ser por causa da convivência com o Enzo na faculdade.

— Nada disso. Até onde sei, meu irmão era "galinha", como costumam dizer. O mérito é seu, fruto da sua inteligência, sensibilidade e maturidade.

Desta vez, foi ele quem ruborizou.

— Puxa, Gi, você me fez ficar emocionado.

Ela olhou para o relógio.

— Vamos? Já está ficando tarde.

Ele ajudou-a a levantar-se.

Quando caminhavam por uma das alamedas em direção à saída do parque, ele perguntou timidamente:

— Podemos caminhar de mãos dadas?

Ela não respondeu, mas sorriu e segurou a mão dele.

Naquela noite, Giovana dormiu melhor, talvez a melhor de todas as noites desde que se decepcionara com Nico.

Adormeceu pensando em Polaco, sentindo uma grande ternura.

Não lhe desagradava a ideia de ser sua namorada.

Polaco também demorou a dormir, pensando em Giovana. Sentia que gostava cada vez mais dela. Como a moça era diferente de Tina!

Giovana era sensível, inteligente, espirituosa, uma garota que lhe fazia muito bem ter ao lado.

O que Giuliano, que trabalhava na mesma empresa, pensaria ao saber que estavam namorando? Afinal, a moça era chefe de Polaco. Isso seria algum impedimento?

Bom, quando seu amigo soubesse e quisesse conversar consigo a respeito, ele estaria pronto para esclarecer suas intenções.

O rapaz adormeceu sentindo o calor da mão de Giovana entre a sua. E isso era muito bom.

Era inevitável que, mais dia menos dia, acontecesse o grande encontro entre Giovana e Polaco.

Como muitas vezes ocorre entre aqueles que se amam, nada foi planejado. Aconteceu de forma simples, espontânea e desejada por ambos — mas é preciso admitir que a lua foi cúmplice.

Eles tinham ido a um restaurante bastante famoso no centro da capital, com muitos andares e, no alto, havia um mirante, com mesas para os clientes.

Assim, enquanto saboreavam o jantar, entre goles suaves de vinho, os dois podiam apreciar uma bela e panorâmica visão da cidade, iluminada por uma lua cheia esplendorosa.

Os poetas sempre acharam que a lua trabalha em favor dos que se amam de verdade. Talvez o que viria a ocorrer depois possa confirmar essa crença.

Terminada a refeição, e após um instante de silêncio, eles trocaram um olhar muito significativo, o que o animou a dizer quase sussurrando:

— Pode até ser pretensão minha, mas algo me diz que estamos pensando na mesma coisa.

Ela olhou para ele, emocionada e com o rosto pegando fogo, sem saber se por efeito do vinho ou dos seus pensamentos.

Surpreendeu-se respondendo:

— Não é pretensão alguma. Você está certo.

Ele engoliu em seco:

— Então vamos?

Giovana não hesitou:

— Vamos.

Mesmo diante da afirmativa dela, Polaco foi cavalheiro:

— Você está certa disso?

— Estou. Com um pouco de medo, mas estou. Vamos.

O apartamento de Polaco era pequeno, mas bem organizado e limpo.

Parados frente a frente no meio da sala, ambos estavam sem jeito, não sabendo por onde começar, com receio de magoar o outro.

Giovana pediu baixinho:

— Polaco, por favor, não crie muitas expectativas. Faz muito tempo que não faço isso e ainda estou insegura.

Ele pegou na mão dela e beijou-a carinhosamente.

— Peço-lhe a mesma coisa, Gi. Este momento é muito especial para mim e também estou inseguro.

Ela sorriu timidamente.

— Então, o que fazem dois inseguros?

— Simples: não tenhamos pressa, deixemos que as coisas aconteçam naturalmente. Se for o caso, apenas conversaremos.

— Está tudo bem para mim, peço-lhe apenas que tenha paciência comigo e que seja gentil.

Quando diminuiu a iluminação do aposento, instantes depois, ele se mostrou paciente e gentil. Esperou que ela se despisse devagar e, em alguns momentos, ajudou-a.

Tímida, Giovana cruzou os braços sobre os seios nus tentando escondê-los, mas, depois que também se despiu, Polaco, calma e carinhosamente, puxou os braços dela e pôde vê-los em sua plenitude; eram simplesmente lindos.

Nesse momento, foi como se uma porta se abrisse e, dali para frente, ambos assumiram e mostraram o enorme desejo reprimido.

Ofegantes, mas calmamente, tornaram-se amados amantes, como na música de Roberto.

Muito tempo depois, ainda deitados, ela recostou a cabeça sobre o peito desnudo dele e murmurou:

— Obrigada, Polaco.

— Pelo quê, Gi?

— Eu estava com bastante medo, mas sua paciência e seu carinho me fizeram relaxar. E foi bom, muito bom. Agora sei o que é o prazer de verdade.

Ele ergueu o rosto dela e beijou-a suavemente.

— Foi maravilhoso, Gi.

Ali, Giovana teve absoluta certeza de que afastara para sempre de suas lembranças o fantasma de Nico, que passou a ser uma insignificante figura de sua vida.

Por sua vez, Polaco percebeu que, em nenhum momento daquelas horas maravilhosas, lembrou que teve uma namorada chamada Tina.

Foi um encontro perfeito de corpos e almas.

CAPÍTULO 42

Quando, a pedido de Giuliano, o doutor Manfredini, advogado da Turim, procurou o doutor Ferrentini, também advogado e proprietário do imóvel que abrigava a clínica, para negociar a compra, teve uma agradável surpresa: ambos já se conheciam de reuniões e encontros no Fórum.

Assim, a primeira hora da reunião foi dedicada a lembranças do passado, quando ambos defenderam causas jurídicas semelhantes e fizeram boa amizade, trocando ideias e sugestões.

Giuliano pediu ao advogado que Jennifer não fosse citada como a pessoa que informou que a clínica estava à venda, e ele assim o fez. Mas, na verdade, o proprietário não mostrou nenhum interesse em saber como Manfredini soubera da situação, pois esta já era do conhecimento de algumas imobiliárias e eventuais interessados na compra.

— Meu caro Manfredini, é com o coração partido que vou me desfazer da clínica e do imóvel. Desde jovem, ambos foram sonhos meus, mas não estou mais aguentando arcar com as despesas de manutenção de ambos. Pensei em reduzir custos dispensando alguns profissionais e extinguindo certos benefícios, mas percebi que isso poderia prejudicar a qualidade dos serviços prestados e reconhecidos pelo mercado como um dos melhores da cidade, e, também, afetar a imagem da instituição. Sei que nossos preços são altos, mas nosso atendimento é diferenciado, o que tem gerado muitos custos para mantê-lo.

— Eu entendo isso, amigo. A crise financeira tem afetado muitos empresários. Mas, meu cliente é dono de uma vinícola de sucesso e pretende diversificar seus investimentos. Além de ter um ótimo coração, ele vê com muita simpatia a atividade de recuperar pessoas dependentes de drogas, até porque teve alguns casos trágicos na família.

— Foi o meu caso. Perdi um filho, ainda adolescente, por causa dessas malditas drogas e levei muitos anos para me reerguer. Foi uma perda muito dolorosa, e eu não queria que o mesmo acontecesse com outros pais, mas, realmente, não posso mais manter a clínica com a qualidade que sempre busquei oferecer aos necessitados.

— Bom, se o preço do imóvel não for muito salgado, meu cliente dará prosseguimento ao seu sonho, pois ele pretende manter a clínica, naturalmente com algumas adaptações para minimizar as despesas, mas sem demitir ninguém nem extinguir serviços.

— Fico feliz em ouvir isso, amigo. Na medida das minhas possibilidades, procurarei facilitar a negociação para que chegue a um bom termo. Tenho outros interessados, mas é claro que darei preferência ao seu cliente, não apenas pela nossa amizade, mas porque ele manterá a instituição, o que já soube não ser a intenção de outros interessados.

A partir daí, passaram a falar de números, e gastaram mais uma hora nessa atividade. No final, ambos mostraram-se satisfeitos com o rumo da negociação.

— Levarei sua proposta ao meu cliente e lhe darei uma resposta o quanto antes. Se fecharmos negócio, provavelmente meu cliente terá que recorrer à carteira imobiliária de algum banco, e isso deve demorar alguns dias.

— Sem problemas, se ele realmente quiser fazer a compra, aguardarei o tempo que for necessário. Sei muito bem como são essas burocracias bancárias.

— Excelente, meu caro, aguarde notícias minhas.

Ao sair do escritório do doutor Ferrentini, e quando se viu em um lugar privativo, Manfredini ligou logo para Giuliano e passou-lhe os números. O empresário se assustou um pouco:

— Eu já imaginava que não seria barato. Vou ter que recorrer a um empréstimo bancário para complementar o que disponho. Antes, falarei com meus irmãos e, em seguida, ligarei para o senhor.

De posse daquelas informações, Giuliano fez contato imediato com os irmãos. Não foi difícil convencê-los da validade da ideia de adquirirem a clínica.

Giovana, pela dramática frustração amorosa que tivera com o primeiro namorado, sabia exatamente o mal que o vício pode fazer a uma pessoa.

Enzo, consultado por telefone, também se mostrou favorável. Lembrava-se do sofrimento e da humilhação pelos quais passara sua namorada Andreia com o companheiro anterior e com ele próprio.

Ambos entenderam que, além da importância social, essa diversificação de investimento também ajudaria muito a fortalecer a imagem institucional da Turim. Assim, delegaram a Giuliano a tarefa de avaliar o lado financeiro e decidir pelo que achasse mais adequado e viável.

Por conta própria, o doutor Manfredini, alegando dificuldades geradas pela crise financeira, apresentou uma contraproposta de compra, que representava uma substancial redução no preço total do imóvel. Depois de refletir e fazer alguns cálculos, o proprietário aceitou, pois desejava mesmo desfazer-se do negócio, e, pelos motivos já expostos, dava preferência ao colega. Ele já fora informado que outros compradores tinham planos de transformar o local em motel, casino ou cabaré, todo o cenário preparado para encontros íntimos e jogatinas, o que, certamente, atrairia drogas, dando continuidade ao histórico terrível que se desejava enterrar para sempre.

Ao ser informado, Giuliano pulou de alegria, pois a redução no preço tornava o negócio muito mais viável.

Pela imagem positiva que a Turim possuía no mercado e pelo montante que mantinha aplicado no banco, Giuliano conseguiu um empréstimo imobiliário muito vantajoso, com juros acessíveis e para pagamento a longo prazo.

E, assim, combinou com Manfredini uma reunião com Ferrentini para que a transação fosse efetivada, o que aconteceu dias depois, sem maiores problemas.

A outrora mansão do cruel Mandril agora era de propriedade de Giuliano e dos irmãos para finalidades muito mais louváveis.

Começava, assim, a redenção de uma alma.

Todo esse processo foi compartilhado com Jennifer, que vibrava a cada informação que Giuliano dava sobre o avanço da negociação. Alegrava-se, também, por ver seu amado começando finalmente a resgatar de verdade uma dívida de vida passada.

À noite, abrindo um vinho, Giuliano chamou Jennifer para uma conversa especial.

— Amor, precisamos conversar.

Nessas ocasiões, era hábito de ambos perguntar:

— Devo me preocupar? — Foi o que ela fez.

— De jeito nenhum, amor. Apenas quero ouvir sua opinião sobre meus planos.

Sentaram-se na sala, com as pernas dobradas sobre o sofá.

— Fale, querido.

— Andei pensando no seguinte: algumas pessoas que eu gostaria de atender na clínica não poderão pagar os custos da internação, pois não têm recursos financeiros suficientes.

— Concordo, a ideia é realmente generosa, mas também você não poderá atender a todos os necessitados sem cobrar nada.

— Não é essa a ideia. Acompanhe meu raciocínio: o que não falta lá é espaço, e a clínica não utiliza todo ele. Poderíamos desativar algumas áreas ociosas. Para quê, por exemplo, duas piscinas, duas quadras esportivas, duas salas de recreação e jogos e duas bibliotecas? Poderíamos desativar uma de cada, sem prejuízo do total. Com o espaço que conseguiríamos desocupar, poderíamos construir outros alojamentos, menores e mais simples. Então, teríamos dois tipos de clientes: os que pagariam pela internação e ficariam na ala já existente, e os que seriam acolhidos gratuitamente nos alojamentos a serem construídos. Ou seja, de certa forma, o primeiro grupo ajudaria a pagar as despesas do segundo. O que acha?

Jennifer refletiu por um bom tempo, antes de emitir sua opinião:

— Bom, a ideia é interessante. Isso poderá dar certo, se houver um bom planejamento e severo controle de custos.

— Sem dúvida, mas uma coisa é certa: será uma instituição menos elitista, menos luxuosa, mas sem perder a qualidade e eficiência. Inclusive, para não onerar muito a folha de pagamento, poderemos contar com a participação de estudantes e estagiários da área de saúde e até voluntários, como você sempre foi, quem sabe?

— Amor, será que não estamos sonhando alto demais?

Ele riu, beijou-a e respondeu sorrindo de forma confiante:

— Só vamos saber quando acordarmos.

A compra do imóvel foi concluída formalmente sem maiores problemas. A transação incluía a clínica, com seus móveis, estrutura e benfeitorias, os atuais clientes e o quadro de funcionários. Caberia aos novos proprietários a decisão sobre o destino a ser dado a todos.

Segundo o doutor Manfredini informou, para que a instituição, sob a direção de Giuliano, pudesse atender aos novos projetos, teria que haver uma mudança jurídica. De empresa privada, depois de encerrada juridicamente, a clínica seria reaberta como fundação.

Essa foi a fase mais trabalhosa para o advogado, que se viu cercado pela necessidade de providenciar registros, certidões, Estatuto Social, certificados, atas e reuniões. Muitas etapas burocráticas em cartórios, órgãos públicos e fiscais tiveram que ser vencidas.

Uma notícia bem-vinda foi de que a fundação poderia receber, como doação, todos os bens e direitos da clínica que, felizmente, não tinha dívidas nem passivos a resgatar.

Giuliano seria o curador, responsável geral pelo funcionamento da organização, e Jennifer seria a superintendente. A equipe do advogado formaria o Conselho Fiscal, que faria o acompanhamento das contas e atividades.

Para a manutenção da nova empresa, os administradores buscariam isenções e imunidades tributárias e parcerias com entidades públicas e privadas visando captar recursos e ajuda. A Turim e o próprio Giuliano seriam doadores permanentes.

Ficou acertado, com a aprovação de todos os envolvidos, que o nome da nova empresa seria Fundação Assistencial Giácomo Cortellani, como uma maneira de homenagear a memória daquele que deu início a toda a história por meio das vinícolas. Para efeito de publicidade e marketing, teria o nome fantasia de Clínica Turim.

Um grupo de arquitetos e engenheiros, entre amigos de Giuliano e Giovana, ofereceu-se para, como voluntários, responsabilizar-se pelas modificações estruturais que seriam necessárias na mansão e no terreno para atender aos dois públicos pretendidos.

E, assim, mais um sonho estava se tornando realidade ou uma missão estava sendo cumprida.

Os meses seguintes marcaram um período cheio de ansiedades, preocupações e alegrias, enquanto duraram os preparativos para a reforma.

CAPÍTULO 43

Quando estava tudo pronto para iniciar a reforma, Giuliano reuniu todos os colaboradores para uma reunião informativa, tendo ao seu lado Jennifer e Márcia. Para isso, improvisaram uma espécie de auditório no amplo refeitório.

Todas as providências para a mudança de dono da clínica foram feitas sob o maior sigilo possível, para não deixar os funcionários intranquilos quanto ao futuro profissional de cada um. Esse sigilo foi observado também com relação aos pacientes, para que não ficassem imaginando possíveis mudanças de profissionais, técnicas, métodos e diretrizes terapêuticas.

Giuliano começou a falar, quando todos estavam presentes:

— Caros colaboradores e pacientes, talvez já tenham ouvido falar da mudança de dono desta clínica, e, se já ouviram, imagino que alguns de vocês estejam preocupados com o destino desta instituição. Por isso, pedi esta reunião para esclarecer alguns pontos. Eu me chamo Giuliano e, juntamente com meus dois irmãos, Enzo e Giovana, ausentes por motivos profissionais, sou o proprietário deste imóvel e desta casa de saúde.

O semblante dos presentes era de expectativa.

— Posso assegurar a vocês que não haverá mudanças no quadro de colaboradores. Ninguém será demitido. Pelo contrário, nossos planos são de aumentar o atendimento e para isso precisaremos de mais profissionais.

Alguns murmúrios de alívio e satisfação foram ouvidos. Jennifer estava empolgada, mas preocupada por achar que Giuliano estava prometendo demais.

— Na parte técnica, nenhum profissional de saúde será afastado. A metodologia da casa, que tem se mostrado eficaz ao longo desse tempo, será mantida.

Desta vez, a reação da plateia foi uma calorosa salva de palmas.

— Tenho ao meu lado a assistente social Jennifer, que passa a ser a nova superintendente, e a supervisora Márcia. Sei que vocês já as conhecem, pois já trabalham aqui. Pois bem, elas serão mantidas.

Novos aplausos. O pessoal agora se mostrava mais descontraído.

— Doravante, trabalharemos em equipe. Todos aqui são e serão peças importantes para que possamos vencer este desafio de recomeçar e renovar algo que já vinha funcionando bem, mas haverá uma mudança importante nos objetivos desta instituição.

Os presentes fizeram silêncio absoluto para ouvir a novidade.

— Continuaremos recebendo pessoas que desejam fazer tratamentos de desintoxicação, da mesma maneira como funcionamos hoje. Mas, faremos algumas alterações no espaço externo para construir um novo conjunto de alojamentos, exclusivamente para recebermos, gratuitamente, aqueles que querem se tratar, mas não dispõem de recursos financeiros. Será uma ação social desta casa e contamos com vocês para termos uma convivência pacífica entre todos. Vocês estão de acordo?

As manifestações favoráveis foram eloquentes, na forma de demorados aplausos, polegares para cima e gritos de “legal, ótimo, maravilha, muito bem”.

Os olhos de Jennifer brilhavam, fixados em Giuliano, e Márcia não parava de sorrir.

— Por último, quero informar a vocês mais um projeto dentro desta renovação. Meus irmãos e eu somos donos da Vinícola Turim, de grande sucesso e muito conhecida no Brasil.

Ouviu-se murmúrios de admiração e surpresa.

— Temos duas unidades fabris em São Paulo, sendo uma em São Roque e outra em Jundiaí. Na primeira, plantamos uvas e fazemos vinho. Em Jundiaí, as uvas que enviamos são transformadas em suco, passas e geleia. Lá, eles não lidam com nada alcoólico. Ambas as fábricas vão muito bem, graças aos competentes profissionais que temos. A valorização e o respeito ao ser humano para nós é questão de honra, e por isso eles trabalham motivados.

Jennifer não estava entendendo porque Giuliano falava das fábricas, parecia-lhe não fazer sentido naquele momento.

— Nosso projeto adicional é o seguinte: cada paciente nosso que receber alta e, se desejar conhecer mais sobre a transformação das uvas em sucos, passas e geleias, poderá estagiar na unidade de Jundiaí, com direito à bolsa, correspondente a um pequeno salário, e alguns benefícios. Será uma escolha pessoal. Portanto, quem desejar, depois que tiver alta médica, poderá fazer carreira na Turim, no setor não alcoólico.

Jennifer e Márcia foram pegas de surpresa, pois não sabiam daquele plano.

A plateia demorou alguns segundos para entender o alcance da proposta e depois explodiu em aplausos e gritos de entusiasmo.

— Era o que eu tinha a dizer, amigos. Muito obrigado pela presença e que Deus nos proteja a todos.

Em seguida, os três saíram do salão sob intensa ovação.

Logo que se viram a sós, Jennifer não segurou a surpresa:

— O que foi aquilo, querido? Amei tudo o que você falou, mas não sabia da história dos estagiários.

Ele riu e puxou-a para perto.

— Também sei fazer surpresas, *amore*!

— Foi uma grande ideia! Agora, precisamos colocar tudo isso no papel, fazer nosso planejamento.

Giuliano beijou-a carinhosamente.

— Faremos isso juntos. Isto é, se você se controlar. Sabe que eu não resisto muito a tentações.

— Engraçadinho, não estou nem pensando nisso, agora. Mas tenho outra pergunta e desta vez quero uma resposta séria.

— Vou tentar.

— Você encerrou a reunião dizendo "Que Deus nos proteja!". Você, o racional empresário, falando de Deus? Explique-me isso, moço.

— Vou confessar-lhe uma coisa. Quando comecei a reunião, não tinha a menor ideia sobre o plano de estágio para quem tiver alta. Nunca havia pensado nisso.

— Ué, e então, como você...?

— Naquela hora, parece que alguém soprou palavras nos meus ouvidos, e eu apenas repeti tudo.

Jennifer se emocionou:

— Amor, você sabe quem foi que lhe soprou essas ideias, não sabe?

Feliz, ele sorriu.

— Só pode ter sido ela, minha vó.

— Sem dúvida.

— E também foi ela de novo quem me fez falar em Deus.

Feliz, Jennifer abraçou-o.

— Querido, eu amo a sua avó, gostaria de tê-la conhecido.

— Tenho certeza de que você iria se apaixonar por ela.

— Com certeza! Agora, temos que cumprir a promessa que você fez a ela.

— Não estou preocupado com isso. Se ela me fez prometer, é porque será possível, e, com certeza, de alguma forma, ela nos ajudará.

E foi possível. Claro que à custa de muito esforço, trabalho, planejamento e, para quem acredita, um bocado de sorte. E tudo sob a proteção e ajuda de Monalisa, ainda que ela estivesse invisível.

Duas vezes por semana, Giuliano e Jennifer iam à clínica para acompanhar o andamento da reforma e das ampliações ou para levar possíveis doadores e patrocinadores para apreciar as obras e, quem sabe, se motivarem a ajudar.

A cada dia, voltavam mais felizes e satisfeitos, pois tudo corria conforme o planejado.

À noite, depois do jantar, Giuliano lia as notícias no sofá, quando Jennifer se aproximou, sentou-se ao lado dele e passou um braço em volta do ombro do namorado.

— Meu querido, andei pensando numa coisa e queria ouvir sua opinião.

— Vou fazer como você: devo me preocupar?

— De jeito nenhum, mas ouça primeiro, depois você me diz o que acha.

— Combinado.

— Acho que sua irmã está muito sozinha naquela casa enorme. Depois que seu pai se foi e o Enzo viajou para Lisboa com a Andreia, quem ela tem como companhia?

— Bom, eu estou na Turim quase todo dia, apenas não durmo lá.

— Pois é isso. Você mesmo disse “quase todo dia” e não todo dia. E não dormir lá significa deixá-la sem ter a quem recorrer no caso de uma necessidade na madrugada.

— Mas foi você quem me convidou para mudar para cá.

— Sei disso, mas quando o convidei para morar comigo, seu pai ainda estava vivo, e ela tinha a companhia dele. Mas agora...

— Não é bem assim. Francesco, Albertina e Gina estão sempre lá e dormem na casa.

— Desculpe, querido, eles são pessoas ótimas, mas isso não é a mesma coisa que ter um irmão junto.

Ele fez uma pausa.

— Onde você quer chegar, minha linda?

— Por que não mudamos para lá?

— Oi?

— Por que não? Há dois quartos não usados, e um é justamente de casal, o de seus pais. Podemos ficar nele.

— E este apartamento?

— Ora, alugo, vendo, não sei. Se mudarmos, não precisarei mais dele.

Giuliano pensou um pouco, antes de perguntar:

— Acho admirável sua boa intenção com Giovana, acho que ela gostaria muito disso, mas e a nossa privacidade?

— Qual é o problema? Giovana passa o dia todo no escritório. E, sempre que quisermos, poderemos passar a noite fora. Inclusive, poderemos até manter este apartamento para nossos encontros “especiais”.

Ele ficou coçando o queixo, refletindo.

— Sabe o que vou fazer? Tomar um banho. Gosto muito de pensar sentindo a água na cabeça.

Ela brincou, com malícia:

— Quer que eu vá junto?

Ele levantou-se rápido.

— De jeito nenhum! Com você lá, não vou conseguir pensar em nada.

Ela deu uma gostosa gargalhada, enquanto ele se dirigia ao banheiro.

Instantes depois, Giuliano voltou com o corpo ainda molhado, enrolado na toalha. Ela sorriu.

— E, então, tentação, a que conclusão você chegou?

— Que você é uma “gênia”. Eu topo, mas vou falar com a Gi.

E correu para abraçá-la.

— Ei, você está me molhando toda!

— Porque é sua vez de tomar banho. Mas, antes...

E deixou cair a toalha.

Na manhã seguinte, ao chegar à Turim, Giuliano empurrou a porta da sala de Giovana e mostrou a cabeça.

— Bom dia, moça bonita.

— Bom dia, moço feio.

— Precisamos conversar.

— Ah, de novo? Vou perguntar o de sempre: devo me preocupar?

— Nem um pouco.

Ele entrou e foi beijar a face da irmã. Depois, sentou-se à frente dela.

— Jenny teve uma ideia que eu gostei e aprovei, mas gostaria de ouvir sua opinião.

— Ela é sua mulher, você é quem deve dar opinião sobre as ideias dela.

— Já dei, mas falta você.

Ela parou o que estava fazendo, cruzou os braços sobre o peito e olhou para ele.

— Que ideia é essa?

Com expressão divertida, ele respondeu:

— Queremos vir morar aqui com você.

Ela demorou um pouco para assimilar a resposta do irmão.

— Oi? Ouvi direito?

— Claro que ouviu. Se você estiver de acordo, ficaremos no quarto de papai.

— Vocês estão loucos? Querem deixar a tranquilidade e o conforto de um apartamento para vir para cá?

— Isso mesmo, queremos. Só depende de você.

— E o que fariam com o apartamento?

— Podemos alugar, vender ou deixar como ninho de amor.

Ela ficou um tempo olhando fixamente para os papéis sobre a mesa.

— Vocês perderão a privacidade.

— E você ganhará a companhia diária do seu irmão querido e da cunhada adorada.

— E seria muito bom, mas vocês pensaram bem sobre isso?

— De nossa parte, está decidido. A menos que você não nos queira aqui.

— Farei de conta que não ouvi essa bobagem.

Ele se levantou e dirigiu-se para a porta de saída.

— Dou-lhe um dia para pensar e decidir.

Quando ele já ia saindo, ela disse:

— Não preciso de tempo para pensar, já tomei minha decisão.

Ele voltou-se rápido:

— Que é...

Ela sorriu.

— Quando vocês mudam para cá?

Giuliano voltou rápido para abraçar e beijar a irmã, que se levantara. O abraço foi longo, apertado, carinhoso.

Ele percebeu que ela estava chorando.

— Por que está chorando? Já está arrependida da decisão?

— Seu bobo! Estou chorando de felicidade. Sentia tanto a sua falta, meu irmão. E agora vou tê-lo por perto, todo dia, toda hora.

— Eu também sentia a sua falta, mana. Voltaremos a ficar juntos.

— Você não é capaz de imaginar quantas vezes desejei isso, mas não queria atrapalhar você e a Jenny, que têm mais intimidade morando sozinhos. Diga a ela para me ligar para acertarmos os detalhes de arrumação do quarto. Onde quer que estejam, papai e mamãe certamente ficarão contentes.

Tudo que é feito com amor, entusiasmo e boa vontade flui de forma rápida e organizada.

Assim foi com a mudança de Giuliano e Jennifer do apartamento dela para a casa da família. Em um fim de semana, tudo já estava pronto e organizado.

Isso aconteceu graças a uma força de trabalho animada: Giovana, Giuliano, Jennifer, Francesco, Gina e Albertina. Todos ajudaram com disposição e boa vontade. Giovana ajudou em tudo, mostrando o quão alegre estava com a vinda do casal.

No final do domingo, o jantar, com a presença de todos os "trabalhadores", foi uma festa de confraternização e carinho.

Na primeira noite na nova casa, enquanto Jennifer se banhava, Giuliano esperava-a na cama, olhando o teto com as mãos sob a cabeça. Uma pontinha de nostalgia chegou de mansinho.

Ele teve a consciência de que estava deitado na cama onde seus pais também estiveram durante anos a fio. E também ali passaram para o outro plano.

Alguns pensamentos fervilhavam na mente de Giuliano: o que será que seus pais conversavam antes de dormir? Que pensamentos e sentimentos o velho Giácomo levava para a cama? Eram alegres ou tristes? Ou será que pensava nos negócios e nas fábricas? Ali, seus pais faziam projetos? E sobre os filhos, o que comentavam? Nesse caso, qual seria a essência dos seus pensamentos? E, como pensavam os espiritualistas, será que ainda havia alguma energia dos seus pais naquele lugar onde o rapaz estava deitado?

A chegada de Jennifer, enrolada na toalha, interrompeu aquelas reflexões que já ameaçavam deixá-lo melancólico.

Obviamente, seus pensamentos tomaram outro rumo ao ver a bela amada inteiramente nua.

Giovana não cabia em si de feliz, sentimento compartilhado pelo irmão e a namorada. E, quando soube da novidade, Enzo também mostrou alegria.

O ambiente da casa ficou mais festivo, os cafés da manhã mais alegres e as noites preenchidas com divertidas conversas regadas a vinho. Da Turim, naturalmente.

Alguns meses depois, as obras de reforma e ampliação na clínica já estavam praticamente concluídas, faltando apenas alguns acabamentos.

A nova ala gratuita para os pacientes ficou muito boa, bastante funcional. Os quartos eram menores que aqueles da ala remunerada, mas resultaram confortáveis e em número suficiente para acomodar pelo menos vinte pessoas, de forma individual, mas, se necessário, comportaria até duas.

Por uma questão de aproveitamento de espaço, o refeitório e os banheiros bem como a quadra esportiva, piscina e o salão de jogos se tornaram áreas comuns aos dois grupos. A ideia era facilitar a integração dos pacientes.

Tudo foi pensado e feito com a constante preocupação e o cuidado de não interromper o tratamento dos atuais pacientes.

Giuliano e Jennifer já planejavam a reinauguração. Eles eram frequentemente informados do andamento das obras, recebiam fotos e vídeos, que os deixavam superentusiasmados com o novo empreendimento. Da mesma forma, as pessoas e empresas doadoras recebiam relatórios quinzenais para tomarem conhecimento do uso dos seus investimentos.

E, para completar as boas notícias, todos os aspectos legais para a transformação da clínica em uma fundação já haviam sido providenciados pelo doutor Manfredini. Assim, tudo seguia conforme os planos, e todos os envolvidos estavam satisfeitos e na mais perfeita tranquilidade.

Mas, às vezes, quando tudo está caminhando bem, o inesperado resolve fazer uma surpresa — nem sempre agradável.

CAPÍTULO 44

Em uma das vezes em que Giuliano e Jennifer deveriam visitar as obras pela segunda vez naquela semana, ela não pode acompanhá-lo, porque teria que resolver alguns assuntos importantes relacionados à sua livraria.

Giuliano poderia ter cancelado aquela visita, pois apreciava muito as observações e recomendações da namorada, mas não quis correr o risco de atrasar as obras, caso algo devesse ser modificado. Assim, resolveu ir sozinho.

Chegando lá, o rapaz fez as verificações habituais, confirmando não apenas que a qualidade das reformas estava conforme o esperado, bem como constatou que o cronograma estava sendo rigorosamente cumprido, o que facilitaria o agendamento da reinauguração.

No final da tarde, satisfeito, voltou para a sede e, muito cansado devido a todo esse período de afazeres, sentou-se na poltrona do escritório da superintendência e procurou relaxar um pouco antes de retornar à capital.

A ideia era apenas tirar um rápido cochilo, mas o cansaço foi mais forte. Na noite anterior, ele havia dormido muito tarde, fazendo a revisão dos projetos. Em consequência, acabou dormindo, um cochilo profundo, mas muito agitado.

Assim, o tempo passou sem que ele percebesse. Despertou assustado com o toque do seu celular.

— Jenny?

— Oi, querido. Ainda está na clínica?

— Estou, amor. Como me sentia muito cansado, resolvi relaxar um pouco aqui no escritório e acabei cochilando. Acordei com o telefone tocando.

— Eu sei como é isso, querido, estamos todos esgotados e não apenas por causa das obras. Você tem a Turim, e eu tenho a livraria e os pacientes daí para cuidar. É muita coisa. Não vejo a hora de tirarmos pelo menos uma semana de férias.

— Nem fale, precisamos de uma semana de completo ócio. Mas já vou voltar, estou com saudades de você.

— Eu também, querido, mas agora acho que não vai dar para você vir. Se o tempo aí estiver igual ao daqui, vai ter de esperar um pouco mais. O mundo está desabando em chuva. Uma verdadeira tempestade, alagando tudo. Imagino até que as rodovias estejam interditadas.

Ele ficou preocupado.

— Sério? — E se levantou para olhar pela janela. — Tem razão, querida, aqui também está caindo um toró daqueles. Com as janelas fechadas, não percebi.

— Pois, então, acho melhor você aguardar mais um pouco. Não convém pegar estrada com o tempo desse jeito. Pode ser perigoso.

— Tem razão, vou aguardar um pouco. Te ligo quando estiver saindo.

— Mesmo assim, tome cuidado. As pistas devem estar escorregadias.

Giuliano voltou a se recostar na poltrona. Esperou pacientemente que a chuva parasse ou diminuísse, lendo e folheando livros e cadernos de anotações que estavam empoeirados na estante da sala e em um armário.

Quase duas horas depois, a tempestade não havia diminuído. A chuva estava tão forte que, pelo vidro da janela, Giuliano não conseguia ver o terreno lá fora. Nada poderia fazer senão continuar olhando aquela papelada.

Somente quando deu meia-noite, com a chuva ainda torrencial, é que Giuliano decidiu dormir na clínica. Era melhor isso do que se arriscar na estrada.

Tomada essa decisão, ele ligou para Jennifer:

— Oi, amor, não tem jeito. A tempestade até parece que piorou. Não consigo ver nada lá fora pela janela.

— Aqui também está assim, querido.

— Não tenho alternativa, vou dormir por aqui mesmo e volto amanhã bem cedo.

Ela fez uma pausa.

— Não gosto muito dessa ideia, mas realmente não vejo outra saída. Não é seguro dirigir com este tempo.

Ele brincou:

— Você não vai morrer de saudade por causa de uma noite sem mim, não é?

— Morrer, não vou, mas sentirei muito a sua falta. Já estou acostumada ao seu corpo colado no meu.

— Que bom. Assim, amanhã de manhã, quando eu chegar, vai estar pegando fogo.

Ela topou a maliciosa insinuação.

— Pegando fogo eu estou todo dia.

— Olha, acho melhor pararmos com esse assunto, senão vou para aí agora mesmo.

Ela riu divertida.

— Não, senhor, durma bem e chegue amanhã descansado.

— Farei um esforço para sobreviver...

— E, preste atenção: o seguro morreu de velho. Reze antes de dormir.

Ele riu.

— De que jeito? Esqueceu que não sei oração alguma?

Ela fingiu ralhar com ele:

— Senhor Giuliano, dormiremos em camas separadas até que aprenda a rezar. Onde já se viu? Já lhe ensinei uma vez o pai-Nosso, não decorou?

Ele riu.

— Não, porque confesso que estava prestando atenção em você. Mas, diante dessa ameaça assustadora, amanhã mesmo você me ensinará outra vez e vou prestar bastante atenção.

— Acho bom. Você sabe que sempre cumpro minhas ameaças...

E se despediram amorosamente.

Em vez de usar um quarto disponível para os pacientes, Giuliano decidiu dormir ali mesmo, no escritório, deitando-se no enorme sofá que havia. Sorriu ao recordar da recomendação de Jennifer para que rezasse antes de dormir. Ele admitiu que precisava aprender, nem que fosse apenas o pai-Nosso.

Como pretendia sair bem cedinho, seriam apenas poucas horas de sono. Programou o alarme do seu relógio de pulso para as seis da manhã e deitou-se.

Só não se lembrou de que aquela sala era a mesma usada pelo Mandril, um século antes, para comandar seu negócio sujo.

Estava desconfortável, mas não tanto por causa do sofá. Sentia calor, apesar da chuva lá fora. Era como se o escritório estivesse impregnado com fumaça ou algo mais denso. E, para piorar, sentia um pouco de dor de cabeça, o que não lhe era comum.

Finalmente, conseguiu dormir. Foi um sono pesado, profundo e muito agitado por sonhos estranhos e, por alguma razão, assustadores. Mas, quando despertou ao som do alarme do relógio, não conseguia se lembrar de nenhum deles.

Levantou-se sentindo-se mais cansado do que quando deitara e com o corpo todo dolorido, com uma torturante dor de cabeça. Porém, Giuliano atribuiu tudo ao desconforto do sofá.

Antes fosse.

Enquanto dirigia de volta à capital, Giuliano não se sentia bem, mas não sabia definir se estava deprimido, triste ou apenas ainda cansado.

Quando Giuliano chegou ao escritório da Turim, Giovana já estava na sua mesa e olhou para ele, esperando o habitual e bem-humorado cumprimento.

Mas tudo que ouviu foi um breve e seco cumprimentou:

— Oi, Gi.

Ela logo pensou: "Hummm... Deve ter discutido com a Jennifer. Essa não é a cara do meu irmão".

Nesse exato instante, por coincidência, Jennifer ligou:

— Oi, Gi, seu irmão já chegou?

— Acabou de chegar. Eu nem sabia que ele tinha dormido fora. Passou aqui com uma cara que Deus me livre.

— Tentei falar com ele, mas o celular está desligado ou acabou a bateria, e ele não notou.

— A cara dele é de quem passou a noite acordado, está até com olheiras.

Jennifer sorriu.

— Deve ser porque a noite passada ele dormiu sozinho.

— Ué, vocês brigaram?

— Que é isso, Gi? A gente não briga! É que eu tinha compromissos aqui na livraria e não pude ir com ele inspecionar as obras da clínica. Ele foi sozinho, e, por causa da tempestade de ontem à noite, achou mais seguro dormir lá e voltar hoje cedo.

Giovana fez uma pausa. Ela ficara sabendo da história de Mandril e da mansão. Havia um tom de repreensão na sua pergunta:

— Você concordou que ele dormisse lá sozinho?

— Também não gostei da ideia, mas foi melhor do que se arriscar na estrada com aquela chuva.

— Então, deve ser por isso que está mal-humorado. Deve ter dormido mal.

— Por favor, quando ele aparecer por aí, peça para me ligar.

— Claro, Jennifer, vou fazer isso já.

Em vez de falar com o irmão pelo telefone, Giovana preferiu ir ao quarto dele.

Quando entrou, a moça ficou surpresa ao vê-lo chorando, sentado na cama, com o rosto coberto pelas mãos.

Aproximou-se preocupada.

— Giu, o que é isso? O que aconteceu?

Ele apenas balançou a cabeça, mas nada respondeu. Ela sentou-se ao seu lado e pôs um dos braços sobre o ombro dele.

— O que foi, Giu? Fale comigo. Está sentindo alguma coisa?

Giuliano enxugou as lágrimas com as mãos e disse sem olhar para a irmã:

— Não sei, Gi, não sei o que está acontecendo comigo. Sinto uma angústia enorme, o peito apertado, uma tristeza infinita.

— Aconteceu alguma coisa na clínica? As obras não vão bem?

— Não é isso, lá está tudo bem.

— Mas, então, por que você está assim?

— Não sei, mana, não sei. É estranho, nunca havia sentido isso.

— Você deve estar estressado, com muitas responsabilidades em andamento. Vou buscar água e um calmante. Ah, a Jennifer pediu para você ligar.

— Diga-lhe que depois eu ligo. Não estou em condições de falar com ela, nem com ninguém, aliás.

Enquanto pegava a água, Giovana ligou para Jennifer:

— Jenny, falei com Giu, mas acho melhor você vir aqui, agora. Ele está péssimo, mal consegue falar.

Ela ficou preocupada.

— O que está acontecendo? Ele está ferido?

— Não, mas não sei o que ele tem, não para de chorar.

Jennifer ficou surpresa e indagou:

— O Giu chorando?

— E muito. Não sou médica, mas parece uma baita depressão.

— Estou indo, Gi. — E a moça saiu apressada.

Enquanto dirigia para ver o namorado, Jennifer pensava: “Eu já devia saber que não daria certo o Giu dormir sozinho na mansão. Ele tem muita conexão com aquela casa. Se eu tivesse pensado melhor, teria ido ao encontro dele”.

CAPÍTULO 45

Jennifer entrou na sala de Giovana ofegante pela angústia e pela pressa em chegar.

— Oi, Gi, cadê o moço?

— Lá em cima, pediu para ficar só. Estou preocupada, nunca vi meu irmão nesse baixo-astral. Vá lá, veja se descobre o que houve.

Jennifer subiu apressada e entrou no quarto, com o coração aos pulos. Giuliano estava deitado, olhando para o teto, com as mãos cruzadas sobre o peito. Ela se sentou na cama, ao lado dele, e pôs a mão em seu peito. Ele entreabriu os olhos, mas nada disse.

— Oi, querido, o que é que você tem?

Ele balançou a cabeça, ameaçando chorar.

— Não sei, amor, nem sei direito o que estou sentindo. Às vezes, parece depressão, outras vezes, tristeza, uma permanente vontade de chorar. E sabe o que é mais estranho? A clínica não me sai da cabeça. Fico vendo tudo, a fachada, a entrada, os corredores com as fotografias, os aposentos... tudo, tudo. E aí fico mais triste ainda.

Ela já imaginava o que tinha acontecido, mas quis confirmar:

— Você já estava assim quando chegou ontem à clínica?

— Não, estava me sentindo muito bem. Acompanhei o trabalho do pessoal até o final da tarde. Depois, quando desabou o temporal, nos falamos e fui dormir. Não comi nada, não bebi nada, não sei o que possa ter causado isso.

— Quando nos falamos ontem à noite, pelo telefone, você me parecia bem.

— E estava mesmo, apenas cansado.

— Então, você só começou a se sentir assim depois que acordou pela manhã?

— Justamente. Fui dormir bem e acordei arrasado, nem tinha vontade de voltar.

Naquele momento, Jennifer teve a confirmação do que desconfiava ter acontecido e sabia que precisava fazer alguma coisa para ajudar seu amado a recuperar o ânimo. E não seria com um médico.

A moça pôs uma mão sobre as dele e disse:

— Me espere um pouco, já volto. — E levantou-se.

— Onde você vai?

— Vou providenciar seu remédio.

Jennifer rapidamente saiu e voltou para o escritório de Giovana, que quis saber:

— Como ele está?

— Do mesmo jeito que você o viu, mas já vou dar um jeito nisso, acho que já sei o que aconteceu. Posso usar seu telefone?

— Claro, fique à vontade.

Jennifer sentou-se e ligou para seu amigo médium, e, ao ser atendida, pediu para falar com Omar, enfatizando que se tratava de uma emergência. Como ele estava no final de um atendimento espiritual, ela teve que esperar um pouco.

Quando, finalmente, o senhor atendeu o telefone, Jennifer explicou rapidamente o que estava acontecendo com Giuliano, e a resposta foi a que ela esperava: Omar pediu-lhe que levasse o rapaz ao seu consultório, imediatamente.

— Estamos indo, Omar.

Giovana estava confusa.

— Não estou entendendo nada. Para onde você vai levar meu irmão?

— Não se preocupe, Gi, confie em mim. Se eu estiver certa, Giu ficará bom bem depressa.

— Certo, não sei do que se trata, mas espero que você esteja sabendo o que vai fazer.

Não foi fácil convencer Giuliano a levantar-se para sair, mas Jennifer argumentou que era para o bem da saúde dele.

— E onde vamos?

— Não se preocupe, confie em mim.

Durante o trajeto, ele permaneceu calado. Parecia sonolento, mas agitou-se e ficou um pouco confuso quando percebeu onde se encontravam.

— Jenny, o que viemos fazer aqui?

— Obter um diagnóstico do seu mal-estar.

— Mas, aqui?

— Não se preocupe, é o lugar certo.

Omar recebeu-os na entrada, com o carinho de sempre. Olhou Giuliano detidamente e pediu:

— Eu já os estava esperando. Venham comigo.

Na sala de Omar, sentaram-se diante da sua mesa, e ele preparou-se para ouvir.

— Conte-me todos os detalhes do que ocorreu, Giuliano.

Ele não sabia exatamente o que deveria contar. Disse apenas que fora inspecionar as obras da clínica e que, por causa do temporal, pernoitara lá. Afirmou que estava se sentindo bem, mas que acordara mal. A tristeza e melancolia eram tão grandes que não tinha força nem vontade de fazer coisa alguma — só chorar e ficar deitado.

— E tudo isso aconteceu ontem, quando você dormiu na mansão?

— Isso mesmo. Chovia muito, então, não achei prudente pegar a estrada para voltar para casa.

O casal se entreolhou, mas permaneceu em silêncio.

Omar levantou-se sem dizer nada e deixou a sala por quase meia hora. Quando voltou, sua expressão parecia mais tranquila do que quando saíra.

Giuliano e Jennifer estavam ansiosos para ouvi-lo.

O médium olhou para cima por uns instantes e depois explicou:

— Meus amigos, desta vez, não poderei ajudá-los.

O casal ficou surpreso, principalmente Jennifer, que tinha certeza de que a depressão de Giuliano tinha tudo a ver com o fato de ele haver dormido na mansão, palco de tantas crueldades no passado.

Omar continuou:

— Não poderei ajudá-lo e vou explicar o porquê. O remédio está dentro de você, meu caro Giuliano.

Jennifer tinha mais liberdade para perguntar:

— Como assim, Omar?

— Explicando de maneira simples, Giuliano não está sob a influência de energias espirituais negativas, como pensei inicialmente, e como você também deve ter pensado, minha amiga.

— Mas, então, o que ele tem? Nunca o vi assim, antes.

— Digamos que ele está emocionalmente "intoxicado".

— Mas, Omar, a mansão não passou por uma limpeza espiritual? Com o que ele poderia ter se intoxicado?

— A mansão está limpa de energias negativas, mas não nos esqueçamos de que Giuliano é um médium altamente sensitivo e, ao adormecer, baixou a guarda, ficou sem defesas para a mente. Então, inconscientemente, permitiu que viessem à tona as lembranças do que sabemos que aconteceu ali, na sua vida passada. Para piorar, todo o contexto contribuiu para que isso acontecesse: os livros e cadernos de anotações que ele folheou e leu antes de adormecer. Em resumo, ao dormir lá, ele se expôs ao que podemos chamar de uma "radiação tóxica" provocada por suas memórias reativadas. Situação semelhante acontece quando uma pessoa muito sensível volta a um lugar onde tenha ocorrido uma tragédia quando ela era criança, envolvendo-a. Adulta, ela já não lembrava, mas, teve sua memória infantil inconsciente ativada, e ela pode ficar triste e deprimida. Ou seja, não é um problema espiritual, mas emocional.

— E o que podemos fazer para recuperá-lo, Omar?

— Não sendo um problema espiritual, nada posso fazer, como já disse. Mas, assim como qualquer intoxicação física, ele precisa curar essa espécie de infecção emocional, que se instalou em sua mente.

— E como se faz isso?

— O antídoto é o seguinte: ele precisa se reenergizar, absorver energias positivas fortes. Quando saí da sala, fui pedir ajuda aos meus mestres do Plano Superior. Eles me disseram que a cura está nas vinhas.

Desta vez, ao ouvir falar nas vinhas, Giuliano como que despertou do seu alheamento.

— Nas vinhas? Como assim?

— Vamos pensar juntos. Sabemos que você tem uma conexão muito especial com suas vinhas e não apenas por ser produtor de vinho.

— Sim, isso é verdade. É algo tão forte que foge da minha compreensão e do meu controle.

— Na verdade, todas as pessoas têm uma vinha dentro de si, plantada por Deus, para nos dar alegria na vida. É nessa vinha interior, que corresponde ao nosso mundo psíquico, que se encontram todos os sentimentos, a emoções e a espiritualidade. A paz interior nada mais é do que a integração de todos esses fatores. Você está sofrendo porque está falhando em um desses elementos.

— Em qual fator estou falhando, Omar?

— Na espiritualidade, meu amigo. Falta-lhe fé e, sem ela, não é possível a ninguém afastar o sofrimento e os medos. Um simples pai-Nosso, rezado com fé, teria lhe protegido daquelas lembranças amargas que a mansão despertou. Agora, você precisa se reconectar com sua "vinha interior" para dar espaço à espiritualidade, que o fortalecerá.

— E como posso fazer isso, Omar?

— Você sabe a resposta. Já não percebeu que encontra Deus, na forma de paz e harmonia, toda vez que visita suas vinhas e toca nas uvas? Pois vá buscar esse reencontro com Ele.

CAPÍTULO 46

O casal fez todo o percurso em silêncio, em direção à principal vinícola da Turim, em São Roque.

Jennifer sabia que a mente do namorado devia estar fervilhando em dúvidas, descrenças e esperanças.

Chegando ao destino, Giuliano e Jennifer entraram rapidamente na fábrica, até porque não queriam que os funcionários vissem seu líder naquele estado.

Atravessando portas e corredores, chegaram logo ao vinhedo, mas Giuliano não se sentia com energia suficiente para caminhar por entre as vinhas, como costumava fazer. Jennifer notou a expressão desanimada dele e teve uma intuição.

— Percebo que você não está bem, mas não se preocupe, querido, vou dar um jeito nisso. Sei quem pode ajudar.

Afastou-se e voltou puxando duas espreguiçadeiras, que estavam próximas, usadas pelos funcionários, durante o intervalo de trabalho, para relaxar um pouco na área de lazer.

— Pronto, amor, ficaremos recostados aqui até que você se sinta disposto a caminhar. Sei que vai conseguir depois que recebermos ajuda.

Ele mostrou um sorriso débil.

— De quem, amor? Estamos sós aqui.

— Engano seu, nunca estamos sós.

Quando se acomodaram, Jennifer pediu:

— Amor, vou rezar um pai-Nosso. Por favor, repita comigo.

Ele olhou para ela com os olhos quase fechados.

— Isso é mesmo necessário?

— Por favor, confie em mim. Apenas repita minhas palavras. Tudo bem para você?

Com voz fraca, ele murmurou:

— Tudo bem. A essa altura, toda ajuda é bem-vinda. Nunca me senti tão frágil, tão vulnerável.

E, lentamente, palavra por palavra, frase por frase, Jennifer disse a prece do pai-Nosso e Giuliano a repetiu.

No final, após um instante de silêncio, ela pediu:

— Agora, procure relaxar e tenha fé. Nossos protetores espirituais estão por perto e vão nos ajudar, nos dar força e nos proteger.

Relaxaram tanto que, em pouco tempo, esgotados, seja pelas emoções vividas ou pelo efeito da prece, adormeceram com uma suave brisa acariciando suas faces.

Giuliano não saberia dizer quanto tempo se passou desde então.

Quando despertou, já era fim de tarde. O sol já havia baixado, deixando no céu muitas nuvens avermelhadas pelo seu reflexo.

O silêncio era absoluto, pois até os pássaros, habitualmente tão barulhentos àquela hora, já haviam se recolhido aos seus ninhos.

Giuliano olhou de lado e notou que Jennifer continuava adormecida. Decidido a não incomodá-la, passou a apreciar suas vinhas detalhadamente. Seu olhar passeou lentamente da esquerda para a direita por diversas vezes.

As uvas pareciam ter vida própria, e Giuliano sentia que elas também olhavam para ele.

Instintivamente, teve um pensamento inusitado, dirigido a alguma entidade da crença de Omar, que pudesse ajudá-lo: “Não sei como chamá-lo, mas, se você é mesmo poderoso como dizem, sabe que, durante toda a minha vida, me entreguei ao trabalho sério e pesado. Não tive tempo para refinar meu espírito e é nisso que devo estar falhando. Portanto, se me falta fé, amigo, então, me dê um sinal, apenas um sinal. Sei que é tudo de que preciso agora”.

Foi quando ele a viu, já com a noite se aproximando.

Lá longe, no meio das vinhas, surgiu o que parecia ser uma imagem iluminada de mulher, toda vestida de branco, mas parecendo transparente, como se não fosse humana. Etérea, diáfana, ela parecia flutuar por entre os pés de uva e se aproximava devagar de onde o casal estava.

A imagem era linda, e Giuliano estava encantado. Jamais vira algo parecido em toda sua vida.

Sem entender nada, considerou que ainda estava dormindo e sonhando e que aquela imagem nada mais era do que uma ilusão.

— Isto lá é hora de sonhar? — pensou em voz alta.

Mas, quase que de imediato, ele se repreendeu:

— Ei, que espécie de homem eu sou? Acabo de pedir uma prova da espiritualidade e, quando ela me é apresentada, logo penso que é um sonho? Se é de fé que preciso, tenho de acreditar que está acontecendo algum fenômeno espiritual.

Pensou em chamar Jennifer, mas teve receio de que qualquer movimento ou som seu pudesse fazer sumir a divinal imagem, e ele não queria que ela se fosse.

A figura resplandecente da mulher tinha uma alva luminosidade e isso, ao contrastar com as uvas verdes e escuras, tornava-a mais visível aos olhos de Giuliano, que notou o reflexo de sua luz nas folhagens úmidas pelo orvalho do fim de tarde.

Ela não falava, apenas sorria, com uma linda expressão de carinho e serenidade.

Giuliano teve vontade de levantar-se e ir ao encontro dela, mas, uma vez mais, receou que ela desaparecesse — e ele queria loucamente que ela ficasse ali, pois lhe dava uma paz imensa e inundava a sua mente de harmonia.

Quando ela estava mais perto, ele não resistiu e se levantou e, com esse movimento, despertou Jennifer.

— O que foi, querido?

De pé, sem olhar para a namorada, fez um gesto com a mão para que ela não se movesse nem falasse.

Jennifer percebeu que ele estava com o olhar fixo no campo de uvas, com uma incrível expressão de deslumbramento. Mesmo sem ver nada ali, ela permaneceu quieta e calada. Intuía que algo transcendente estava acontecendo naquele momento.

A poucos metros dele, a imagem luminosa de mulher fez um lento gesto com o braço, como se estivesse chamando Giuliano a acompanhá-la.

Foi só então que ele olhou para Jennifer e estendeu-lhe a mão.

— Venha comigo, querida. Talvez você saiba me explicar o que está acontecendo.

Sem hesitar, ela pegou a mão do rapaz, levantou-se, e, juntos, entraram no vinhedo, na direção da imagem, que só ele via. Mesmo assim, Jennifer seguiu-o, em silêncio, sem resistir.

— Jenny, você está vendo-a, está vendo seu brilho?

— Não se preocupe comigo, querido, mantenha-se focado no que está vendo, se lhe faz bem. Eu estarei aqui ao seu lado.

— Ela me faz bem, Jenny, muito bem. Que pena que você não a esteja vendo. Ela é linda.

Por algum tempo, o casal acompanhou a imagem entre as vinhas, até o momento em que ela parou, e eles também pararam.

Então, a mulher luminosa fez um gesto para Giuliano pedindo que ele se aproximasse dela.

Delicadamente, ele soltou a mão de Jenny e caminhou na direção daquela luz.

À medida que se aproximava, o rapaz sentia que a luminosidade aumentava, mas não o afetava. Pelo contrário, exalava um delicioso perfume de rosas.

Parou bem perto dela, sem ter medo algum. Podia ver os pés de uvas através do corpo da mulher, que continuava sorrindo com carinho.

Então, Giuliano sentiu uma vontade irresistível de se ajoelhar. E o fez, para surpresa de Jennifer, que a tudo observava à pouca distância. Sabia que algo de muito transcendente estava acontecendo.

De joelhos, Giuliano percebeu que a imagem levantou o braço direito, sacudiu a mão e dela caíram gotas de luz sobre o rosto dele. Giuliano fechou os olhos e deixou-se ficar, sentindo o que pareciam pétalas sobre sua face.

Quando ele abriu os olhos, ela fez um breve gesto de despedida. E, então, deu um rápido giro, e o que deveria ser o seu corpo se desfez em milhares de pontos luminosos que se espalharam sobre as uvas e suas folhas.

Foi a última coisa que ele viu antes de desfalecer.

Giuliano voltou a si, deitado no chão entre as uvas, com a cabeça recostada no colo de Jennifer, que correra em sua direção quando o viu tombar lentamente.

Ele brincou, sorrindo, olhando para ela:

— Você é um anjo?

Ela respondeu também sorrindo, com lágrimas nos olhos:

— Eu era antes de conhecer você. Aprendi a fazer coisas que acho que os anjos não fazem.

Ele fechou os olhos.

— Depois, com calma, vou lhe contar uma coisa maravilhosa que acabou de acontecer comigo. Agora, ajude-me a levantar.

Com o vigor e o entusiasmo de antes, Giuliano levantou-se e voltou a abraçar sua Jennifer, forte e carinhosamente. Ela chorava de emoção. Não sabia o que tinha acontecido, o que Giuliano tinha visto, mas, olhando o semblante exultante dele, percebeu que o mal se fora, que ele voltara a ser o seu Giu de sempre.

Em silêncio, fez uma prece de agradecimento aos seus protetores espirituais. E não mais coube dentro de si quando ele parou, enlaçou-a pela cintura e disse comovido:

— Querida, iremos dormir em camas separadas se você, ao chegarmos a São Paulo, não me ensinar o pai-Nosso e outras preces.

E, ali mesmo, no meio das vinhas redentoras, eles de beijaram e se abraçaram comovidos, com um amor imenso e puro.

Pode ter sido coincidência, mas, naquele momento e àquela hora, com as estrelas já aparecendo no céu, surgiu uma ventania que fez os pés de uvas dançarem como se estivessem compartilhando a alegria daquele instante mágico.

CAPÍTULO 47

A Fundação Giácomo Cortellani, também conhecida como Clínica Turim, foi inaugurada dentro do prazo planejado.

Foram duas comemorações: a primeira ocorreu na tarde de uma sexta-feira, na própria clínica, para todos os profissionais de saúde, colaboradores, patrocinadores e pacientes. Por razões óbvias, sucos e salgadinhos substituíram o vinho e os aperitivos.

Para alegria de todos, Enzo e Andreia conseguiram folga no trabalho — desde que retornassem logo após — e vieram participar das festividades.

Na hora programada, Giuliano discursou, dizendo-se muito feliz e agradecendo o apoio de todos para o sucesso da nova fase da instituição.

Não havia representantes da imprensa, mas, para todos os veículos de comunicação, Giovana se encarregou de elaborar e expedir uma mala-direta, bem como para as autoridades e os profissionais de saúde da região, transmitindo todas as informações necessárias.

Nessa correspondência, a moça deu especial ênfase ao aspecto social do novo empreendimento, ao aceitar gratuitamente a internação de dependentes químicos que comprovassem a impossibilidade de pagar pelo tratamento. Ainda no mesmo texto foi divulgado o programa de encaminhamento profissional para uma indústria de Jundiaí, inicialmente como estágio, para aqueles pacientes que recebessem alta médica e desejassem iniciar carreira na produção de sucos, uvas-passas e geleias.

No final da solenidade, foram todos convidados a circular pelas instalações da clínica, guiados por Giovana e Jennifer. A satisfação era geral e evidente.

A segunda comemoração ocorreu no dia seguinte, sábado, à noite, na sede da Turim, para a imprensa da capital, as autoridades, os profissionais da saúde, amigos e patrocinadores — os mantenedores da instituição por meio de doações.

Para completar a alegria de Giuliano, estavam presentes todos os amigos participantes das reuniões quinzenais: Polaco, Edu e Sofia, Dico e Pietra. Melissa também estava presente acompanhada pela sua simpática namorada Greta.

Havia uma farta exibição de recursos audiovisuais (fotos, *slides* e vídeos) para que todos pudessem conhecer as novas instalações da clínica. Depois, com os presentes já servidos de vinho, começou a sessão de discursos, com Giuliano repetindo basicamente a mensagem dada na clínica, na tarde do dia anterior. Depois, outros discursos se seguiram, até que o evento foi encerrado por Giuliano.

Aqueles foram dois dias especialmente felizes para os Cortellanis, sobretudo para Giuliano, que estava consciente de que fora dada a partida para o começo da sua redenção.

Quando todos os convidados já haviam se retirado, calmamente e de forma organizada, Albertina e Gina recolheram pratos, bandejas, talheres, copos e garrafas com a ajuda de Francesco.

Giuliano e Jennifer aproximaram-se de Polaco e Giovana.

— Bem, queridos, vamos nos retirar também, para curtir um merecido repouso, mas, antes, queremos agradecer a ajuda de vocês dois, pois foi decisiva para o sucesso das duas festas.

Polaco mostrou-se modesto:

— Na verdade, quem trabalhou mesmo foi a Giovana, eu apenas curti.

— Não seja modesto, querido.

Diante do sorriso de Jennifer, o irmão brincou:

— "Querido"? Já está assim?

Giovana ralhou com o irmão:

— Por acaso, você quer me dizer que não sabia?

Jennifer interveio:

— Não ligue, Gi, seu irmão está querendo tirar uma com vocês. Ainda mais agora, que bebeu pra valer.

Polaco foi esperto:

— Bom, para resolver essa questão, eu e a Gi vamos dar uma volta e discutir o assunto, calmamente, a sós.

Giuliano se preocupou:

— Mas a esta hora?

— Ué, não dizem que a noite é uma criança? Além disso, não coloquei uma só gota de vinho na boca e sei que vocês querem ficar sozinhos, para comemorar o sucesso.

Foi a vez de Jennifer brincar:

— Corrigindo: os dois casais querem ficar a sós, certo?

A gargalhada foi geral. O grupo se despediu, e Giuliano e Jennifer foram para o segundo andar.

Quando se viu a sós com o namorado, Giovana perguntou brejeira:

— Para onde você pretende me levar, moço?

Polaco respondeu com assumida malícia:

— Conheço um cantinho gostoso de um rapaz solteiro que está à nossa disposição. Lá teremos privacidade total.

Giovana cobrou:

— Você disse "solteiro"?

Polaco percebeu a insinuação dela e consertou logo sua frase:

— Você não ouviu o restante da frase: eu disse "solteiro por enquanto".

Ela riu satisfeita:

— Ah, bom, assim fica melhor...

Beijaram-se longamente e saíram apressados.

Além do desejo, que motivos teriam para tanta pressa, àquela hora?

Mais tarde, Giuliano e Jennifer conversavam alegremente, na cama, sobre os dois eventos, até quando a madrugada já começava. Estavam felizes, porque tudo correra bem e, por isso, faziam planos e trocavam ideias.

Pouco depois, adormeceram cansados, mas em paz.

CAPÍTULO 48

Estava quase amanhecendo, quando Giuliano despertou, lembrando-se de ter sonhado com Monalisa.

Como sentia muita sede — provavelmente devido à quantidade de salgadinhos que comera e vinhos que bebera na festa —, o rapaz decidiu ir até a cozinha beber um pouco de água.

Antes de se levantar, cobriu cuidadosamente o corpo desnudo de Jennifer.

Calmamente, bebeu água e, quando retornava ao quarto, viu Monalisa sentada em uma cadeira, próxima à pequena mesa que havia lá.

Giuliano mostrou-se surpreso e contente:

— Vó! Pensei que não viesse comemorar comigo o sucesso.

— Eu não poderia faltar, meu neto querido! Mas, fale baixo ou alguém que ouvi-lo pode achar que bebeu demais e está falando sozinho. Parabéns, meu querido. Estamos todos felizes, aqui e lá.

— Vó, pensei na senhora o tempo todo, mas não sabia como encontrá-la.

— Eu sei. Quando eu aparecer, vai ser sempre assim, de forma inesperada. Não tenho controle absoluto sobre as permissões para minhas aparições neste plano. Mas me diga, você está feliz?

— Muito! Acho que agora vou começar a ajustar, de verdade, minhas dívidas de vidas passadas.

— Estou muito orgulhosa de você, meu neto. Você assumiu uma grande responsabilidade, mas sei que dará conta. — Ela sorriu. — E também já soube que decidiu aprender a rezar.

— Já soube?

— Uma jovem que o visitou no vinhedo me contou.

— Ah, então aquela linda aparição luminosa não foi um sonho.

— Claro que não, você teve dúvidas quanto a isso?

— Só no primeiro momento, quando acordei. O que aconteceu em seguida me fez perceber como eu estava errado em não aceitar a espiritualidade como indispensável à nossa paz. Nesse sentido, a partir daquele momento, aconteceu uma grande transformação em mim.

— Ainda bem, isso trouxe alegria para mim e para seus pais.

— Como eles estão, vó?

— Muito bem, cumprindo aprendizados diferentes, mas felizes. Eles também estão muito orgulhosos de você e da Jennifer. E, claro, também de Enzo e Andreia.

Giuliano emocionou-se e fez força para não chorar.

— Devemos muito a você, vó, eu principalmente.

— Que nada, querido, eu só dei algumas dicas, e você soube aproveitá-las.

— Espero continuar a receber essas dicas, vó.

Monalisa coçou o queixo.

— Bem, a partir de agora, só em sonhos, querido.

Ele ficou surpreso:

— Como assim?

— Eu também tinha uma missão, assim como você, e hoje sinto que já a cumpri. Daqui para frente, não precisará mais de mim. Seu talento e sua fé saberão tomar as melhores e mais adequadas decisões.

Giuliano sentiu uma pontada de tristeza.

— Então, não vou vê-la mais?

— Como eu disse, nos veremos com frequência em sonhos. E, quando aprender a rezar, não se esqueça de orar por mim e por seus pais. Essas preces em nosso favor nos fortalecem e energizam ainda mais.

— Não esquecerei, vó.

— Ah, antes que eu esqueça, preciso dizer-lhe o quanto Gina está feliz por ter voltado a estudar. As orações de agradecimento dela, dirigidas a você e a Giovana, chegam até mim, e assim fico sabendo como ela está se sentindo. Vai ser uma grande profissional da saúde, graças a vocês.

— E ao esforço dela, né, vó? Gina é uma pessoa muito especial e merece ser muito feliz. Queremos tê-la sempre por perto.

— Concordo. Agora, volte para a cama e continue repousando. Sua mulher está à sua espera. Se eu pudesse, eu lhe daria um beijo muito carinhoso, mas farei isso nos sonhos. Fique bem e seja feliz.

Quando Giuliano retornou ao quarto, Jennifer movia-se lentamente, como se estivesse despertando. A moça perguntou com voz sonolenta:

— Onde você estava, amor? Nem vi você se levantar.

— Fui beber água, querida.

— Mas ouvi sua voz. Com quem você estava falando? Com a Giovana?

Ele voltou a deitar-se, puxando o cobertor até os ombros.

— Não, senhora. Estava conversando com outra mulher, uma graça de pessoa.

Ela se movimentou e ficou sobre ele.

— Se não for quem eu estou pensando, vou lhe empurrar para fora da cama.

Ele riu.

— Foi justamente quem você está pensando, valentona. Veio nos parabenizar.

— Essa mulher é realmente uma graça de pessoa.

Jennifer beijou-o amorosamente. Daí em diante, a comemoração foi só deles.

A partir de então, no meio de muito amor e muita fé, Giuliano sentia-se preparado para resgatar seu passado e cumprir sua missão, sem prazo de vencimento.

Como certa vez Omar dissera: “uma missão só acaba quando Deus nos chama”.

FIM

VIDA & CONSCIÊNCIA
EDITORA

Rua das Oiticicas, 75 – SP
55 11 2613-4777

contato@vidaeconsciencia.com.br
www.vidaeconsciencia.com.br